졸부집
딸입니다

윌브라이트 장편소설

III

동아

졸부집
딸입니다 III

초판 1쇄 인쇄일 | 2022년 08월 30일
초판 1쇄 발행일 | 2022년 09월 13일

지은이 | 월브라이트
펴낸이 | 박성면
펴낸곳 | (주)동아

출판등록 | 제406-3960100251002007000071호
주소 | 경기도 파주시 문발동 223-1 2층
전화 | (031)8071-5201
팩스 | (031)8071-5204
E-mail | bear6370@hanmail.net

정가 | 12,500원

ISBN 979-11-6302-607-5 (04810)
     979-11-6302-604-4 (set)

III

졸부집
딸입니다

월브라이트 장편소설

동아

목 차

Ch 17. 볼락

서부, 폴리모스 국경.

원래라면 앙헬 북부군 대 반란군과 제로스 연합군의 치열한 접전이 벌어지고 있어야 하건만.

"카아아아악!"

곳곳에서 치솟는 연기. 시체가 타는 매캐한 냄새가 코를 찔렀다. 불에 타고 있는 대상은 헬리오스인도, 제로스인도 아니었다. 적어도 아직은.

"이, 이게 대체⋯⋯."

폴리모스에서 세력을 모아 반란을 일으킨 역도의 우두머리, 에밀 타일러는 눈앞에서 벌어지고 있는 광경을 도무지 믿을 수가 없었다.

"카아아악⋯⋯!"

그때, 거대한 그림자가 멍해진 그의 시야를 덮쳤다.

괴물, 또 그 괴물이었다. 갑자기 전선에 나타나 제 동료들을 찢어발겼던, 검은 반점의 괴물!

로피진으로서 일반 제국민보다 월등한 신체와 힘을 타고난 그마저도 저 괴물은 너무나 두려웠다. 공포에 질린 그가 무력하게 몸을 굳혔을 때, 서걱-!

은빛 섬광이 번쩍하더니 괴물의 몸통이 반으로 잘려 툭 떨어졌다. 그 뒤로 검은 망토를 어깨에 걸친 사내가 보였다. 검고 뜨거운 핏방울이 에밀의 볼에도 튀었다.

괴물의 시체를 힐끗 응시한 사내는 어안이 벙벙한 에밀을 무심히 지나쳐 몸을 돌렸다.

"앙, 앙헬 대공……!"

죄수로서 여기 폴리모스까지 노역을 살러 온 그지만 저 사내를 알아보지 못할 리 없었다. 수하로 보이는 호리호리한 사내가 대공에게 다가와 보고했다.

"주군의 예상대롭니다. 디에라에 제로스군까지……. 한발 늦었으면 국경은 초토화됐을 겁니다."

티끌 하나 없이 깔끔한 대공과는 달리, 수하의 갑옷은 핏방울이 튀다 못해 피바다를 헤치고 나온 것처럼 지저분했다.

"여기 있는 로피진들 역시 모조리 그들의 재료가 되었을 테고요. 하지만 벌써 군단 수준의 숫자를 움직이다니……. 엘 리체 놈들이 디에라를 작정하고 만들어 내고 있다는 의미가 아니겠습니까?"

라울은 질린 눈으로 곳곳에 널린 디에라의 시체를 응시했다.

"우리가 없었다면 그랬겠지."

대공의 건조한 대꾸가 이어졌다.

"사체는 전부 불에 태우고……."

이어 시리도록 푸른 시선이 아직 바닥에 얼어붙어 있는 에밀을 내려다보았다.

"시와 때를 모르면 개죽음당할 뿐이야. 좀 더 기다렸어야지, 애꽂은 목숨을 잃었군."

아니, 좀 더 정확하게는 에밀이 아니라 죽은 로피진 죄수들을 보는 것 같았다. 대공의 무심하고 냉정한 어조에 에밀의 가슴속에서 불길이 일었다. 그가 말라비틀어진 입술을 깨물며 소리쳤다.

"우리가 왜 그랬는지도 당신들은 모르잖아!"

'황제의 개. 헬리오스의 창칼 주제에!'

에밀은 대공과 북부군이 증오스러웠다.

"우리 놈들이 헬리오스에서 어디 사람 취급이나 받았습니까? 망국의 국민이란 이유로! 단지 로피진이란 이유로!"

그들의 취급은 짐승보다 못했다. 에밀이 살인 등 중범죄를 저지른 자들의 유배지인 폴리모스로 오게 된 건, 빵을 훔쳤기 때문이다. 그를 노예처럼 부려 먹은 빵집 주인이 품삯을 주지 않겠다고 흠씬 두들겨 패서, 그 반발로 빵 하나를 훔친 대가였다.

이런 억울한 사정이 비단 그 하나뿐이랴. 폴리모스의 이종족 죄수들은 로피진이라는 이유로 사슬에 칭칭 묶여 개처럼 끌려왔다.

거기엔 일말의 정의도, 명분도 없었다. 그저 나라를 잃은 민족의 설움만 있을 뿐이었다.

"언제까지 우리가 참아야 해! 우리가 왜!"

그의 처절한 울부짖음이 전장에 울려 퍼졌다.

그때, 에밀의 머리 위로 짙은 그림자가 졌다. 대공이 한쪽 무릎을 꿇어 그와 눈높이를 맞춘 것이다.

"참으라 하지 않았어. 기다리라 하였지."

디에라와 비슷한 류의 생리적인 위압감을 내뿜는 자였다. 떨리는 손끝을 오기로 말아 쥐며 에밀이 핏발 선 눈으로 대꾸했다.

"언제까지…… 언제까지 기다리란 말입니까? 우리 민족이 전부 죽고 흙으로 되돌아갈 때쯤에야?"

망국을 거론하는 죄로 목이 달아나도 상관없었다. 어차피 죽을 목숨, 될 대로 되라는 심정이었다.

"아니."

대공은 제 백성의 눈을 바라보며 친히 답해 주었다.

"로피진이 제국의 이름으로 다시 일어설 때까지."

그가 로브의 끈을 풀었다. 윤기 나는 검은 모피가 스르르 흘러내렸다. 늘 로브 위로 감춰져 있던 그의 오른쪽 어깨의 견장이 마침내 온전히 드러났다.

짙은 청록색의 선명한 늑대 문장.

"……!"

이미 사장된 로피진 왕실의 상징.

"내, 아니, 그대들의 나라가 다시 움틀 때까지."

"말, 말도…… 안 돼……."

에밀의 눈이 경악으로 커졌다.

곧 그의 시야에 아까 괴물들을 가장 적극적으로 살육했던 대공의 정예 병들이 들어왔다. 좀 더 정확하게는 푸른색 오라로 빛나는 그들의 검이.

"로, 로피진……."

저들 역시 에밀, 그와 같은 로피진이었다. 헬리오스의 눈을 피해 내내 이들은 말하고 있었던 거다.

기다리고 있었다고. 망국의 설움을 잊지도, 지워 내지도 않았다고.

단 한 차례, 단 한 번뿐일 도약을 위해 지금껏 암흑 아래서 조용히 숨 죽이고 있었다고.

"으, 으흐흑……!"

에밀의 눈에서 물기가 일렁였다. 투명한 눈물방울이 볼을 타고 떨어지 며 그의 무릎 아래를 적셨다.

"기다릴 수 있습니다. 얼마든지, 그날이 오기만 한다면야, 얼마든지……!"

그는 제 왕이자 주인이 될 남자의 무릎에 머리를 조아리고 섧게 울었다.

* * *

폴리모스 국경에서 로피진 죄수들이 스리슬쩍 사라지고 있다는 사실은 아직 아무도 알아차리지 못한 시점이었다.

전투가 벌어지는 중에 그들의 행방을 일일이 알아볼 수 있을 리 없었다. 죄수들에겐 앙헬로 향하는 워프 마법 스크롤에 추적 방지 스크롤까지 주어졌다. 로피진 한 명 한 명에게 지급하려면 어마어마한 비용이 들 테지만 이번에는 그리 문제가 되지 않을 터였다.

라울이 조용히 읊조렸다.

"제 피 같은 돈이 고스란히 로피진 독립군에게 쓰이고 있다는 사실을 안다면 2황자의 표정이 어떨지 궁금해지는군요."

어떻게든 전선에서 빠지려고 발악하던 2황자의 작태가 오늘의 풍요로움을 만들어 낸 주역이라는 걸, 과연 본인은 알까.

"하지만 주군, 에밀 타일러에게 굳이 주군의 정체를 밝히실 필요까진 없었습니다. 어떤 일이 있을 줄 알고요."

라울이 지적했다. 로피진 왕국의 재건과 앙헬 대공의 진짜 신분은 극비리에 취급되는 기밀 사항이었으니까. 에밀이 이곳 반란군들의 우두머리라고 한들, 그 역시 일개 로피진이라는 사실만큼은 변함이 없지 않나.

"좀 더 시간이 지난 후에……."

"로피진이라는 종족은 포기를 모르지. 앙헬에서 또 무슨 일을 저지를 줄 알고."

제대로 된 이유를 정립하지 못한다면 그들은 기어코 다시 제국에게 반기를 들 터였다. 또 한 번 같은 일이 생긴다면 스카가드 저마저도 황제의 눈을 속이기 어려울 테고.

"하지만 주군이 영지에 계시는 이상, 일어나지 않을 일이 아닙니까?"

누가 간 크게 대공이 있는 곳에서 다시 반란을 꾀하려 할까.

"……."

"주군…… 설마…… 영지로 가시는 게 아니라는 말씀은 하지 마십시오."

대답 없는 주인의 침묵에서 수하는 그 진의를 읽어 냈다. 라울의 얼굴색이 거무죽죽하게 변했다.

"수도에서 볼 장은 다 봤잖습니까. 무얼 더 얻으실 게 있어서 그 마굴로 다시 발을 들이십니까?"

"내가, 이젠 너를 설득해야 하나?"

대공이 피식 입꼬리를 올렸다.

"도무지 주군 같지 않은 말을 하시니 그러는 게 아닙니까. 이득이 없으면 손가락 하나도 까딱 않는, 효율을 최선으로 추구하시던 분께서 왜 수도만 관련되면 어리석게 구시는지 전 도무지…… 아!"

라울이 말을 멈추더니 멈칫했다. 가늘게 접은 눈으로 제 주군을 향해 고개를 들었다.

"설마 네이필리나 아가씨 때문입니까?"

"……."

"리안에게 들어 알고 있습니다. 주군께서 저희를 따돌리고 사라지셨을 때마다 아가씨와 계셨다는 걸요."

"내 사생활에 꽤나 관심이 많군."

스카가드의 웃음기가 짙어졌다. 누가 보면 그게 기분이 좋다는 뜻이라 생각할 테다. 하지만 그를 오랫동안 수행해 온 라울은 저 미소가 하나의 경고라는 걸 알고 있었다.

그래도 그는 용감하게 입을 놀리기를 멈추지 않았다. 주인을 두려워하는 것과는 별개로 짚고 넘어가야 하는 사안이니까.

"그분은 헬리오스 황실과 밀접하게 엮여 있는 사람입니다. 아가씨가 가진 특별한 힘과는 별개로요. 신뢰할 수 있다고 생각하십니까?"

스카가드의 수하로서도, 망국의 독립군으로서도 그냥 지나칠 수 없었던 라울이 필사적으로 항변했다.

"게다가 호락호락한 분도 아니잖아요. 주군이 누군지 알면, 우리의 대업이 들키면 어쩌시려구요."

이미 들켰어. 그 여자는 전부 알고 있어.

스카가드는 헛웃음을 삼켰다. 눈치 빠른 제 수하가 짐작하지 못할 정도라면 네이필리나가 정말로 제 심중을 잘 숨겨 왔다는 뜻이다. 그마저도 제가 건드리지 않았다면 영원히 터뜨리지 않았겠지. 입맛이 쓰면서도 달콤했다.

"라울."

그가 수하를 이름으로 부르는 건 드문 일이었다.

"예, 주군."

"지금까지 내게 주어진 건 전부 받아들였어."

그게 앙헬이란 이름이든, 로피진이라는 정체성이든, 망국 왕족의 순혈에게 주어지는 책임과 의무든.

나른한 분위기가 자아내는 인상과는 달리 스카가드가 꽤나 성실한 인간이라는 걸 아는 사람은 얼마 되지 않았다. 그는, 제게 주어진 산더미 같은 굴레를 지고 나아갈망정, 벗어던질 생각은 하지 않았으니까.

"단 하나만 내 손으로 택하겠다는 거야."

"⋯⋯."

그래서 라울은 아무 말도 할 수 없었다.

"⋯⋯죄송합니다."

스카가드는 4백만 로피진들의 유일한 희망이자 보루. 그의 어깨 위에는 북부군과 앙헬, 그리고 제국의 공포와 경계까지 얹혀 있다. 그 엄중한 무게를 고스란히 지고도 여태껏 제정신을 유지해 올 수 있었다는 사실만으로도 라울은 그에게 경의를 표했다.

"하면 주군께서는 아가씨를 반려로……."

스카가드는 쓴웃음을 삼켰다. 그마저도 일방적인 믿음뿐이다. 네이필리나 콘체른이 저를 택해 줄지는 모른다. 그날, 그녀는 끝까지 답하지 않았다는 걸 스카가드는 인지하고 있었다. 조그만 입을 눌러 기어코 대답을 토해 내게 하지 않기 위해 그는 인내해야 했다.

"글쎄, 그이에게도 중한 일들이 있으니."

적어도 저만큼의 무게를 짊어지고 사는 여자였다. 그게 복수든, 무엇이든 간에.

스카가드는 그걸 방해할 생각이 없었다. 그저, 그녀가 적의 목을 지르밟기 위해 내디딜 다음 발걸음이 조금은 순탄하길 바랄 뿐이었다.

"얀센에게 군 물자 수송업체를 바꾸겠다고 해."

"군수대신에게요? 아닌 척하면서 탐욕스러운 자가 아닙니까. 그럼 제 잇속을 차리려 들 텐데요."

이해할 수 없는 명령에 라울이 고개를 갸웃했다.

"그래서야."

"예?"

이 정도 틈이라면, 그녀는 충분히 물꼬를 틀 것이다.

제 백부들마저 삼킬 거대한 둑의 물꼬를.

* * *

앙헬 대공이 폴리모스로 향한 지 두 달.

앙헬의 북부군에 관한 이야기가 수도에 퍼지기 시작했다.

"소식 들었어요? 서부 국경에서 민란이 잡히고 있다더군요."

"네. 역시 앙헬 대공이라면 가능할 줄 알았어요."

"제로스 기병들을 대패시켰다지! 그가 아니고서야 누가 그 악마들을 죽일 수 있었을까!"

대공이 전선으로 떠난 이후, 승승장구하는 승전 소식이 연이어 들려왔다. 그러나 모두가 대공의 승전 소식을 반기는 것만은 아니었다.

마르쉐 후작은 강박적인 걸음으로 정처 없이 방을 휘젓는 레클란을 응시했다. 씩씩거리는 레클란에게서 발산되는 열이 창가에 서 있는 기디언에게 닿을 정도였다.

"제길, 돈은 내가 냈는데 왜 다시 관심은 대공에게 가는 겁니까?"

와장창-! 레클란이 던진 유리잔이 벽에 부딪쳐 산산이 조각났다. 그러나 고용인들 중 누구도 고개를 돌리지 않았다. 조금이라도 몸을 피하거나 움츠러든다면 곧 분노의 불똥이 튈 게 자명했기 때문이다.

"이대로 둘 참이에요? 민란을 완전히 제압하고 나면 대공의 등에 달린 날개가 배는 늘어나겠군요."

레클란의 얼굴이 일그러졌다. 북부군의 등에 날개를 달아 준 건 그 본인이었다.

그는 서부 전선에 대공을 보내는 대신, 북부군에게 새로운 갑옷과 귀한 아지르산 군마, 그리고 수백 장의 마법 스크롤을 선물했다.

대공에게 개인적으로 보낸 성의 표시, 황금 꾸러미까지 함께였다. 그때야 전선을 피할 수만 있다면 무얼 내주어도 아깝지 않았다지만, 시간이 흐르고 나니 그의 얄팍한 마음이 점점 바뀌는 게 사실이었다.

제 손으로 달아 준 날개로 마음껏 활개 칠 대공의 군대를, 나날이 높아져 가는 그의 명성을 떠올릴 때마다 속에서 천불이 나는 것이다.

"힐데가르드의 직언이 틀리지는 않습니다. 반란군 진압에 모자라 제로스까지 무릎 꿇리고 나면, 대공은 큰 인망을 얻게 될 테지요."

마르쉐 후작과 기디언 역시 레클란과 비슷한 감정을 느끼고 있었다. 아니, 사실 일차적인 전투 비용은 실제로 둘의 주머니에서 나오는 것이니 더 심했다.

"전하의 말이 맞습니다. 대공을 끌어내릴 기회는 그가 전쟁 중일 때겠죠."

마르쉐 후작이 턱을 쓸었다.

"이대로 승리하게 둘 수는 없습니다."

앙헬은 여기서 고꾸라져 주어야 한다. 제국을 위해서도, 자신들을 위해서도.

"하면 외숙부, 어찌하면 좋겠습니까."

내내 전승을 거듭하는 북부군의 앞길을 막을 방책이 요원했다.

"전하."

그때, 가만히 가신들 사이에서 몸을 낮추고 있던 기디언이 한 발짝 앞으로 나왔다.

"제게 비책이 하나 있습니다만."

차가운 눈이 번뜩였다.

* * *

"기디언이 과연 그 돈을 다 대려고 할까?"

스테프니 길드가 있는 회색 건물의 꼭대기 층.

창가로 내리쬐는 햇살을 향해 손을 뻗은 네이필리나의 목소리가 여상했다.

'절대 그럴 리 없지.'

그렇다고 제 몫의 비용을 모르는 척 떠넘길 수도 없는 상황이다.

다른 이면 몰라, 상대가 마르쉐 후작이다. 어떤 면에선 탐욕스럽기로는 기디언보다 더한 인간. 기디언이 조금이라도 제 잇속을 차리는 게 들키면 아예 그를 뼈째로 발라 버리려 들 터였다.

"그럼 우리 백부님이 눈을 돌릴 선택지는 하나뿐이지."

"그게 뭡니까?"

바카디가 이해하지 못하겠다는 듯 고개를 갸웃거렸다.

"우리 둘째 백부가 또 군수에는 일가견이 있잖아."

마침 사업체도 하나 하고 있고.

"볼락에게 접근할 거란 말입니까? 하지만 둘은…… 라이벌이잖아요?"

콘체른 백작의 다음 후계자를 노리고 있는 두 사람이다.

"보스의 부친인 헨리 님을 잘못 말씀하신 게 아니고요?"

헨리면 몰라, 볼락은 기디언보다 더 욕심이 많다. 서로 손을 잡고 협동하는 게 가능할까? 바카디는 회의적이었다. 하지만 네이필리나는 싱긋 웃을 뿐이었다.

"둘 다 서로에게 뺏고 싶은 게 있으니까."

네이필리나는 하늘을 바라보았다.

기디언은 저 대신 볼락의 돈으로 이번 일을 무마하고자 한다. 반면 볼락은 이걸 빌미로 기디언의 인맥과 힘을 끌어오려 하고.

"그리고 결정적으로 둘에게는 공동의 적이 있잖아."

네이필리나 콘체른.

바로 저를 위해서라도 둘은 잠시의 동맹을 흔쾌히 수락할 것이다.

"황실에서 수송을 맡은 군수업체를 바꾸려 한다지?"

"예. 대공 쪽에서 일방적으로 현재 보내는 물자들의 질을 신뢰하지 못하겠다고 했답니다."

갑작스러운 전달에 군부 쪽에서도 우왕좌왕하고 있다고 했다. 네이필리나가 고개를 들었다.

창밖으로 보이는 시원한 푸른색의 창공은 폴리모스에서도 같은 색을 띠고 있을 테다.

'당신이 준 기회, 잘 쓸게.'

"보스는 그 이유를 아시는 것 같습니다?"

"글쎄?"

그녀는 어깨를 으쓱할 뿐이었다.

"한데 궁금해지지 않아?"

"뭐가 말입니까?"

그때 청명한 하늘을 가로지르며 날아가던 새 떼가 수직으로 낙하했다.

"수가 틀리면 누가 먼저 손을 놓을지."

난 기디언 백부에게 걸겠어. 바카디는?

가장 먼저 빠르게 벗어나는 새 한 마리를 보며 네이필리나가 슬쩍 입꼬리를 올렸다.

* * *

"볼락."

2별관에 좀처럼 걸음하는 일이 없는 이가 모습을 드러냈다.

"형이 여긴 웬일이야?"

막 권투 연습을 끝내고 들어오던 볼락이 험악한 표정을 지었다.

"얘기 좀 하자."

"해."

"이 자리에서 할 만한 얘기는 아냐. 자리를 따로 옮겨서……."

"글쎄. 그렇게까지 할 필요가 있을까 싶어. 형이 나 좋자고 움직일 리는 없을 테고, 이번엔 또 누굴 담그려고?"

볼락이 손에 낀 글러브를 벗겨 내고는 바닥으로 툭 던졌다. 손에 칭칭 동여맨 붕대를 풀어내는 데 치중하느라 기디언 쪽을 쳐다보지도 않았다. 귓등으로도 경청하지 않는 태도에 기디언의 매끈한 이마가 찌푸려지려 할 때 볼락의 입이 다시 움직였다.

"형이 구슬려 준 덕분에 내 아들이 지금 어떤 꼴이 되었는진 굳이 말하지 않아도 좋겠지?"

기디언의 감언이설에 넘어가 네이필리나와의 결투에서 반칙패를 당한 페이선은 아직도 수습 기사로 머물러 있었다. 기사 서임도 해제당하고, 그 날의 일이 알려지면서 평판도 바닥으로 떨어지며 귀족 영식으로서의 재기도 어려워졌다.

"나는 조언을 했을 뿐이야."

"그래. 그 알량한 혀로 잘도 씨부려 댔겠지."

무례한 언사에 기디언이 잠시 울컥했으나 그는 곧 오늘의 목적을 상기해 냈다.

"형이 왜 그랬는지 내가 모를 것 같아? 내 군수 사업이 커지는 게 그렇게 두려웠나? 그래 봤자, 난 흔들리지 않아. 아버지 역시 아무것도 정하지 않으셨고."

볼락이 이를 으득거렸다. 헨리가 후계 경쟁에서 빠지겠다고 공식적으로 선언한 이후, 백작가의 경쟁 구도는 볼락과 기디언으로 이분되어 있었다. 그는 경기 직전 찾아와 페이선의 정신력을 뒤흔들고 간 제 형이 몹시 미웠다.

하지만 그도 공과 사는 구분할 줄 아는 콘체른의 일원이다.

"용건부터 말해."

형 얼굴이 계속 그렇게 멀끔한 채로 있고 싶다면 말이야. 볼락의 주먹 쥔 손이 꿈틀거렸다. 상대를 노려보며 읊조리는 목소리가 자못 살벌했다.

"네 도움이 필요해. 너도 후회하지 않을 거다."

지금 상황에서 우리가 네이필리나를 그냥 둘 수는 없잖느냐. 기디언의 마지막 문장은 나지막하게 흘러나왔다. 귀를 기울이지 않으면 제대로 들리지 않을 만큼.

"나도 달갑진 않지만, 그 애를 해하려 했다간 아버지가 가만히 계시지 않을 거야. 형이 더 잘 알고 있을 텐데?"

볼락이 마땅찮은 표정을 지었다.

"네이필리나를 해하자는 게 아니다. 우리가 좀 더 분발해야 한다는 얘기였지."

기디언은 매끄러운 얼굴 뒤로 본심을 숨겼다.

"지금 군부에서 군수업체를 새로 찾고 있다는 소식을 너도 들었겠지."

"무기 팔아먹는 놈치고 그걸 모르는 멍청이가 있나?"

"그럼 폴리모스로 갈 군량과 무기, 네가 대어 보는 게 어때?"

"뭐?"

무시하려던 그가 멈칫했다. 폴리모스의 군수품 수송이라면 상당히 큰 대어였다. 경쟁과 독점이 심한 군수 산업계의 특성상, 기존에 있는 업체를 뚫고 나아가기는 어려웠다. 볼락이 콘체른이라는 황금 뒷배를 두고서도 어쩌지 못하고 듬성듬성 구색만 갖추고 말았던 이유기도 했다.

"형이 어떻게? 잊었어? 얀센은 포스윈드의 사람이야. 중립이라고."

"겉으로는 그렇지."

기디언은 고개를 저었다. 얀센이 얼마나 탐욕스러운 자인지 볼락이 몰라서 하는 소리였다.

"황자 전하와 관련됐으니 가타부타할 순 없지만, 그는 이미 우리 쪽으로 회유된 지 오래야. 너만 괜찮다면 다음 업체 선정지는 네 사업체가 될 거다."

"그런 황금 같은 기회를 왜 내게 넘겨주려는 거지?"

볼락이 경계 어린 눈으로 제 형을 노려보았다.

"다른 놈들에게 뺏기는 것보다는 콘체른이 가져오는 게 나으니까. 대신."

기디언은 반의 진실과 반의 거짓을 섞었다.

"대신 내가 지금 대고 있는 1차 군량의 절반을 감당해 다오."

"그럼 그렇지. 형이 절대로 나 좋은 일만 해 줄 리가 없지."

볼락이 삐뚜름한 입꼬리를 올렸다.

"하지만 내게도 나쁘지 않은 제안인 건 사실이야."

"그렇다니까."

"……고려해 보지."

그러나 생각해 보겠다는 볼락의 눈은 이미 희열에 번득이고 있었다.

* * *

마르쉐 후작저.

"경, 수송을 미룰 방법이 있다는 말인가?"

기디언이 내민 계책에 레클란이 뜻밖이라는 눈을 했다.

네이필리나 영입에 실패하면서 기디언을 본체만체했던 그였다.

"예. 어차피 2차 군량이 조만간 출발해야 하는 상황이 아닙니까? 제 동생이 군수 사업을 합니다. 군량을 조달하는 군마와 수레들은 저희 쪽에서 손을 쓸 수 있다는 의미지요."

더불어 군수대신 얀센이 2황자 쪽이다.

그가 친히 볼락의 군수업체를 선택하고, 뒷돈을 받으며, 군량미 송출에 승인하기만 하면, 뒷일은 일사천리다.

"수송 자체를 없던 일로 하지는 않을 겁니다. 단지 서부 전선으로 가는 길에 여러 가지 고난이 생겨 제대로 도착하지 못하는 것뿐이지요. 가령 수레에 실린 군량이 갑작스레 화재에 휩싸인다든지요."

앙헬 대공은 잿더미만 실린 수레를 보게 될 것이다. 아니, 그마저도 불에 그슬린 수레바퀴가 폴리모스에 다다를 때까지 버텨 준다는 가정하에서.

"……명석한 조카딸의 머리가 경을 닮아서였나 보군."

레클란의 입장에서 이건 칭찬이었다.

비로소 떨어진 상사의 허락에 기디언은 웃음을 내보였다.

"하지만 네이는 이런 악수엔 동의하지 않을 겁니다. 아직 어려, 무고한 죽음과 삐뚤어진 정의에 피가 끓는 아이니까요."

"……."

"이 일을 행하기엔 적합지 않지요."

기디언의 말이 틀리지 않았다. 네이필리나 콘체른은 이 계략에 맞지 않는다. 레클란이 수긍의 뜻으로 턱을 까딱였다.

"하지만 들켜서는 안 돼. 부황께서 가만히 계시지 않을 테니까."

서부 전선에 제로스 기병들이 깔짝깔짝 모습을 보이는 상황이다. 대공과 그의 군대가 막고 있는 전선이 무너지면 제로스는 곧바로 제국을 노릴 것이다.

대공을 경계하는 황제지만 그렇다고 제 국토를 위험하게 하면서까지 그를 제거하려는 사람은 아니었다.

이 음모가 밝혀지면 아무리 레클란을 아낀다 하여도 벼락을 내릴 터.

"예, 물론이지요. 하지만 걱정 마십시오, 전하. 절대 들키지 않을 겁니다."

황제의 아들인 당신이 직접 찾아가서 고하지 않는 한, 병석에 누운 황제가 몇 번이나 거친 사람들의 추적을 좇아 사건의 내막을 파악할 리는 없었다.

기디언이 자신만만하게 고개를 끄덕였다.

* * *

그 시간, 볼락은 낯선 객실 안으로 발을 들였다.

"아, 경……!"

군수 사업을 운영하는 만큼, 저 커튼 옆에 서 있는 남자를 모를 수가 없었다. 헬리오스군의 행정을 책임지는 자, 얀센이었다.

"그래, 자네가 이번에 나와 함께 손을 잡을 친구인가?"

"예! 볼락 콘체른입니다!"

거구가 무색하게끔 그의 허리가 굽신굽신 접혔다.

"흠흠. 일어나게. 원, 예의 바른 친구구만."

얀센은 너그러운 표정으로 그를 일으켜 세웠다.

"한데 말이지, 그대의 물건들을 좀 봤는데 말이야."

"예, 최고급품으로 구하였습니다. 저희 콘체른 상단을 아시지요? 질 좋은 품목을 제공하는 데 있어선 가히 타의 추종을 불허하지 않습니까. 혹 저어되는 부분이 있으시다면 언제든지…….."

"아니, 그게 아니고 말이야."

얀센이 주위를 두리번거렸다. 둘밖에 없는 객실이었음에도 혹 듣는 이가 있을까 신경 쓰는 것처럼. 족제비 같은 눈이 반짝였다.

"자네 몫을 좀 더 키우고 싶은 생각 없나?"

"예에?"

볼락이 눈을 끔뻑끔뻑했다.

군수대신이 제게 은밀하게 제안하려는 건…….

"아니, 상대는 북부군이 아닌가. 빵이 아니라 풀때기를 먹어도, 칼이 아니라 파 쪼가리를 들어도 사람 서넛은 베어 넘길 수 있을 테지."

"얀센 경의 말씀은…….."

'……군수 비리!'

볼락의 가슴이 쿵쿵 뛰기 시작했다. 그의 머릿속은 맹렬하게 밀 한 포대당, 무기 하나당 남는 마진을 계산하고 있었다.

"하지만, 대공이 가만히 있을까요? 저품질의 군수 물품을 제공했다는 걸 안다면…….."

걸리는 건 하나뿐이다. 악명 높은 전장의 악마, 앙헬 대공의 뒷감당.

얀센이 피식 웃었다.

"나라고 목숨이 두 개라서 이런 제안을 하겠나? 대공이 알아차릴 리는 없네. 왜냐면 우리 수레는 절대 거기까지 도착하지 않을 거거든."

군수품이 서부에 도착하는 기간을 차일피일 늦춰 대공을 위험에 빠뜨리겠다는 2황자의 계략에서 얀센은 한 가지 아이디어를 냈다.

'수송 물자가 가는 중에 불에 타 버리면? 다 타 버린 재 속에서 대공이 그게 고급 밀인지 모래를 섞은 하급 밀인지 어떻게 알겠어?'

요는 제가 장난을 좀 쳐도, 수송 행렬에 닥칠 불운이 그걸 덮어 줄 거라는 거다.

"이리 와 보게."

소곤소곤. 얀센이 제 계획을 전달하자 볼락의 눈이 커졌다 작아지기를 반복했다.

'이건 형도 모르는 일이지. 기디언보다 내가 돋보일 거야.'

그리고 객실을 나설 즈음에는, 볼락의 눈엔 탐욕이 이글거렸다.

기디언은 간과했던 것이다. 제 동생이 저만큼이나 욕망에 충실한 인간이라는 사실을.

* * *

"뭐야? 너 2별관에서 일하는 애 아니니?"

"맞아. 근데 오늘부로 볼락 님이 기사단에서 일하는 사람 아니면 전부 2별관을 비우래."

볼락은 이번 사건의 중요성을 알았다. 군수대신과 짠 은밀한 계획이 새어 나가기라도 하면 그는 죽은 목숨이다. 그래서 그는 기사들만 제 일을 수행하도록 바꿨다.

하지만 볼락은 몰랐다. 그의 야심 찬 계획은 이미 네이필리나에게 모두 전달되고 있다는 걸.

"그래서 아가씨, 지금 생산하고 있는 무기들은 명실상부, 전투용으론 가당치도 않습니다. 철에 불순물을 많이 섞었어요. 두세 번 부딪치면 댕강 부러질 겁니다."

일단 기사단장 루스가 맹렬하게 무기 제작에 관련된 진행 과정을 일러바쳤고,

"콘체른 상단이 아니라 신원 미상의 상단에서 실어 온 밀가루 포대를 실었어요, 아가씨. 저는 다른 기사님들과 그걸 수도 근교의 로얄트 창고로 옮겼고요."

스콰이어에서 충실하게 수습 기사 과정을 밟고 있는 엔이 제가 맡은 군량의 출처와 보관처를 알려 주었다.

"군량으로 쓰긴 힘든 하급품입니다, 아가씨. 이건 문제가 크게 될 거예요. 볼락 님을 막아야 합니다."

우직한 청년의 얼굴은 불신과 배신감으로 얼룩져 있었다.

"둘째 백부가 말한다고 들을 위인이셨으면 처음부터 여기까지 오지 않았을 거야."

"……하면 제가 어찌하면 되겠습니까?"

청년의 얼굴은 꼭 커다란 짐을 등에 얹은 것처럼 불편해 보였다. 네이필리나는 그 표정에서 익숙한 기시감을 읽었다.

"둘째 백부에 대한 걱정이 많구나, 엔."

"예? 아, 아닙니다. 저는 그저…… 기사단의 주인이시니까……."

엔이 쭈뼛쭈뼛 황급히 자리를 떠났다. 네이필리나가 어깨를 으쓱였다. 엔의 반응과는 별개로 얀센과 볼락의 협력은 물 흐르듯 쭉쭉 뻗어 나가고 있었다.

"군량 바꿔치기라니. 우리 헬리오스의 군부를 책임지는 분이 이렇게 욕심이 많아서야."

"군부……. 설마 그럼 아가씨께선 얀센 경이 볼락 님에게 이번 일을 지시했다고 생각하시는 거예요?"

젤피가 눈을 동그랗게 떴다.

"그래."

"어째서요?"

"이건 볼락 백부 혼자 저지르긴 스케일이 너무 크잖니. 뒷배를 책임지는 사람이 없으면 불가능하지."

하지만 그렇다고 저들의 뜻대로 되게 내버려 둘 수는 없다.

'어떻게 손에 넣은 기횐데.'

볼락은 여기서 고꾸라져 주어야 한다.

"얀센은 2황자 쪽인지 몰라도 재상 포스윈드는 중립이지."

그는 마지막까지 위치를 고수하며 후계 싸움으로 헬리오스 제국이 혼돈에 빠지지 않도록 막았다.

네이필리나가 몸을 돌렸다.

"리안, 글씨를 잘 쓰는 사람 하나를 좀 데려오렴."

"글씨를요? 예, 알겠습니다."

"응. 내가 적은 이 편지를 대필해서 포스윈드 경의 책상 위에 올려다 놔야 하는데……."

'내가 직접 가는 게 좋을까.'

네이필리나가 곰곰 생각할 때 리안이 대답했다.

"제가 하겠습니다, 아가씨."

"네가?"

'하지만 리안은 내 사람이 아닌데, 괜찮을까.'

네이필리나가 잠시 입술을 깨물며 골똘히 생각할 때였다.

"맡겨 주십시오."

"흔적을 들켜선 안 돼. 포스윈드 경은 눈치가 빠른 사람이야."

일국의 재상저에 침입하는 일이 쉬울 리 없다. 그 저택의 주인까지 호락호락한 이가 아니니 더 은밀하고 신중한 움직임이 필요했다.

"포스윈드가 이게 고발이 아니라 계략이라는 걸 눈치채면 모든 일이 어그러질 수 있어."

"왔다 간 흔적도 없이 다녀올 수 있습니다."

리안이 진중한 얼굴로 고개를 끄덕였다.

"저를, 아니, 저희를 완전히 신뢰하기 어려우시다는 걸 알고 있습니다."

그녀는 잠시 망설이다 입을 열었다.

"하지만 이곳에 온 이상, 저희들은 아가씨의 종이기도 합니다. 분부하신 일을 수행하는 데 있어 주군을 모실 때보다 한 치의 모자람이 있지 않을 것이니 부디 맡겨 주십시오."

"……대공이 그리하라셨니?"

리안이 고개를 저었다.

"제 독단적인 행동입니다. 주군께선, 아가씨의 보호만을 명하셨으니까요."

"……."

네이필리나는 리안의 얼굴을 물끄러미 바라보았다.

진중한 표정, 단단하게 서 있는 자세. 어느 하나 흐트러짐이 없는 완연한 기사였다. 짧지 않은 시간을 함께하며 네이필리나 역시 이 로피진 기사의 신의와 성실함을 겪었다.

대공의 사람이라고 선을 긋기엔 리안은 네이필리나의 경계 안으로 성큼 들어와 버린 거다.

'그리고 나도 이젠 꽤 얼굴이 알려졌으니 예전처럼 자유롭게 움직이려면 조심해야 하고.'

무력으로는 따라올 자 없는 로피진 기사가 그녀의 손발이 되어 준다면 일의 진척이 훨씬 수월해진다.

"……그래. 믿을게."

이성과 감정이 뒤섞인 채, 네이필리나는 복합적으로 결정을 내렸다.

리안의 얼굴이 밝아졌다. 거절당할 거로 생각했던 모양이다.

"실망시켜 드리지 않겠습니다."

"됐어. 그저 맡은 일만 제대로 해 주면 돼. 네 주인께서 내가 널 종처럼 부리는 걸 달가워하실진 모르겠지만."

"기꺼워하실 겁니다. 주군께서 아가씨를 잘 보필하라 언질 주신걸요. 저희 셋의 전력으로도 모자라다 하시며 주군의 그림자도……."

'앗, 여기까진 얘기하면 안 되는데!'

주군한테 죽었다. 신나게 중얼거리던 리안이 일순 입을 다물었다.

"어쩐지 사각지대의 눈이 많아져서 이상하더라. 나는 백부들이 보낸 줄 알았더니."

네이필리나가 한숨을 내쉬었다. 살기를 띠진 않았기에 기이하다고 생각하면서도 짐짓 거슬려 조만간 치워 낼 생각이었는데, 대공의 그림자 호위들이었다니.

"그림자가 여기 있으면 대공 전하는 어찌한단 말이야?"

정작 호위는 수도에 남겨 두고 본인은 전선으로 나가 버린 게 황당했다.

"그럼 그는……."

충동적으로 뻗은 손이 리안의 손목을 붙잡았다.

'심지어 지금 저 계획대로라면 추가 군량 없이 버텨 내야 될 텐데.'

네이필리나의 미간이 일순 좁혀졌다.

"아가씨?"

"……미안. 아무것도 아니야."

손목을 쥔 손이 이내 떨어져 나갔지만, 리안은 알 수 있었다.

'주군을 걱정하시는구나.'

네이필리나의 손 위에 따뜻한 온기가 얹혔다. 리안의 손이었다.

"걱정하지 마십시오. 주군께서 이런 상황을 예상하지 못할 리 없으실 테니까요."

"하지만 지금 전선은 엉망이잖아?"

2황자 레클란에게 겁을 주려 입을 털긴 했지만, 반란군과 결탁한 제로스 기병들이 강하다는 건 명백한 사실이었다.

대공의 북부군을 제외한 황군들은 오합지졸이고. 심지어 전투 초반에는 디에라들까지 나타났다고 하지 않았나.

'이번 일은 성국까지 연결되어 있어.'

전부 없었다고는 하지만 언제 성국이 다시 디에라를 풀지 모르는 일이다. 새까만 디에라 떼에 휩싸인 대공의 모습을 상상하자, 가슴 한구석이 괜스레 서늘해졌다.

'차라리 내가 그곳으로 간다면…… 아니야.'

네이필리나는 작게 고개를 저었다. 그녀의 능력은 번잡한 전투에서는 되레 짐이 될 뿐이다.

'전투 중에 계속 피를 주입해 줄 수도 없는 일이니까.'

대공 역시 그래서 저를 데려가지 않은 거겠지.

'기다려 줘. 어딜 가든 나는 그대에게 돌아올 테니까.'

대공은 그렇게 말했다.

하지만 그렇다고 제가 가만히 앉아 기다리고만 있을 줄 알았다면, 대공은 아직 저를 모르는 거다.

"군수품을 따로 보낼 방법을 찾아야겠어."

이번 일은 대공이 선물해 준 기회였다. 그에 대한 보답 역시 되돌려주어야 한다.

'아니, 사실은 그 이유가 아니기도 해.'

사실은 보답 따위가 아니라, 그저 그가 좀 더 빨리 되돌아오길 원해서일지도 모른다는 건 인정하지 않을 것이다.

"아아, 콘체른 상단을 통해서요? 하지만 2황자 쪽이 안다면 아가씨가 곤란해지시지 않겠습니까?"

레클란은 네이필리나가 저를 배신했다 여길 테니까.

"아니, 레클란은 모를 거야. 다른 사람에게 시킬 거니까."

"다른 사람이라 하시면…… 혹 마음에 둔 이가 있으신가요?"

저희가 찾아볼까요? 리안이 궁금한 듯 그녀를 바라보았다.

"아니. 생각해 둔 이가 있어. 리안은 대필 건만 제대로 수행해 줘."

하지만 네이필리나는 대답 대신 창밖을 바라볼 뿐이었다.

* * *

대낮에도 을씨년스러운 분위기를 자아내는 멤피스 거리.

하층민의 온상인 스테프니 거리와는 달리 이곳은 범죄자의 온상이자 암시장의 지배자라 불리는 사일러스 블랙이 있는 곳이다.

카란튤라 암시장에서 얼마 떨어지지 않은 곳이지만 사람의 인적이 드물었다.

"블랙이라뇨. 섣불리 건드릴 수 있는 자가 아닙니다."

네이필리나가 사일러스 블랙을 찾아간다고 하자 바카디가 기겁했다.

"하지만 주고받는 것 하나는 확실한 인간이지."

모두의 눈을 피해 은밀하게 물자를 수송하는 덴 그만 한 루트가 없을 테다.

그리고 결국.

"이게 누구야. 콘체른의 막내 아가씨가 아닌가?!"

네이필리나는 사일러스 블랙을 마주했다.

능글거리는 얼굴로 책상 위에 걸터앉아 시가를 뻐끔뻐끔 피워 대던 블랙이 과장된 환영 인사를 하며 미끄러지듯 내려왔다.

제국에서 가장 천박한 장사꾼이라는 약칭과는 달리 세련되고 늘씬한 표범 같은 사내였다.

표범이라 보기엔 상당히 길고 건장하긴 했지만. 보그너 후작과 맥밀란을 포함해서 헬리오스 3대 장사꾼이라 불리는 사람이니 나이가 상당히 있을 터였다. 하지만 눈앞에 나타난 남자는 아무리 많이 보아 줘도 40대 초반으로, 헨리와 비슷한 연배로까지 보였다.

"나를 알고 있나요?"

"이 바닥에 있으면 귀에 들려오는 얘기가 많지."

그가 어깨를 으쓱했다.

"꿀 같은 금발에 에메랄드 눈동자를 한 사람 중에 멤피스 거리를 거침없이 헤집고 다닐 수 있을 만한 이가 아가씨 말고 또 누가 있겠어."

그래서, 여기까진 어쩐 일로?

본론을 토해 내라는 듯, 블랙이 까만 눈동자를 반짝였다.

"의뢰할 게 있어서죠."

"내게?"

네이필리나가 턱을 까닥거렸다.

"간도 크시군. 일단 이야기나 들어 보지."

블랙이 작은 단도를 손가락에 걸어 휘휘 돌리며 말했다. 알 수 없는 기행과 잔인한 성정으로 알려진 자였다. 저를 암살하려는 살수를 잔인하게 난도질한 후, 그 시체 옆에서 태연자약하게 토마토 수프를 떠먹었다는 이야기는 수도에 도시 괴담처럼 퍼져 있는 일화 중 하나기도 했다.

4지구에 살던 네이필리나의 귀에까지 들려왔으니 더 말해 뭐 할까.

그러니 지금, 날붙이를 자유자재로 눈앞에서 휘두르고 있는 블랙에게서 기묘한 압박감이 느껴지지 않는다면 거짓말일 것이다.

"손가락 간수 잘하시오. 그 날붙이, 우리 보스 그림자에라도 닿았다간 당신 옆구리에 고이 되넣어 줄 테니."

바카디가 블랙을 노려보며 나지막하게 읊조렸다.

"아가씨, 꽤나 걱정이 많은 수하를 뒀어."

팟!

작은 파열음과 함께 블랙이 내던진 단도가 벽을 향해 날아가 꽂혔다.

"이제 됐나?"

텅 빈 양손을 들어 보이는 블랙의 유유자적한 작태에 바카디가 인상을 일그러뜨렸다.

하지만 네이필리나의 표정은 아무런 변화가 없었다.

"곡식과 무기를 사서 보내고 싶은데 비밀리에 움직였으면 해요."

그저 여상한 목소리로 좀 전의 대화를 이어 나갈 뿐이었다.

"어디로?"

"서부의 폴리모스."

"지금 한창 앙헬 대공이 싸우고 있는 그곳? 이거, 앙헬이 아가씨의 다음 연줄인 건가?"

블랙의 눈썹이 재미있다는 듯 슬쩍 올라갔다.

"아니면 은밀한 전달을 요구하는 거로 봐서 대공에게 보내는 구애 편지로 봐야 할까?"

사실 대공에게 구애를 대신 표해 달라는 의뢰는 종종 있었다며 블랙이 낄낄 웃었다. 그러나 그의 검은 눈동자는 간간이 그녀를 관찰하는 중이었다.

네이필리나는 그중 어느 것에도 대답하지 않았다. 그저, 싱긋 웃으며 팔짱을 꼈다.

"받는 의뢰마다 이렇게 말이 많나 보군요. 사건 의뢰를 받아들이겠다는 건지, 말겠다는 건지. 당신 입에선 고객 비밀 엄수도 안 될 것 같아요. 이럼 신뢰도가 영 떨어지는데."

"……."

"암시장의 위상이 예전과 같지 않은 이유를 어렴풋이 알 것 같기도 하군요."

상냥한 목소리로 던진 철퇴를 맞은 블랙이 잠시 말이 없다가 이내 너털 웃음을 터뜨렸다.

"아하하. 내가 졌어. 무례를 사과하지."

그가 항복한다는 듯 양손을 다시 들어 올렸다.

"폴리모스로 물자 수송이라. 흔적 없이 움직이려면 귀찮긴 하지만 불가능한 일은 아니지."

하지만 그것보다 말이야.

"콘체른 양의 조부께선 아가씨가 나와 손잡는 걸 달가워하지 않으실 텐데?"

블랙이 어깨를 으쓱했다.

맥밀란 콘체른이 암시장의 불법 거래를 혐오한다는 것은 헬리오스에 잘 알려져 있는 얘기다.

네이필리나는 표정 없이 블랙을 바라보았다.

"당신도 지금 거래하는 사람을 제대로 봐 줬으면 좋겠군요. 내가 맥밀란 콘체른으로 보이나요?"

조부인 맥밀란과 저는 다르다는 암묵적인 암시였다.

"의뢰, 승낙 여부부터 알아야겠는데요."

당황하기는커녕, 되레 거침없이 허를 찌르는 대꾸에 블랙의 입꼬리가 올라갔다.

"걱정 마. 아가씨의 물건은 무사히 국경까지 도착할 테니까."

* * *

블랙을 만나고 나오는 길,

"놈이 약속을 지킬까요?"

바카디가 물었다. 건들거리는 모양새도, 지하 세계에서의 그의 악명을 고려해 봐도 아무래도 의심스러운 모양이었다.

"바카디, 제국 3대 장사꾼이란 위명이 그냥 주어지는 건 아니지."

계약에 있어서 허술함이 있는 사람이었다면 여기까지 올라오지도 못했다.

"그리고……."

네이필리나는 놀라지 않던 블랙의 얼굴을 떠올렸다.

블랙은 제 조부나 보그너 후작과 동시대를 향유했던 사람이다. 그럼에도 세월의 흐름을 거스르는 듯한 생기가 그에게는 있었다. 주름진 피부에선 윤기가 흘렀고, 딱 벌어진 어깨와 펑퍼짐한 의상 아래로 날렵한 몸이 자리 잡고 있을 것을 예상하긴 어렵지 않았다.

그리고 굳은살이 박인 그의 손까지.

"아직도 몸을 쓰는 사람이야."

살수로서의 경험이 그녀에게 알려 주었다. 아무래도 지하 세계의 장사꾼은 아직도 현역으로 제국의 밤 세계를 누비고 있는 듯하다고.

그리고 그 활력은 아마, 그의 종족적 특성에 있지 않을까.

'로피진.'

대공을 부러 언급하며 저를 관찰하던 눈빛을 그녀는 잊지 않았다.

'자세한 관계는 모르겠지만…….'

로피진들은 결속력이 강한 민족이다. 망국의 백성들이 되고 난 뒤부턴 더 그랬다.

그러니…….

"적어도 배신하진 않을 거야."

"누굴요, 우릴 말입니까?"

"아니, 그를."

"그요? 누굴 말씀하시는……."

바카디가 고개를 갸웃거렸지만, 네이필리나가 조용히 마차의 창밖을 바라볼 뿐이었다.

네이필리나가 탄 마차가 멀어지는 모습을 사일러스는 창밖으로 내려다보고 있었다.

"듣던 대로 재미있는 여자군. 스카가 정신을 차리지 못하는 것도 이해돼."

"블랙 님."

"깜찍하기도 하고. 저런 인간이 얼마 만이지, 대체?"

리안의 얼굴이 대번에 찌푸려졌다.

"언사를 자중해 주십시오. 주군의 반려가 되실 분입니다."

그녀는 잠시 자리를 비운다는 핑계를 대고 다시 이곳으로 되돌아온 참이었다. 네이필리나는 수하들에게도 개인적인 시간을 내어 주는 독특한 주인이라서 가능한 일이기도 했다.

"아아, 별다른 생각은 없어. 나야 순혈에게 복종해야 하는 몸이니, 여기서 뭘 더 어쩔 생각 따윈 없는걸."

그가 어깨를 으쓱했다.

사일러스 블랙.

그는 로피진 반군의 은밀한 지갑이었다.

"주군께 전해. 이번엔 내 도움이 필요치 않으실 것 같다고."

그가 킬킬 웃었다. 시야는 멀어지는 초록빛 마차를 좇고 있었다.

"주군에겐 나보다 더 뛰어난 후원자가 계시니 말이야."

* * *

포스윈드 재상저.

"이건 뭐지?"

퇴궁 후 서재로 들어서던 포스윈드가 멈칫했다. 마호가니 책상 위에 황금색 리본으로 곱게 묶은 양피지 두루마리 하나가 놓여 있었다.

"누가 가져다 놓은 거냐?"

낯선 물건의 등장에 시종의 얼굴이 새파래졌다. 경비가 삼엄해야 하는 곳에 출처 모를 물건이, 그것도 주인의 책상 위에 떡하니 놓여 있으니 태만으로 회초리질을 당해도 할 말이 없었기 때문이다.

"네? 어, 아까 청소할 때까지만 해도 없었는데……. 죄송합니다, 미처 치우지 못한 모양입니다. 지금 바로……."

"잠깐."

허겁지겁 책상 위를 치우는 시종의 손에서 포스윈드가 양피지를 빼앗아 들었다.

황금은 그가 모시는 찬란한 헬리오스 황실의 상징 색이다. 어쩐지 내용을 봐야겠다는 생각이 들었다.

"잠깐만. 내가 봐야겠다."

촤르르-.

"이건……!"

편지는 공손한 인사말로 시작했다.

[포스윈드 경, 정체를 밝힐 수 없는 상황이라 위험을 무릅쓰고 경을 찾았습니다.]

양피지 위 흘림체로 쓴 문장을 읽어 내려가던 포스윈드의 손이 부들부들 떨렸다.

[……는 상황입니다. 얀센과 콘체른이 서로 결탁하여 한 치 앞의 이익만을 좇으니, 이는 실로 전선을 위태롭게 하는 위험천만한…….

(중략)

실의에 빠진 현 헬리오스의 상황을 이해하고 해결해 주실 수 있는 분은 당신뿐이라…….]

편지를 읽어 내릴수록 안경 너머로 보이는 얼굴이 점점 일그러졌다.

"그럴 리가 없다. 전투가 한창인 군사들을 황실이 돕지는 못할망정 제 잇속을 차렸다고? 무슨 말도 안 되는 억측……."

아무리 2황자가 철이 없다 한들, 사건의 경중을 구분하지 못하는 천치는 아니다. 이는 분명 헬리오스의 기둥들을 이간질하려는 음모가 분명했다.

폴리모스에서 들려오는 승전보는 계속 울리고 있었다.

안경 줄이 잘게 흔들렸다. 꼭 그 안경을 끼고 있는 주인이 분노에 몸을 가누지 못하는 것처럼.

착. 편지를 접어 품속으로 넣은 포스윈드가 다시 자리에서 일어섰다.

"주인님, 방금 퇴궁하셨는데 다시 어디로 가시려는……."

"알아봐야겠다. 지금 이게 사실이라면 다들 제정신이 아닌 게야."

성큼성큼 재상저를 빠져나가는 그의 걸음마다 새파란 열이 발산되는 듯했다. 그래서 그는 보지 못했다. 지붕 위 그림자 하나가 마차가 떠나는 걸 물끄러미 내려다보다 모습을 감추는 것을.

포스윈드가 마차에 다시 올라타자 마부가 전전긍긍 눈치를 살폈다.

"나, 나리, 어디로 뫼실까요?"

"로얄트로!"

로얄트는 군량이 대거 보관되고 있는 수도 근처의 황실 물자 보관소였다.

달그락달그락. 늦은 밤, 거리를 내달리는 마차의 바퀴 소리가 조용히 울려 퍼졌다.

"나리, 도착했습니다요."

보관소 앞에서 마차가 속도를 늦췄다.

"관등 성명을 대고 허가서를 제출하시오. 허가받은 이가 아니면 출입할 수 없소."

인적이 드문 새벽 시간이었음에도 경계가 꽤나 삼엄했다.

"허가서라니? 내가 모시고 온 분이 누구신 줄 알면……."

문지기가 깐깐하게 포스윈드가의 마부를 검문할 때였다.

"됐네. 내가 그냥 내리지."

"재, 재상 각하? 여기까진 어쩐 일로……. 아, 죄송합니다! 각하가 오실 거라고는……."

성미를 참지 못한 포스윈드는 마차에서 훌쩍 뛰어내렸다.

"군량고가 어느 쪽인가?"

"예, 예에?"

"어느 쪽이냐고!"

새파래져서 사죄를 구하는 배불뚝이 문지기를 본체만체하고 윽박질렀다. 문지기가 덜덜 떨며 팔을 들었다.

"그게, 저, 저쪽……."

그때였다.

"불, 불이야! 불이 났어!"

새까만 밤, 시뻘건 화염이 타올라 빛을 밝혔다.

방향은 문지기의 검지가 가리키는 쪽이었다.

오늘따라 날씨가 건조했다. 유독 바람이 심하게 부는가 싶다더니, 불이 삽시간에 번졌다.

군량을 모아 둔 거대한 창고의 벽면 하나가 순식간에 화마에 휩싸였다.

"뭣들 하고 있나! 얼른 가서 불을 끄지 않고!"

다행히 불씨의 발견이 빨랐다. 일 처리에 있어선 누구보다 발군의 실력을 발하는 재상이 이 자리에 있다는 것도 한몫했다.

포스윈드는 언제 붉게 타오르는 불꽃에 당황했냐는 듯, 보관소의 궁원들에게 명령하며 사태를 수습하기 시작했으니까. 덕분에 그들은 우왕좌왕하지 않고 재빨리 사태를 수습할 수 있었다.

문제는, 반쯤 타다 남은 군량 창고의 내부 모습들이 가감 없이 드러나 버렸다는 거다.

"……이게 다 뭐야?"

불을 끄는 아수라장 중간중간, 짐수레에서 쏟아진 곡식들이 보였다. 2차 군량 및 물자 수송을 위해 짐을 잔뜩 실어 놓은 수레였다.

당장 출발을 앞둔 지 하루도 채 남지 않은 수레에 실린 포대 자루에서 왜, 좀이 먹어 누런색의 밀가루가, 바짝 말라 거의 겨울 나뭇가지를 연상케 하는 새까만 육포가, 곰팡이가 하얗게 내려앉은 거친 보리빵이 쏟아지는 것인가.

한눈에 보기에도 사람이 먹기에는 다들 상태가 한참 나간 재료들뿐이었다.

"……그 편지의 내용이 사실이었어."

포스윈드의 얼굴이 종잇장처럼 구겨졌다. 싸구려 밀을 한 움큼 쥔 손이 부들부들 떨리고 있었다.

다음 날, 로얄트 보관소.

"이것들이……."

새하얀 분노로 밤을 꼬박 새운 포스윈드는 여전히 로얄트에 있었다.

다만, 그의 부하이자 황실의 녹을 먹는 관리들이 보관소 이곳저곳을 오가고 있다는 것만이 어젯밤과 달랐다.

"어떤 놈이야! 누가 불을 냈어!"

'지금 벌써 불이 나 버리면 안 되는데!'

날이 밝은 뒤, 얀센과 볼락은 보관소에 불이 났다는 청천벽력 같은 소리를 듣고 달려온 참이었다.

그러나 화재에 신경 쓸 겨를도 없었다. 창고 앞에서 낯설고도 익숙한 얼굴을 발견한 그들은 아연실색했다.

"포, 포스윈드 경! 어찌 이런 곳에……!"

부랴부랴 달려왔건만, 왜 이 자리에 백발노인, 아니, 재상 포스윈드가

서 있는 것인가.

"얀센, 옆에 있는 이는 볼락 콘체른인가?"

익숙한 목소리에 포스윈드가 고개를 들었다.

"이게…… 다 무언가?"

포스윈드가 가리키는 방향에는 찢어진 포대 자루에서 쏟아진 쓰레기 군량이 땅에 펼쳐져 있었다.

"하."

군수대신의 얼굴이 새파래졌다.

"그, 그건…… 제가 설명할 수 있습니다."

"움직이지 말게."

그는 애써 세 치 혀로 작금의 상황을 벗어나고자 했다. 하지만 이렇게 눈앞에서 적발된 이상 전부 무용했다.

"얼마나 관리를 허투루 했으면 다른 곳도 아닌, 군량 창고에 불이 날 수 있는 건지 모르겠군. 내 그 책임을 톡톡히 물을 테니 알고 있게."

큰불을 막았다는 데 가슴을 쓸어내리기도 전이었다.

"나머지 수레들도 샅샅이 살펴서 조사해라."

포스윈드가 제 뒤에 있는 궁원들에게 명령했다.

"포스윈드 경!"

"군수품에 장난을 친다는 제보를 받아서 긴가민가했는데 말이야……."

얀센이 꿀 먹은 벙어리처럼 할 말을 잃었다.

"얀센, 무슨 배짱으로 이런 짓을 했냐고는 묻지 않겠네."

"겨, 경! 2, 2황자 전하의 뜻이었습니다. 저는 그저……!"

얀센은 안 되겠다 싶었는지, 2황자를 끌어들였다. 진실과 거짓이 뒤섞이니 본인마저 확신할 수 없는 상태에 이르렀다.

"황자 전하의 뜻입니다. 경도 아시잖습니까. 차기 황제가 되실 분인 것을요. 괜히 심기를 거슬렀다간 저희의 미래마저 보장할 수 없는……."

하지만 포스윈드는 눈 하나 깜짝하지 않고 대꾸했다.

"그대가 섬길 폐하는 단 한 분이네. 지금 황좌에 앉아 계신 그분 말고는 아무것도 정해지지 않았어. 그대의 미래가 보장되길 바랐다고? 좋아."

담담한 음성이 매섭게 얀셴의 속을 후벼 팠다.

"내 하나만 보장하지. 그대는 오늘 일을 진심으로 후회하게 될 거야."

기실 그는 칼 같은 사람이었다. 권력의 중심에 서 있으면서 그 어느 쪽으로도 쏠리지 않기란 쉬운 일이 아니다. 하지만 재상 포스윈드는 그렇게 50년을 정계에서 보내 온 자다.

호락호락한 사람이 아니었단 얘기다.

"폐하, 드릴 말씀이 있사옵니다. 헬리오스의 안전을 위협하려 하는 소인들의 협잡질을 신이 발견했사옵니다."

포스윈드는 2황자파와 협상을 할 것도 없이 곧바로 사건의 잔상을 전부 황제에게 일러바쳤다. 실로 돌풍과도 같은 움직임이었다.

"뭐, 뭣이라?"

소식을 들은 황제는 병석에서 벌떡 일어날 만큼 아연실색했다.

"현재 두 번째 군량 수레가 막 출발할 즈음이었습니다. 한데 알아보니 그 안에 실려 있는 군량과 무기가 개가 먹지도, 거지가 쓰지도 못할 수준의 하급품이었습니다."

이런 허접한 무기와 군량을 가지고 대공의 북부군이 얼마나 촘촘히 전선을 막아 내고 있는지에 대한 일장 연설도 함께였다.

아마 1차 군량도 이런 상태였으리라는 합리적인 추론까지.

"지금은 전쟁 중입니다. 혹, 부실한 군량과 허접한 무기로 양헬이 졌다면 어찌 되었겠습니까. 제로스 기병들의 말발굽이 수도의 땅을 짓밟았을 겁니다."

최강의 산악 기병으로 악명 높은 그들의 위명을 생각해 보자면 불가능한 일도 아니었다.

황제는 모골이 송연해지는 걸 느꼈다.

"도대체 무슨 짓을 한 것이냐! 이 천치야!"

갑자기 불려 온 레클란은 제 계략이 다 들켰다는 사실에 머리를 조아릴 수밖에 없었다.

'아, 아니, 왜 이게 벌써……!'

부친에게 들킨다 해도 적어도 2차 군량을 실은 수레가 수도를 벗어날 즈음은 될 줄 알았다. 하지만 현실은 출발하기도 전에 그들의 계략이 모조리 까발려진 것이다.

게다가 군량 바꿔치기라니?! 얀센으로 끝날 일이 아닌 데다, 그는 볼락의 죄까지 옴팡 뒤집어쓸 처지였다.

레클란은 부친의 앞만 아니었다면 놀라서 뒤집어질 뻔한 가슴을 가까스로 내리눌렀다.

'이건 기디언 콘체른이 보고한 바가 없는데! 이놈들이 또 욕심을 부렸던 건가!'

"아, 아닙니다! 그건 제가 한 게 아닌……."

"짐의 앞에서도 또 거짓말이냐! 이미 얀센이 다 자백했는데!"

쨍그랑!

레클란의 볼을 스쳐 지나간 유리잔이 산산조각 났다. 황제가 제 분을 참지 못하고 던진 것이다. 병마로 앙상해진 팔이 부들부들 떨릴 정도였다.

"이 멍청한 놈아! 아무리 철이 없다지만 공과 사 구분도 못 해? 헬리오스가 위험해지면 네놈의 그 후계마저 아무런 의미가 없다는 걸 왜 몰라!"

그가 답답하다는 듯 가슴을 쳤다.

"……."

레클란은 아무 대답도 하지 못했다. 대공을 모략한 시점에서 그는 이미 제국의 안위보다 제 지위의 공고함을 우선시했으니까.

그것은 지금도 다르지 않았다.

'헬리오스의 주인이 저여야만 의미가 있는걸요. 앙헬 같은 반쪽짜리 황족의 힘을 구걸해서 얻는 평화에 아버지는 만족하실지 몰라도 저는 아닙니다.'

나는 당신처럼 나약하지 않으니까.

제가 저 자리에 앉으면 황실의 사생아가 활개 치는 지금의 작태는 전부 뒤집어엎을 것이다.

하지만 감히 황제 앞에서 꺼내 놓기엔 너무 이른 진심이었다. 레클란은 입술을 깨물고 천천히 고개를 숙였다.

"죄송합니다, 폐하. 어리석은 제 불찰입니다."

그러나 황제에게 보이지 않는 얼굴에선 아직 자존심을 꺾지 못한 두 눈이 형형하게 빛나고 있었다.

"황실을 위해서였습니다. 대공 같은 위험 분자를 내버려 둘 수 없기에 저는 거시적으로 헬리오스의……."

"우스운 일이구나. 한낱 네 생각이 짐의 판단보다 뛰어나다 여긴 게야."

황제는 냉랭한 목소리로 포스윈드에게 명령을 내렸다.

"군량에 손을 댔던 자들을 모조리 색출하고 조사하라. 내 내막을 제대로 알아야겠다."

"분부 받들겠사옵니다, 폐하."

이번 일을 쉬이 넘기지 않겠다는 명백한 의사 표현이었다.

"잠깐! 폐하!"

황제의 냉랭한 태도에 당황한 레클란이 그를 만류하려 했지만, 황제의 시퍼런 기세에 눌려 입을 다물었다.

"왜 대공에게 좋은 일을 해 주냐고? 어리석구나, 레클란. 어리석어."

황제의 입에서 더없이 차가운 목소리가 흘러나왔다. 레클란이 제 부친에게 단 한 번도 들어 본 적 없던 류의 목소리였다. 억울하고 분한 마음마저 싸늘하게 식어 내렸다. 제가 잘못 생각했다는 사실을 온몸으로 깨닫고 있기 때문이다.

"이건 스카가드에 대한 도전이 아니다. 짐에 대한 도전이지. 짐이 강건했다면 감히 네가 짐의 군대에 손을 댈 생각이나 했겠느냐."

2황자는 간과했다.

병마와 싸우는 병자의 마음이 얼마나 시시때때로 바뀌는지. 제가 황제의 자존심을 건드렸다는 걸 이전에는 미처 깨닫지 못했던 것이다.

상대가 아무리 아끼는 아들이라 할지라도 말이다.

"조용히 처리하게. 재판 역시."

더는 시끄러운 건 질색이라며 황제가 머리를 절레절레 저었다.

"예."

포스윈드가 공손히 허리를 굽혔다.

군수대신 얀센이 잡혀 들어갔다. 군량을 팔아 개인의 영달을 꾀한 죄로 그는 목이 잘렸다.

볼락 역시 무사할 수는 없었다. 콘체른 백작가에 다시 한번 황군이 찾아왔고, 그는 금빛 포승줄에 매인 채 황실 감옥에 갇혔다.

"나, 나는 시키는 대로 한 죄밖에 없어!"

볼락이 억울하게 외쳤다.

"기디언! 형! 날 도와줘!"

따지고 보면 이 일에 발을 들이게 된 건 전부 기디언을 통해서다.

"형 때문이잖아! 형이 날 끌어들였잖아!"

"무슨 소리야. 난 선택지를 주었을 뿐이다. 결국 선택한 건 너였잖아?"

기디언은 매몰차게 모른 척했다. 서부로 보낼 군수품에 관한 계략이 들통나서 2황자파 전부가 황제의 눈치만 보고 있는 실정이었다. 기실 볼락을 도와주려 해도 그럴 수가 없었다.

"그러게 왜 얀센과 손을 잡아서는……!"

제 예상과는 전혀 반대로 흘러가는 사태에 기디언은 골이 울릴 지경이었다. 왜 이렇게 된 거지. 계획은 완벽했었는데 어디서 틀어진 거야. 왜 자꾸 틀어지는 거야. 중년에 들어섰음에도 여전히 잘생긴 그의 이마가 거칠게 찌푸려졌다.

"도와줘, 형. 제발! 나 이렇게 무너질 수는 없어."

볼락이 창살을 붙잡고 다시 간절하게 얼굴을 들이밀었다. 그 얼굴을 보고 기디언이 멈칫했다.

'어차피 언젠가는 일어날 일이었어. 미리 치워 놓는다고 생각한다면……'

"형?"

기디언의 표정이 점점 차분해지자 볼락 역시 뭔가 이상함을 느낀 것 같았다.

"……최대한 방법을 알아보마. 경거망동하지 말고 있거라."

하지만 기디언의 눈은 차갑게 침전하고 있었다.

그는 뒷걸음질 치는가 싶더니 이내 몸을 돌려 그대로 나가 버렸다.

"기디언!"

* * *

"군수 비리라니!"

둘째 아들이 저지른 엄청난 일의 전말을 알게 된 가주 맥밀란은 자리를 박차고 일어났다.

"대체 내가 모르는 새 이놈들이 무슨 짓을……."

주름진 손이 달달 떨렸다. 담담한 목소리로 그를 달래는 건 네이필리나뿐이었다.

"너무 상심하지 마세요, 할아버지."

"너는 알고 있었더냐? 너는 볼락이 무슨 짓을 저지르는 줄 알았어?"

"……제가 알았을 땐 손을 쓰기엔 너무 늦어 버렸어요."

"……."

네이필리나의 얼굴에 망설임이 보이는가 싶더니 이내 그녀가 조용히 덧붙였다.

"어쩌면 저 때문인지도 몰라요, 할아버지."

거듭된 고민 끝에 조심스레 건네는 한마디. 아이의 근심이 함께 느껴졌다.

"아니다. 아니지, 절대 아니야."

맥밀란은 고개를 저었다. 급부상하는 네이필리나의 존재가 볼락의 신경 줄을 당겼을 거다. 더 무모하게 움직이게 했고, 더 생각 없이 눈앞의 이윤만을 보고 달려들게 했을 테니까.

"네 잘못이 아니지. 언제고 일어날 일이었을 뿐이다."

놈들은 여태 온전하게 살아남기만 했었으니까. 맥밀란은 씁쓸하게 고개를 저었다. 제 아들이 못나서 이런 짓을 저지른 걸 누굴 탓하겠나.

"……."

네이필리나는 가주실을 나왔다. 볼락의 일로 괴로워하는 맥밀란을 보니 네이필리나의 마음 역시 착잡해졌다.

제가 볼락을 이렇게 만든 장본인이라는 걸 알게 된다면 맥밀란은 그때도 이리 따스한 눈으로 저를 보려 할까.

'아니. 하지만 그렇다고 물러설 순 없어.'

네이필리나는 씁쓸하게 웃음 지었다. 그녀의 목표를 잊을 수는 없다.

'대신, 죽이진 않을 거야.'

네이필리나는 볼락의 목숨을 취하지 않을 것이다. 그녀가 맥밀란에게 할 수 있는 최대한의 배려였다.

그리고…… 볼락에게 제가 줄 수 있는 선물이 한 가지 있다면…….

네이필리나가 시선을 돌렸다. 콘체른 기사단이 있는 곳이었다.

"엔, 잠깐 얘기 좀 할까."

땀을 뻘뻘 흘리며 연무장을 가로지르는 건장한 청년의 모습이 보였다.

* * *

'왜 이렇게 된 거지?'

허름한 황실 감옥 안에서 볼락은 생각에 빠졌다. 기회인 줄 알았다. 제 앞에 펼쳐진 길이 탄탄대로인 줄 알았는데 왜……

볼락의 눈에 핏발이 섰다.

제가 여기까지 어떻게 올라왔는데. 이렇게 허망하게 죽을 수는 없었다.

문초를 당해 꾀죄죄한 행색은 제국에서 가장 부유한 가문의 둘째 아들이라곤 상상하기 어려울 정도였다.

"작은백부."

익숙한 목소리에 볼락이 고개를 들었다. 네이필리나가 앞에 있었다.

"네가 어떻게 여길……"

놀라서 말을 잇던 볼락이 이내 상기했다.

"그래. 넌 가능했겠지. 힐데가르드와도, 1황녀와 2황자 전하 두 분과도 친분이 있으니 말이야."

내가 왜 이 아이를 떠올리지 못했을까! 볼락의 얼굴에 화색이 돌았다.

"네이필리나, 이 백부를 여기서 꺼내 다오. 너라면 할 수 있지 않느냐."

그가 창살을 붙잡고 네이필리나 쪽으로 얼굴을 붙였다. 곰 같은 덩치가 창살에 끼이듯 달라붙어 있는 건 측은하고도 징그러운 모습이었다.

"응? 대신 네가 원하는 건 이 백부가 도와주마. 결혼도, 사업도, 내가 전부 밀어주겠다. 후계자가 되고 싶다면 큰형을 제치고 내가 너를……"

"저는 후계에 관심이 없어요, 작은백부."

네이필리나가 고개를 저었다. 묘하게 건조하게 들리는 목소리였다.

"그, 그럼 무얼 내줄까. 뭐든 말만 하거라. 보석? 드레스? 돈? 현금으로는 내가 형제들 중에 제일일 거다."

"……."

조카딸에게서 별 반응을 이끌어 내지 못하자 그는 점점 초조해졌다.

"이오테와 페이선이 널 많이 괴롭혔지? 너무 늦었지만 지금이라도 사과를 하마. 그땐 내가 정말 미쳐서 일이 이렇게 될 줄……."

그녀가 담담하게 맞장구쳤다.

"그러게요. 사람 일 참 어찌 될지 몰라요. 하필 로얄트에 불이 나고, 또 그때 포스윈드 경이 그곳에 있을 게 뭐예요."

"……너…… 설마…… 아니지?"

볼락이 믿을 수 없다는 눈으로 그녀를 쳐다보았다.

"뭐가요?"

네이필리나가 싱긋 웃었다.

"큰백부가 작은백부를 이번 일에 끌어들였던 거요? 군량을 늦게 보내서 대공을 엿 먹이기로 한 거요? 아니면 작은백부랑 얀센 경이랑 짜고 물자를 바꿔치기한 거요?"

점점 핏기가 사라져 가는 볼락의 얼굴 위로 그녀의 말은 계속 이어졌다.

"아니면, 포스윈드 경이 왜 그날 밤 로얄트 창고로 향했는지요? 그것도 아니면, 누가 창고에 불을 질렀는지요? 너무 많아서 백부께서 이 중 어떤 걸 말씀하시는 건지 모르겠네요."

눈썹을 늘어뜨리며 초롱초롱한 눈을 깜빡이는 모양새가 천연덕스럽기 그지없었다.

"너, 너어…… 너였어, 네가 한 거였어."

어안이 벙벙해진 볼락이 망연히 중얼거리자 그녀가 즉답했다.

"그럴 리가요."

너무 차분하고 담담해서 되레 기이하게까지 느껴지는 목소리였다.

"너로구나. 어쩐지 이상하다 생각했어. 너무도 일이 쉽게 풀리는 게! 이렇게 다 짜여진 것처럼!"

이목구비를 잔뜩 일그러뜨린 볼락의 목소리가 점점 커져 갔다. 그가 쩌렁쩌렁한 목소리로 고함쳤다.

네이필리나를 겁에 질리게 만들길 원하는 것처럼. 그는 감옥 안에, 그녀는 감옥 밖에 있는 이 상황을 바꿀 수 있기라도 한 것처럼.

"네 짓이었구나! 모두 네 짓이었어!"

그때 네이필리나 뒤에 있던 기사가 그림자 밖으로 모습을 드러냈다.

"아, 아니요. 아가씨가 하신 게 아닙니다."

곰 같은 퉁퉁한 인상을 한 젊은 청년의 얼굴이 왠지 낯이 익었다.

"넌…… 내 기사단의 스콰이어가 아니냐."

"맞아요, 아…… 아버지."

청년이 더듬거리며 대답한 순간 볼락은 귀를 의심했다.

"뭐? 너 지금 뭐라고……."

"아버지……."

"내, 내가 왜 네 아버지야! 무슨 소릴 하는 거냐!"

볼락이 경기하듯 창살에서 멀어졌을 때, 엔이 주춤주춤 품속에서 뭔가를 꺼내 놓았다.

낡은 양피지 꾸러미 사이에서 나온 것은 작은 반지였다.

"알, 알아보시겠습니까?"

"이건……."

볼락 역시 우뚝 굳었다. 알아보았기 때문이다.

저건 제가, 그 옛날 그의 첫사랑 오필리어에게 주었던…….

"말, 말도 안 돼. 네가 왜 이걸……."

볼락이 경악한 눈으로 엔을 바라보았다. 그제서야 젊은 청년의 이목구비가 눈에 들어왔다.

우락부락한 덩치와는 어울리지 않는 순한 눈매. 오필리어를 닮은 정직한 눈빛…….

"그럼…… 넌……."

"황금과 제국 병사들의 목숨을 뒤바꿔서, 그 죗값을 다 어떻게 치르시려고요. 저와 어머니를 버리고 손에 쥔 결론 부족했습니까?"

볼락의 입이 따악 벌어졌다.

"그래도 저는 당신을 찾아왔습니다. 당신이 나락으로 빠지는 걸 막고 싶었어요. 내…… 아버지니까……. 그리고 네이 아가씨가 도와주셨지요."

그러니.

"당신을 끌어내린 죄를 묻고 싶거든, 저를 원망하세요. 네이필리나 아가씨가 아니라요."

엔의 목소리는 진중하고도 단호했다.

"아버지……라고."

볼락이 멍한 눈빛으로 그의 말을 따라 했다. 그러다 퍼뜩 생각이 났다는 듯 다급하게 물었다.

"네, 네 엄마는, 오필리어는 살아 있나?"

"아니요. 돌아가셨어요."

홀로 침대에서 죽어 가면서도 볼락의 행복을 빌었다고, 엔이 담담히 말했다.

"내가 어떻게 너를, 내 아들을 몰라본 거지?"

"페이선은 알고 있었어요."

그래서 기사단으로 절 데려왔구요. 엔이 담담하게 대답했다.

"설마 널 스콰이어로 삼은 게……."

"예. 죽일 듯이 괴롭혔지요. 기사단에 있던 3년간 저는 제대로 된 검술을 배워 본 적도, 스콰이어로서 기사의 예법을 배운 적도 없어요."

엔이 공손한 눈으로 네이필리나를 곁눈질했다.

"하지만 여기 있는 네이필리나 아가씨, 아니, 네이필리나가 절 도와

주었어요. 아버지를 곁에서 보고 싶단 욕심만 아니었다면 진작에 떠났을 거예요."

"……."

엔이 천천히 한 발짝 한 발짝, 감옥의 창살로 다가갔다. 어렴풋한 램프의 그림자가 길고 크게 이어졌다.

"아버지, 이제 그만 욕심을 버리세요. 이미 다 가지고 계셨잖아요."

엔이 볼락을 내려다보았다. 훌쩍 커 버린 청년의 키가 아버지를 넘어선 지 오래였다.

"그리고 아버지 손으로 다 놓아 버렸구요."

저도, 어머니도요.

"……."

볼락이 창살을 잡고 있던 양손을 떨어뜨렸다.

그는 비로소 깨달았다. 이렇게 하잘것없이 끝날 한여름 밤의 꿈에 제가 부나방처럼 뛰어들었다는 것을.

있는지도 모르는 채 장성해 버린 아들. 떠나가 버린 첫사랑. 제 욕심에 모두 잃어버렸다는 것을.

볼락의 젖은 눈이 엔을 응시했다.

* * *

며칠 후. 기디언은 깜짝 놀라 감옥으로 달려갔다.

"혐의를 모두 인정했다니, 그게 무슨 말이야?"

"죄를 지었으니 죗값을 치러야지."

볼락은 무뚝뚝하게 제 형을 바라보았다.

"그럼 네 사업은 어떻게 되는 거냐. 이대로 전부 포기할 셈이야?"

기다리라고 했잖느냐! 내가 방법을 찾아올 때까지!

기디언이 답답한 듯 가슴을 쳤을 때였다.

"그걸 왜 형이 신경 써. 어차피 날 꺼내 줄 생각도 없었으면서."

무심하게 찌르는 직언에 기디언이 멈칫했다.

"뭐?"

"이참에 내 기사단과 사업들을 넘겨받고 나면 입 씻을 거 아니었어?"

볼락이 담담하게 대답했다.

"밖에선 이미 준비되어 있겠지. 이 일에 연루된 콘체른은 볼락, 나 하나뿐이잖아. 나만 다 뒤집어쓰면 형은 안전할 텐데, 형이 그 쉬운 길을 포기할 리 있겠어?"

"……억측하지 마라. 넌 내 동생이야."

"왜인지 알아? 나 역시 형의 경쟁자니까. 당신은 날 그냥 내버려 둘 사람이 아니잖아."

그래서 이번에도 날 찾아온 게 아니었어?

기디언의 표정에 당황이 스쳐 지나갔다.

"그렇지 않아. 나는……."

"형, 우린 형제야. 형이 날 본 것만큼이나 나도 형을 알아."

볼락이 고개를 저었다.

"하지만, 난 형과 같은 사람은 되지 않을 거야."

어쩐지 며칠 새 모든 욕망이 모조리 타올라 버린 듯한 건조하면서도 가벼운 기운이 느껴졌다.

"그래도 빈손으로 와서 다행이네."

볼락이 기디언의 손을 바라보며 헛웃음을 내뱉었다.

"먹을 걸 들고 왔으면 날 독살하려 했단 소린데, 거기까진 아니라서 다행이야."

"……."

"그만 가 봐도 돼, 형. 피차 즐겁지 않잖아?"

볼락은 됐다는 듯 등을 돌렸다. 더 이상의 대화는 불필요하다는 선을 긋는 태도에 기디언은 다급하게 감옥을 나올 수밖에 없었다. 그는 감옥 문을 나오자마자 다급하게 품속을 파헤쳤다.

그러고는 재킷의 상단에 고이 들어 있던 병을 들고 그대로 내팽개쳤다.

"제기랄!"

쨍그랑-!

동시에 작은 병이 산산조각 나는 소리가 울려 퍼졌다. 검은 약물이 바닥으로 흩어져 스며들었다.

"왜 이렇게 되는 일이 없는 거야!"

볼락을 고꾸라뜨릴 수 있었던 건 다행이다.

하지만 그뿐이었다. 아무것도 기디언의 손에 쥐어진 게 없었다.

'난 형과 같은 사람은 되지 않을 거야.'

볼락의 마지막 말이 자꾸 귀에 맴돌았다.

"제기랄……. 그딴 게 무슨 소용이 있단 거야."

기디언이 입술을 깨물었다.

* * *

결국, 볼락의 사업체들은 그대로 콘체튼 백작가로 돌아갔다.

"머리가 아프구나."

맥밀란이 관자놀이를 짚었다. 둘째가 자랑하는 기사단도, 군수 사업체도 하루아침에 주인을 잃고 우왕좌왕하고 있었다. 시급한 대책이 필요했다.

"할아버지, 기사단은 계속 기사단장에게 맡겨 두셔도 될 것 같아요. 충성스러운 사람이고 기사단의 운영에 누구보다 진심이니 현 상태를 유지하는 건 어렵지 않을 테니까요."

그리고 군수 사업은……. 네이필리나가 덧붙였다.

"지금 사비를 내어서라도 무기 지원을 하는 게 좋겠어요."

"지금 말이냐?"

"네. 황실의 재판으로 불문율에 부쳐졌다고는 하나, 영원한 비밀은 없어요. 대공이 서부에서 완전한 승리를 거두기 전에, 우리가 먼저 움직여 두어야 합니다."

"폴리모스까지 지원을 어떻게 하려고? 시기가 너무 늦었다고 생각하지 않느냐?"

네이필리나가 고개를 저었다. 어차피 폴리모스로는 제가 사일러스에게 의뢰했던 군량과 무기가 갈 것이다. 지금 거기로 콘체른이 다시 추가적으로 지원을 해 봤자 잉여 물자가 될 확률이 높았다.

"아뇨. 저희의 활약을 내보여야 할 이는 대공이 아니에요."

"그러면?"

"군중이죠."

네이필리나가 조용히 읊조렸다.

헬리오스 황실.

"폐하, 다시 한번 진심으로 사죄드립니다."

맥밀란이 깊게 허리를 숙였다.

"대신 신의 창고를 풀어 굶주리는 백성들을 배불리 먹이겠습니다."

"어째, 군량으로 보내질 않고?"

황제는 뒤끝이 길기로 유명했다.

"폐하의 깊은 의중을 저희가 어찌 짐작할 수 있겠습니까. 그저 죄인의 아비로서 헬리오스에 끼친 누를 만회하고 싶을 뿐입니다."

맥밀란의 공손한 태도가 마음에 들었던 모양이다. 볼락에게는 유배형이 내려졌다.

"그래도 사형이 아니라, 유배로 끝낼 수 있으니 다행이 아니냐. 볼락 그 놈 하나만으로 처리된 것도 그렇고."

사형으로 목이 뎅강 날아간 얀센보다는 지방 한구석으로 향하는 볼락의 처우가 아무렴 더 나았다.

물론 공짜는 아니었다. 볼락의 사업체를 싸그리 조각내어 황실에게 바치기로 한 대가였다. 협상은 바터가 주관했고, 전시 상황이며 추가적인 군수품이 필요할 거라는 황실의 전망에 따라 볼락은 간신히 극형을 피할 수 있었다. 대신 남부의 최하단까지 내려가 노역에 임해야 했지만.

한편 기디언의 처지는 꽤나 곤란해졌다. 2황자는 그를 본체만체했다. 거듭된 실패와 최악의 수만을 불러온 기디언에게 그는 더 이상 의견을 구하지도, 뭔가를 해내길 기대하지도 않았다.

자신을 대신해 전선으로 나간 대공을 모략하려 한 사실이 알려지며 지지 기반이 약해진 것도 모자라, 황제의 눈 밖에 나게 된 계기를 만들어 줘버렸으니 레클란의 화가 끝까지 나 있을 만도 했다.

기디언은 이를 갈았다. 볼락은 유배를 떠나기 전 경고했다.

"형, 네이필리나를 건드리면 배로 당할 거야."

"뭐?"

"그 애는 형이 감당할 수 없어."

그러니 괜한 짓은 하지 않도록 해. 진심 어린 경고이자 마지막 조언이었다.

"허튼소리."

하지만 기디언은 무시했다. 고작 스무 살도 안 된 여자애 하나가 무어 그리 무서워서.

그러나 주먹을 꽉 쥔 손은 생각과 반대로 말하고 있다는 걸, 그는 깨닫지 못했다.

Ch 18. 주디테

"이번 사건을 수습한 것도 네이필나, 경의 조카딸이라지요?"

참으로 자랑스럽겠소. 레클란이 기디언에게 칭찬인지 빈정거림인지 모를 말을 쏘아붙였다.

"그대를 닮아 고집은 쇠심줄처럼 질겨서 내 밑으로 들어오란 말은 도무지 듣질 않으니……. 군신 관계를 강제할 수도 없고."

기디언은 지난번 군량미 사건 이후로 계속 삐거덕거려서 간신히 자리를 지키고 있는 정도였다. 자연히 2황자파 내에서 그의 입지는 점점 줄어드는 중이었다.

그래도 레클란이 그를 완전히 내치지 않은 건 네이필나 콘체른과의 끈을 생각해서였다.

"도대체 그 콧대는 언제쯤 꺾일는지."

그때 눈치를 살피던 기디언이 레클란에게 불쑥 말을 건넸다.

"전하, 그렇게 그 아이를 원하신다면 차라리 비로 들이시는 게 어떻겠습니까."

"말도 안 되는 소리."

레클란이 더 들어 볼 것도 없다는 듯 왈칵 화를 냈다. 황자비를 아끼는 레클란의 애처가 기질은 널리 잘 알려져 있었다. 그는 황자비 외의 다른 여자를 들일 생각이 없었다.

"그 지성과 계책은 높이 사지만 여자로서 동하진 않아."

"하지만 전하, 그게 아니면 영영 놓쳐 버리실 텐데요. 그 아이가 제 발로 전하께 오는 일은 없을 거란 걸 이미 예상하고 계시지 않습니까."

"……."

"에울리케 비전하께서도 이해하실 겁니다. 대업을 위해서지요. 중요한 건 그 아이를 붙잡아 데려오는 것이 아닙니다. 적의 품에 쥐여 줄 수는 없지 않습니까."

기디언의 눈이 족제비처럼 빛났다. 네이필리나의 묘수에 족족 휘말려 패배하는 그였지만, 단 한 가지 장점이 있다면 그건, 포기를 모른다는 거였다.

그는 조카를 재차 치워 낼 방법을 포기하지 않고 모색했다.

"그러니 혼인이 그 아이를 옭아맬 수 있는 유일한 방법일 겁니다. 전하께서 더 나은 수를 찾지 못하신다면요."

"……."

레클란의 얼굴이 일그러졌다.

황좌를 향한 욕망. 불안해하는 가신들. 뇌리에 선연한 아내의 말간 얼굴. 그는 골몰했다.

며칠 뒤, 레클란이 기디언을 은밀히 불렀다.

"추진하게."

역시 그럴 줄 알았다. 알량한 사랑이 권력에 대한 욕망을 대체할 수는 없는 법이다.

"이번 일을 어떻게 해내는지 보고 경의 쓸모를 재고해 보지."

기디언에게 다시 한번 기회가 주어졌다는 뜻이었다.

"예. 분부대로 하겠습니다."

공손히 허리를 숙인 그가 삐뚜름히 입꼬리를 올렸다.

"네이필리나 콘체른과 말입니까?"

"예. 비로 들이려고 합니다."

"……."

"어찌 생각하십니까, 어머니."

"……황자가 원한다면야, 내가 무어 말을 얹겠습니까."

반대할 줄 알았던 주디테 황비는 놀랍게도 승낙했다.

그 이유는 콘체른이 가지고 있는 황금에 눈독을 들여서기도 했지만, 네이필리나 콘체른을 제거하는 데 거듭 실패한 지금,

'도무지 잡히지 않으니 일단 내 쪽으로 데려와야지. 그럼 기회가 생길 것이야.'

반드시 그녀를 제 손으로 처리하겠다는 집착에 가까웠다.

콘체른의 황금을 쥐는 데 네이필리나 콘체른이 꼭 살아 있을 필요는 없다.

레클란 역시 그 계집애를 사랑으로 아끼는 건 아니니, 쓸모를 다하면 알아서 사라져도 의문을 품지 않을 것이다.

왜 이걸 진작에 생각하지 않았지. 황비는 무릎을 탁 쳤다.

'이제 그 맹랑한 계집은 독 안에 든 쥐야.'

장미처럼 매혹적인 얼굴에 진한 안도가 피어올랐다.

* * *

"네이필리나."

맥밀란의 부름에 가주실로 들어선 네이필리나였다.

"부르셨어요, 할아버지."

대답 대신 맥밀란이 황금빛 두루마리를 내밀었다.

"어째서…… 2황자 전하께서 네게 청혼서를 보낸 것이냐?"

떨리는 목소리. 휘황찬란한 금빛 리본.

"……네이필리나? 말해 보거라. 너 설마 전하와 무언가…… 감정이 오가는 사이였던 것이냐?"

제 손녀딸이 그럴 리 없다 생각하면서도, 맥밀란의 표정은 혹시나 하는 마음으로 확신하지 못하는 듯했다.

"제길."

레클란, 이 개자식이 이렇게 뒤통수를 쳐? 고운 입술 사이로 흐릿한 신음이 샜다.

네이필리나의 얼굴이 일그러졌다.

* * *

레클란은 갑작스러운 청혼에 앞서 황제를 먼저 구워삶았다.

아침저녁으로 문안 인사를 가며, 어찌나 정성껏 부친을 살피는지 폴리모스로의 군량 수송 때문에 어색하던 부자 사이도 어느새 풀린 지 오래였다.

"콘체른이라면 나쁘지 않군."

황제가 턱을 쓰다듬으며 고개를 끄덕였지만, 세피니아는 격렬하게 반대했다. 그녀는 황제가 레클란과 네이필리나 콘체른의 혼담을 진행하려 한다는 소식을 듣자마자 득달같이 달려온 참이었다.

"레클란의 일방적인 구애가 아닙니까. 콘체른 양의 의사는 중요하지 않단 말입니까."

"무슨 소리냐, 세피니아. 헬리오스 황실의 일원이 되는 영광스러운 자리다. 제까짓 게 어찌 감히 거부할 수 있을까."

황제의 눈썹이 미미하게 찌푸려졌다. 세피니아가 막으려고 했지만 황제 역시 레클란의 부탁에 더 중점을 두었다.

"게다가 콘체른이지 않느냐. 지참금이 절대 녹록하지 않겠지."

그는 혼약으로서 네이필리나가 가져올 황금에 눈먼 후였다. 일차적으로는 아끼는 아들의 부탁이었고, 부차적으로는 제국 최고의 부자 가문인 콘체른의 재산이 있었다.

"제기랄, 선수를 쳤어."

궁으로 돌아온 세피니아가 얼굴을 일그러뜨렸다. 네이필리나를 제 휘하로 들이기 위해 저도, 레클란도 물밑에서 치열하게 경쟁하고 있었다.

이성으로 끌어들일 수 있는 가능성이 있다는 걸 알지만, 레클란이 황자비를 몹시 아끼니 그쪽은 생각지도 않고 있었던 게 오늘의 방심을 불러일으켰다.

"에울리케, 이대로 가만히 있을 참인가요?"

세피니아가 쏘아붙였다. 다소곳하게 앉은 맞은편의 2황자비는 생각보다 의연한 얼굴을 하고 있었다.

"전하의 대업에 제가 방해가 될 수는 없는걸요."

"다른 여자를 들이는 게 대업이라고? 에울리케, 정말 그렇게 생각해요?"

"……."

그래도 창백하게 질린 얼굴이 완전히 그녀가 괜찮지는 않다는 걸 말해주었다.

"이미 알고 선택했어요. 그이도 내게 약속했구요."

두 번째 아내를 들인다고 해서 절대로 내게 소홀해지지 않겠다고. 헬리오스의 성은, 레클란의 씨는 오직 우리의 아이에게만 주어질 거라고.

그것이 그녀를 지탱케 할 유일한 희망인 것처럼, 에울리케가 되뇌었다.

그 와중에도 둘의 약속엔 네이필리나 콘체른은 철저히 배제되어 있다.

세피니아는 어이없는 웃음을 터뜨렸다.

"네이필리나 콘체른의 의사는 상관없고?"

"……내가 그 아가씨를 나쁘게 대하지는 않을 거예요. 질투하지도 않을 거구요."

2황자비가 오기에 찬 목소리로 대꾸했지만, 그녀 역시 효력이 없는 일이라는 걸 잘 알고 있었다.

사랑하는 사람을 나누는 얼토당토않은 일이다. 무엇을 약속하든 그게 영원할 거라고 확신할 수 없었다.

어이가 없는 건 네이필리나 쪽도 마찬가지였다.

"제 백부인가요? 이런 말도 안 되는 생각을 전하께 욱여넣은 이가."

"얼토당토않다니, 콘체른 양. 황족의 청혼을 이리 취급하면 못써."

레클란의 입술이 호선을 그렸다. 그러나 그의 눈은 그 어느 때보다 차갑게 식어 있었다.

"제가 전하께 드렸던 호의에 대한 답이 이것입니까?"

"그래서야. 그대의 재능을 놓치고 싶지 않아 이러는 게 아닌가. 나는 네이필리나, 그대가 필요해."

그가 네이필리나를 이름으로 부르는 첫 순간이었다.

레클란은 거짓으로라도 사랑을 입에 담지 않았다. 기만임을 그도, 그녀도 알고 있는 탓이다.

"전하께선 기혼이시고, 저는 이미 눈앞에 보이는 불구덩이를 걸어가야 하는데 참으로 로맨틱한 말을 하시네요."

"언제나 역경 뒤엔 평화가 오기 마련이지. 나는 그 길을 그대와 같이 걸으려 해."

레클란이 피식 웃었다.

"내가 콘체른 양을 신사적으로 대우해 줄 수 있을 때 수락하도록 해.

나 역시 거절에는 익숙지 않아서 말이지."

"……."

"어차피 오게 될 거, 좋게 시작하는 게 좋잖아."

그가 덧붙였다.

"네게 아이는 주지 못할 테지만, 그래도 나쁘지 않은 남편이 되어 주겠어."

나쁘지 않은.

그 단어가 주는 모호함에 네이필리나는 헛웃음을 참아야 했다. 그래. 헬리오스라는 족속들은 이렇게 사람을 진절머리 나게 하는 데가 있다.

진득한 혐오감이 속에서부터 올라왔다.

'헬리오스 성을 단 이들은 죄다 생각보다 입이 싸단 말이야.'

언젠가 황족들을 신랄하게 비판하던 목소리가 갑자기 머릿속에 떠올랐다. 그 순간 네이필리나는 입술을 깨물었다.

남자가 몹시도 보고 싶었다.

* * *

"2황자가 당신에게 청혼했다는 이야기를 들었습니다."

마티어스 역시 네이필리나를 찾아왔다.

"네이필리나, 내 제안은 여전히 유효합니다."

1황녀의 약혼식 이후 첫 만남이었다. 발코니에서 서툴게 고백했던 그에게도 아무런 답을 주지 않았다는 사실을 네이필리나는 뒤늦게 깨달았다.

하지만 미안함을 느끼진 않았다. 이쪽도 워낙 정신없는 상황이었으니까.

"아니요."

담담하면서도 단호하게 네이필리나는 선을 그었다.

"노공작님과 세피니아 황녀 전하께 들으셨을지 모르지만 저도, 콘체른 도 두 분 전하 중 그 누구의 손도 잡을 생각이 없어요."

적어도 최후의 날까지는.

"사태가 이렇게 됐는데도 아직 고집을 부리고 계신 겁니까?"

마티어스가 답답한 표정을 했다.

"고집이 아니에요. 제 신념이자 가문의 신념이죠."

"곧 황명이 내려올 겁니다. 폐하의 명이 떨어지면 우리 쪽도 더는 힘을 쓸 수 없어요."

아직 황제가 움직이지 않은 시점까지가 네이필리나에게 주어진 유일한 보루라는 뜻이었다.

"괜찮아요. 제게 생각이 있으니까."

감사해요. 이렇게 마음 써 주셔서.

살짝 드레스를 잡으며 마티어스를 배웅하는 예법은 흐트러짐 없었다.

"저도, 힐데가르드도 계속 콘체른 양의 뒤에 있을 겁니다. 제가 필요할 때, 당신이 손을 뻗으면 언제나 닿을 수 있게요."

"소공작께선 참으로 따뜻한 분이세요. 저 같은 졸부와의 우정도 이렇게 소중히 여겨 주시니 말이에요."

따뜻한. 우정. 마티어스가 쓴웃음을 지었다. 여전히 독립적인 여자였다. 그래서 그녀가 그어 놓은 선 밖에서 어쩔 줄을 모르게 만들었다.

영리하기도 했다. 그녀가 사용하는 단어에서 제게 보내는 메시지를 읽을 수 있었으니까.

"진심입니다."

마티어스는 허리를 굽혀 여자의 손등에 입을 맞추며 문득 깨달았다.

그날 밤, 발코니에서 제가 건넸던 제안은 기실 알량한 제 진심을 가릴 서툰 가면이었을 뿐이었다는 걸.

* * *

[황금 졸부의 막내딸, 헬리오스 황족 되나!]

[레클란 마르쉐 헬리오스, 2황자의 두 번째 사랑, 핑크빛 연정은 경마장에서부터?]

[전통과 규율도 막을 수 없었던 애틋한 만남, 결국 아름다운 청혼으로 끝맺다!]

"2황자 전하가 콘체른가 막내딸에게 청혼했다네! 졸부 가문에서 헬리오스 황족이 나오는 거야!"

"전하가 어찌나 그 아가씨를 아끼는지, 청혼을 허락해 달라고 폐하께 무릎까지 꿇었다는군! 그 오만한 분이 말이야!"

"이것 봐! 반세기가 채 지나기도 전에 콘체른이 어떻게 바뀌었는지 보라고! 우리 평민들의 귀감이자 모델이야!"

"콘체른 양이 황궁에 입성하는 길에 꽃을 뿌려야겠어! 우리들의 신데렐라를 위해서!"

일반 백성들은 환호했다. 그들은 네이필리나와 레클란 두 사람의 연결보다는, 콘체른이라는 평민 출신 귀족이 승승장구하는 모습에 더 이입하고 자극과 동경을 품었기 때문이다.

하나 귀족들은 조금 달랐다. 모였다 하면 살랑이는 부채 뒤로 수군거림이 가시지 않았다.

"한데 황자비 전하는 어찌 되시는 걸까요? 전하와 그리도 금슬이 좋았는데 새 아내라니. 정말 사내의 마음은 종잡을 데가 없나 봐요."

"후계자도 없는데, 만약 콘체른 양이 아이라도 낳으면 어떻게 되는 걸까요? 황궁에 또 피바람이 불지 않겠어요?"

"그건 콘체른 양의 야망에 달렸죠. 공존할지, 반목할지. 콘체른 양이 만약 더 높은 곳을 꿈꾸고 있다면……."

"황궁의 안주인이 바뀌는 일이 일어날지도 몰라요. 이미 주디테 전하께서 증명하셨잖아요?"

우스운 공통점은, 들려온 소식에 대하여 두 무리 다 추호도 의심하지 않고 있다는 사실이었다. 네이필리나가 헬리오스 황궁의 혼담을 거절하는 선택지는 처음부터 고려하지조차 않았던 것 같았다.

2황자의 일방적인 청혼이 있은 지 2주, 바카디는 짜증 나는 기색을 감추지 않으며 보고를 시작했다.

"곤란하게 됐습니다. 2황자 쪽에서 청혼을 대서특필하고 있으니까요."

여론을 먼저 통제하려는 심산으로 보였다.

"이번엔 우리 백부에게 거하게 한 방 맞았네."

2황자에게 이 촌극을 부추긴 배경에 기디언이 있다는 걸 네이필리나가 모를 리 없었다.

"레클란에게도 말이야."

그녀가 나지막하게 읊조렸다.

황제 즉위 후에도, 폭군으로 제멋대로 권력을 휘두를 때에도 적어도 여자 관계에 있어서만큼은 오직 에울리케 황후에게만 일편단심이었던 그였다.

그래서 간과했다. 네이필리나의 입꼬리가 픽 하고 올라갔다.

아아, 사내의 사랑이란 권력이라는 욕망 앞에서 얼마나 부질없어지는 것이던가.

레클란의 두 번째 결혼에 대한 여론은 소강을 모르고 불타올랐다.

"황자 전하가 오늘도 연서를 보내셨다지?"

"이미 황자비를 맞을 두 번째 궁을 단장하고 계신다는군!"

"황실에서 라리스 의상실에 웨딩드레스 제작을 의뢰했대!"

"아무렴 모친이 마담 릴리엔인데 네이필리나 비전하가 입을 드레스는 당연히 그곳이어야겠지 않겠어?"

2황자 쪽에서 꾸준히 장작을 넣고 있으니 가능한 일일 터였다.

[……레클란 전하와의 혼인은 저희 집안에 있어 다시없을 평생의 경사지요. 지참금도 준비하고 있습니다. 타의 추종을 불허하는 규모로 기대하셔도……(이하 생략).]

심지어 성혼이 이미 확정됐다며 콘체른가의 누군가가 비밀리에 매체와 한 인터뷰까지 터지며 관심의 불길은 더 거세졌다.

"콘체른 만세! 만세!"

세기의 신분 상승 로맨스에 열광한 군중들은 급기야 백작저 앞까지 몰려들어 환호했다.

황실 앞에서 그랬다간 바로 경비대행일 테니 다소 만만하고 거리감이 적은 콘체른 앞에서 마음껏 축포를 터뜨렸다는 게 우습긴 했지만.

그러나 폭죽을 터뜨리고 꽃을 던지는 저택 앞의 신나는 분위기와는 달리, 콘체른의 내부는 자못 살벌했다.

뚜벅. 뚜벅. 뚜벅.

복도를 울리는 구두 굽 소리가 선명했다.

그리고 이내 쾅-!

중앙관의 문이 거세게 젖혀졌다.

"헨리? 여긴 어쩐 일이냐?"

서류를 넘기고 있던 기디언이 외알 안경을 들어 올렸다.

"노크도 않고 들이닥치다니. 헨리 너도 이제 적은 나이가 아니다. 가문 이름에 먹칠하지 않으려면 예법을 제대로 지켜……"

촤르르-! 기디언은 말을 끝내지 못했다.

헨리가 제가 쥐고 있던 잡지를 기디언의 책상 위로 내팽개쳤기 때문이다.

"이 무슨 경박한 짓이야?"

투명한 안경알 뒤 비치는 차가운 눈매가 단숨에 찌푸려졌다.

"형이지? 이 촌극을 불러일으킨 게."

"무슨 말을 하는지 모르겠구나."

다시 서류 뭉치로 고개를 내리며 기디언이 시치미를 뗐다.

"성혼 확정? 웃기지 마."

차라락. 그러나 그의 손에 쥐어 있던 서류들은 헨리에게 빼앗겨 방 안을 비행했다.

"불난 집에 기름을 부어도 유분수지, 이 민감한 상황에서 입을 놀리다니. 형 정말 제정신이야?"

평소보다 헨리의 말투가 거칠었다. 딸의 미래가 걸린 사건이다 보니 평소처럼 감정을 냉철하게 추스를 수 없는 듯했다.

수위 높은 비난에 기디언의 자존심이 꿈틀거렸다. 그러나 그는 이내 불편한 심기를 감추고 여상히 대꾸했다.

"콘체른의 내부자가 한둘이 아닌데 어째서 나라고 생각하는 거냐? 볼락일 수도 있지. 군수 사업체도 뺏기고 저 먼 제국 끝으로 쫓겨났으니 네이 소식을 듣고 배가 아파서 저지른 게 아니겠어?"

기디언이 흩어진 서류에 시선을 주었다. 검지가 규칙적인 박자로 종이 위를 툭툭 두드렸다.

저는 이 사건과는 전혀 무관하다는 듯 천연덕스러운 태도였다.

"게다가 딸인 이오테가 네이랑 비슷한 연배이지 않나. 아니지, 그렇게 치면 볼락뿐 아니라 루신다를 둔 제시안느 역시……."

"속아 주고 싶은데, 그러기엔 내가 형을 너무 잘 알아서 말이야."

헨리가 날카롭게 그의 말을 잘랐다.

"난 분명히 콘체른에서 손을 떼겠다고 말했어. 이 가문, 형들끼리 알아서 하라고. 전부 넘겨주겠다고."

쿵. 주먹으로 내리친 탁자가 작게 흔들렸다.

"그러면 네이필리나를 건드릴 필요까진 없었잖아."

"……."

"내 딸이 이 집안에 존재하는 것조차 안심이 안 됐던 거야?"

결혼으로, 그것도 다른 곳도 아닌 황궁으로 쫓아 보내려 할 만큼?

힐데가르드의 딸마저 버티지 못하고 무너졌던 그 살벌한 구렁텅이로?

"……도대체 무슨 억측으로 날 이리 매도하는 건지 모르겠구나."

물끄러미 헨리를 바라보는 기디언의 표정에서는 변화가 없었다.

"헨리, 잊지 마라. 네 딸에게 혼담을 넣은 상대는 레클란 황자 전하시다. 대헬리오스 황실이 네 사돈이 될 거야. 이 상서로운 영광이 네 딸만 기다리고 있는데 어찌 거부하는 것이야."

나는 도저히 너를 이해할 수가 없구나, 하며 기디언이 작게 턱을 저었다.

"나 역시 네이필리나를 아낀다. 아무렴, 내 조카인걸. 작고 하잘것없는 졸부로 살다 갈 바에야 화려한 황궁이 그 아이에게는 더 어울릴 따름이지."

물 흐르듯 막힘이 없는 언변이었다. 상대가 헨리이지만 않았다면 무리 없이 넘어갔을 테다.

"황실이 그 아이를 위한 최선이다."

"네이가 아니라 형의 최선이겠지. 내 딸의 인생을 건 대가로 형은 승승 장구할 테니까."

정곡을 찌르는 칼날에 기디언이 멈칫했다. 헨리의 말은 틀린 데가 없었 다. 이번 혼담은 오롯이 기디언에게만 이득이었다.

가문 내에서 가장 거슬리는 경쟁자인 네이필리나를 제거함과 동시에 기디언이 그녀의 인척으로서 귀족의 입지를 다지게 될 테니까. 그 옛날, 마르쉐 후작이 그랬듯이 말이다.

"정말 끝까지 형은 변하지 않았구나……."

기디언을 바라보는 헨리의 얼굴에 한 줌의 안타까움이 흘러내렸다. 마지막엔 경멸마저 비치는.

"알아? 나는 큰형을 이해하려 했어. 그 지긋지긋한 선민의식도, 열등감도, 어쩌면 내가 모르는 납득할 만한 이유가 있을지도 모른다고."

그런데 이제 보니.

"그저 뭣도 없는 쓰레기 탐욕뿐이었네."

"헨리, 감정에 흐트러져서 제멋대로 내뱉지……."

"기억해 둬, 큰형. 오늘부로 당신은 내 가족이 아니야."

헨리 콘체른이 기디언, 제 피를 나눈 형제에게 가졌던 마지막 최소한의 연민마저 끊어진 순간이었다.

쾅.

"……그래서?"

거칠게 닫힌 문을 바라보며 홀로 남은 기디언이 되물었다.

"내가 고작 그걸 두려워할 것 같아?"

그러나 돌아오는 대답은 없었다.

기디언은 몰랐다. 헨리는 부친인 맥밀란과 더불어 그에게 마지막 애증이나마 가지고 있는 몇 안 되는 존재였다는 걸.

아직, 그 상실을 깨닫기엔 기디언의 욕망이 너무 선명한 탓이었다.

* * *

한편 네이필리나 본인도, 콘체른가도 나서서 혼담에 대한 여론을 부정하기에 상당히 껄끄러운 분위기가 형성되고 있을 즈음,

"부르셨나요, 할아버지?"

맥밀란이 네이필리나를 가주실로 불러들였다. 현 상황과 그녀의 의중을 확실히 가늠하기 위해서였다. 그는 손녀의 표정을 면밀하게 살폈다.

세간에서 떠도는 소문과는 달리 네이필리나의 얼굴 그 어디에도 레클란을 향한 연정을 찾아볼 수 없었다.

'심지어 파혼했던 그 자작 놈 때가 차라리 더 진심이었겠군.'

그가 소리 없이 혀를 찼다.

"할아버지께선 제가 황자 전하의 혼담을 받아들이길 바라시나요?"

네이필리나가 먼저 입을 열었다. 맥밀란의 얼굴을 유심히 살피는 건 그녀도 마찬가지였다.

'이번 일은 콘체른 가주로서는 놓칠 수 없는 기회지.'

고위 귀족과 어깨를 나란히 하는 걸로 모자라 이제 아예 가문의 일원이 황족이 되는 기회가 주어졌다. 명예와 부, 둘을 한꺼번에 쥘 수 있는 황금 티켓이 주어진 것이나 다름없으니까.

'지금 세간에서 떠들어 대고 있는 것처럼 말이야.'

제국을 호령하던 전설의 장사꾼, 맥밀란 콘체른이다.

2황자와 네이필리나의 결혼으로 만들어질 수많은 혜택과 이점을 이 노인보다 더 확실하게 계산할 수 있는 이는 없었다.

그래서 네이필리나는 오늘, 그가 제게 결혼을 강요하리라 예상하고 이곳으로 온 참이었다.

손녀인 저를 꽤나 아낀다 하여도 결국 맥밀란 콘체른 역시 콘체른의 이득을 가장 우선시하는 상단주이자 가주였으니까.

"기억하느냐, 네이필리나?"

하지만 조부의 물음은 그녀의 예상을 벗어났다.

"이 할아비가 우리가 선택하기 전엔 아무것도 끝나지 않는다고 했던 것을."

"할아……버지?"

"나는 네 생각을 물어보는 거다. 레클란 마르쉐 헬리오스를 네 평생을 함께할 남편으로 선택할지는 네 손에 달렸으니 말이야."

제게 선택지가 있는 문제였나? 아니, 그럴 자유를 주려는 건가?

"제가…… 전하를 택하지 않겠다면요?"

네이필리나의 물음에 맥밀란의 주름진 입가가 올라갔다. 조금 지쳐 보이긴 했으나 여전히 단단한 미소였다.

손녀를 내려다보는 그의 시선은 변함없이 곧았다. 어떤 풍파에도 사그라지지 않던 그 옛날의 젊은 맥밀란 콘체른이었다.

"그렇다면 전하와 세상에 알려야지. 우리는 혼담을 받아들일 수 없다고."

네이필리나는 조금 놀랐다. 여전히 무뚝뚝한 목소리지만, 손녀를 생각하는 애정은 빅터 앙길레라와 파혼했을 때와 전혀 변함이 없었기에.

심지어 이번 상대는 황제가 가장 아낀다는, 이 나라의 황자인데도 말이다.

"자존심 강한 헬리오스 황족들이 제 거절을 납득할 리 없어요. 되레 우리 가문에 보복하려 들 거예요."

2황자든 황제든 앙심을 품으리라는 건 자명했다. 상단도, 가문도 지금처럼 탄탄대로를 걷기 힘들 테지.

아니, 오히려 위험해질 가능성도 존재한다. 제국을 다스리는 지존의 좀스러운 분노를 샀다 사라진 귀족들이 예전에도 드문드문 있었으니까. 그 여파를 예상하지 못하는 맥밀란도 아닐진대 네이필리나의 선택에 오롯이 가문의 명운을 맡기다니.

멈칫, 가슴속에서 뜨끈한 열이 번져 나가는 것 같았다. 아니, 눈가인지도 모르겠다.

"말씀만으로도 감사해요. 힘이…… 됐어요. 저는 그걸로 충분해요, 할아버지."

헨리와 릴리엔에 이어 네이필리나가 또 한 번 진심으로 가족의 호칭을 입에 담는 순간이었다.

"하지만 이번 일은 할아버지도, 콘체른 쪽에서도 직접적으로 나서서는 안 돼요. 그러니 제가 해결하겠어요."

네이필리나는 제게 생각이 있다고 말하려 했다. 그러나, 입술을 다시 떼기 전에.

"아니, 이번 일은 이 할아비에게 맡겨 다오."

맥밀란이 고개를 저었다.

"매번 집안이 흔들릴 때마다 네가 나서서 해결했지. 이번에는 내 차례다."

"할아버지……."

맥밀란이 한쪽 눈을 찡긋했다. 장난기마저 느껴지는 여유였다.

"내게도 생각이 있단다."

자식들을 모두 물린 현 가주실에는 맥밀란과 네이필리나, 딱 두 사람만 존재하는 상황이었다.

"보렴."

맥밀란이 벨벳 상자 하나를 탁자 위에 올려놓았다. 먼지가 살포시 내려앉은 짙은 색의 벨벳 상태로 보아 연식이 꽤나 오래된 듯했다.

"이게 뭔지 아느냐?"

맥밀란은 손을 뻗어 상자의 유려한 표면을 쓰다듬더니 뚜껑을 열었다.

그 안에는 어린아이의 손바닥만 한 동그란 메달이 들어 있었다. 맥밀란의 주름진 손이 금빛을 뿜어내는 메달을 집어 올렸다.

"이건…… 황실의 문양이 아닌가요?"

메달 위에 새겨진, 활활 타오르는 태양 문양. 헬리오스의 상징이다.

네이필리나의 말을 확인시켜 주듯, 태양에서 뿜어져 나오는 열기를 표현하는 물결무늬 위로, 황실의 인장이 덧새겨져 있었다.

"50년 전, 대륙 전쟁 때 이 할아비가 전선을 뚫고 제국군에 물자를 수송한 건 알고 있겠지?"

네이필리나가 고개를 끄덕였다.

'어떻게 모르겠어. 지금의 콘체른을 만들 수 있었던 원동력인데.'

"그때, 선황께서 내 작위와 함께 은밀히 내려 주셨던 비밀 패다."

맥밀란이 말을 이었다. 그때 그 순간을, 그 시절을 떠올리는 것처럼 푸른 눈이 아득해졌다.

"단 한 번, 언제가 됐든, 무엇이 됐든 간에 콘체른의 이름을 걸고 요구할 수 있는 패지."

오직 황실의 직계, 그러니까 황제만이 가질 수 있는, 그가 일생에 걸쳐 신뢰하는 소수에게만 내린다는 보호 패였다.

헙. 네이필리나가 저도 모르게 새어 나오는 놀람을 삼켰다.

"이건……."

"이 패의 존재를 알고 있는 건 선황 폐하와 나, 그리고 그 자리에 있었던 현 폐하뿐이시다."

그리고 이제 한 명이 더 늘어났지. 네이필리나, 너 말이다.

맥밀란이 금빛 메달에서 시선을 떼지 못하는 손녀를 응시했다.

"이걸로 혼담을 거절할 거란다."

현 황제가 아무리 레클란을 아낀다 해도 선황의 유지를 부정하면서까지 밀어붙일 수는 없다.

"그러니 너는 더 이상 걱정하지 말거라."

"……아니요. 아니에요."

네이필리나가 이윽고 고개를 들었다.

"안 돼요, 할아버지."

"뭐가 말이냐?"

"이 패를 지금 써서는 안 돼요."

초록빛 눈동자가 결연했다.

"절 생각해 주시는 할아버지의 마음은 정말 감사하지만, 이 귀중한 기회를 고작 제 결혼으로 날리기엔 너무 아까워요."

심지어 반란을 일으켜도 용서받을 수 있는 무소불위의 면죄부다. 황금으로도, 권력으로도 살 수 없는, 콘체른의 마지막 보루이자 숨통.

'그걸 고작 레클란 같은 비겁한 놈 때문에 써 버릴 순 없지.'

"제게 생각이 있어요. 그러니까, 이건 아직 넣어 두시는 게 좋겠어요."

네이필리나는 메달을 다시 조심스레 상자에 넣어 맥밀란 쪽으로 밀었다. 문득 조부가 몹시 거대해 보였다.

'이 보호 패가 있다는 걸 공개했다면 콘체른은 단숨에 신진 귀족으로 급부상했을 거야.'

하지만 그만큼 전방위에서 많이 공격받았겠지.

가문과 상단의 존속을 위해 명예를 품에 숨기고 졸부라 조롱하던 귀족들 사이에서 묵묵히 세월을 견뎌 냈을 조부가 새삼 대단했다.

네이필리나의 대답에 맥밀란이 눈썹을 추켜올렸다.

"진심이더냐? 이 기회를 놓친다면 네 인생이 흔들릴지도 모르는 일인데, 또 도박을 하겠다고?"

"할아버지가 쓰시려는 게 웬만한 패가 아니잖아요."

"그러니 이 상황을 대번에 타파할 수 있지! 이 패 정도가 아니면 황실의 결정을 물리긴 어려울 거다."

네이필리나가 대답 대신 싱긋 미소 짓고만 있자 그가 이마를 짚었다.

"맙소사, 네이. 너는 쉬운 길을 두고 어려운 길을 돌아가려 하는구나."

맥밀란이 이마를 짚었다.

"저도 할아버지 같은 상인이에요. 적은 돈으로 충분한 물건을 구태여 황금으로 사려 하는데, 할아버지는 가만히 계실 건가요?"

최저 비용에 최대 효율을 추구하는 상인의 본질을 정확하게 꿰뚫는 말.

"정말 너를 못 말리겠구나."

맥밀란이 고개를 절레절레 저었다.

"너는 이 혼담을 받아들일 생각이 없다 하니 강요하지 않겠다."

하지만.

"이건 네 것이다. 앞으로 언제고 필요할 때가 있으면 네 판단하에 쓰도록 해라. 나는 손을 뗄 테니."

상자가 네이필리나 쪽으로 쓱 밀려왔다. 그녀는 귀를 의심했다.

"네? 제게 맡기시겠다고요?"

"그래. 다만 보안상 내가 보관하고 있으마. 언제든 네가 이 패를 쓰고 싶을 때 내게 말해 주면 된다."

맥밀란이 더 이상의 질문은 불필요하다는 듯 단호한 얼굴로 고개를 끄덕였다.

'너무 엄청난 걸 받은 것 같은데……'

가주실을 나온 네이필리나가 한숨을 내쉬었다. 그 한숨을 도무지 풀릴 길이 없는 현 상황에 대한 비관으로 생각했는지,

"차라리 대공 전하께 도움을 요청하는 게 어떻겠습니까."

리안이 조심스럽게 말을 꺼냈다.

'아가씨의 얼굴이 조금 전보다 더 지쳐 보이시는군. 역시 콘체른 백작도 아가씨에게……'

리안은 네이필리나와 가주의 독대에서 무슨 이야기가 오갔는지 몰랐다. 그래서 가주가 네이필리나에게 혼인을 강권했다고 생각했다.

"전하가 오시면 어떻게 해결할 수 있는데? 폐하가 내릴 성혼이야. 아무리 대공이라 하더라도 적법한 이유가 없다면 마음대로 할 수 없어."

게다가 현 황제는 대공을 눈엣가시처럼 여긴다. 자칫하다간 둘이 격돌할 수 있는 문제였다.

'설마 2황자가 이걸 노리고? 아니야. 아직 들킨 것 같진 않아.'

지금으로서 앙헬 대공과 네이필리나 사이의 친분을 아는 이는 거의 없다. 개인적인 만남은 전부 그녀의 방 베란다에서 이루어졌으니까.

"하지만 아가씨와 주군, 두 분 서로…… 좋아하시잖아요."

아닌가요? 이대로 2황자와 식장으로 들어설까 싶었는지, 리안이 불안한 목소리로 물었다.

"……글쎄."

네이필리나는 쓴웃음을 삼켰다. 레클란의 청혼이 되레 그녀의 감정을 다시 돌아보게 했다.

그래, 서부로 떠나기 전, 대공은 제게 감정을 고백했다. 저 역시 다르지 않았다.

하지만 그 마음이 차기 로피진 제국을 세울 초대 황제에게 있어 어느 정도의 무게일까. 헬리오스 제국을 노리는 레클란의 권력욕과 로피진의 재건을 노리는 스카가드의 권력욕이 얼마나 다를까.

사내의 사랑이 이토록 덧없음을 봤는데, 저는 여전히 그에게 제 모든 걸 걸 수 있을까.

대답은 '아니다'였다.

"걱정 마. 내게 생각이 있어."

네이필리나는 고개를 저었다. 그리고 시선을 창밖으로 두었다. 저 멀리 황금빛으로 빛나는 헬리오스 황궁이 보였다.

"당신들 생각대로는 되지 않을 거야."

황궁에서 피어난 오만한 꽃은 모른다. 4지구의 진흙 바닥에서 뿌리내리며 살아남은 잡초의 독성을.

'호락호락 당해 주진 않을 거야.'

* * *

네이필리나는 그때부터 병을 핑계로 두문불출하기 시작했다. 콘체른의 막내딸이 시름시름 앓고 있다는 이야기가 수도 곳곳으로 퍼져 나갔다.

"하, 그런 식으로 피해 보겠단 말이지?"

레클란이 코웃음 쳤다.

"결혼식 준비는 외숙부께서 힘써 주셔야겠습니다."

그가 몸을 돌려 마르쉐 후작을 응시했다.

"……."

"아직도 내키지 않으시는 겁니까?"

"아닙니다."

마르쉐 후작이 애써 굳은 표정을 풀었다. 그러나 그의 저조한 기분은 레클란에게 전부 드러난 후였다. 아니, 처음부터 숨길 생각을 하지 않았으니 알아주길 바라는지도 몰랐다.

"어머니께서도 찬성하신 일을 외숙부께서 달가워하지 않으실 줄이야."

평소 바늘과 실처럼 모든 일에 같은 스탠스를 취하던 둘이 아니었나. 레클란이 빈정댔다.

"황비 전하께선 현명하시지만 조금 성급하신 데가 있으시지요. 모든 상황을 고려하기엔 너무 귀한 분이시기에."

마르쉐 후작의 대답은 황비의 선택이 옳지 않았음을 은유적으로 드러내는 것이나 다름없었다.

"우리 솔직해집시다, 외숙부. 네이필리나 콘체른이 내게 해가 되리라 생각해서 그러시는 겁니까, 아니면 이번 일을 외숙부와 상의하지 않아 골이 나신 거예요?"

왠지 후자인 것 같은데, 제 착각입니까? 레클란의 목소리가 눈에 띄게 차가워지자 후작이 대답했다.

"기디언 콘체른은 성급한 자입니다. 근시안적이구요. 그자가 맡았던 계략들이 번번이 실패한 거로만 봐도 알 수 있잖습니까. 한데 어찌 놈의 제안을……."

"그렇죠. 나 역시 그자의 무능을 부정하지 않습니다. 하나, 잊고 계신 것 같은데 외숙부, 여전히 그 쓰임새를 결정하는 건 나란 말입니다."

레클란은 마르쉐 후작을 노려보았다.

'이런, 자존심을 건드린 모양이군.'

후작이 탄식했다. 황자가 제 판단의 권위에 대해 얼마나 집착하는지 알고 있었기 때문이다.

이럴 때면 피 한 방울 섞이지 않은 양부인 황제와 꼭 닮아 있다는 게, 웃어야 할지 씁쓸해해야 할지 몰랐다.

"내가 그를 내 졸로 쓰겠다 한다면 쓰는 겁니다. 아시겠습니까."

"⋯⋯예."

마르쉐 후작은 한숨을 삼켰다. 레클란은 기민한 성정만큼이나 예민했다. 오만해서 상대를 무릎 꿇리고 완벽한 굴종을 얻어 내고 나서야 비로소 만족했다.

하지만 마르쉐 후작은 안다. 모든 이들이 힘 앞에 굴복하는 건 아니라는 사실을.

"그저 황자 전하의 대업에 차질이 있을까 염려한 것뿐이었습니다."

그리고 그가 아는 한, 네이필리나의 조부인 맥밀란 콘체른은, 힘 앞에 무릎 꿇는 이들과는 거리가 멀었다.

'기디언 콘체른이 제 아비를 잘 설득할 수 있어야 할 텐데.'

레클란은 콘체른 백작이 혼담을 속절없이 받아들이리라 생각하지만 그건 왕년의 그를 제대로 몰라서다.

'근 반세기 만에 콘체른을 키워 낸 자다. 정계에 발을 들이지 않았다 뿐이지 모사에 있어서는 숱한 귀족들과 비교해도 뒤지지 않아.'

그와 콘체른 상단을 노리던 무수한 정적들이 고꾸라지던 걸 후작은 직접 보지 않았나. 만약 맥밀란 콘체른이 이 혼담을 반대하고 나서면 골치 아파진다.

'게다가 노틸 후작가는 어찌 다독이시려고.'

현 황자비의 친정을 떠올린 후작이 터져 나오는 한숨을 삼켰다. 에울리케 황자비만 설득한다고 되는 일이 아니다. 사위가 제 딸 외에 다른 여자와 또 결혼한다는데 그쪽에서 가만히 있을 리가 없었다.

'전하께선 되레 이 일로 2황자파의 결속이 흔들리고 있다는 걸 눈치채지 못하셨다.'

조강지처의 가문에게도 이런 수모를 주는데, 군신들에겐 신의를 지킬 것인가.

인재가 네이필리나 콘체른 하나만 있는 것도 아니고, 고작 계집애 하나 얻자고, 제 편을 와해시킬 독을 풀어 버린 셈이었다.

레클란의 고집과 기디언의 혓바닥이 만들어 낸 자충수였다. 마르쉐 후작은 머리가 아팠다.

'제 살길 찾겠다고 전하를 끌어들여? 기디언 그놈을 처음부터 내쳤어야 했는데. 간악한 뱀 같으니라고……'

그러나 이미 엎질러진 물이었다. 황제에게까지 보고가 들어간 이상, 그리고 황제가 콘체른의 황금에 정신이 팔린 이상,

'다른 이들보다는 내가 움직이는 게 낫다.'

그래도 가주가 장사치라는 게 조금의 위안을 주었다.

'잃는 것보다 얻는 게 더 많다면 저도 수긍하겠지.'

후작이 먼저 자리를 비웠다. 멀어지는 마르쉐 후작가의 마차를 내려다보는 레클란의 옆으로 수하가 다가왔다.

"어찌할까요, 전하. 콘체른가로 사람을 보낼까요. 전하의 방문을 번번이 거절하다니, 꾀병을 부리는 게 분명한 듯하잖습니까."

"내버려 두어라. 궁지에 몰린 쥐에게 숨통은 남겨 두어야지."

그렇지 않으면 되레 이를 드러내고 고양이를 물려 들 테니까.

"어차피 언제까지 피할 수만은 없을 것이다."

황명이 내려오기 전, 잠깐의 숨 쉴 틈은 남겨 주는 호의를 베풀기로 했다.

그는 늘 담담하던 네이필리나의 얼굴이 일그러지는 모습을 상상했다. 어쩐지 기분이 좋아졌다.

그러나 레클란은 아직 깨닫지 못했다. 알량한 여유를 부릴 때가 아니었다는 것을.

턱 끝까지 치달아 온 대공의 존재를 미리 알았더라면.

훗날 그는 이 순간을 놓친 걸 땅을 치고 후회하리라는 걸.

* * *

빛이 전부 내려앉은, 땅거미가 새까맣게 진 밤이었다.

'걱정 마. 내게 생각이 있어.'

리안은 담담한 목소리와 알 수 없는 표정으로 밖으로 시선을 던지던 네이필리나를 떠올렸다.

그녀가 한숨을 내쉬었다.

"아가씨는 알리지 말라 하셨지만……."

이건 아가씨의 인생이 걸린 일이다. 가만히 앉아 방관하고 있을 수는 없었다.

휘-!

짧은 휘파람 소리가 들렸다. 어두운 밤, 리안이 서 있는 베란다 난간 위로 검은 새 한 마리가 날아들었다. 로피진들의 연락책이었다.

리안은 작은 양피지 조각을 새 부리로 가져다 댔다. 조각을 꿀떡 삼킨 새가 곧바로 소리 없는 날갯짓으로 날아올랐다. 저 소식이 대공에게 전해지고, 그가 다시 수도로 돌아오기까지는 꽤나 시간이 걸릴 테다.

"부디 늦지 않아야 할 텐데……."

격정스러운 리안의 목소리가 어두운 밤하늘 위로 흩어졌다.

그러나 그녀의 걱정은 오래가지 않았다.

[위치 이동 없이 대기.]

바로 반나절이 채 지나지 않아, 대공 쪽에서 연락이 되돌아왔기 때문이었다. 폴리모스까지의 기나긴 거리를 생각해 보자면 지나치게 빠른 답신이었다.

"대기? 지금 얼마나 심각한 상황인지 깨닫지 못하신 건가?"

게다가…….

"이 글씨체는 라울 님인데? 어째서 주군이 아니라……?"

북부에 그사이 또 다른 일이 생기기라도 한 건가? 리안의 미간이 좁혀졌다.

"안 되겠다. 내가 직접 가야겠어."

전서만으론 도저히 지금의 다급함을 전할 길이 없을 듯하니.

"폴리모스까지 가겠다고? 리안, 넌 주군처럼 워프 마법을 쓸 수 있는 것도 아니잖아."

함께 콘체른 3별관에 배치받은 세탁 담당 로피진이 그녀를 말렸다.

"말을 계속 바꾸면서 달리면 2주 안에는 도착할 수 있을 거야."

조바심이 난 리안이 제 능력의 한계를 간과했다.

"2주라니, 밤을 꼬박 새워야 겨우 가능할까. 아무리 우리 로피진의 체력이 좋다 해도 2주를 눈 한번 안 붙이고 달릴 수는 없다니까?"

그러자 드레스 담당 로피진이 고개를 저으며 리안의 어깨를 두드렸다.

"아가씨의 곁을 지키라는 게 주군의 명이었어. 폴리모스에 도착한다 해도 명령 불복종으로 처벌받을 거란 거, 리안이 모를 리는 없을 테고. 쟤는 이미 마음을 정했으니 무슨 말을 해도 들리지 않을 거야."

"······."

"다만 아가씨께는 말씀드리고 가야 하지 않겠어?"

"그건······."

리안이 고개를 들어 네이필리나의 방을 올려다보았다. 창문 밖으로 보이는 불이 꺼져 있었다.

자정이 다 된 시각, 지금쯤 수면에 취해 있을 터.

"아니. 그럼 반대하실 거야."

물론 네이필리나에게 보고도 않고 마음대로 자리를 비운 불경함에 대해선 나중에 사죄해야겠지만.

네이필리나의 신뢰를 다시 얻을 수 없을지도 모르지만. 리안에겐 다른 선택지가 없었다.

"절대 헬리오스 황족 놈의 계략에 우리 아가씨를 넘어가게 둘 순 없어."

저는 알지 않는가. 제 민족의 말살을 주도했던 그들의 잔인함을, 비인간성을, 탐욕을.

"널 누가 말리겠어."

"아가씨는 걱정 마. 우리가 목숨 바쳐 지킬 테니까."

동료들의 약속을 받고 리안이 짐을 챙겼다.

"히히힝!"

"쉬, 쉬이······ 착하지······."

마구간에서 조용히 말을 끌어낸 그녀가 등자에 발을 얹으려 다리를 들었을 때였다. 보이지 않는 힘이 그녀의 다리를 눌러 다시 땅을 밟게 만들었다.

"무슨······. 주군?"

커다란 그림자가 그녀의 머리 위로 비쳤다. 퍼뜩 고개를 든 리안의 눈이 휘둥그레졌다.

"여긴 어떻게……!"

그녀의 첫 번째 주인인, 스카가드 앙헬이 눈앞에 있었다.

"언제 오신, 아니, 전투는 어찌 된 겁니까. 역도들은……."

"잠들었나?"

대공은 리안의 궁금증을 풀어 줄 생각이 없는 듯, 한 가지만을 물을 뿐이었다.

"네? 아, 예. 일찍 잠이 드셨습니다만……."

리안이 먼저 대답했다.

"원래도 불면증이 있으시긴 했지만 요즈음 아예 잠들질 못하셔서 수면 제를 드셨거든요."

리안은 병을 핑계로 두문불출하고 있으나, 실제로도 그녀의 상태가 그리 좋지 않다고 보고했다. 네이필리나의 기감이 더 예민해져서 밤을 새우기 일쑤였기 때문이다.

"상황이 상황이다 보니 도저히 경계를 풀지 않으시는, 아니, 못 하시는 듯했습니다."

네이필리나는 평소에도 제 상태를 입 밖으로 낸 적이 단 한 번도 없었다. 애초에 아쉬운 소리를 하는 성정도 아니었고.

그러나 그녀의 측근들은 나날이 푸석해지는 피부와 거뭇한 눈 밑 아래 그늘에서 네이필리나가 가지고 있는 고뇌를 짐작할 수 있었다.

'홀로 3별관, 아니, 이 콘체른을 노리는 안팎의 승냥이들을 상대해야 하니 도무지 잠들지 못하시는 거야.'

결국 보다 못한 바카디가 그녀에게 효과 좋은 수면제를 건네주었다. 처음에는 꺼려 하던 네이필리나 역시 제 한계를 인정하고 일찍이 잠이 든 날이었다.

"네게 보고받은 바가 없는데."

대공이 시린 목소리로 일갈했다. 리안이 찔끔해서 입술을 깨물었다.

"아가씨께서 본인의 개인적인 사항들을 외부로 유출하길 원치 않으셨습니다."

"네 주인은 내가 아니었나?"

"……죄송합니다. 처벌은 달게 받겠습니다."

리안이 고개를 숙였다. 대공이 변절이라고 생각해도 할 말이 없었다.

하지만 시간을 되돌려도 행동을 바꾸진 않을 것이다. 지금 리안이 지키고 목숨 걸어 받들고 싶은 이는 눈앞의 대공이 아니니까.

'전사의 자격을 잃고 내쳐진대도 어쩔 수 없는……'

눈을 질끈 감았으나 대공의 불호령이 떨어지지 않았다. 대신 툭, 하고 어깨를 두드리는 듯한 찰나의 감촉만이 남았다.

"주군……?"

고개를 다시 들었을 땐, 대공은 자리에 부재했다.

'휴우, 아가씨에게 가셨구나.'

다행히 불호령은 내리지 않을 듯했다.

리안이 가슴을 쓸어내렸다.

* * *

그 시각, 네이필리나의 방.

"으음……"

바카디가 건넨 수면제의 효과는 강력했다. 뜬눈으로 신경 줄을 늘리던 지난밤들과 달리, 네이필리나는 수면에 들었다.

약이 지나치게 잘 들어서일까, 꿈을 꾸었다.

다닥다닥다닥.

좁고 긴 구불구불한 골목. 발걸음 소리가 자못 요란했다.

"잡아! 잡으라고!"

그녀는 쫓기는 중이었다.

다닥거리며 달려오는 발걸음의 수로만 봐도 적지 않은 이들이 그녀를 사냥감 몰듯 어딘가로 몰고 있었다.

이따금씩 등 뒤로 비도가 날아왔다. 추적자들을 파악하기 위해 몸을 돌아볼 새도 없었다.

그저 턱 끝까지 차오른 숨을 삼키며 앞으로 내달리는 수밖에는. 그마저도 얼마 가지 못했다.

"하아, 하아……."

막다른 골목에 막힌 그녀가 헐떡이는 숨을 가다듬며 다시 퇴로를 탐색했다. 점점 좁혀 들어오는 추적자들을 살피는 것도 덤이었다.

'대체 누구기에 나를 이렇게 쫓는 걸까. 무슨 원한이 있기에…….'

"411!"

물음에 대한 답을 궁금해할 즈음, 대지를 울리는 처절한 외침에 네이필리나가 얼어붙었다.

"411! 411!"

"왜, 왜……."

왜 제 형제들이 저기 있을까.

추적자의 탈을 쓰고, 증오에 일그러진 표정을 하고, 그녀와 마주 서 있을까.

"왜 너만 살아남았어. 왜 너만!"

"우리 형제들은 다 죽었는데 너 혼자만!"

보스였다. 바카디 밑에서 앳된 얼굴로 싱글거리던 소년이 아니라, 네이필리나가, 아니, 411이 기억하는 그때 그 시절의 보스였다.

"아, 아냐……. 내가 그런 게……. 기디언이, 섭정공이…… 그런 거야."

너희들을 죽인 건 내가 아냐……. 네이필리나가 도리질 쳤다. 저도 모르게 보스의 외침에 대고 변명했다. 내 잘못이 아니라고. 나 역시, 이렇게 될 줄 몰랐다고.

하지만 보스의 얼굴은 여전히 무표정했다.

"그래서? 411, 넌 똑똑하니까 이렇게 될 걸 예상했었잖아. 위험하다고, 우리에게 경고했었잖아."

그런데 왜 우릴 구하지 않았어?

왜 우릴 잊어버렸어?

"아냐, 아니야……."

그녀가 고개를 저었다. 시야가 습기로 일렁이며 흐릿해졌다. 마냥 부정하는 모양새가 저들의 눈에 얼마나 볼썽사나워 보일까.

"411! 411!"

메아리처럼 번져 가는 형제들의 목소리.

듣기 싫어. 듣고 싶지 않아.

그녀가 귀를 감싸 쥐었다. 저도 모르게 정신없이 도리질할 때였다.

휘익-!

어디선가 날아온 화살이 보스의, 형제들의 가슴을 꿰뚫었다.

"안 돼!"

순식간에 시야가 붉게 변했다. 그녀를 좇아오던 형제들이 땅에 널브러져 있었다.

"아파, 411……."

피에 젖은 손이 그녀를 향해 뻗쳐 왔다.

"이대로 죽고 싶지 않아. 살려 줘……."

네이필리나는 형제들의 처절한 손길을 피하지 않았다. 그녀는 정신없이 앞으로 달려 나갔다. 차가운 바닥에 무릎을 꿇고 그들의 상처를 살폈다.

"내가 살릴게. 조금만 기다려. 이것만, 이것만 뽑고 치료하면 돼. 그럼 돼."

젖은 손이 형제들의 가슴에서 화살을 뽑아내려 애썼다. 살 수 있어. 내가 살릴 수 있어. 미친 것처럼 중얼거렸다.

"조금만 참아, 조금만 버텨. 내가, 이번엔 반드시 살릴 테니까……."

강처럼 철철 흘러내리는 붉은 피를 손으로 쓸어 모아 다시 넣으려 애썼다.

그러나 점점 꺼져 가는 생명의 빛. 넘실거리는 절망에 그녀가 이를 악물었다.

"제발, 411…… 내 형제여, 나를……."

"우리의 복수를……."

애원의 목소리도 희미해졌다. 정신없이 피를 모아 담던 네이필리나가 문득 알아차렸다. 형제들의 숨소리가 더 이상 들리지 않는다는 걸.

"안 돼, 안 돼! 쫓아와도 돼. 날 원망해도 돼. 내가 잘못했어."

날 선 우짖음이 그녀의 입에서 튀어나왔다.

"이렇게 가지 마. 나만 두고 가지 말란 말이야!"

"킬킬킬킬……."

귓가에 거슬리는 웃음소리. 네이필리나가 고개를 들었다. 피에 젖은 활을 든 기디언 콘체른이 제 눈앞에 있었다.

그녀가 기억하는 비열한 섭정공의 모습 그대로.

네이필리나가 어금니를 악물었다. 팔을 뻗어 붉은 진창을 헤쳤다. 아까 형제들이 날렸던 비도의 차가운 감촉이 손안에 들어왔다.

"죽여…… 버리겠어!"

기디언의 심장에 박아 넣을…….

순간 손목을 붙드는 힘에 네이필리나가 눈을 떴다.

"……대공?"

스카가드 앙헬이 제 손목을 붙잡고 있었다. 베개 밑의 비도를 쥐고 그의 가슴을 찔러 내리려던 네이필리나의 손목을. 그제야 차가운 물이 머리 위에서 쏟아지듯 현실감이 일었다.

"전부……."

꿈이었던 거다. 죽은 형제들도, 섭정공도 존재하지 않는 한밤의 꿈일 뿐이었다.

"악몽을 꿨나?"

붙잡힌 손목의 떨림을 알아챈 모양이다. 귓가를 울리는 낮고 풍부한 목소리를 네이필리나는 멍하게 듣고 있었다.

"전하가 어떻게 여길……."

그녀는 눈을 깜빡였다. 저를 살피는 푸른 눈동자 뒤로 열린 베란다 쪽 창문이 보였다.

서늘하게 들어오는 밤바람에 조금씩 흔들리는 커튼까지.

"열이 있군."

그사이 대공의 커다란 손이 그녀의 이마를 덮었다. 한 폭의 명화 같은 외모를 자랑하는 남자가 미간을 좁혔다. 그녀의 이마에 닿는 서늘한 온도는 곧 미지근하게 변했다.

살아 있는, 아직 존재하는 사람의 온기였다.

그걸 인지하는 순간, 네이필리나의 볼을 타고 눈물 한 방울이 똑 흘러내렸다.

"……."

푸른 눈동자가 잠시 멈칫한 것도 같다. 굳은살이 박인 엄지가 놀랍도록 조심스럽게 볼을 쓸며 눈물을 닦아 내렸다. 부끄러움을 모르고 흘러내리는 눈물 자국을 계속해서.

전해지는 온도의 주체를 붙잡은 건 본능이었다.

'왜 당신은.'

왜 꼭 내가 이렇게 나약해질 때 나타날까. 최소한의 가식조차 가장하지 못할 만큼 지쳐 있을 때.

그의 팔뚝을 움켜쥔 네이필리나의 손에 힘이 들어갔다. 하얀 손등 위로 핏줄이 불뚝 설 만큼. 희미하게 전해지는 피비린내를 맡으며 네이필리나는 그가 전장에서 곧바로 돌아왔음을 알아차렸다.

이 거대한 남자는, 제가 따스함을 느끼는 이 손에는 무수히 많은 피가 묻어 있을 테다. 그럼에도 기꺼웠다. 지금 이 순간, 혼자이지 않음에. 그가 주는 온기가 죽은 형제들과 부르짖던 복수의 불길을 잊게 해 줄 수 있음에.

"네이필리나."

좋지 않은 타이밍이다. 또르르. 다시 눈물이 흘러내렸다. 이번에는 대공의 손이 다가오지 않았다.

대신, 촉. 짧게 입술이 내려앉았다. 안심시키듯 가벼우면서도 부드러운 접촉이 네이필리나를 삼켰다. 허리를 감싼 두꺼운 손이 천천히 등으로 미끄러졌다.

규칙적인 두드림이 안정감을 자아내며, 네이필리나를 천천히 다시 시트로 눕혔다. 시트를 짓누르는 건장한 팔이 네이필리나 위로 제 무게를 더하지 않게 지탱했다. 입술로 전해지는 온도가 점점 뜨거워졌다. 그의 팔뚝을 쥔 손에 들어가는 힘이 온몸으로 분산됐다.

전신이 저릿했다. 저도 모르게 발가락이 곱아 들고, 아랫배에 힘이 들어갔다.

"대, 흐으, 대공 전…… 하……."

거친 입술은 잠깐씩 떨어지는 순간조차 참을 수 없다는 듯, 끈덕지게 붙어 왔다. 그럼에도 우스운 건 점점 깊게 파고들 것처럼 그녀를 삼키면서도 적정한 수준을 넘지는 않는다는 거다.

꼭 대공도 그 자신을 제어하고 있는 것처럼.

"스카가드."

작은 코끝에도 입 맞추던 입술 사이로 낮은 목소리가 샜다.

"스카."

같은 단어의 반복. 멍한 머릿속으로 네이필리나는 문득 그게 대공의 이름이라는 걸 깨달았다.

"불러 줘."

"스, 흐, 스카……."

"잘했어."

칭찬하듯 다시 자잘한 입맞춤이 비 오듯 쏟아졌다.

"안심해. 누구도 그대를 해치지 못할 거야."

등을 토닥이는 따뜻한 울림과 귓가를 울리는 음성을 들으며 네이필리나는 다시 수면에 빠졌다. 그의 호언대로, 악몽 따위 침범하지 못한 달콤한 잠이었다.

* * *

네이필리나가 눈을 떴다. 파앗. 그녀가 불에 덴 듯 자리에서 일어났다. 아직 해가 밝지 않은 새벽이었다. 어스름한 어둠이 여전히 그녀를 감싸고 있었다.

"……."

누군가를 찾는 것처럼 초록빛 눈동자가 분주하게 방을 헤집을 때,

"쉬이. 아직 더 자."

그녀의 팔을 부드럽게 끌어당기는 손이 있었다.

"……꿈인 줄 알았어요."

네이필리나가 중얼거렸다. 악몽을 꾸고 그걸 잊기 위해 제가 만들어 낸 환상일지도 모른다고 생각했다.

"보시다시피."

그대의 눈앞에 있잖아? 대공이 피식 웃으며 손목을 쥔 엄지를 문질렀다.

어젯밤을 상기시키듯, 서늘한 손에서 다시 일어나는 온기에 네이필리나는 눈을 깜빡였다.

"네이필리나."

눈 깜짝할 새에 저는 다시 그의 품에 들어와 있었다.

"전하, 거리가 너무 가까운⋯⋯."

스카가드가 고개를 숙였다.

촉. 부드러운 입술이 짧게 맞닿았다 떨어졌다.

"결혼할까."

낮고 분명한 목소리.

그러나 담고 있는 내용은 네이필리나의 멍한 의식을 깨우기에 충분했다.

초록빛 눈이 동그랗게 커지며 대공을 응시하자, 그의 모양 좋은 입꼬리 사이로 낮은 웃음이 샜다.

"결혼해 줘."

촉.

"⋯⋯."

"그대는 고개만 끄덕이면 돼."

세상은 내가 알아서 네 발밑에 바쳐 줄 테니.

"그대의 복수까지도."

네이필리나가 멈칫했다. 순식간에 몸을 굳힌 그녀를 아는지, 관자놀이에 다시 따뜻한 입맞춤이 닿았다. 마치 긴장을 풀라는 것처럼. 나는 너의 적이 아니라고.

"그대가 원하는 끝까지 가도록 해. 단지 네 뒤에 내가 있다는 게 더해질 뿐이야."

"그게⋯⋯."

네이필리나가 겨우 입을 열었다.

"내게 뭐가 좋다는 거죠?"

"그대가 마음껏 휘둘러도 등 뒤를 걱정할 필요가 없는 이점이 있지. 날 아드는 칼은 내가 다 맞을 테니까."

대공이 입꼬리를 씩 올려 웃었다. 평소처럼 느긋한 미소였다.

"네이필리나, 마음껏 깽판 쳐도 돼."

전부 다 갈가리 찢어 버려도 괜찮아. 그건 은밀하고도 달콤한 악마의 유혹처럼 들렸다.

"……만약 내가 찢는 게 황실이라면? 당신의 계획까지 파투 날 텐데?"

'당신의 평생이 담겨 있는 그 대업이 무너져도, 그래도 괜찮다고 할 건가?'

네이필리나의 아미가 좁혀졌다. 그녀는 제가 더 괴로운 표정을 하고 있다는 걸 모르는 듯했다.

"괜찮아."

촉. 다시 안심시키듯 입술이 붙었다 떨어졌다.

"그대를 얻는 대가론 과분하지."

"……."

"결혼은 나와 하는 거야. 밀어 내지 마, 네이필리나."

낮게 귓가를 울리는 다정하고도 분명한 음성. 끊임없이 쏟아지는 애정 어린 버드 키스.

그리고 저를 살피는, 한숨이 나올 만큼 수려한 사내의 얼굴.

네이필리나는 혼란스러워졌다. 그녀가 자랑하는 이성이 처음으로 제대로 동하지 않는 순간이었으니까.

"……."

촉. 대공이 다시 이마에 입술을 붙였다.

"응?"

귓가에도 작은 입맞춤이 날아들었다. 살집이 있는 통통한 귓불을 살짝 깨물리자 정신이 혼미해졌다.

"그대, 대답해 줘야지."

낮은 음성이 꼭 초조하게 저를 재촉하는 것처럼 들린다면, 이상한 걸까.

결혼. 지긋지긋하게 그녀를 괴롭히던 단어였다. 대공의 입에서 먼저 나오리라 예상조차 못 했던 낯선 단어기도 했다.

그런데도 왜 이렇게 달콤하게 들리는 걸까.

사랑의 덧없음을 봤으면서, 망국의 부흥을 노리는, 거대한 제국의 주인이 될 자가 권력을 포기하는 일 따위 없을 거라는 걸 누구보다 잘 알면서도.

왜 이 남자는 다르리라 희망을 걸어 보고 싶은 걸까. 어째서 세상을 바치겠다는 그의 호언을 믿어 보고 싶은 걸까.

'어리석은 411. 어리석은 네이필리나.'

되뇌면서도 네이필리나는 고개를 끄덕이는 자신을 막을 수 없었다.

이성이 아닌 감정에 몸을 맡겼다. 그녀답지 않은 일이다.

'나는 이 남자를 원해.'

그러니까 잠깐은, 그냥 잠시뿐인 얄팍한 애정이라도 괜찮으니까, 내 마음대로 하면 안 될까.

'그러고 싶어. 나 역시 이 사람이 옆에 있었으면 해.'

대공의 팔뚝을 쥔 손에 힘이 들어가며 네이필리나가 눈을 감았다. 수락의 뜻이었다.

하아. 순간 대공의 깊은 숨이 퍼져 나갔다. 믿을 수 없게도 꼭, 긴장하고 있었던 것처럼.

"절대로, 후회하지 않게 해 줄게."

그대의 복수는 완벽할 거야.

파고드는 입술 사이로 흘러나온 한마디에, 네이필리나가 멈칫했다. 단조로운 한 문장이 묘하게 의미심장하게 들렸다.

"무슨…… 짓을 한 거예요?"

하지만 대공은 그저 웃을 뿐이었다. 곧 알게 될 거라며.

"지금은 좀 더 자 두는 게 좋겠어, 그대."

대공이 천연덕스럽게 네이필리나를 안고 등을 토닥였다. 어린아이를 다루듯 볼에 연신 입을 맞추면서도 느린 자장가를 불러 댔다.

"다시 잘 수 있을 리 없어요. 전하는 모르겠지만 전 불면증이……."

"그럼 그냥 내가 좀 더 이러고 싶었다고 해 둬."

그가 웃으며 다시 등을 토닥였다. 네이필리나는 말도 안 된다고 생각했다. 눈앞에 산재한 일이 얼마나 많은데, 그의 청혼을 받아들임으로써 계획을 전부 바꿔야…….

"그대는 아무 걱정도 하지 마."

내가 전부 해결할 테니까.

'그것 참 믿음직스럽네.'

네이필리나는 콧방귀를 뀌었다. 그러나 정말 우스운 건, 제가 다시 잠에 빠졌다는 거다.

'너무 오래 계시는 것 같은데…….'

그 시각, 리안은 전전긍긍하며 네이필리나의 방을 올려다보고 있었다. 3별관에서 다른 이가 오지는 않을지 망을 보는 것도 함께였다.

아무리 제 주군이라 해도, 미혼인 아가씨의 방에서 하룻밤을 보내다니. 혹 그 모습이 들켜 아가씨의 평판에 문제가 있어서는 안 됐으니까.

"아냐. 주군께선 명예를 아시는 분이야."

그러니 혼인 전에 설마, 순간의 충동에 자신을 놓아 버리는 일은 없을 거라고…….

"하지만 아가씨는 주군께서 유일하게 마음에 들이신 분이잖아."

네이필리나 콘체른이 관련되면 대공이 생전 처음 보는 모습을 보이던 게 몇 번째던가.

"지금이라도 들어가? 말아?"

목숨을 걸고 방 안으로 침투해야 할지 말아야 할지 고민한 게 벌써 몇 시간째였다.

그때 허공에서 붉은 빛이 어른거렸다. 워프 스크롤의 흔적이었다.

'침입자?'

전전긍긍하던 건 어디 가고 리안이 날카롭게 발검했다.

그러나 그 기세가 무색하게,

"라, 라울 님?"

"주군, 여기 계시지?"

그 자리에 나타난 건 대공의 보좌관인 라울이었다. 마지막에 보았을 때보다 훨씬 지치고 남루한 모습으로.

"라울 님이 어찌 여기……."

리안이 눈을 크게 떴다. 라울, 그 역시 폴리모스 전선에 있어야 할 존재가 아닌가.

"맞아. 아니야. 급하니까 일단 그것부터 대답해."

"저, 저기……."

리안이 네이필리나의 방 베란다를 가리켰다. 라울이 이를 갈았다.

"내 그럴 줄 알았지."

"라울 님께서 어찌 여기 계시는지 아직 답해 주지 않으셨습니다."

게다가.

"스크롤로 폴리모스에서 여기까지 이동이 가능합니까?"

"당연히 불가능하지."

라울이 피곤한 얼굴을 쓸며 대답했다.

"한데 어찌……."

"근처에 있었으니까."

"예?"

근처?

"내일이면 수도로 들어설 거야."

일방적인 대화에 리안이 도저히 따라갈 수 없다는 표정을 짓자 라울이 한숨을 내쉬었다.

"그러니까……."

자초지종을 들은 리안이 아연실색했다.

"벌써, 회군하셨다고요?"

라울이 한숨을 내쉬었다.

"아니, 전투가 다 끝났습니까? 헬리오스가 승리한 거예요?"

"헬리오스가 이기다니 무슨 개똥 같은 소리야."

그 와중에 라울이 지적했다.

"승리를 해도 피땀 흘려 싸운 우리 로피진이 이긴 거지. 방구석에 처박혀서 편안하게 늘어져 있던 놈들이 어디서 승리 타령을."

라울의 목소리가 꽤나 신경질적이었다. 전선에서 상당히 고난을 거쳤는지 카랑카랑하던 목소리 역시 잔뜩 쉰 채였다.

"그리고 네 질문에 대답하자면, 아직이야. 단순히 우리가 있는 곳을 얼추 정리했을 뿐이지."

"그게 무슨……."

"그 이후는 기밀이니 설명은 여기까지만."

"한데 어찌 이리 빨리 정리하고 돌아오신 겁니까? 설마 제 연락을 받고……."

참으로 공교롭지 않은가. 레클란의 혼담으로 여론이 한창 물이 오를 때 그에 맞춰 등장하다니. 하지만 라울은 입술을 픽 올려 웃을 뿐이었다.

"2황자가 혼담으로 지랄하는 거? 이미 알고 있었어."

"어떻게……."

"설마 우리 정보통이 너밖에 없으리라 생각했던 건 아니지?"

레클란 마르쉐 헬리오스가 황제에게 혼담을 요구했을 때부터 놈의 일거수일투족이 대공에게 보고되고 있었다는 거다.

그리고 대공은 그 소식을 듣는 즉시 참전하고 있던 전투를 끝내 버렸고.

'그땐 악몽이었어. 정말 악몽이었다고.'

라울이 기억을 떠올리며 진저리 쳤다.

말을 박차고 달려가 그 반대편에서 맹렬히 군사들을 지휘하던 제로스 산악병의 우두머리를 그대로 내리치던 대공의 검.

바닥으로 굴러떨어진 적군 수장의 머리통. 순간 아군과 적군 할 것 없이 전투의 모든 이들이 얼어붙었던 서늘한 순간을 라울은 아직도 생생히 떠올릴 수 있었다.

"말이 많군."

그때 뒤에서 대공이 나타났다.

"주군!"

라울이 반색했다.

"어찌 이러십니까! 당장 내일 수도로 입성해야 하는데 군을 지키셔야 할 분이 돌아오자마자 홀라당 콘체른 양에게 가 버리시다뇨?"

뒷감당은 저희에게 다 맡겨 두신 채로?

라울의 큰 눈에 배신감이 어렸다.

"돌아간다."

그러나 휘적휘적 걸어 그를 지나치는 대공은 보좌관에게 전혀 관심이 없어 보였다.

"깨우지 마. 일어나고 싶을 때 일어나게 해."

리안에게 한마디 남길 뿐이었다.

"예? 예. 분부대로 하겠습니다."

누굴 말하는지 알아차린 리안이 허리를 숙였다.

"좋아."

파앗-! 명령은 그것뿐이었다는 듯, 푸른 마나를 일렁이며 워프 마법을 시전한 대공이 사라졌다.

"아앗! 저를 데리고 가져야죠!"

라울이 다급하게 품속에서 스크롤을 꺼냈다.

"라울 님, 이게 어떻게 된……."

"자세한 건 나중에 얘기하마. 너도 어차피 내일, 아니, 오늘이면 알게 될 테지만."

주우욱-!

이동 스크롤을 찢은 라울의 모습 역시 붉은 오라 뒤로 사라졌다.

"……오늘?"

리안이 고개를 갸웃했다.

* * *

해가 밝았다. 유독 뜨거운 햇살이 작열하는 오전이었다.

"제기랄, 물은 됐고 얼음을 더 가져와라. 오늘따라 더워서 견딜 수가 없구나."

황제는 짜증스럽게 손을 내저었다. 선선한 바람이 부는 정원에 서 있건만 오늘은 옅은 햇살마저 거슬렸다. 아픈 몸에 기력은 점점 떨어지니 하루하루가 달랐다.

"폐하, 제가 직접 짠 라임 주스이옵니다. 기력과 입맛을 돋게 한다 하여 라임 하나하나를 몸소 골랐답니다."

황비가 다가와 황제의 이마에 서린 땀을 닦아 내었다. 샛노란색의 주스까지 손수 먹여 주는 걸 마다하지 않았다.

"아랫것들을 시키면 되지, 이 여린 손으로 어디 움직일 데가 있어서."

"폐하를 위한 것인데 무얼 마다하겠어요."

"비의 마음을 잊지 않을 것이야."

달콤한 향기, 다정한 목소리, 정성스러운 봉양. 황제의 짜증이 눈에 띄게 누그러졌다. 그는 애정 어린 눈길로 황비를 바라보았다.

"어찌 그리 보십니까?"

황비가 부끄럽다는 듯 볼을 붉혔다. 세월이 흘렀음에도, 그때 그 별장에서 처음 제 가슴을 뛰게 했던 여인처럼 주디테는 여전히 싱그러웠다.

그녀를 향한 황제의 애정 역시 여전했다. 다른 여인들을 취하지 않은 건 아니지만, 제게 아들을 낳아 준 이는 주디테가 유일했으니까.

"에울리케는 아직 소식이 없지?"

황제는 제 며느리의 안부를, 아니, 존재하지 않는 손자의 안부를 물었다.

"쯧쯧, 혼인한 지 벌써 몇 년째데 아직도 그 모양이란 말이오."

노틸 후작에게 딸 하나만 있을 때 알아봤어야 했는데. 황제가 혀를 쯧쯧 차다 볼썽사납게 라임 주스를 흘렸다. 샛노란 주스가 그의 누렇고 부드러운 손을 적셨다.

"둘의 나이가 아직 많지 않으니 시간이 저절로 해결해 주지 않겠사옵니까. 폐하께선 너무 심려치 마셔요."

"혹시 모르지. 이번에 들어오는 새 며느리가 내게 혈육을 안겨 줄지도."

차가운 물에 적신 손수건으로 황제의 손을 정성스럽게 닦아 내리던 황비가 멈칫했다.

"콘체른의 아이 말입니까?"

"새로운 토양에 씨가 자라나는 법이 아니겠소. 짐은 차라리 이쪽에 기대를 걸고 싶구려."

씨를 언급하는 황제의 저질스러운 언행에 주디테는 비소를 삼켰다.

이렇게 혈통을 고집하면서, 정작 제가 키워 낸 밭엔 다른 놈의 씨가 심겨져 있었다는 걸 알면 황제는 어찌 반응할까.

"저야, 폐하께서 좋으시면 다 좋지요."

헬리오스의 광활한 토양에 폐하의 빛이 비치지 않는 곳 어디 있겠습니까.

"아닌 걸 아오. 비는 여전히 입 안에 든 혀처럼 달콤하게 구는구려."

주디테의 은근한 찬사가 싫지 않은 듯 황제의 입꼬리가 올라갔다.

그러나 그 기분 좋음도 한순간이었다.

"폐하……!"

타닥타닥타닥. 다급한 발걸음 소리가 울렸다.

"무슨 일이냐? 방해하지 말라고 일렀을 텐데."

간만에 단란한 평화를 방해받은 황제가 짜증스럽게 기사에게 일갈했다.

"돌, 돌아왔습니다!"

"뭐가 말인가. 반푼이처럼 굴지 말고 제대로 고하라."

"앙, 앙헬……."

기사가 더듬거리며 토해 낸 단어가 황제의 인상을 대번에 부서뜨렸다.

"앙헬 대공이 돌아왔습니다!"

* * *

찰칵. 찰칵.

늠름하게 무장한 기병들이 수도에 들어섰다. 검은 갑옷과 창을 쥐고 있는 그들에게선 범접할 수 없는 오라가 흘렀다. 사지를 넘나들며 용맹을 떨친 자들에게만 주어지는 분위기였다.

그것이 이 개선식의 품위를 한껏 끌어올려 주었다. 누가 봐도 대공 쪽에서 일방적으로 벌인 행사라고 상상하지 못할 만큼.

"저건 앙헬의 북부군이 아닌가?! 제로스를 무찔렀다지!"

군중에서 누군가 소리쳤다.

"정말? 그 잔악한 제로스 놈들이 한 수 접고 물러갔단 말이야?"

"아무렴, 앙헬이지 않나. 누가 저들에게 감히 칼을 들이밀고도 살아남겠어."

"반란군들도 소식을 듣곤 걸음아 나 살려라 도망쳤다지!"

제로스는 오랫동안 헬리오스의 골머리를 앓게 한 호전적인 왕국이었다. 게다가 요즘 대륙 판도에서 헬리오스가 선전한 지가 꽤나 오래전이다 보니, 군중들은 오랜만에 듣는 제국의 선전에 환호했다.

기병들이 들고 있는 거대한 깃발이 휘날렸다. 북부군의 상징인 푸른색이었다.

"앙헬이다! 앙헬 대공이 돌아왔어!"

만세! 사람들이 환호했다.

"대공이 폴리모스 반란을 성공적으로 제압했다고 들었어!"

"저기 계신 분이 대공 전하시지!"

일렬종대로 입성하는 북부군의 가장 선두에 앙헬 대공이 있었다.

"드, 듣던 것보다 훨씬……."

무서운데. 보는 것만으로도 기에 질린 사람들이 더듬더듬 토해 냈다. 날 선 기운을 뿜어내는 기병들 사이에서도 대공은 압도적인 데가 있었으니까.

"저 정도는 되어야 제로스 놈들을 무찌르지!"

"대공이 두려워서 꽁지가 빠지게 도망갔다더군! 아하하!"

그러나 뭐가 됐든 아군의 승리는 기쁘고 축하할 일이었다.

한편 화기애애한 군중의 분위기와는 달리, 황궁은 우왕좌왕했다.

기사가 앞서 달려 나가 앙헬 대공과 그가 이끄는 군대의 개선을 알렸지만, 아직 충격이 가시지 않은 상태였다.

"아니, 왜 벌써 도착한단 말이냐?!"

황제를 비롯한 수도의 군신들은 당황했다. 대공이 보낸 전서에서는 아직 전투가 한창이라 했으니까. 이렇게 하루아침에 모습을 드러낼 수 없었다.

"어디라고?"

"벌써 황성에 진입했다 하였습니다. 반나절쯤이면 궁에 당도할 듯합니다."

"왜 하필 지금……."

레클란이 입술을 깨물었다. 대공에게 보낼 군량의 비리 사건이 벌어진 게 겨우 몇 달 전이다. 대공 역시 듣는 귀가 있으니 사건의 본질이 제게서 비롯되었음을 모르지 않을 터.

그의 서늘한 얼굴을 다시 보기 껄끄럽기 그지없었다. 게다가 대공이 있으면 어쩐지 자꾸 위축이 되는 듯한 기분도 한몫했다.

한편 세피니아는 이 소식을 차라리 환대했다.

"다행이구나. 다행이야! 비로소 눈을 돌릴 수 있겠어!"

지금 세간을 뜨겁게 달구고 있는 레클란과 네이필리나의 혼담을 깨뜨릴 수 있는 강력한 대체재가 나타났다.

대공이 아직 입성 전인데도 벌써부터 사람들의 관심이 전부 그쪽으로 쏠려 있지 않은가.

게다가.

'대공이 여기 있다면 황제도, 레클란도 섣불리 움직일 수 없을 거야.'

그가 폴리모스로 떠나기 전 만들어 내던 가파른 대치 상태는 오직 스카가드 앙헬, 그 포식자가 있었기에 가능했다.

황제는 그를 신경 써야 할 테니 지금처럼 제멋대로 제 안건을 밀어붙이지 못할 것이다. 그 아들의 결혼이라 하더라도.

'그렇다면 이 빌미를 타고 둘의 혼담을 깨뜨릴 수 있는 시간적 여유가 생기지.'

세피니아의 얼굴에 안도가 번졌다.

"내 외조부님께 연통을 보내야겠다. 여봐라!"

1황녀궁에서 나온 기사가 황성을 떠났다.

그리고 채 두 시간이 지나지 않은 시각.

헬리오스의 군신들이 삼삼오오 황제의 편전에 모여 있었다.

"자네도 들었지? 대공 전하가 혈혈단신으로 적군에 뛰어 들어가서 대번에 적장의 목을 쳐 냈다는 거."

"아주 제로스 놈들이 벌벌 떨었겠어."

"그것 보면, 정말 우리 제국에 대공이 아니면 인물이 없긴 하군."

이 자리에 참석한 무수히 많은 귀족 사내들을 바라보는 시선들이 존재했다. 공작새처럼 화려하게 치장한 사내들에게선 용맹이 느껴지지 않았다.

"참으로 개탄할 일이로군. 이렇게 많은 이들 중에 대공 하나를 대체할 인재가 없다는 것이."

"어쩌겠나. 있는 이라도 잘 관리해야지."

"폐하께서 이번엔 대공에게 논공행상을 제대로 하시겠지?"

"그래야 할 거야. 이번에도 어영부영 넘어갔다가 혹 대공이 뿔이 나서 망명이라도 하면 어쩔 텐가?"

"앙헬이 없으면 제국은 끝이야. 대륙의 승냥이 떼 사이에서 어떻게 우릴 지킬 수 있단 말이야?"

폴리모스의 반란군과 제로스의 합동 공격은 평민, 귀족 할 것 없이 평화에 젖어 있던 전 제국민들에게 진한 인상을 남겼다.

"게다가 중간에 2차 군량도 황실에서 장난질을 했는데 저렇게 찬란한 승리라니! 대공이 난놈은 난놈일세."

"그래. 2황자 전하였다면, 지금쯤 전장에 시체 더미만 가득했을 테지. 인정할 건 인정해야 해."

대공의 승리가 그들의 경각심을 깨웠고, 앙헬의 능력에 대해 다시 한번 자각하는 계기가 되어 버렸다. 다만 이 결과가 절대로 황제가 원한 결과가 아니었다는 게 문제였다.

황좌의 팔걸이를 붙든 손이 부들부들 떨렸다.

'그것도 오늘까지일 것이다.'

황제는 사지에서 살아 돌아온 이복동생을 마주 보며 소리 없이 되뇌었다.

"스카, 잘 돌아왔다."

황좌에 앉은 그가 허리를 곧추세웠다. 저와 마주 서 있는 대공에게서 위엄과 주도권을 되찾기 위한 황제 나름의 노력이었으나, 짙은 병색과 홀쭉한 체격 때문에 달리 결실을 맺진 못했다.

"하나, 네 보고와 달라 깜짝 놀랐구나. 좀 더 성실히 전장의 전말을 기록하였다면 좋았을 것을."

황제는 은근하게 대공의 신속한 기동력을 노리고, 보고 누락을 빌미로 삼아 지적했다.

"적군을 제대로 소탕했느냐? 혹 역도의 무리들을 뿌리째 뽑지 못한 건 아니겠지?"

그러나 스카가드는 황제의 생각만큼 호락호락하지 않았다.

"여기, 제로스 군장의 목이 있습니다."

적의 수급을 담은 나무 상자가 붉게 젖어 있었다.

"되었으니 가져가라. 내 어찌 동생의 말을 믿지 못할까."

황제가 진절머리를 치며 손을 내저었다. 차마 상자를 열고 잘린 목을 볼 생각은 없었기 때문이다.

'저놈이 왜 이렇게까지……'

당황했다. 하지만 그 무엇이든 대공이 있음으로 반란과 침략을 동시에 막아 낼 수 있었던 건 사실이었다.

황제는 일그러뜨리려던 미간에 다시 힘을 주었다. 그의 앞에 비단 제 이복동생만 자리한 게 아님을, 수십 명의 군신이 일제히 이쪽을 살피고 있다는 걸 인지했기 때문이다.

"무사히 돌아와서 다행이구나. 제국을 어지럽히려는 역도를 타파하고, 그 세를 탄 대헬리오스의 땅을 밟으려는 침입자들을 막아 냈다."

짐이 네가 있어 이보다 더 든든한 적이 없구나. 그는 엄숙한 목소리로 대공을 치하했다.

황제로서는 드문 인정이었으나 앙헬 대공의 표정은 그다지 변화가 없었다. 당연히 받아야 할 것을 받는다는 태도였다.

제국에서 오만하기로 둘째가라면 서러운 황제의 자존심이 꿈틀거렸다. 황제는 다시 덧붙였다.

"폴리모스에서 그 먼 길을 오느라 고생 많았다. 아직 여독이 풀리지 않았을 테니, 돌아가 있으면 기별하겠다. 짐이 네 노고를 절대 잊지 않을 것이다."

대공을 치하하는 듯하면서도 구체적인 논공행상은 입에 담지 않는 모호한 화법이었다. 세피니아가 그걸 눈치챈 듯 잠시 입술을 바르르 깨물었다.

'폐하가 숙부를 얼마나 싫어하든 간에 그 공로를 부정할 순 없어.'

그래서 더 문제다. 이 자리에 황제가 또 뒷걸음질 치려 하고 있다는 걸 모르는 이가 없었다. 한데 저리 대놓고 다른 말을 하려 하시면, 그 누가 이제 제국을 위해 충성하려 할 텐가. 저 앙헬 대공의 무력마저 씹다 뱉은 풀때기처럼 취급받는데.

세피니아가 한숨을 내쉬었다. 그러나 황제가 저 휘황찬란한 보위에 앉아 있는 이상, 그녀가 할 수 있는 일은 없었다. 제 수하들의 피땀으로 얻어 낸 승리가 정당한 취급을 받지 못하고 있음에도 대공은 태연자약했다.

그랬던 그가 드디어 모양 좋은 입술을 열었다. 모두가 무슨 말이 흘러나올지, 기다렸다.

"폐하."

대공은 변함없이 여유로운 모습으로 입꼬리를 픽 올렸다.

"제가 폴리모스로 떠나기 전, 나누었던 대담을 기억하십니까."

황제의 손이 허공에서 멈칫 굳었다.

"대가를 약속하셨지요."

레클란 전하를 대신해 가 준다면 무엇이든 원하는 것 한 가지를 들어주겠노라 약조하지 않으셨습니까. 단조로운 목소리가 이어졌다.

"뭐? 그럼 그때 폐하께서 직접 대공에게 언질하셨단 말이야?"

"레클란 전하가 얼마나 못 미더우면……."

"아니, 그럼 처음부터 짜고 치는 판이었다는 소리군. 레클란 전하가 병으로 출전하지 못하여 아쉽다고 몇 번이나 말씀하셨던 것도 다 거짓말이었던 거야?"

"그냥 가기 싫어서 내민 꾀병이었군? 어쩐지, 제 버릇 개나 주지……."

"그러면서 군량에 장난을 쳐? 예끼……."

소리 낮춘 수군거림이 길었다. 혀를 차면서 저를 바라보는 눈빛들이 이어지자 레클란이 주먹을 쥐었다.

'앙헬 저자가 기어코 나와 척을 지려는구나.'

여기서 구태여 그 사실을 밝힐 이유가 무언가? 저를 적으로 간주하고 공격하려는 내심이 아니겠느냔 말이다.

'레클란.'

그러나 그는 엄한 부친의 시선을 인지했다. 황제는 경거망동하지 말라 눈으로 경고하고 있었다. 아직은 분노를 터뜨릴 시기가 아니라는 것이다.

"……."

레클란이 고개를 끄덕이며 치미는 울화를 삼켰다.

헬리오스 부자의 은밀한 인내가 진행되든지 말든지, 대공이 무료한 표정으로 제 뒤를 향해 턱짓했다. 라울이 앞으로 나와 황제에게 펼쳐진 두루마리를 올렸다.

"폐하께서 보내 주신 약조를 담은 서신의 일부입니다."

정사를 살피느라 혹 기억하시지 못하실까 하여. 덧붙이는 목소리가 여유롭기 그지없었다.

"……그랬지."

두루마리를 호기심 어린 눈길로 살피는 군신들의 시선을 외면하며 황제가 수긍했다.

수긍할 수밖에 없었다. 그러지 않으면 저 보좌관이 그대로 서신을 뒤집어 만천하에 내보였을 테니까.

"해서 잠시 따로 뵈었으면 하는데."

대공이 싱긋 웃었다.

"……앙헬을 제외하곤 모두 물러가라."

황제가 고개를 끄덕였다.

내키지 않는 얼굴에선 마땅찮음이 가득했으나, 제 손으로 내린 왕명을 거둘 길은 약속을 행하는 것뿐이었다. 그의 명대로 모두가 자리를 빠져나갔다.

"그럼 이제 말해 보라. 무엇을 원하여 짐을 모욕하고 황실을 능욕했는지."

황제는 스카가드를 노려보았다.

황제는 단 위의 황좌에 앉아 있고 그는 단 아래에 서 있으나, 대공의 키가 워낙 훤칠한 탓에 두 사람의 시선의 높이는 비슷했다.

"능욕까지야."

대공이 어깨를 으쓱했다.

여유로운 미소와 태연자약한 태도가 상대의 화를 더 부글부글 끓게 한다는 걸 알고 하는 짓 같았다.

"약조한 대로 짐이 할 수 있는 것이라면 기꺼이 행할 것이다. 하나 짐역시 신은 아니니, 한계가 있음을 알아야 할 것이야."

가령, 북부군의 증원이라든지, 또 다른 영지를 요구하는 건 절대 들어줄 수 없다. 황제의 눈에 비치는 짙은 경계심을 보며 대공이 웃었다.

"설마 그럴 리가요. 저 역시 폐하를 오랫동안 봐 왔는데, 이 황실의 역량 외의 것을 요구하진 않을 겁니다."

"……."

"폐하께서도 그걸 아시니, 저를 대신 보내신 게 아닙니까. 앙헬은 헬리오스에게 충성하니까."

그 무엇이 됐든, 결국 오롯한 굴종을 바칠 테니까. 충성을 약속하는 말이건만 이렇게 위험하게 들리는 건 어째서인가.

황제가 인상을 찌푸리며 고개를 끄덕였다.

"하면 말해 보라. 스카, 너는 무엇을 원하느냐."

그의 말이 떨어지기 무섭게, 대공이 대답했다.

"네이필리나 콘체른과의 성혼을 청합니다."

"뭐? 누구?"

황제는 귀를 의심했다.

"네이필리나 콘체른. 콘체른 백작의 막내 손녀딸입니다."

황제가 상대를 몰라서 묻는 것이 아님을 알면서도 대공은 친절히 설명했다.

'갑자기 왜 그 계집애를?'

황제는 이복동생의 심중을 가늠하기 위해 눈을 가늘게 떴다. 그러나 늘 그랬듯, 그가 알아낼 수 있는 건 아무것도 없었다.

"……."

"콘체른 양은 안 된다. 지금 레클란과 혼담이 오가고 있거든."

"그랬습니까?"

대공이 어깨를 으쓱했다.

"전선에서 갓 돌아온지라 수도 사정이 둔하여서요."

한데, 황자비는 어쩌시고? 그가 눈썹을 까딱 들어 올렸다. 레클란과 2황자비 에울리케의 금슬은 황궁에서도 익히 잘 알려진 바였다. 야망에 그토록 부르짖던 사랑마저 저버린 제 아들의 이기심을 지적하는 것 같아 황제의 가슴속에서 한 줄기 수치심이 피어올랐다.

그러나 중요한 건 저 괴물 새끼에게서 제 아들의 여자를 지키는 게 먼저다. 황제가 애써 목소리를 누그러뜨렸다.

"스카, 대신 다른 이를 구해 주마. 너도 결혼할 때가 되었지. 포스윈드의 조카딸은 어떠냐."

포스윈드는 중립이다.

이 와중에도 황제는 대공에게 붙였을 때 아무런 힘이 되지 못할 배경의 여자를 물색한 것이다. 대공은 웃음을 삼켰다.

"응? 미색이 어찌나 뛰어난지 마젤란에서도 그 아가씨를 보러 온다더라. 너와 꼭 어울릴 것이다."

보기 좋은 한 쌍의 선남선녀가 될 것이라며 황제가 웃었다. 그러나 대공은 입꼬리만 살짝 올렸을 뿐, 별다른 반응이 없었다.

"게다가 포스윈드 경에겐 자식이 없으니 그의 재산도, 명망도 모두 네 아내에게 이어질 터. 앙헬에 딱 필요한 정통성이지 않으냐."

앙헬은 대공이 헬리오스 황실을 나가며 받은 성이다. 사생아 황자였던 출신을 떠올려 보면 황제의 말이 아주 틀리지도 않았다.

"응? 스카가드, 어찌 생각하느냐."

황제가 슬며시 대공의 눈치를 살폈다.

"내 무수히 많은 세월 너를 보았다. 짐의 자리가 자리다 보니 널 섭섭하게 한 일이 적지 않았으리라마는, 짐의 피가 이어지는 혈육에게 무정하진 않노라."

"……."

"선황과 네 어미에게 부끄럽지 않을 가장 좋은 배필을 찾아 주겠다 약속하마."

그는 굳건한 약속을 남발했다. 저도, 스카가드도 지키지 않으리라는 걸 알면서.

헬리오스의 황족들은 다 이렇다. 일단 제가 바라는 대로 욕망이 실현될 때까지는 제멋대로 싸질러 놓고 보는 편이다.

피식. 대공의 입가에서 흐릿하게 바람이 빠지는 소리가 났다. 잘못 들었다면 비웃음이라 생각했을 것이다. 감히, 황제의 앞에서.

"폐하."

"그래. 말해 보거라."

"죄송하지만 폐하께 선택권이 있는 게 아닙니다."

"뭐……?"

말이 끝나기가 무섭게 대공이 느릿한 걸음으로 단을 올랐다. 자연히 황좌에 앉아 있는 황제를 내려다보는 구도가 만들어졌다.

그는 뭔가를 황제의 발아래로 던졌다. 은색 실로 묶인 두루마리가 풀리며 안에 적힌 글씨를 드러냈다.

"이건……."

"예. 제로스 왕립군의 선전 포고문입니다."

지금쯤 한창 폴리모스로 진군하고 있겠군요.

스카가드가 태연자약하게 중얼거렸다.

"뭐, 뭐어?"

황제의 동공이 팽창됐다. 그는 믿을 수 없다는 듯 포고문과 대공의 얼굴을 번갈아 보았다.

"적, 적장의 목을 벴다고 하지 않았느냐."

"예. 하지만 제로스에 적장이 어디 하나뿐이겠습니까."

대공은 무표정으로 부들부들 떠는 황제를 바라보았다.

"저 역시 무수히 많은 세월 동안 폐하를 겪었습니다."

그러니 안다. 당신의 약조가 얼마나 얄팍한 것인지.

"제가 북부군을 물리는 즉시, 제로스 군대가 국경을 넘을 겁니다."

스카가드가 살짝 몸을 숙였다. 마주 보던 두 사람의 거리가 조금 가까워졌다. 고개를 숙이며 진 그림자가 황제를 덮었을 때,

"그들의 창이 향하는 곳이 과연 어디일지, 짐작하실 수 있겠습니까."

황제가 느꼈던 감각을 그는 평생 고백하지 않을 것이다. 순간, 저 괴물 동생이 제 목을 조르는 게 아닐까 하는 공포에 얼어붙었다고는.

"친애하는 형님, 오직 형님의 선택에 달렸습니다."

"너, 네 이놈……."

"늘 그렇듯 현명하신 판단을 하시리라 믿습니다."

* * *

"숙부."

스카가드가 황제의 궁을 나왔을 때, 레클란이 서 있었다.

"이런, 조카님."

스카가드가 싱긋 웃었다. 선황의 막내아들과 현 황제의 장남. 비슷한 환경과 연배를 가졌으나 서로의 위치도, 능력도 너무나 달랐다.

"폐하와 무슨 대화를 나누셨습니까."

레클란이 초조한 얼굴로 물었다. 흐트러진 금발, 사나운 눈동자. 신경 질적인 표정.

"글쎄."

그는 대공의 등장으로 다시 또 흔들리고 있었다.

"답해야 하나?"

미소가 사라진 얼굴에 레클란이 입술을 깨물었다. 다른 상대였다면 압박하여 답을 얻어 낼 수 있었겠지만 눈앞의 사내만은 불가능하다.

"그렇지. 잘 생각했어."

레클란은 이미 그가 뿜어내는 살기에 완전히 짓눌려 버렸으니까. 애써 눈에 불을 켜며 그를 노려보려 했으나 무의식적으로 내려간 꼬리를 다시 세우기는 힘든 법이었다.

"폴리모스의 역도들은 어디까지 몰아냈습니까? 반란을 도모했던 주동자의 목은 어디 있습니까. 아까 가져오지 않으셨던데."

혹, 살려 두신 것은 아니지요?

스카가드가 웃었다. 레클란을 내려다보는 시선이 자못 차가웠다.

'헬리오스의 씨들 중에선 그나마 촉이 있단 말이야.'

레클란은 대공이 반란군은 빼돌리고 오직 제로스만 아작 낸 게 아닐까 의심했다.

이런 걸 보면 계략과 심중에 있어 세피니아보다는 레클란이 우세했다. 그가 덜 건방지고 덜 오만했다면, 다음 황위는 굳건했을 터. 그러나 그러지 못했기에,

"조카님, 질문 순서가 틀렸어."

되레 제 수명을 단축하는 악수가 되리라.

"조카님이 보낸 선물을 잘 받았나부터 물어봐야지."

"……."

"애써 힘써서 내게 보내 줬을 텐데."

군량 비리를 짚어 내는 스카가드의 말에 레클란이 멈칫했다.

"저와는 상관없는 일입니다. 군수대신과 콘체른이 제멋대로 짜고……."

"그래?"

"……."

"조카님이 그렇다면야."

믿어 드려야지. 얄팍한 입술 사이로 내뱉는 중얼거림이 자못 의미심장했다.

"……."

"행운을 빌지."

툭. 툭. 굵은 손이 레클란의 어깨를 천천히 두드렸다.

레클란은 몸을 굳혔다. 맹수에게 사로잡힌 사냥감처럼 옴짝달싹할 수 없었다. 누군가 밧줄로 저를 칭칭 감고 있는 듯한 기분이었다.

"그럼."

어쩐지 대공의 모습이 짜증스러워 보인다면, 제 착각인 걸까. 직선으로 저를 내리누르는 푸른 눈동자에서 일순 무자비한 살기를 본 것 같은 기시감이 일었다.

대공은 언제 그랬냐는 듯 어깨를 으쓱했다. 압박감이 순식간에 사라졌다.

"……하아."

그가 저 멀리 보이지 않고 나서야 레클란이 참았던 숨을 토해 냈다. 칼이 목 밑까지 들이밀어졌던 것 같은 기분이었다.

"레클란, 어리석은 놈. 쥐는 대로 흔들리는구나."

둘의 대화를 보고받은 황제가 혀를 끌끌 찼다. 스카가드의 품속에서 병든 토끼처럼 무력한 아들의 꼴이 조금 전 제 모습과도 다를 바가 없어 분노가 치솟았다.

"매번 빼앗겼다."

재능도, 명망도, 평판도, 심지어 선황의 인정까지.

새파랗게 어린 이복동생이 번번이 저를 능가하여 깨부수던 모멸의 순간을 황제는 아직 잊지 않았다.

"콘체른? 흥."

그런 그가 또 황금의 날개를 달려 한다.

"내 아들에게도 또 반복되게 할 수는 없지."

그가 제위에 오른 기간 동안 저 괴물 이복동생에게 눌려 얼마나 숨죽였던가. 황제는 제 금쪽같은 아들에게 같은 삶을 선물할 생각이 없었다.

"죽여라, 반드시."

시기는 최대한 빨리. 혼담이 공표되기 전에 처리해야 했다.

"그리고 북부군의 인장을 가져와."

인장만 있다면 폴리모스에 주둔 중인 북부군을 움직일 수 있다.

"명을 받듭니다!"

어둠 속에 숨어 있던 황제의 그림자 호위들이 일제히 고개를 숙였다.

"무슨 수를 써서라도."

내 대에서 이 지지부진한 연을 끊겠다. 제 아들, 레클란의 것은 오직 레클란에게만 쥐어져야 했다. 이 순간 그는 제국을 다스리는 황제가 아니었다.

그가 죽은 뒤 홀로 방황할 아들의 미래를 걱정하는 한 명의 아버지였다. 어둠을 바라보는 황제의 눈이 깊게 침잠했다.

그날 저녁, 황궁에서 앙헬 북부군의 승리를 축하하는 연회가 열렸다. 수도에서 내로라하는 귀족들이 부리나케 달려와 자리를 빛냈다. 최근 제국의 경사는커녕 사건 사고만 계속 터졌던 탓에 화려하게 치장한 그들의 낯빛은 어느 때보다 밝았다.

지금의 평화가 바람 앞의 촛불처럼 위태로운 순간의 승리라는 걸 그들은 꿈에도 생각지 못했다.

"폐하와 대공이 무슨 얘기를 했을까?"

아직 아무도 제로스 왕립군의 선전 포고 소식을 몰랐기 때문이다. 그 사실을 알고 있는 이는 황제와 스카가드 단둘뿐이었다. 그러나 지금 대공은 없었고, 황좌에 앉은 황제의 굳은 얼굴에서는 누구도 전모를 읽어 내지 못했다.

"한데 대공 전하는 어디 가셨지?"

그러나 정작 주인공인 앙헬 대공의 모습은 보이지 않았다.

"이참에 앙헬 대공에게 다시 눈도장을 찍을 기회였는데 말이야."

"그러게 말이야."

* * *

앙헬의 북부군이 화려한 개선식과 함께 수도로 귀환했다는 소식은 곧

잠에서 깨어난 네이필리나에게도 전해졌다.

"리안?"

"저도 바로 조금 전 들었던 터라…… 죄송합니다. 소식이 늦었습니다."

리안이 부끄러운 얼굴로 고개를 숙였다.

"혹 내 이야기를 대공께 전했니?"

"……."

'이미 알고 계셨다는 말을 어떻게 하지?'

리안이 고민했다. 그녀의 침묵에서 네이필리나는 이미 답을 찾아냈다.

'맙소사. 정말 돌풍 같은 사람이야.'

그녀는 절레절레 고개를 저었다.

온 거리가 북부군의 승리를 자축하고 있었다. 콘체른가 앞에 몰려들던 인파들 역시 앙헬 대공저로 이동한 지 오래였다.

"한숨 덜었구나."

맥밀란과 헨리 부부는 가슴을 쓸어내렸다.

"네이, 네가 생각하고 있다는 수가 이것이었더냐? 대공 전하의 귀환을 예상한 것이었어?"

맥밀란이 물었다. 완벽히 맞아떨어진 타이밍에 감탄하는 기색이 역력했다.

"……아니요. 이건 저도…… 예상치 못했어요."

"그렇지? 나는 하마터면 너와 대공 전하가 친분이라도 있는 줄 알았다."

다른 이도 아니고, 그 앙헬 대공이 누군가를 위해 사사로이 움직일 리 없지. 우연이라 해도 참으로 신기한 우연이라며 헨리가 맞장구를 쳤다.

네이필리나는 조용히 고개만 끄덕이며 3별관으로 돌아와야 했다. 황궁에선 지금 북부군의 승리를 축하하는 개선 연회가 한창일 것이다. 웬만해선 황궁 연회는 빠짐없이 참석하는 네이필리나지만 이번 연회는 예외였다.

'괜히 갔다가 레클란과 마주칠 수도 있으니까.'

잠잠해질 때까진 계속 두문불출할 생각이었다.

'그 사람은 지금쯤 연회장에 있겠지.'

모두의 시선을 한 몸에 받으면서. 가만히 있어도 이목을 끄는 자니까.

삐그덕.

문을 열고 들어가며 네이필리나가 생각할 즈음이었다. 남자의 손이 네이필리나의 허리를 붙잡고 제 쪽으로 부드럽게 끌어당겼다. 풍부하고 남성적인 사향이 코끝에 스몄다.

"왜 이렇게 늦게 오는 거지? 한참 기다렸잖아."

대공의 품 안이었다. 날카롭게 벼려진 네이필리나의 살기가 상대를 확인하자마자 눈에 띄게 누그러졌다.

"하마터면."

그녀는 숨을 들이켜며 한 걸음 물러나 대공에게서 빠져나왔다.

"찌를 뻔했잖아요."

사실 애초에 그리 세게 쥐고 있던 것도 아니라서, 손목을 비틀어 곧고 건장한 손아귀를 빠져나오는 건 어렵지 않았다. 대공에게 잡히지 않은 네이필리나의 반대쪽 손에는 품에서 꺼낸 단도가 들어 있었다. 방 안에 숨어든 낯선 침입자의 손에 이끌리자마자 단도를 빼어 든 거다.

"이런 뜨거운 환대라니, 감사할 데가."

저거 반어법이다. 네이필리나가 미간을 좁혔다.

"다행으로 여겨요. 안 그러면 내 단도가 전하의 여기에 들어가 있을지도 몰라요."

그녀는 관자놀이께를 툭툭 두드렸다. 연인에게 하는 말치고는 웃음기 없는 얼굴이 자못 살벌했다.

"그거 귀엽겠군."

"미치셨어요?"

"하지만 상상해 보면 그런걸."

그가 어깨를 으쓱했다. 모양 좋은 입매에 미처 다 숨기지 못한 희미한 웃음기가 걸려 있었다.

'최소 라울보다는 빠르겠군.'

스카가드마저 감탄이 나오는 번개 같은 움직임이지 않았나.

"말했나? 그대는 매번 나를 놀라게 한다고."

대공은 웃음을 삼켰다. 힘은 몰라도 속도에 있어서 네이필리나는 그가 부리는 최정예들에 뒤지지 않았다. 대공의 양팔이 그녀의 어깨 뒤의 벽을 짚었다. 가둬지듯, 오롯한 둘만의 공간이 생겼다.

"지금쯤, 개선식 연회에 있어야 하는 주인공이 왜 여기 계신 거죠?"

폴리모스로 떠난 앙헬 대공의 갑작스러운 귀환에 수도가 뒤집어졌다.

"폐하의 노여움을 대적하려면 오늘 연회가 중요하다는 거, 전하도 모르지 않으실 텐데요."

네이필리나는 심지어 그가 이끄는 북부군의 위풍당당한 개선식이 황제의 속마저 뒤집어 놓았으리라는 걸 어렵지 않게 예상할 수 있었다.

평소에도 이복동생을 눈엣가시처럼 여기는 황제다. 대공이 가져온 승리의 깃발조차 달갑지 않았을 터.

"전하와 북부군의 입지를 키울 기회잖아요. 지금이라도 돌아가는 게 좋겠어요."

"오, 네이필리나."

그가 킥킥 웃었다.

"하늘에 맹세컨대 형님은 오늘 내 꼴을 더 보고 싶지 않으실걸."

"……."

확신에 찬 말투였다. 네이필리나는 문득 불안해졌다. 어젯밤 그가 제게 한 청혼이 생각났다.

네이필리나는 현재 2황자의 두 번째 아내로 거의 낙점된 상태다. 이 상황에서 스카가드가 제 남편이 되려면.

'당연히 레클란과의 혼담이 해결되어야 하지.'

입꼬리를 한쪽만 살짝 올린 스카가드의 웃음이 오늘따라 유난히 음험해 보였다.

'황제가 자존심 때문에라도 제 아들이 결혼할 여자를 순순히 내어 주었을 리는 없고.'

그럼 대공이 저렇게 편안한 얼굴을 할 수 있는 건……

"설마 2황자를 죽였다고는 말하지 마세요."

상대가 아예 없다면 결혼은 자동으로 취소되니까.

"그럴 리가."

다행히 곧바로 부정의 답이 나왔다. 대공은 저를 그렇게 악당으로 보았냐며 짐짓 과장된 표정을 했다.

"핏물로 우리의 웨딩 로드를 채울 순 없지."

그러니 걱정 마. 놈은 살아 있을 거야.

그는 네이필리나의 관자놀이에 입술을 붙이며 안심시키듯 낮게 속삭였다. 하지만 네이필리나는 안심은커녕 좀 더 미심쩍어졌다.

'그 말은 쪽……'

레클란을 살려 두는 이유가 그것뿐인 것처럼 들렸으니까.

"그러게, 왜 오지 않았어."

늘어지는 말투에 전혀 대공답지 않은 장난기가 담겼다. 스카가드가 머리칼에 코를 박고 뺨을 비볐다.

"그대가 보이지 않으니 내가 올 수밖에 없잖아."

나 하나 때문에 연회고 뭐고 뒤로하고 여기 있는 거라고?

"……"

네이필리나는 감동에 젖는 대신 가만히 대공을 올려다보았다. 초록빛 눈동자를 내려다보던 대공이 헛웃음을 내뱉었다.

"그대, 믿지 않는군."

"……네."

네이필리나는 부정하지 않았다.

"솔직히 대공 전하가 그렇게까지 감성적인 사람이었다고는 생각한 적 없어서요."

"이리 애석할 데가."

그리 말하는 목소리는 정말로 조금 아쉬워하는 것처럼 들렸다. 네이필리나는 티끌 하나 없는 푸른색의 눈동자를 마주했다.

"황제와 딜을 한 건가요?"

나와 결혼하는 대가로?

"글쎄."

평소와 같은 의뭉스러운 대꾸였다. 네이필리나는 가만히 그를 보다가 말했다.

"순순히 폴리모스로 간 게 아니었군요."

폴리모스에서 얻어 낸 승리의 대가로 황제에게 신랑 교체를 요구한 거다.

"네이, 그대는 매번 나를 놀라게 하는군."

대공의 입가에 미소가 번졌다. 입술이 부드럽게 그녀의 뺨을 눌렀다. 친근한 애칭만큼이나 물 흐르듯 자연스러운 애정 표현에 네이필리나는 잠시 멍해졌다가 중얼거렸다.

"사실 난 당신에게 이 결혼이 그 정도의 가치가 있는지 잘 모르겠어요."

네이필리나에겐 레클란과의 결혼을 피할 수 있는 기회였지만, 대공에게는 여러모로 날리게 되는 것들이 존재했다. 가령 이번처럼 폴리모스의 승리라든가.

로피진의 재건을 앞당길 수 있는 기회가 저와의 결혼으로 인해 미루어지는 게 아닌가 하는 생각이 들었다.

아니, 생각이 아니라 사실일 터.

"미리 말해 두지만 저는 그럴 수 없어요."

네이필리나가 감내하는, 이성을 넘어선 감정의 판단은 결혼까지였다.

하지만 그래서 더 놀라운지도 모르겠다. 대공은 그렇지 않다는 게. 이 결혼이 파생시킬 부작용을 전부 계산하고 있을 것임에도 모두 감안하고 진행하는 이유가 네이필리나 콘체른, 저라는 게.

"그래. 알고 있어."

이미 청혼을 받아들일 때 확인하지 않았나?

"섭섭한 말을 해도 귀여워서 큰일이야."

전혀 굴하지 않은 대공은 그녀의 볼에 짧게 입술을 붙이며 씩 웃었다.

그때, 누군가 계단을 올라오는 소리가 들렸다. 네이필리나가 흠칫 어깨를 굳혔다.

"누가 오고 있어요."

"나도 들었어."

턱선을 따라 자잘하게 입 맞추는 그의 얼굴을 밀어 내며 네이필리나가 등을 돌렸다.

"엄마예요."

사뿐사뿐. 걸음이 가볍고 사르르 끌리는 드레스 자락 소리로 보아 릴리엔일 듯싶었다.

"가세요."

"여전히 매정하군."

"창피한 꼴을 당하고 싶은 게 아니라면 어서요."

떨어지기 아쉬운 듯 그가 그녀의 볼과 이마에 다시 입술을 붙였다가 눈을 부라리는 네이필리나에게 등을 떠밀려 나갔다.

"네이, 자니?"

"네! 아뇨! 잠깐만요!"

쾅. 네이필리나는 베란다 문을 닫으며 얼른 몸을 돌렸다. 다시 들어오지 못하게 달칵 베란다 문을 잠그고 다급하게 커튼을 치는 것도 잊지 않았다.

"저런, 야무지기도 하지."

살갗을 감싸는 싸늘한 공기를 들이켜면서 스카가드가 웃음을 내뱉었다.

'저는 콘체른을 포기할 생각이 없어요. 전하와 결혼한다 해도 그건 마찬가지일 거예요.'

그날 밤, 청혼을 수락하며 덧붙인 네이필리나의 한마디를 스카가드는 생생히 기억했다.

'그대가 원하는 대로 해. 날 뒤에 세워 두기만 한다면 상관없다니까.'

스카가드는 본능적으로 알았다.

청혼을 수락하고, 제 입맞춤을 받아들이는 순간에도 제가 허락받지 못하는 공간이 네이필리나의 안에 존재한다는 것을.

하지만 이해했다. 저 역시 그러하기에. 놀랍도록 이성과 감정을 순식간에 분리시키는 네이필리나 콘체른이라는 여자는 스카가드 앙헬, 저와도 무섭도록 닮아 있는 데가 있어서.

콘체른이라는 이름은 제게 로피진이라는 이름이 지니는 의미와 다르지 않을 것이어서. 그래서 그는 이쯤에서 만족했다. 여자가 저와 동행하기를 선택했다는 데서.

나머지는 이제부터 만들어 가면 되는 일이었다.

네이필리나가 현재를 봤다면 스카가드는 미래를 보았다. 그녀의 믿음은 지금 서로가 내보이는 사랑에 있었지만, 스카가드의 믿음은 앞으로 그가, 그녀의 손을 잡고 함께 걸어갈 길에 있었다.

두 연인의 생각과 근거가 이리 달랐지만, 그들이 서로의 다름을 알아차리는 건 꽤 먼 시간이 지난 후였다.

한편 정원의 그늘진 곳에서 대기하고 있던 라울이 눈을 비볐다.

그는 네이필리나가 가차 없이 대공을 밀어 내고 문을 잠그고 커튼까지 쳐 버리는 모습을 눈앞에서 목도한 참이었다.

"주군, 서, 설마 지금 쫓겨나신 겁니까?"

그사이 대공은 어느새 베란다에서 그의 앞으로 다가와 있었다.

"시끄러워."

저를 길가의 돌멩이처럼 보고 지나가는 주군의 모습에 그는 몹시 서러워졌다.

"복귀한다."

"또! 저도 데리고 가셔야죠!"

순식간에 사라지는 대공의 뒤를 따라 그가 소리 없이 스크롤을 찢었다.

콘체른 저 3별관의 으슥한 어둠이 한층 더 짙어졌다.

* * *

자정이 넘은 시각. 거리는 몹시 고요했다.

새까만 어둠이 덮인 밤, 저 멀리 오롯이 빛나는 상아색 저택이 보였다. 앙헬 저였다.

쉬익-! 허공에 붉은 빛이 번득이나 싶더니 이내 사내 하나가 나타났다. 저벅저벅. 저벅저벅. 이내 발소리 하나가 더해졌다. 라울의 것이었다.

'우리 주군 면은 다 팔았군.'

소리 없이 대공의 뒤를 따르는 그의 입이 댓 발 나와 있었다. 저희 주군이 어떤 사람인데 도둑놈처럼 집에 비밀리에 숨어들고 이렇게 은밀하게 빠져나와야 한단 말인가.

게다가 네이필리나 아가씨에게 등 떠밀려 쫓겨나던 조금 전의 초라한 모습까지. 라울은 왠지 제가 가지고 있던 주인에 대한 긍지와 자부심에 한 줄기 금이 가는 걸 느꼈다.

'결혼식만 끝나면 곧⋯⋯.'

제 주군은 다시 완벽하고 굳건한 모습으로 돌아올 수 있을 것이다.

"준비는."

"예? 아, 예. 거의 끝났습니다."

상념에서 빠져나온 그가 곧바로 표정을 바로 했다. 한 치의 흐트러짐도 있어선 안 되는 중요한 일이었기 때문이다.

"내일쯤이면 목록을 완성⋯⋯."

그가 말을 멈췄다. 순간 거리에서 희미하게 풍기는 낯선 자들의 존재감을 느꼈기 때문이다.

여긴 대공저로 진입하기 위해 거쳐야 하는 길목이었다. 앙헬의 영역이나 다름없는 곳에 소리 없이 숨어 있는 자들이라면 구린내가 풍길 수밖에 없다.

"쥐새끼들이 들어왔군."

대공이 대수롭지 않게 중얼거렸다.

"왠지 금색 쥐들인 것 같지 않습니까."

시기나 정황으로 보나.

"아무렴."

"그렇게까지 어리석으리라고는 생각하지 않았는데, 역시 헬리오스 개들의 우두머리답게 아둔하군요."

라울이 신랄하게 평했다.

"곧바로 처리해서 목만 올리겠습니다."

하지만 대공이 고개를 저었다.

"내가 처리하지."

"주군께서 직접요?"

"아무래도 형님의 얼굴을 한 번 더 뵈어야 할 듯해."

내 말을 전혀 이해 못 하신 듯하니. 스카가드의 목소리에선 안타까움마저 느껴졌다.

'타깃은?'

'둘. 목표 지점에 진입했습니다.'

저 멀리 걸어오는 대공의 그림자를 보며 황제의 특명을 받은 그림자들은 서로 눈빛을 주고받았다.

'타깃만 제거하고 바로 뜬다.'

'예!'

펑! 파지직!

대공이 포인트 지점에 발을 들이는 순간, 조그만 거리를 환하게 밝히는 불꽃 수천 개가 미친 듯이 튀었다. 그들이 미리 심어 두었던 폭사 마법이 발동된 거다. 타깃의 발을 옭아매 도망치지 못하게 만드는 저주 마법과 폭사의 범위를 타깃에게 한정시키는 공간 마법까지 함께였다.

이 복합적인 암살진을 설계하기 위해 동원된 황실 마법사들만 수십 명, 그 과정에서 세 명이 저주로 목숨까지 잃었다. 언젠가 황제가 스카가드 앙헬을 죽일 때 사용하려고 비밀리에 준비시켰던 비기다.

예상보다 이르게 사용하게 되긴 했지만⋯⋯.

'아무리 대공이라 해도 살아 나갈 순 없을 거다.'

황제의 그림자들의 수장인 비고는 투명한 구 안에서 터지는 사나운 불꽃을 바라보며 기다렸다.

'최소 눈알이나 머리 정도는 들고 가야 폐하께서도 안심하실⋯⋯. 뭐, 뭐야!'

그러나 자욱한 연기가 가라앉고 나서도 여전히 멀쩡히 서 있는 인영에 비고의 생각은 더 이어지지 못했다.

"준비한 건 끝냈나?"

코를 찌르는 메케한 연기 속에서 대공이 나른하게 웃었다.

"남아 있는 게 있으면 더 보여 줘."

이왕 준비했는데 아깝잖아.

그 말이 끝나기 무섭게 그림자들이 검을 빼 들었다. 빽빽하게 대공을 에워싼 수십 개의 칼날이 일제히 중앙으로 짓쳐들어왔다.

그러나 그 칼날 중 어느 하나도 대공의 몸에 닿는 일은 없었다. 푸른 오라가 번득였다. 비고의 옆에 있던 동료들의 몸이 쓸려 나갔다. 조금 전까지 눈빛을 교환했던, 숨 쉬고 있었던 자들은 명운을 달리한 지 오래였다.

비고가 눈을 깜빡였다. 아직 암살진의 연기가 채 다 가라앉지도 않았는데, 이 거리에서 살아남은 그림자는 오직 저뿐이었다. 그는 눈앞의 거대한 남자를 바라보았다. 저도 모르게 목소리가 떨려 나왔다.

"마, 말도 안 돼. 어떻게……."

어떻게 이게 가능한 거지?

이 압도적인 힘을 자랑하는 자가 과연…… 인간이긴 한 건가?

"이런, 비고. 이리 반가울 데가. 형님의 가장 충실한 종이 아닌가."

텅 빈 거리에서 비고의 이름이 불렸다. 황제의 그림자로서 살아온 이래 햇볕 아래 저를 드러낸 적 없건만, 대공은 이미 제 존재를 알고 있었다.

그는 입술을 깨물었다. 핏빛 진창에서 홀로 남은 그의 운명 역시 뻔했다.

'퇴로는 없다.'

대공을 상대로 퇴로는 찾을 수도, 성공할 리도 없었다.

'폐하께 누가 될 순 없으니 차라리…….'

비고는 살기 위한 욕망을 버렸다. 그는 어금니 사이에 낀 독약을 터뜨리려 했다. 살수들이 항상 가지고 다니는 비상약이나 다름없었다.

그러나 죽음으로 영원히 비밀을 지키겠다는 비장한 맹세는 대공의 손짓 한 번에 사라졌다.

"커, 컥!"

거센 돌풍에 밀려난 그가 골목의 벽에 거칠게 부딪쳤다. 등을 덮치는 얼얼한 통증에 간신히 정신이 돌아왔을 땐, 대공의 수하가 제 입에 천을 거칠게 쑤셔 넣고 있었다.

"느, 느도 즉이시오(나도 죽이시오)!"

입 안에 천이 가득 찬 사이로 비고가 힘겹게 고함쳤다.

"아니. 그래선 곤란해."

대공이 그의 목덜미를 쥐었다. 순식간에 다가오는 우악스러운 손아귀를 피할 새도 없었다. 비고의 거구가 대롱대롱 그의 손에 매달린 모습이 볼썽사납기 그지없을 뿐이었다.

대공은 그를 라울에게로 내던졌다.

"챙겨."

"예."

라울 역시 너스레를 부리던 모습은 어디 가고 얼음처럼 차가운 얼굴로 고개를 끄덕였다. 얼굴에 튄 핏방울을 닦은 그가 바람처럼 앞서 나갔다.

방향은 금빛 해가 뜨는 곳을 향해서였다.

* * *

헬리오스의 황제궁.

아직 새벽이 오기엔 한참이 남은 어두운 밤이었으나 방을 밝히는 램프 불은 꺼질 줄을 몰랐다.

"성공했나?"

조용한 침실 안에 까드득까드득거리는 불안정한 소리가 작게 울려 퍼졌다.

"성공했으려나?"

황제는 창밖과 시계를 번갈아 바라보았다. 바작바작, 잔뜩 터 버린 입술의 감촉이 거칠었다. 초조할 때마다 손톱을 물어뜯은 탓에 누런 손끝이 우둘투둘하게 변해 있었다.

"지금쯤 소식이 올 때가 됐는데……."

그는 황실의 그림자들이 실패했으리라고는 추호도 생각지 않았다.

"조금 늦어지는 것뿐이야. 놈이 살아 나갈 수 있을 리 없다."

비고를 포함하여 그가 가장 아끼고 제게 충성스러운 자들만 골라 보냈다. 암살진 역시 그가 황태자였을 때부터 은밀하게 준비했던 거다. 제국 최강의 기사라는 대공의 명망이 커질수록, 암살진의 규모와 정확도도 점점 촘촘해졌다.

금빛 카우치에 앉아 있는 황제의 얼굴 위로 어스름한 램프의 불빛이 비쳤다.

덜컹-! 그때 황제의 침실 문이 벌컥 열렸다.

"누구도 들이지 말라 하지 않았더냐! 내 경을 칠 것이야!"

황제가 신경질적으로 고함쳤다.

"……."

그러나 즉각 머리를 조아리며 죽여 달라 빌어야 할 시종들의 애원이 들리지 않았다. 기묘한 불안감 한 줄기가 황제의 머리를 관통했다.

'설마…….'

그리고 황제가 천천히 등을 돌렸을 때.

불운에 관한 그의 예감은 언제나 들어맞는 편이었다.

"……스, 스카가드."

신음 같은 중얼거림이 흘러나왔다. 마른 땅 위로 점점이 흩뿌려져야 했을 증오스러운 이복동생이 저를 보고 서 있었다. 어둠을 등지고 선 스카가드의 모습은 흡사 죽음의 사자를 방불케 했다.

황제의 핏기가 싹 가셨다.

"이…… 늦은 시간에 웬일이더냐."

'어째서……!'

어째서 또 살아난 건가.

저 지긋지긋한 놈은, 사지로 보내도 위풍당당하게 귀환하던 괴물은 이번에도 역시 살아남았다. 황제를 비웃듯 그가 고안한 모든 거미줄을 끊어 버리고 멀쩡한 모습으로 다시 나타났다.

황제는 천천히 침대의 봉을 붙잡았다. 비틀거리지 않기 위해서 그가 할 수 있는 최선이었다.

"아무리 이번에 공을 세웠다 한들 너는 여전히 짐의 신하임을 잊지 말아라. 어떤 신하도 주군의 공간을 이리 무도하게 침범하는 예는 없……."

"선물을 보내 주셨기에, 저 역시 보답하러 왔습니다."

저를 꾸짖는 노한 음성에 대공이 싱긋 웃었다.

"컥!"

동시에 스카가드의 손에서 떨어져 나간 비고가 바닥으로 나동그라졌다.

들개의 털처럼 헝클어진 머리칼, 변두리 골목의 쥐새끼처럼 더러워진 행색, 그리고 초라하게 나동그라진 모습까지.

누구도 이 비참한 꼴의 사내가 거대한 제국의 주인을 모시는 그림자라 생각하지 못할 것이다.

"폐, 폐하아……! 죽여 주시옵소서……!"

피에 젖은 천 뭉치를 뱉어 내며 비고가 머리를 조아렸다. 그것이 황제의 모멸감을 더욱 자극했다.

황제가 부들부들 떨었다.

"나를, 짐을 이리 모욕을 주느냐."

나는 이 제국의 황제다. 작은 읊조림은 점점 더 커져 갔다.

"짐은 이 헬리오스의! 지존이란 말이다! 네놈이 평생 머리를 조아리고! 충성을 바쳐야 할! 너의 주인!"

"형님. 나의 폐하."

그러나 그 고함은 꼭 궁지에 몰린 사냥감이 내지르는 울음소리처럼 애처롭기 짝이 없다는 걸, 황제 역시 실감하고 있었다.

스카가드가 천천히 다가왔다.

"다, 다가오지 마라……!"

황제가 주춤주춤 뒷걸음질 쳤다. 그러나 움켜쥔 봉을 차마 놓지 못해 제자리걸음이나 마찬가지였다.

"형님이 이 동생을 두려워하신다는 걸 알고 있습니다. 기회가 될 때마다, 저를 죽여 버리고 싶어 하셨다는 것도."

차가운 손이 황제의 주름진 손을 덮었다.

"하지만…… 이리 경거망동하시는 건 형님답지 않은데."

쭈뼛 허리를 타고 스며 오르는 냉기에 황제는 손을 빼고 싶었지만, 대공이 그리하게 놔두지 않았다.

"레클란 때문입니까?"

"놓, 놓아라!"

"아들의 여자를 되찾아 주려고, 10여 년간 기다렸던 기회를 날려 버리신 겁니까?"

높지도 낮지도 않은, 단조로운 목소리가 물었다.

"이 무도한! 놓아라! 놓으라 하였다! 짐이! 이 나라의 황제가 명하노니!"

황제의 부르짖음은 이제 거의 공포에 질린 것처럼 들렸다. 스카가드는 미소를 지으며 그를 내려다보았다.

"참으로 눈물 나는 부정입니다. 선황께서도 이런 애정은 보여 주지 않으셨을진대."

한데 어찌합니까. 입가에 걸린 미소가 거짓말처럼 사라졌다.

"제 핏줄도 아닌 놈을 위해 이리 애틋한 희생을 하시다니."

대단하다 해야 할까, 애잔하다 해야 할까요. 그린 것처럼 아름다운 입꼬리에 살포시 조롱이 담겼다.

"뭐, 뭐라고?"

부들부들 떨던 황제의 진동이 일순 멎었다.

"지금…… 뭐라…… 하였느냐."

그는 귀를 의심했다. 대공을 돌아보는 시선에 경악이 담겼다.

"들으신 그대롭니다."

"제대로 말하라!"

"이미 들으셨으면서 어찌 되물으십니까."

황제를 향하는, 직선으로 내리누르는 시선이 강렬했다.

"레클란 마르쉐 헬리오스가 형님의 혈육이 아니라는 말을 하고 있습니다."

모양 좋은 입술이 그 어느 때보다 명확한 발음으로 문장을 내뱉었다.

"상상도 못 하셨던 표정이군요. 저 역시 가여운 형님을 위해 영원히 묻어 두려 했습니다."

한데.

"이리도 저를 도발하신다면, 저 역시 더 참아 드릴 연유를 찾지 못하겠는지라."

느긋한 말투로 한 마디 한 마디 뱉어 내는 내용이 꼭 악마의 속삭임 같았다. 모든 걸 알고 있는, 모든 걸 관장하는 전지전능한 악의 지배자처럼.

"억측이다."

황제는 부정했다. 물에 떨어뜨린 잉크처럼 번져 가는 의심을 외면하면서.

"간교한 억측이로다! 짐을 능멸하고 황족을 이간질하려는 네놈의 무도한 계략이야! 쓰레기 같으니, 지옥에 떨어질 악마 같으니!"

"좋으실 대로 부르시든지요."

서로 간의 벽이 더 얇아진 것 같아 기꺼울 뿐이라며 대공이 웃었다. 반면에 황제의 얼굴은 이제 빈말로라도 멀쩡하다고 말하기 어려웠다.

"어찌합니까. 형님이 부수고 싶어 하던 힐데가르드는 의리를 지켰는데, 정작 가장 의지하던 당신의 손발은 딴 꿈을 꾸고 있었다니."

그가 몸을 기울여 황제의 귀에 낮게 읊조렸다.

"해서."

그가 입꼬리를 삐뚜름히 올렸다.

"이번 한 번은 봐드리겠습니다. 형님의 어리석음이 진심으로 가엾어서."

하나, 다음은 없을 겁니다.

"제가 어디까지 할 수 있는지, 한번 시험해 보고 싶지 않습니까? 저 역시 그렇거든요."

그림처럼 아름다운 눈동자가 냉혹하게 황제를 응시했다. 서릿발 같은 시선에 황제가 저도 모르게 작게 어깨를 떨었다.

"형님, 저는 거짓을 말하지 않는답니다. 이미 알고 계시겠지만."

청천벽력 같은 소식을 던져 놓고 대공은 돌풍처럼 밀려왔던 처음처럼 미련 없이 떠났다. 남은 건 황제와, 그리고 대공이 적선처럼 남겨 놓은 비고뿐이었다.

"폐하……."

비고가 무릎걸음으로 기어 황제에게 머리를 조아렸다.

"죽여 주십시오. 신의 불찰로 폐하께서 저 모욕을 당하게 했습니다. 곧바로 다시 사병들을 불러모아 이번에는 그를 기필코……."

그러나 황제는 살수의 말을 듣고 있지 않았다. 그의 시선은 어수선하게 허공을 헤매고 있었다. 꼭 무언가 생각하고 있는 것처럼. 어느 순간을, 어느 과정을 떠올리고 있는 것처럼.

그러다 입술을 짓씹기도, 침대의 나무 봉에 파고들어 갈 것처럼 손톱을 짓누르기도 했다.

"옥체를! 폐하……!"

뜯어지다 못해 부러진 손톱에서 피가 흘러나오는 것도 아랑곳하지 않으면서.

"폐……하?"

정처 없던 황제의 시선이 비로소 제자리를 찾아 비고를 담았다.

"하하…… 하하하……."

황제의 입가에서 헛웃음이 터졌다.

씹어 죽여도 가슴의 분노가 다 가시지 않을, 증오스러운 제 이복동생이 오늘 밤, 제 그림자 하나는 살려 보내 준 이유를 지금에야 알아차렸기 때문이다.

"앙헬, 이 지옥에 떨어질 악마 같으니……."

전부 죽여 버리면, 2황자의 혈통을 알아볼 수 있게, 황제의 손발이 되어 줄 이가 사라져 버리니까. 황제의 뒤통수를 친 가장 은밀하고도 더러운 자들의 음모를 파헤치기 위해선, 그의 가장 충성스러운 그림자가 필요하니까.

"이리 오라."

황제의 얼굴은 누렇게 떠 있었다. 대공이 잠시 머무른 단 몇 분의 시간이 그에게는 억겁과도 같은 지옥이었다. 병자의 병색이 더욱 짙어져 이제는 거의 살갗이 회색처럼 보일 정도였다.

"……해서 ……하라."

떨리는 손을 까딱여 비고를 부른 황제가 귓가에 중얼거렸다.

"하지만 폐하……."

저 무도한 괴물의 말을 믿으시는 겁니까? 망설이는 비고의 눈이 그리 말하고 있었다.

황제의 눈이 매섭게 그를 향했다.

"이제 네놈까지 짐이 우스운 것이더냐?"

"아닙니다. 바로 하명하신 대로 행하겠습니다."

폐하. 비고는 굳건히 고개를 끄덕였다.

* * *

2황자궁.

해가 중천에 떠서야 레클란은 눈을 떴다. 간밤엔 늦게까지 잠들지 못했다.

화려하게 끝맺었던 개선식의 축하 연회에 끝까지 나타나지 않았던 대공을 떠올려서였는지, 유독 어젯밤, 창백한 달이 자아내던 을씨년스러움에 신경을 빼앗겼기 때문인지는 몰랐다.

오늘도 역시 기분이 좋지 않았다. 꼭 낭떠러지 앞에 서 있는 것 같은 기묘한 불안감이 그를 잠식했다. 똑똑. 노크 소리가 들렸다.

"황자 전하, 기침하실 시간이옵니다."

"……."

레클란은 말없이 시녀의 시중을 받았다. 그를 보조하는 자들의 존재감은 레클란에게 공기와도 같았다. 시녀가 가져온 향유를 넣은 물에 적신 수건으로 몸을 닦고, 그녀가 건넨 옷을 받아들였다. 늘 그랬던 것처럼 환복을 돕는 시녀가 펼친 재킷에다 팔을 꿰었다.

"아."

순간 따끔하는 통증이 손등을 스치고 지나갔다. 레클란은 대번에 인상을 찌푸렸다.

"날카로운 게 있잖느냐."

"앗! 죄, 죄송합니다."

피부 위로 피가 퐁퐁 솟아났다. 시녀가 새파래진 얼굴로 황급히 손수건을 가져와 상처를 지혈했다. 꽤나 깊게 베였는지 하얀 천이 기다란 선을 따라 젖어 들었다.

시녀는 이내 바닥에 납작 머리를 조아렸다.

"소매 길이가 좀 긴 듯하여 수선을 했는데 시침 핀이 남아 있었나 봅니다. 죽여 주시옵소서!"

황족의 몸에 피를 내다니, 경을 쳐도 모자랄 일이다.

"이따위로 하면……!"

납작 엎드린 시녀의 등을 걷어차려 레클란이 발을 들었다. 그러다 이내 내렸다. 상처를 낸 시녀가 제 아내인 에울리케가 아끼던 아이였음을 떠올렸기 때문이다.

'가뜩이나 이번 일로 마음이 상했을 텐데.'

아내가 아끼는 시녀까지 고초를 당하면 에울리케는 절망하고 말 것이다.

그 작고 연약한 머리통엔 레클란이 저를 더 이상 사랑하지 않는다고, 그래서 두 번째 아내를 들이는 거라는 생각이 들어차겠지. 레클란은 입술을 깨물며 치솟는 화를 내리눌렀다.

"꺼져라."

손수건을 시녀의 머리를 향해 집어 던지며 그가 낮게 읊조렸다.

"예. 가, 감사합니다."

모시는 주인의 불호령을 더 살까 무서운 듯, 시녀가 손수건과 옷을 챙겨 들고 황급히 허리를 숙이고 뒷걸음질로 물러났다.

"전하, 정말 죄, 죄송합니다."

스르륵. 문이 닫혔다. 레클란의 방에서 멀어지며 시녀의 굽었던 허리가 점점 펴졌다.

그리고 마침내 우뚝, 땅에서 수직으로 바로 섰을 때, 그녀의 옆에 작은 그림자가 섰다.

"여기요."

"……."

비고는 시녀가 건넨 손수건을 받아 들었다. 고개를 끄덕인 그는 다시 소리 없이 사라졌다.

그날 밤, 마르쉐 후작저.

이슥한 시간, 저택의 지붕 위에 숨죽인 인영이 내려앉았다. 비고였다.

'타깃은.'

'취침 중입니다. 약이 성공적으로 든 것을 확인했습니다.'

제국에서 내로라하는 권력가의 집이니 경계가 여간 삼엄하지 않았으나 비고와 그의 동료들에게만큼은 예외였다. 남아 있는 황제의 그림자들을 모아 당도한 곳이다.

부서진 자존심과 명예는 동료들의 빈자리만큼이나 뼈아팠다. 비고는 독기에 가득 찬 눈으로 후작이 있을 방향을 응시했다.

이번은 반드시 성공해야 했다. 황제를 위해서도, 저를 위해서도.

삐그덕. 후작의 침실에 난 발코니 문이 작은 소음과 함께 열렸다. 그림자의 말대로 마르쉐 후작은 완전히 잠에 곯아떨어져 있었다. 비고의 단도가 그의 팔을 슬쩍 스쳐 지나가며, 실금 같은 상처 위로 핏방울이 맺혔어도 깨지 못할 만큼. 작은 약병에 피를 담자마자 비고는 소리 없이 자리를 떴다.

삐그덕. 발코니 문이 다시 닫혔다.

* * *

"폐하."

비고에게 황제가 손짓했다.

"뭐 하느냐, 어서 가져오지 않고."

제 얼굴이 볼썽사나울 정도로 일그러져 있다는 걸 황제는 미처 알아차리지 못한 듯했다.

그가 손짓하는 방향에는 마도구 하나가 있었다. 크기는 어린아이의 머리 정도. 대야처럼 오목하게 파인 반구의 가장 밑바닥에는 혈통을 판별하는 마법진이 새겨져 있었다.

"라 오리진."

황제의 마른 입술에서 흘러나온 작은 시동어.

마법진 위에서 물처럼 찰랑거리는 은빛 액체가 퐁퐁 솟아나더니 반구를 채웠다. 이것은 오늘 하루, 황제의 밀명을 받고 황실 마법사들이 만들어 낸 마도구였다.

이 은빛 액체 위에 두 사람의 핏방울을 떨어뜨렸을 때, 섞이면 친족이요, 섞이지 아니하면 남이다.

"폐하."

황제가 단도를 빼 들었다. 비고가 멈칫했다.

'자칫하단 돌이킬 수 없어질 것입니다.'

충성스러운 수하의 눈은 그리 말하고 있었다. 혹 예상과 다른 결과가 나왔을 시, 짙은 병색의 황제가 그 여파를 감당할 수 있을까에 대한 우려도 함께였다.

"이미 족쇄는 풀렸느니라."

황제에게 주어진 판도라의 상자. 스카가드가 던져 놓고 간 악마의 선물이었다. 갈기갈기 찢어 버리고 싶지만, 황제는 그러지 못했다.

상자를 열어젖혀서, 그 안에 아무것도 들어 있지 않음을 확인하지 않는한, 예전의 평화를 다시 찾을 수 없을 것임을 황제는 알았으니까.

톡. 황제의 손끝에서 흐른 핏방울이 은빛 액체 위로 떨어졌다.

이어 지이익. 찢긴 손수건 조각 하나가 수면을 덮었다. 은빛 액체가 피에 젖은 붉은 면을 적시자, 천에 묻어 있던 레클란의 피가 수면으로 녹아내리며 핑크빛을 띠었다.

"……."

비고는 숨죽여 그 광경을 응시했다. 그리고, 황제가 다시 손수건을 집어 들었을 때.

배어 나온 핑크빛 핏방울과 황제의 선홍빛 핏방울이 조금도 섞이지 않은 채 따로 수면 위를 둥둥 떠다니고 있는 걸 보았을 땐.

그는 숨을 멈춰야 했다.

비틀. 황제의 몸이 기우뚱했다. 그 와중에 비고는 본능적으로 달려 나가 넘어지려는 몸을 붙들어 세웠다.

"……폐하!"

"괜찮, 괜찮다……."

황제는 비고의 팔뚝을 붙잡으며 중심을 잡았다. 이마가 지끈지끈했다. 뭉근하게 관자놀이를 쑤시는 둔통이 어디서 비롯되었는지는 자명했다.

"……."

한참을 마도구 안을 내려다보던 황제가 손을 뻗었다. 검지와 엄지가 마도구 가장자리의 벽을 집어 들었다.

졸졸졸. 은빛 액체는 바닥으로 쏟아졌다. 황금색의 카펫이 회색빛으로 젖어 들어갔다.

"라 오리진."

다시 반복되는 시동어. 텅 빈 마도구의 바닥에서 은빛 액체가 다시 퐁퐁 샘솟았다.

사락. 이번에는 손수건이 먼저였다. 남은 반쪽짜리 손수건이 액체에 적셔져 핑크빛 핏방울을 뱉어 냈을 때, 황제가 떨리는 손으로 마르쉐 후작의 피가 담겨 있는 약병의 뚜껑을 열었다.

주르륵.

동그란 핏방울이 물 위로 떨어지자마자 소용돌이처럼 물결이 회오리쳤다. 은빛 물결은 이제 흡사 세찬 해일이 인 것처럼 보일 정도였다.

"……."

황제는 멍하니 은빛 소용돌이를 응시했다.

스카가드 앙헬이 옳았다. 그놈은, 그 악마는 거짓을 말하지 않는다.

"컥……!"

황제가 각혈했다. 가슴을 쥐어뜯으며 앞으로 고꾸라진 그가 뭐라도 붙잡으려 손을 뻗었다. 그러다 마도구를 건드렸고, 바닥으로 떨어진 마도구는 산산이 조각났다.

쏟아진 액체, 날카롭게 깨어진 파편. 그리고 그 가운데 황제가 울컥 쏟아 낸 핏덩이.

"폐하! 폐하! 게 누구 없느냐! 위급하다!"

비고는 고꾸라진 주군의 몸을 안고 고함쳤다. 황제궁은 금세 소란스러워졌다.

황제의 검붉은 핏덩이만 상황의 급박함을 모르는 것처럼 느릿느릿하게 황금빛 카펫을 물들였다.

* * *

"이랴! 이랴!"

금빛 마차를 탄 황궁의 사자가 콘체른 백작저에 당도했다. 앙헬의 개선식이 열린 지 채 일주일이 지나지 않은 시점이었다.

"네이필리나 콘체른은 앞으로 나와 황명을 받으시오!"

마차에서 내린 사자의 손에는 금빛 두루마리가 들려 있었다. 누가 봐도 혼담에 관한 황명이라는 걸 어렵지 않게 짐작할 수 있었다.

'결국 황제가 기어코 일을 벌였구나.'

맥밀란이 눈을 질끈 감았다.

'이번만큼은 네이에게 맡겨 두는 게 아니었는데. 아무리 현명하다 해도 아직 아이인 것을.'

보호 패를 썼다면 2황자의 혼담을 어떻게든 막을 수 있었을 테다. 하지만 저렇게 황명이 내려온 이상 늦었다. 그는 침울한 눈으로 사자를 응시했다.

소식은 곧 3별관에도 전해졌다.

"네이, 곧바로 뒷문을 타고 나가렴. 인편을 구해 놓았다."

헨리와 릴리엔 부부는 처음으로 제 딸의 방문을 노크도 하지 않고 벌컥 열었다.

"걱정 마. 이 고모가 네가 숨을 만한 데를 봐 놨어. 네가 평생 도망 생활을 할 수 있게 대륙 전체로 알아봐 놓았어. 유랑 여행 다녀온다 생각해."

"네이, 내가 만든 휴대용 호신 도구야. 이걸 가져가도록 해."

그 뒤로 제시안느와 루신다 모녀가 보였다.

"주인, 나도 함께 가겠소."

"아가씨, 저는 벌써 짐을 다 쌌사와요."

배낭을 짊어진 볼더와 젤피도 함께였다. 네이필리나는 웃음을 삼켰다.

"전 도망치지 않아요."

그녀는 고개를 저었다.

"네이, 어쩌려고……!"

"지금이 2황자를 피할 수 있는 마지막 기회야!"

"아니요."

네이필리나는 그들에게 웃어 보였다.

"네이필리나 콘체른! 황명을 받들라!"

곧바로 나타나지 않는 주인공 때문에 사자가 한 번 더 목소리를 높였다.

"황명을 받들지 않고자 모습을 감추거나 도망친다면 응당 처벌을 받을 것이외다!"

자못 살벌한 얼굴로 경고하는 것도 잊지 않았다. 그때 사자를 에워싼 고용인들이 일제히 반으로 갈라졌다.

"네이필리나 콘체른, 여기 있습니다."

네이필리나가 나타난 것이다. 차분한 걸음으로 사자의 앞에 당도한 그녀는 천천히 무릎을 꿇었다. 헬리오스의 제국민이 황명 앞에서 행해야 할 예였다.

콘체른의 호정에는 백작가의 직계들만 있는 게 아니었다. 가문의 고용인들 역시 막내 아가씨를 보기 위해 빠짐없이 나와 있었다.

"흠, 흠! 그럼 당사자가 나타났으니 이제 시작하겠소!"

사자가 두루마리를 펼쳐 황명을 낭독하기 시작했다.

'아아.'

맥밀란이 눈을 질끈 감았다.

제시안느는 당장에라도 달려 나가 사자의 두루마리를 뺏어 찢어 버리고 싶은 듯한 표정이었고, 루신다는 눈이 시리도록 사자를 노려보았다. 릴리엔은 애써 담담하게 서 있었지만 붉어진 눈가는 숨기지 못했다. 헨리는 처음 보는 무표정한 얼굴로 허공을 응시했다.

시오르샤조차 불안한 시선으로 네이필리나와 황실 마차를 번갈아 살폈다.

반면에 만반에 웃음이 가득한 이는 기디언 하나뿐이었다.

냉정한 이목구비에 드문 기쁨과 희열이 담겼다. 그는 곧 황실의 일원이 될 조카딸이 도무지 감격스러워 견딜 수 없는 것처럼 보였다. 다른 이가 봤다면, 네이필리나의 부친이 그인지 착각했을 정도로 말이다.

제국에 대한 찬사와 현 황제에 대한 기나긴 미사여구가 이어진 뒤 마지막으로 남은 황명의 본질에 다다랐을 때.

"……하여 스카가드 헬리오스 앙헬과 네이필리나 콘체른의 성혼을 명한다."

사자는 마지막 문장을 읽어 내리며 두루마리를 착 접었다.

"헬리오스의 영민하신 태양의 뜻을 받듭니다."

담담한 네이필리나의 대답과, 두루마리를 받아 드는 행위가 이어졌다.

'그래……. 2황자와 네이필리나, 이젠 정말 어쩔 수 없…… 응, 뭐라고?'

침울한 눈으로 낭독을 듣고 있던 맥밀란이 멈칫했다. 헨리나 기디언, 이 자리에 있는 모든 콘체른가 일원 역시 마찬가지였다.

"자, 잠깐. 뭐라고 했소이까?"

기디언이 제 귀를 의심하며 되물었다.

"지금 감히 폐하의 전언을 의심하는 것이오?"

사자가 대번에 인상을 찌푸렸다. 오만한 턱 끝에 주름이 잡혔다.

혹 그가 돌아가 황제의 귀에 나불대기라도 했다간 끝이다. 기디언이 대번에 낯빛을 바꾸고 굽신거렸다.

"아니, 그게 아니라. 믿어지지가 않아서 그러오. 이 영광스러운 순간을 다시 한번 음미하고 싶어……. 부탁하오."

"흠, 흠, 그렇다면야……."

사자가 목을 가다듬고 다시 목청 높여 외쳤다.

"네이필리나 콘체른에게 스카가드 헬리오스 앙헬과의 성혼을 명한다!"

스카가드 앙헬. 잘못 들은 게 아니었다.

'어, 어째서 레클란 전하가 아니라 대공인 거야!'

모두의 얼굴이 혼란스러워졌지만 그중에서도 기디언의 표정이 제일이었다. 담담한 낯을 유지하고 있는 건 네이 하나뿐이었다.

그때 저택 앞이 소란스러워졌다.

"무슨 일인가."

맥밀란의 물음에 사태를 알아보러 나섰던 바터가 돌아와서 보고했다.

"앙헬 대공저에서 온 이들입니다."

벌써?

황명이 당도한 지 한 시간도 채 지나지 않았다. 황궁에서 대공저까지의 긴 거리를 생각해 보면 저들은 황명이 내려오기도 전에 움직였다는 말이 된다.

고로,

'그럼 황제의 뜻이 아니라……!'

결혼을 원한 게 대공의 뜻이었던가?!

허업, 사람들이 숨을 들이켰다.

'설마, 그럴 리가.'

네이필리나와 앙헬 대공 둘 사이에 무슨 사건이 있었던 적도 없잖은가.

"서로 마주친 적이…… 있기나 했나?"

그러나 바로 이어 들어오는 행렬이 그들의 의심을 깨뜨려 주었다.

행렬의 가장 선두에는 라울이 있었다. 그는 제가 앙헬 대공의 보좌관이라고 소개하며 대공의 인장을 꺼내 들어 보였다.

그러나 그가 인장을 꺼내지 않았더라도 사람들은 믿지 않을 수 없었을 것이다. 그의 뒤로 검은 갑옷을 입은 북부군 기사들이 짐을 들고 서 있었으니까.

"저희 전하께서 네이필리나 아가씨께 보내는 예물입니다."

"예, 예물이라고요?"

시오르샤의 눈이 휘둥그레졌다.

헬리오스 제국에서 신부가 보내는 지참금은 있어도 신랑 쪽에서 먼저 예물을 준비한단 이야기는 처음 들어 봤다.

게다가 상대가 다른 이도 아니고 제국에서 제일 부유한 가문 아닌가?

일단 콘체른의 혈족과 연계되고 나면 결혼을 위해 저택이 필요하다, 부지가 필요하다, 가문의 팔촌까지 초대해야 한다, 갖은 핑계를 대며 돈을 더 뜯어내려는 이들이 천지였다. 시오르샤의 친정이 그랬고, 볼락의 전 부인 역시 그랬다.

하지만 앙헬 대공은 되레 제가 선물을 싸 들고 왔다.

북부군 기사들이 상자를 하나씩 든 채 선 행렬이 어찌나 길었던지 훗날, 이 자리에 있던 이들은 그 길이 수도 성벽까지 이어졌다 얘기하기도 했다.

과장이겠으나, 일단 적어도 지금 콘체른 일가가 서 있는 데에선 그 행렬의 끝이 안 보이는 것만큼은 사실이었다.

"선황께서 전하의 모친이신 선대 황비 전하께 선물하셨던 엘비네어의 목걸이입니다."

첫 번째 기사가 고풍스러운 벨벳 상자를 열었다. 안에는 탐스러운 사파이어 목걸이가 담겨 있었다.

이어 두 번째 기사가 상자를 열었다. 라울의 설명 역시 이어졌다.

"……열 번째, 드래곤의 비늘로 만든 갑옷입니다. 눈송이처럼 가볍지만 철창도 꿰뚫지 못하지요."

"스물다섯 번째, 하이 엘프의 클로버로 엮은 화관입니다. 성수로 재배되어 자가 치유와 원기 회복력이 있지요."

"옵실리움의 표창입니다. 안에 박힌 위석이 표창을 자동으로 소환할 수 있게 해 줍니다."

"아시리프 왕이 남겼던 미스릴 단검입니다. 깨지지도, 부서지지도 않지요."

대륙의 전장을 휩쓸었던 앙헬 대공의 특색답게 무기나 전투와 관련된 것들이 많았다. 하나하나가 값을 매길 수 없는 귀한 보화였다. 심지어 시중에 나오지도 않는 전설급의 유물들도 간간이 보였다.

콘체른이, 아니, 아무리 부유하고 명예로운 자라도 손에 넣을 수 없는 유의 것들.

사람들은 앙헬 대공의 수중에 여태 이 보물들이 잠들고 있었다는 데, 그리고 그것이 지금 네이필리나 콘체른에게 오롯이 전해지고 있다는 데 기함했다.

"1차는 여기까지입니다."

예물 목록을 끝까지 읽은 라울이 두루마리를 접으며 말하자 누군가 놀란 표정을 감추지 못하고 물었다.

"올 게 더 있단 말입니까?"

"예. 지금은 수도의 대공저에서 급하게 준비한 거라 부끄럽지만 미흡한 부분이 있지요. 대공령에서도 준비가 끝나는 대로 출발할 겁니다."

"흐어어! 미흡하게 준비한 게 이 정도라니!"

"아니, 대륙의 보물들은 다 앙헬 저에 숨어 있었단 말인가?"

"저 보물들은 폐하라도 구할 수 없어. 대공이 무수한 적들을 꺾고 직접 손에 넣은 전리품이니까!"

사람들이 입을 떠억 벌렸다.

앙헬의 기사들이 선물 상자를 가져왔다는 소식을 벌써 들은 건지 저택 밖에도 구경꾼들이 바글바글했다. 선물이 무엇이었는지에 대한 이야기도 금세 퍼져서 그들은 어떤 선물이 가장 귀한지 열띤 토론까지 벌일 정도였다.

"이렇게 보니 콘체른 양에겐 성혼의 상대가 바뀐 게 오히려 행운이로군."

"아무렴, 2황자가 아무리 용을 써도 저 선물들보다 더 잘 해 주진 못할걸. 에울리케 황자비 눈치를 보지 않을 수 없으니 되레 더 못하면 모를까."

"게다가 이쪽은 정비라고. 따지고 보면 대공도 성만 새로 받았을 뿐 헬리오스의 황족이잖아? 고귀한 결합인 건 마찬가지야!"

잔뜩 신이 난 군중들의 말소리가 컸다.

'도대체, 왜! 왜 대공이 저 계집애를……!'

주먹 쥔 기디언의 손이 부들부들 떨렸다. 그는 소매 아래로 경악을 감췄다.

네이필리나와 레클란의 결혼은 장고 끝에 기디언이 만반의 준비를 다 했던, 그의 마지막 수였다.

정치적으로도, 가문 내부적으로도 위태롭기 그지없는 기디언의 위치를 기사회생할 수 있는 절치부심의 기회. 그 누구에게도 밝히지 않았던 그의 오랜 야망을 다시 불 지필 역심의 기회였단 말이다.

한데 그것이 또 그의 목전에서 고꾸라졌다.

'도대체, 어디서 어그러진 거야.'

제 아들 일이라면 달이라도 따다 줄, 황비의 말이라면 콩으로 버터를 만든대도 믿을 황제가 눈엣가시 같은 대공을 상대로 한 수 물러날 이유가 무언가?

기디언의 얼굴은 이제 표정 관리를 할 수 없을 만큼 일그러져 있었다. 그래서 그는 부친인 맥밀란의 눈이 그에게 내내 닿아 있다는 걸 깨닫지 못했다.

* * *

콘체른 백작저에 당도했던 금빛 두루마리의 내용은 바람보다 빠르게 호사가들의 입을 타고 번져 나갔다.

"들었나? 콘체른의 막내딸 결혼 상대가 누군지?"

"누구긴 누구야, 2황자 전하시지."

"예끼, 이 사람. 이렇게 소식이 늦어서야. 상대가 앙헬 대공으로 바뀐 지가 언젠데."

"뭐? 앙헬? 앙헬이라고?"

바뀐 상대의 이름을 들을 때마다 사람들의 입이 딱 벌어지고 눈이 등잔만 하게 커졌다.

"그…… 아, 앙헬 대공이라니…… 차, 참으로 놀랍군요."

사교계나 귀족들의 반응도 비슷했다.

스카가드 앙헬.

제국 최고의 전사임에는 틀림없지만, 아군임에도 등을 쭈뼛 서게 만드는 살벌한 존재가 배우자를 둔다고?

그날 백작저의 드넓은 호정에 차곡차곡 쌓였던 벨벳 선물 상자라든지, 선물을 나른 메신저가 대공이 직속으로 부리는 북부군의 기사들이었다든지 하는 소식은 이제 케케묵은 옛날이야기가 되어 버린 지 오래였다.

사람들의 추측은 꼬리에 꼬리를 물고 이어졌다.

"그럼 말이야, 귀한 보물들을 고스란히 내놓을 만큼 앙헬 대공이 이번 결혼을 반긴다는 건가?"

"하지만 콘체른의 막내딸은 대공과 그다지 접점이 있지도 않았…… 아!"

갑자기 떠오른 기억에 누군가 손뼉을 쳤다.

"기억나나? 폴리모스 군량 비리 때 콘체른 백작가가 사비로 백성들을 구호했었잖나."

"그건 군수 사업 하는, 백작의 둘째 아들이 군량을 해 처먹어서 그랬잖아."

"그러니까 말이야! 군량 비리에 대한 조치였다면 군량만 다시 채우면 돼. 하지만, 콘체른은 구호금까지 풀었잖아. 왜 구태여 품을 들여 돈을 쓰겠어?"

"맞아, 이제 보니 대공과 접점이 있었던 게로군."

"막내 아가씨 때문이었던 게야."

사람들은 과연 악명 높은 앙헬 대공까지 구워삶은 콘체른의 묘수가 신묘하다며 혀를 내둘렀다.

한편, 소식에 경악한 건 헬리오스 황실도 예외가 아니었다.

헬리오스의 황제궁.

"폐하! 제가 들은 게 사실입니까? 황명에 제가 아니라 앙헬 숙부의 이름이 들어 있다는데, 아니지요? 폐하, 황명이 잘못 전달된 게 아닙니까?"

성혼의 상대를 알게 된 레클란 모자는 득달같이 황제를 찾아간 참이었다.

알현 신청조차 않고 막무가내로 들이닥친 모자를 내려다보는 황제의 얼굴이 일순 서늘해졌으나, 흥분한 둘은 알아차리지 못했다.

레클란은 제 귀에 들리는 이야기를 도무지 믿을 수가 없었다. 얼마 전까지만 해도 저보다 더 적극적으로 이 혼담을 이끌어 나가려던 황제가 아닌가?

한데 대공이 돌아오자마자, 이렇게 손바닥 뒤집듯 제 혼담을 접어 버리다니!

"폐하. 앙헬, 그 무도한 자가 폴리모스의 공로를 앞세워 폐하의 위신을 음해하려는 것이지요? 제가 콘체른으로 가서 황명을 회수하겠습니다. 전하의 기사라면 대공도 어쩔 수……."

쾅-!

황좌를 내려치는 둔탁한 소음이 공간을 둔중하게 울렸다.

"짐의 황명이다. 짐이 아닌 그 누구도 번복하지 못해."

불쾌감을 감추지 않는 황제의 기색에 레클란은 제가 또 부친의 권위를 건드렸나 싶었다.

하지만 이해가 되지 않았다. 이건 통치에 관한 황제의 열등감이 표출될 만한 사안도 아니었고, 더군다나, 앙헬 대공에게만 이득이 되는 결과였으니까.

"정녕…… 폐하의 뜻이셨단 말입니까? 어째서, 어째서요."

"……."

"제 여자가 되어야 하는 계집을 어째서 폐하의 손으로 앙헬에게 쥐여 주신 건지 저는 도저히 이해가 가지 않습니다."

"……."

황제의 굳은 입매는 도무지 열릴 생각을 하지 않았다.

"폐하!"

잔뜩 열이 오른 얼굴에 씨근덕거리는 숨. 거칠게 튀어나오는 쇳소리.

그래도 황제의 앞에서는 매번 매끄럽고 자연스러운 평정을 가장하던 레클란이었는데, 오늘은 영 흥분을 참지 못하는 날것의 모습이었다.

그도 그럴 게, 네이필라나 콘체른을 칭칭 동여맬 순간만을 기다리고 있었던 레클란이었다.

한데 앙헬이 코앞에서 낚아챘으니, 미치고 팔짝 뛰어도 모자랐다. 특히나 레클란처럼, 한 번도 제 것을 남에게 빼앗겨 본 적 없던 이에게는 말이다.

첫 경험은 언제나 뼈아픈 법이었으니.

"폐하께서, 아버지께서 제게 콘체른을 주신다 하셨잖습니까. 어찌 이렇게 의논 한번 없이 이러실 수 있습니까."

"짐은 알현을 윤허한 적 없느니."

물러가라는 소리 없는 축객령이었다. 레클란을 향한 황제의 시선이 평소와 달리 차가웠다.

아니, 레클란이 저를 아버지라 이름한 순간 그를 내려다보는 황제의 시선에 사나움이 가득 담겼다.

언제 그랬냐는 듯 순식간에 사라졌지만.

"아버지!"

"레클란! 목소리를 낮춰! 어디 건방지게 폐하의 앞에서 목소리를 높인단 말이니."

아이에게 해가 되는 위험을 가장 먼저 인지하는 사람은 어머니라고 누군가 그랬듯, 아들을 향한 황제의 서늘한 냉기를 가장 먼저 알아차린 건 주디테 황비였다.

'황제의 심사가 어딘가 뒤틀려 있구나. 앙헬 때문인가? 레클란의 말 한두 마디가 열등감을 잘못 건드렸다간 괜히 불똥이 이 아이에게 튀겠어.'

"태양의 깊고도 심오한 심중을 어찌 감히 네가 헤아리려 하는 것이냐. 필시 생각이 있으셨을 터!"

주디테는 앞으로 나가 매섭게 레클란을 질책했다.

"제국을 다스리는 국사에 비하면 콘체른의 결혼 따위는 사사로운 일이다. 폐하의 유일한 아들인 네가 이리 철없이 행동하면 폐하께서 어디 마음을 두실 수 있겠어!"

아들을 엄하게 꾸중하는 척하면서 레클란이 황제가 가지고 있는 하나뿐인 선택지라는 걸 은근히 나타내는 것도 잊지 않았다.

"어머니까지……. 두 분, 지금 밖에서 뭐라 떠드는지 알고 있으세요?

2황자도 앙헬에는 비할 바가 못 됐다, 콘체른에는 되레 경사가 났다 지껄이고 있어요!"

레클란의 목에 힘줄이 잔뜩 불거졌다.

"제가, 이 레클란 마르쉐 헬리오스가, 전하의 하나뿐인 아들이 완전히 비웃음거리가 됐다구요!"

부친에 이어 모친에게까지 이해는커녕 공감조차 얻지 못한다는 게 그를 몹시도 상심하게 한 듯했다.

"⋯⋯."

하지만 황제는 평소와 달리 가만히 침묵을 지킬 뿐이었다.

"물러가렴."

주디테가 그를 대신하여 조용히 축객령을 내렸다.

쾅-!

레클란이 씩씩거리며 나간 자리, 주디테가 황제의 눈치를 살피며 지척으로 다가왔다.

사르르, 드레스 자락이 끌리는 소리가 났다.

"폐하, 용서해 주시어요. 레클란, 저 아이가 콘체른 양을 진심으로 마음에 두었던 모양입니다."

"⋯⋯."

"저는 폐하께서 레클란을 위해 최선을 다해 주셨음을 믿는걸요."

주디테는 황제의 손 위로 슬쩍 제 손을 올렸다. 나무 그루터기처럼 터버린 손을 부드럽게 어루만지면서 마음에도 없는 말을 내뱉었다. 그녀 역시 황제의 제멋대로인 결정에 머리끝까지 화가 났으나, 아름다운 얼굴에는 그 분노의 한 자락도 비치지 않았다.

제 아들처럼 순간순간의 감정만 쏟아부었다면 그녀는 이 자리까지 올라올 수 없었을 것이다.

'왜지? 무엇이 이 사내의 마음을 바꾸게 한 거지?'

주디테의 머리가 맹렬하게 돌아가고 있을 때였다.

"비는 레클란을 참으로 아끼는군."

가만히 흐르는 적막을 깨고 황제의 입 밖에서 흘러나온 말 한마디. 황제의 빛바랜 눈동자가 주디테를 향했다.

"폐하, 저는 폐하의 손을 잡고 이 황궁에 들어선 날이 아직도 떠올라요."

황제의 팔을 쓸어내리며 가만가만 읊는 상냥한 음성이 이어졌다.

"저는 태어나 평생 마르쉐 영지를 벗어난 적 없던 시골 처녀였고, 폐하께선 광활한 헬리오스의 주인이 되실 분이셨지요. 제가 감히 옆에 설 수도 없는 대단한 분이요."

과거를 떠올리는 듯, 주디테의 음성이 더욱 몽롱해졌다.

"해서 너무나 두려웠습니다. 폐하의 손을 잡고 들어서는 이 황궁은 너무나 거대했고, 그 안의 사람들은⋯⋯."

주디테를 처음부터 적대하던 선황, 그를 위시하여 주디테를 인정하지 않던 무수한 귀족들.

그리고 강력한 친정을 등에 업고 저를 한낱 치정 상대로 치부했던 고고한 리에타 황후까지.

주디테는 하나도 빠짐없이 기억했다.

두렵고, 두려웠다. 잠시 주춤거리면 곧바로 누가 달려와 천 길 낭떠러지로 등을 떠밀 것만 같던 그 불안함을 누가 알까.

저를 이곳으로 밀어 넣었던 정인에 대한 배신감. 앞으로 이 복마전에서 평생을 살아가야 한다는 절망. 걸음을 하나하나 뗄 때마다 만 가지 감정이 교차했었다.

"레클란, 저 아이가 제 배 속에 있지 않았다면 저는 버티지 못했을 것이어요."

그러나 이대로 무너지면 제 아이마저 위태로우리라는 자각이 그녀를 각성하게 했다. 제가 쓰러지면 배 속의 아이 역시 소리 없이 사라지리라는 사실을 알았기에, 주디테는 무너질 수 없었다.

"레클란은 폐하께서 제게 주신 사랑의 결실이었으니까, 제가 힘을 낼 수 있었어요."

사랑의 결실, 웃기는 거짓말.

속으로 코웃음을 내뱉으면서도 주디테는 아름다운 눈에 눈물을 글썽였다.

"그랬지……."

황제 역시 그 시간을 회상하고 있는 모양이다. 천천히 허공을 바라보는 시선이 유독 길었다.

"황비, 만약 우리에게 아이가 하나 더 있었다면 어땠을 것 같소?"

황제가 다시 되물었다.

"또 다른 아이를요?"

"그래. 황자든 황녀든 말이야."

그랬다면, 지금보다 좀 더 상황이 낫지 않았을까?

"짐과 비에게도, 그리고 헬리오스에게도 말이야."

황제가 언급한 존재 중에서 레클란은 빠져 있다는 걸, 그리고 그게 어떤 의미인지 주디테는 몰랐다.

"폐하……."

그녀는 황제의 혼잣말을 약해진 환자의 푸념이라 생각했다. 주디테는 몸을 좀 더 당겨 앉았다.

'그냥 변덕이었던 모양이로군, 다행이야.'

힘 빠진 목소리나 반응을 보아하니 황제의 기분도 많이 누그러진 듯했다. 주디테는 회심의 미소를 삼키며 대답했다.

"그랬다면 지금보다 황실이 더 어지러웠을 테지요. 폐하께서 더 고심하셨을 테구요."

"……"

"레클란이 이리 늠름하게 장성하였는데 무슨 걱정이세요. 폐하, 심려치 마시어요. 폐하의 아들이 다스릴 헬리오스는 영원히 굳건할 겁니다."

그녀는 손등에 머리를 기대며 애교 있게 중얼거렸다.

"……."

황제는 대답 대신 가만히 손을 들어 황비의 머리를 쓸어내릴 뿐이었다.

* * *

"어머니, 정녕 이번 일을 이대로 넘어가실 겁니까?"

황제궁에서 돌아온 주디테를 아들이 기다리고 있었다.

"부황의 반응은 살피셨습니까? 도대체 왜 갑자기 대공의 손을 들어 주신 거랍니까?"

약 맞은 경주마처럼 뛰쳐나와 놓고 뒷일이 걱정되긴 한 모양이다. 주디테가 한숨을 내쉬었다.

"예전과 같지 않다 한들 아직 헬리오스의 황제야. 게다가 폐하가 얼마나 권위에 민감한지 몸소 겪었으면서 또 건드리려 들다니."

지난번 군량 비리가 적발됐을 때 황제가 아끼던 레클란에게마저 매몰차게 돌아섰던 순간을 벌써 잊어버린 건가? 주디테는 철없는 아들을 노려보았다.

"네 부친이기 이전에 황제인 사람이다. 황좌가 네 손에 들어오기 전까진 선을 넘어 버리면 안 된단 말이다!"

"그래서, 가만히 두고 보라고요? 앙헬 그자가 내 것을 훔쳐 가는 걸?"

레클란이 분을 참지 못하고 테이블 위에 있던 꽃병을 집어 던졌다. 벽에 부딪친 유리병이 산산조각 나는 파열음이 크게 들렸지만, 모자 중 그 누구도 고개를 돌리지 않았다.

"네이필라 콘체른, 그 계집은 누구의 손에도 들어가선 안 됩니다. 그

비상한 머리로 내게 칼을 들이밀면, 감당할 수 없을 거라구요."

심지어 그가 노리던 책사를 낚아채 간 이가 스카가드 앙헬이라는 게 가장 마음에 걸렸다.

가뜩이나 맞설 자가 없는 무도한 야만인의 등에 날개를 달아 주는 것이나 다름없으니까.

앙헬 대공의 음흉함에 네이필라나 콘체른의 기지가 더해진다면, 레클란은 황좌에 오른 후에도 둘을 처리할 수 있을지 확신할 수 없었다.

"방법이 있다. 아직 속단하긴 일러."

주디테가 불쑥 꺼낸 말에 레클란이 고개를 들었다.

"그 계집애는 네 것이 될 거다. 어미가 쥐여 주마."

반드시.

아름다운 입술을 비틀어 내뱉는 마지막 한마디가 의미심장했다.

"어쩌시려구요……?"

주디테의 일부 시도가 실패로 돌아간 전적을 떠올린 레클란은 반쯤의 희망과 반쯤의 불신이 뒤섞인 표정이었다.

하지만 그는 곧 깨달았다. 이 상황에서 저를 도와줄 유일한 아군은 제 모친밖에 없다는 것을.

황제는 제가 내린 황명을 번복하지 않을 것이고, 처음부터 이 결혼을 반대했던 마르쉐 후작은 상황이 이렇게 되어 되레 안심하고 있을 테니까.

"어미에게 생각이 있으니 걱정 말거라. 그러니 네 표정부터 어떻게 해 보렴. 지금 네 얼굴을 보면, 누구도 대공과의 대결에서 네가 패배했다고 여길 거다."

"……알겠습니다."

"지금은 여론을 만들어야 한다. 넌 패배한 게 아니야. 상처 입은 거지."

리에타 황후를 밀어내고 황궁과 사교계를 장악한 계략의 대가답게 주디테는 여론전에도 능했다.

"앙헬 대공이 공로를 빌미로 콘체른을 탐냈고, 너는 그의 야망 때문에 아끼는 연인을 빼앗긴 피해자인 거야."

황비는 레클란에게 당분간 사교 활동을 금하고 성혼에 몹시 상심한 척 두문불출하라 명했다.

"폐하에게도 같아. 오늘처럼 경거망동하는 일이 있어서는 안 돼. 폐하가 네가 아파하고 있다고 생각하게 만들어야 한다. 알겠느냐?"

"어머니께서 말씀하신 대로 하겠습니다. 하지만……."

초조해 보이는 레클란의 어깨를 주디테가 천천히 어루만졌다.

"그리 오래 걸리진 않을 거다. 기다리렴."

"……."

"곧 폐하의 탄신일 연회가 있지 않느냐. 황실의 일원과 수도의 귀족들은 모두 참석해야 하는 연회지."

"그게 왜……."

"그때 내가 네이필리나 콘체른을 불러들일 테니, 연통을 주면 오거라. 아무도 눈치채지 못하게."

"……아아."

레클란은 비로소 모친의 계책을 알아차린 듯했다.

"약을 쓰실 셈입니까?"

"글쎄. 어떨 것 같니."

황비가 싱긋 웃었다.

"너도, 그 아이도 서로를 잊지 못한 거야. 황명에 불복할 순 없으니 받아들이긴 했지만, 연회에서 다시 마주친 순간……. 어떠니, 꽤 아름다운 재회의 이야기가 될 것 같지 않으니?"

레클란의 잘생긴 눈이 불쾌감에 찌푸려졌다.

"어머니, 나는 그 계집애를 강제로 취할 생각 따윈 없습니다."

"오, 아가. 나 역시 그럴 생각은 없단다."

레클란의 이유와는 달리, 주디테는 그 벌레 같은 계집애와 고귀한 제 아들이 억지로 관계를 맺는 건 가당치도 않다는 이유 때문이었지만.

"둘이 한 방에 있는 모습만 모두에게 보여 주면 그 계집애의 미래는 끝장나겠지. 앙헬 대공의 얼굴도 볼 만하겠구나."

결혼하려는 여자가 다른 사내를, 그것도 예전에 연인이었던 자와 불온한 관계를 맺는 모습을 보고도 혼담을 유지하려는 사내는 없을 터. 게다가 황명까지 요구하며 손에 넣으려 했던 여자니 대공으로서도 단단히 자존심을 구길 수밖에 없겠지.

레클란으로서도 숙부의 여자와 불온하게 얽혔다는 비판을 피할 순 없을 테지만, 그럼에도 대공의 결혼을 깰 수만 있다면 해 봄 직한, 아니, 반드시 시도해야 할 수였다.

어떻게든 대공과 네이필리나를 떼어 놓을 수만 있다면, 레클란은 더 망설일 것이 없었다.

"네이필리나 콘체른에겐 선택지가 너밖에 남지 않게 될 거다."

거기까지 진척되면, 황제 역시 레클란과 그 계집애를 받아들일 수밖에 없을 테고. 실로 신묘한 한 수였다. 있는 자들의 악의와 욕망이 덕지덕지 들러붙은.

"그러니 레클란, 너는 걱정할 것 없단다."

아들을 안심시켜 돌려보낸 그녀가 시녀를 불렀다. 그녀가 부리는, 모든 비밀을 알고 있는 유일한 사람이었다.

"예, 전하."

주디테는 서랍 깊숙한 곳을 열었다. 하얀 손에 쥐어진, 붉은색으로 빛나는 약병은 어쩐지 불길함을 가득 담고 있었다.

"황비님, 설마 이건……."

"그래."

시녀에게 확신을 심어 주듯 주디테가 아름다운 턱을 끄덕였다.

"너는 이걸 보관하고 있다가, 네이필리나 콘체른이 이곳에 오거든 찻잔에 이걸 타서 내어 주렴."

그녀의 은밀한 비밀을 알고 있는 계집이 앙헬 대공까지 등에 업으면 주디테가 손을 댈 길은 요원했다.

'절대 그리 둘 수는 없지.'

거울에 비치는 주디테의 눈이 비정하게 빛났다.

"……대공이 가만히 있지 않을 겁니다. 폐하께서도 노여워하실 테고요."

시녀가 숨죽인 목소리로 지적했다. 이 지저분한 수에 대중은 속아 넘어갈지 몰라도 앙헬 대공은 속지 않을 테니까. 그렇다면 그의 분노는 누가 감당할 텐가.

찰싹-!

"그냥 시키는 대로 해! 그 계집애가 쓰러진 뒤 기사에게 넘겨주면 네가 할 일은 끝이야."

주디테는 대답 대신 매서운 따귀를 날릴 뿐이었다. 시녀는 하는 수 없이 고개를 숙였다.

"……알겠습니다."

그러나 황비는 몰랐다. 이미, 약병을 받아 드는 시녀의 눈이 배신감으로 떨리고 있다는 사실을.

이슥한 밤, 모두가 깊이 잠든 시각, 시녀는 소리 없이 궁을 빠져나갔다.

손에는 양피지 한 장을 쥔 채였다. 황비의 눈을 피하기 위해 휘갈겨 쓴 글씨는 날림투성이였으나 내용을 알아보기 어렵지는 않았다.

황궁의 개구멍으로 나가 접선지에 다다랐을 때, 이미 그곳엔 상대가 기다리고 있었다.

"왔구나."

상대가 검은 후드를 벗어 내렸다. 주름진 얼굴과 새하얗게 새어 버린 머리. 마르쉐 후작의 유모였다.

"올리비아, 당신의 말이 맞았어요. 황비가 이번엔 나를 쓰고 버리려 해요."

죽은 줄로만 알았던 마르쉐 후작의 유모가 살아 있는 걸 봤을 때 시녀는 기절하는 줄 알았다.

너 역시 나 같은 꼴이 될 거라며 경고하던 유모의 존재를 황비에게 알리지 않은 건, 시녀 역시 마음속 깊은 곳에선 주디테를 믿지 못했기 때문일 테다.

"……내 그리 말하지 않았니. 그 연놈들에게 충성해 봤자, 돌아오는 건 치 떨리는 배신뿐이야."

"나는 다시 가 봐야 해요. 황비가 언제 나를 찾을지 몰라요. 자세한 건, 여기 적어 놓았어요."

그녀는 양피지를 유모의 손에 쥐여 준 뒤 허겁지겁 길을 되돌아갔다.

"갔어요."

유모가 가만히 어둠에 대고 말했다.

"잘했습니다."

"그놈들을 지옥에 보낼 수만 있다면 나는 어떤 일도 할 수 있어요."

"이만 돌아가시지요. 집까지 모셔다드리겠습니다."

"여기요. 아가씨께 전해 주세요."

"물론이죠. 티끌 하나 빼놓지 않고 전달하겠습니다."

거친 양피지는 일련의 과정을 거쳐 볼에 칼자국이 난 곱상한 사내의 손에 들어왔다.

* * *

한편 콘체른 백작저.

"릴리엔, 사실 나는 네이의 결혼 상대가 바뀐 게 과연 좋은 일인지 모르겠습니다."

네이필리나의 부친은 머리를 싸매며 쿵, 테이블에 이마를 박았다.

"얘, 헨리. 무슨 말도 안 되는 걱정이니? 네이의 남편이 누가 된다 해도 제멋대로 지 두 번째 첩으로 들이려는 2황자보단 나아."

부채를 착 펼치며 제시안느가 쏘아붙였다.

레클란의 일방적이고 무도한 작태를 떠올리면 아직도 열불이 나는지, 부채에서 맹렬한 바람이 뿜어져 나왔다.

"제시안느 님의 말씀이 맞습니다. 2황자는 아가씨에게 최악이었어요."

바터가 제시안느에게 동의했다. 그는 이 자리에 없는 헨리의 형제들보다 더 자연스러운 모습으로 이 자리에 동석했다. 그것에 누구도 이질감을 느끼지 않았다. 오히려 친형제인 기디언보다 바터의 존재가 더 믿음직하게 자리 잡고 있었다.

"2황자는 성미가 충동적이고 경마와 도박을 끊지 못하죠. 오만하면서 아부를 좋아하고, 가진 재능에 비해 지나치게 많은 것을, 그중에서도 권력을 너무 탐합니다."

아름다운 포장지를 까고 나면 보이는 썩은 나무토막 같은 자라며, 바터는 신랄하게 2황자를 평가했다.

"만약 그가 상품이라면, 콘체른 상단은 그를 매대에조차 두지 않았을 거예요."

아무래도 지난 몇 주간 2황자의 일방적인 각축전을 상대하며 쌓인 것이 이만저만이 아니었던 모양이다.

"바터 님의 말이 맞아요. 황명이 아니었으면 우리 네이의 삶이 아주 고단할 뻔했어요."

그러니 얼마나 다행인지 모른다며 릴리엔이 가슴을 쓸어내렸다.

"하지만 릴리, 그것도 상대가 웬만한 상대여야 하는 말이지요!"

바뀐 결혼 상대가 다른 사람도 아니고, 그, 스, 스카가드 앙헬이잖습니까!

헨리가 답답하다는 듯 가슴을 탁 쳤다. 저만 이 심각성을 알아차리고 있냐는 물음까지 함께였다.

"아……."

"그건 그래……."

"좀 부담스럽긴 하지요……."

자리에 모인 이들이 고개를 끄덕였다.

"좀이 아니라 아주 많이요!"

특히 대공 사위를 둘 네이필리나의 부친, 헨리는 말이다.

"앙헬 대공에게 별다른 유감이 있는 건 아닙니다. 되레 돌파구가 되어 주어 고마운 마음도 있어요. 하지만 그것과는 별개로, 네이필리나가 감당할 수 있을 만한 상대인 것 같진 않단 말입니다."

헨리에게 결혼은 안정과 평화, 그리고 평생 등을 기댈 수 있는 상대와 하는 결속이었다.

"하지만 헨리 숙부, 네이는 그다지 놀라지 않는 것 같던걸요."

루신다가 작게 손을 들어 첨언했으나 딸 걱정에 머리가 천근만근인 헨리에겐 들리지 않았다.

"게다가 앞으로의 그 애 인생은요? 이건 황비에서 대공비로 역할이 바뀐 것밖에 되지 않잖아요."

황궁 대신 대공령이 딸의 꿈을 펼치는 데 족쇄가 될 수도 있다.

"게다가 헬리오스 황족들처럼 우리 네이를 압박하고 말려 죽일 거라면……."

"어쩌려고? 제국에서 제일 강한 기사를 상대로 검이라도 뽑을 테야?"

제시안느가 톡 쏘아붙였다. 그때 똑똑하는 노크 소리와 함께 젤피가 불쑥 얼굴을 내밀었다.

"마님! 마님!"

"무슨 일이니, 젤피?"

혹 네이필리나에게 무슨 일이라도 생겼나? 잠시 평화롭게 흘러가는 듯했던 공간의 분위기에 다시 긴장감이 서렸다.

"그으…… 저택에 앙헬 대공 전하께서 오셨사와요!"

"누구?"

"누가 왔다고?"

눈을 동그랗게 뜬 건 릴리엔만이 아니었다. 젤피가 눈을 도로록 굴리며 대답했다.

"지금 가주님과 차를 마시고 계시와요."

* * *

째깍째깍.

벽난로 위의 시계가 초침을 이어 갔다. 뜨거운 김이 오르던 차가 차갑게 식어 내릴 동안의 시간이 흘렀다.

'실로 빈틈이 없는 자로군.'

눈앞의 대공을 살핀 맥밀란이 내린 감상이었다. 전설의 장사꾼으로서 무수히 많은 사람들을 보고 경험했다.

'선황의 사생아로 태어난 게 안타까울 따름이로구나.'

만약 이 사내가 조금만 더 일찍 태어났더라면, 그의 출생이 조금만 더 고귀했더라면, 어쩌면 헬리오스의 황좌는 바뀌었을지도 모르겠다.

"대공 전하, 이 늙은이가 한 가지만 묻겠습니다."

"말씀을 낮추어 주십시오, 백작. 곧 가족이 될 사이가 아닙니까."

세간의 악명과는 달리, 대공은 놀랍도록 순순한 말투로 대답했다.

"손자사위로 귀엽게 봐 주십시오."

전혀 귀여워 보일 수 없는 외모와 덩치로 대공이 살풋 웃음 지었다. 눈매가 흐드러지듯 좁혀지며 눈가의 눈물점이 더욱 부각되자, 맥밀란은 새삼, 대공의 악명이 그의 비현실적인 외모를 가리고 있었다는 사실을 실감했다.

수천의 적을 도륙했다던 악명의 소유자라고는 생각할 수 없는 살가움은 되레 상대를 쭈뼛 경계하게 만드는 데가 있었다. 이 자리에 앉은 자가 맥밀란이 아니라 그의 자식들이었다면, 대공이 다른 속셈이 있는 건 아닐까, 한없이 의심했을 테다.

하지만 맥밀란은 대공과 비슷한 류의 사람을 하나 더 알고 있었다.

"이번 성혼은 네이필리나 그 아이 혼자만의 생각입니까, 아님, 두 사람의 합작입니까."

그래. 네이필리나.

이 남자는 제 손녀를 닮았다. 말간 얼굴로 물밑에서 매서운 칼날을 휘두르는 제 손녀와 말이다. 다만, 이 사내는 굳이 물밑이 아니라 물 위에서도 휘두를 수 있는 힘과 권력을 가졌다는 것이 다를 뿐.

멈칫. 찻잔을 기울이던 대공의 손이 잠시 멈췄다.

"제 아내가 될 사람의 기지가 어디서 기인하였나 하였더니."

"그 아이에겐 비할 데가 없지요. 이번 일만 봐도 그렇구요."

"물음에 답해 드리자면, 콘체른 양은 저를 끼워 넣을 생각이 없었습니다. 제 독단적인 개입에 가까울 뿐."

하지만 제가 바랐고, 콘체른 양이 허락했습니다. 감사하게도요.

대공은 순순하게 시인했다. 그와는 어울리지 않는 겸양의 문구까지 붙여 가면서.

"폐하의 설득은 전하께서 맡으셨을 테구요."

"제 진실된 마음을 폐하께서 이해해 주셨습니다."

대공이 그간의 과정을 아름답게 함축하여 대답했다. 그도, 맥밀란도 사실이 아님을 알고 있었지만.

"그래서 이 늙은이는 두렵습니다."

네이필리나는 용맹한 아이입니다. 황실조차 두려워하지 않으며, 적들을 구석으로 몰아넣는데 영명한 재주가 있는 아이지요.

"하지만 그 아이에겐 부나방 같은 데가 있어요."

맥밀란의 주름진 눈이 가늘게 떨렸다.

"제 몸이 타 버릴 걸 알면서도 적의 목줄을 쥐기 위해서라면 망설임 없이 뛰어들 아이지요. 그리고 이제 전하의 힘을 업고, 그 아이는 더 자유로워질 겁니다. 하나, 그 말이 네이필리나가 더 안전해질 거라는 뜻은 아니지요."

"……."

"주어진 자유에는 응당의 대가가 따르는 법. 전하가 계셔서 그 아이는 더 강해지겠지만, 그래서 더 위험할 것 같군요."

이제 그 아이는 더 망설이지 않을 테니까.

맥밀란이 가만히 스카가드를 바라보았다.

"해서 저는 그 아이를 콘체른의 주인으로 만들려 합니다."

불 앞에 뛰어들기 전, 그 아이의 발목을 잡을 족쇄를 하나 더 만들려 한다고, 맥밀란이 말했다.

"지켜야 할 것이 있으면, 그 아이는 저 자신을 내던지는 데 좀 더 신중해질 수 있을 테니까요."

맥밀란은 스카가드에게 손녀의 보호막이 되어 달라 말하지 않았다. 대신, 평생을 일군 가문을 바쳐 스스로 그 보호막이 되고자 했다.

"제가 관여할 부분이 아닙니다. 백작의 뜻대로."

대공은 양손을 들어 그 과정을 방해할 생각이 없다는 의지를 내보였다.

"하나, 백작께서 걱정할 일은 없을 겁니다."

그가 여유롭게 웃어 보였다.

"네이필리나 콘체른이 누리는 자유의 대가는 내가 감당할 거니까."

"아빠? 여긴 어쩐 일로……. 왜 들어가시지 않고요."

대공이 맥밀란과 만나고 있다는 소식을 들은 네이필리나가 달려온 참이었다. 그녀는 맥밀란의 집무실 앞에 있는 헨리를 보고 고개를 갸웃거렸다.

"아니다. 아버지께서 아직 대화 중이신 듯하니 조금 있다 들어가자꾸나."

헨리는 네이필리나의 어깨를 돌려세웠다.

"네? 하지만……."

"여기까지 걸음 하셨으니 전하를 대접하는 데 소홀함이 없어야지. 전하께서 어떤 음식을 좋아하시는지 아니?"

"네? 식사까지……. 아뇨. 그건 저도 모르는……."

"우린 전하를 전혀 모르니 네이 네 도움이 필요해."

저도 그런 세세한 건 잘 모른다니까요? 하고 중얼거리는 네이필리나의 말은 못 들은 척, 헨리가 그녀를 데리고 자리를 떠났다.

"주방으로 가자꾸나."

한 손으로 딸의 어깨를 감싸는 헨리의 반대쪽 손은 재킷의 주머니를 매만졌다. 바스락거리는 감촉이 느껴지는, 주머니의 안에는 접힌 양피지가 있었다.

그건, 암살 길드의 계약서였다.

타깃을 명시하는 곳에는 헨리의 글씨로 레클란 헬리오스의 이름이 적혀 있었고, 기한은 공란이었다. 2황자와의 강제 성혼이 황명으로 내려온다면, 헨리는 그 의뢰서를 길드에 내밀 생각이었다.

성공하리라는 기대는 없었다. 다만, 제 목숨과 전 재산을 내걸더라도 딸의 의지를 반드시 관철시켜 주겠다는 뜻이었다.

헬리오스라는 이름이 주는 권위와 공포가 딸을 가진 아버지의 부정을 넘어서진 못했던 것이다.

'2황자든 대공이든 네이에게 족쇄가 될 거라면 나한텐 다를 게 없어.'

황명이 내린 결혼 상대가 바뀐 지금에도, 이 계약서는 그가 길드에게 내미는 순간 언제든지 유효했다.

그 공란에 바뀐 이름이 필요할 경우를 대비해 보관하고 있었지만…….

'다행이야.'

제 목숨까지 내던지진 않아도 될 것 같다.

'네이필리나 콘체른이 누리는 자유의 대가는 내가 감당할 거니까.'

아비 된 자에겐 그보다 더 흡족한 말이 없었다.

* * *

갑작스러운 방문에도 불구, 스카가드는 저녁까지 콘체른가에 머무르며, 그 일원들에게 제가 레클란 헬리오스보다는 단연코 나은 선택지라는 걸 증명했다.

그의 지나친 외모와 물 흐르는 듯한 화법은 특히나 콘체른의 여자들을 완전히 구워삶는 데 성공했다.

"전하! 저기가 네이의 서재랍니다."

"흠흠. 그럼 나도…… 아얏!"

"헨리, 어딜 가요."

눈치 없이 슬쩍 3별관으로 발을 들이려는 남편의 팔을 힘껏 꼬집으며 릴리엔이 싱긋 웃었다.

"이이와 나는 오늘 마무리 지어야 할 살롱의 일이 끝나지 않아서요. 네이, 네가 혼자서 전하를 안내해 드려야겠구나."

릴리엔이 상냥하게 웃었다.

"네. 걱정 마세요, 엄마."

둘만 남게 되자 네이필리나는 언제 그랬냐는 듯, 얼굴에 걸린 미소를 지웠다.

"전하, 과해요."

사람들의 관심이 이곳의 일거수일투족에 쏠려 있는 지금, 오늘 또 소문이 번져 나갈 것이다. 대공이 직접 백작저에 걸음 했고, 앙헬의 문장이 달린 마차가 늦게까지 저택을 떠나지 않았다고.

"스카."

"하, 그래요. 스카. 과하다고요."

"뭐가, 내 애정이?"

그가 모르는 척 능글맞은 목소리로 되물었고, 네이필리나 역시 못 들은 척 말을 이었다.

"그 선물들은 또 뭐구요. 황명만으로도 레클란의 화가 머리끝까지 났을 텐데 어디까지 긁으려고 그래요."

"별로였나? 일부러 그대가 좋아할 만한 것들로 보냈는데?"

대공의 떠들썩한 구애는 마치 그전에 떠돌던 레클란과 네이필리나의 사랑 이야기를 아예 사람들의 뇌리에서 지워 버리고 싶은 것처럼 보였다.

그래서인지, 세간에는 새로운 관점의 이야기가 떠돌았다.

"콘체른 쪽은 전혀 입장 표명이 없는데?"

"2황자 전하 때도 그랬는걸. 저쪽은 반응이 없어."

"그러면 2황자 전하도 대공처럼 그냥 구애했던 거 아냐? 쌍방이 아니었던 것 같은데?"

2황자 레클란의 일방적인 연심이 아니었겠느냐고.

"이대로라면 2황자의 성격상 칼을 들고 우리 집으로 뛰어들 날이 머지 않을 것 같은데요."

"두렵나?"

검지로 테이블의 가장자리를 쓸어내리며 대공이 물었다. 네이필리나가 피식 웃었다.

"아뇨. 사실은 좀 더 발광해 주길 바라요."

제 백부도, 2황자도 좀 더 끝까지 몰리길 바란다.

"그래서 말인데요, 스카."

네이필리나는 테이블 위에 쌓여 있던 금빛 초대장을 앞으로 내밀었다. 대공이 눈썹을 쓱 들어 올렸다. 짚어 주지 않으면 먼저 부르지도 않는 애칭을 부러 이 시점에서 이름한 건 연회에 동행하라는 암묵적인 요구였다.

깜찍한 작태에 대공의 모양 좋은 입매에 웃음기가 실렸다.

"폐하의 탄신 연회로군. 그대, 나보고 과하다고 말할 수 있나?"

같이 입장하는 두 사람을 본다면 레클란의 성질머리가 펑 터져 버릴지도 모른다. 스카가드는 네이필리나가 2황자를 잔뜩 긁어 놓으려는 속셈을 알아차린 듯했다.

"이번에 노리는 건 레클란이야? 아니면 그대의 백부?"

네이필리나가 멈칫했다. 말간 얼굴에 찰나의 망설임이 스쳤다.

"곧 알게 될 거예요."

네이필리나는 다가오는 입술을 피하며 대답했다.

"스카, 무슨 색을 좋아하세요?"

"검은색. 왜?"

"……드레스는 푸른색으로 맞출게요. 장의사처럼 보이고 싶진 않으니까요."

목에 입술을 대려던 그가 이번에는 멈칫할 차례였다.

"왜 푸른색이지?"

"싫어요?"

"힐데가르드의 색이 푸른색이었다는 게 왜 지금 생각이 날까."

낮아진 목소리에 네이필리나가 담담하게 지적했다.

"미안하지만 전하, 공작가의 상징 색은 청보라색이에요."

"비슷한 거잖아."

"달라요. 의상실의 운영자로선 아주 다르다고 말하고 싶네요."

"……"

대공은 대답하지 않았다. 네이필리나가 한숨을 내쉬었다.

"전하의 눈 색이에요."

평소에는 꽤나 눈치가 빠른 인간이 왜 쓸데없는 곳에선 핀트를 잘못 잡는지 모르겠다.

"내가 그대, 귀엽다고 얘기했던가?"

"……"

이럴까 봐 웬만하면 내 입으론 말하고 싶지 않았는데. 네이필리나가 한숨을 삼키며 얌전히 대공에게 안겼다.

"전하."

"스카."

"그래요, 스카."

"응."

그가 만족스럽게 자잘하게 입을 맞췄다.

"마음껏 날뛰어도 괜찮다는 말, 아직 유효하죠."

"물론이지."

"황실을 찢어도 괜찮다는 말도요."

그가 시선을 옮겨 네이필리나를 바라보았다.

"어떻게 찢을 건지 귀띔은 해 주지 않을 건가."

장난스러운 미소가 걸려 있었다. 네이필리나는 고개를 저었다.

"그대 좋을 대로 해. 뒤처리는 내가 하면 되니까."

"약속한 거 잊지 마세요."

네이필리나는 대공의 품에 안긴 채 중얼거렸다. 그의 너른 어깨 너머로 얼핏 구겨진 양피지가 보이는 듯했다.

* * *

황제의 탄신 연회가 열리는 당일.

"들었어요? 오늘 앙헬 대공이랑 콘체른 양이 참석한다는 거?"

"당연하죠. 내가 그 둘을 보려고 우리 애 데뷔탕트도 미루고 영지에서 여기까지 왔다구요."

연회장을 가득 메운 귀족들은 오늘의 주인공인 황제가 아니라 다른 데 정신이 쏠려 있었다. 그들의 화제는 단연코 최근 수도를 떠들썩하게 떠들었던 성혼의 주인공들이었다.

"정말 사실이긴 한 거죠? 폐하께서 내리신 성혼 말이에요."

"당연하죠. 그렇게 많은 사람들이 보고 들었는데."

"아니, 알긴 아는데 아무리 생각해도 상상이 안 돼서요. 그 앙헬 대공의 배우자라니, 그것도 상대가 콘체른의 막내딸이라니!"

"사실, 이해해요. 난 처음에 다들 나만 두고 거짓말하는 줄 알았다니까요."

귀부인들이 모일 때마다 부채 뒤에서 맹렬한 수다가 오갔다. 그러나 그도 잠시였다.

"앙헬 대공가의 마차가 도착했어요!"

"어디? 나도 볼래!"

누군가의 외침이 소란스럽던 연회장을 단숨에 조용하게 만들었다. 그들은 앞다투어 발코니로 나아가서 기린처럼 목을 뺐다. 때마침 달그락거리는 마차의 바퀴가 연회가 열리는 궁 앞에서 멈췄다.

앙헬 대공가의 문장을 단 검은 마차는 해가 뉘엿뉘엿 넘어가는 애매한 시각에도 선명한 존재감을 드러냈다. 푸르르, 거칠게 투레질을 하는 거대한 흑마 네 마리가 마차를 끄는 것도 그 존재감에 일조한 듯했다.

이윽고 문이 열렸다.

사람들은 숨죽여 대공의 건장한 다리가 지면을 단단히 밟고, 그의 너른 어깨에 걸쳐진 백담 모피가 너른 등 위로 요요히 반짝이는 모습을 바라보았다.

그들이 숨을 들이켠 건 그다음이었다.

마차에서 내린 앙헬 대공이 무릎을 살짝 숙이고 손을 내밀었다. 바닥에 모피가 끌리는 것도 아랑곳 않고, 적 앞에 단 한 번도 굽힌 적 없던 무릎으로 단단하게 지상을 받쳤다.

살랑. 마차의 문밖으로 푸른 드레스 자락이 먼저 보이는가 싶더니 하얗고 조그만 손이 튀어나와 대공의 손 위로 제 손을 얹었다. 그리고 대공의 에스코트를 받으며 천천히 마차에서 내린 여자가 은빛 로브를 벗어 내렸다.

네이필리나 콘체른이었다.

"지, 지금…… 대공이 콘체른 양의 시중을…… 든 거죠?"

앙헬 대공이 여자의 로브를 손수 받아 주는 모습은 발코니에 선 자들의 눈을 비비게 하기에 충분했다. 그러나 그들은 제 눈을 의심할 필요가 없었다.

"앙헬 대공과 콘체른 양 드십니다!"

이어 연회장에 들어선 두 사람의 모습은 조금 전 그들이 보았던 믿을 수 없는 광경을 다시 확인시켜 주기 충분했기 때문이었다.

두 사람이 황명 이후 처음으로 공식 석상에 모습을 드러내는 순간이었다. 푸른 드레스를 입고 로비로 미끄러지듯 걸어오는 네이필리나의 목에 걸린 사파이어를 발견한 귀부인들이 숨을 들이켰다.

"그 목걸이예요! 대공이 예물로 보냈던 엘비네어의 목걸이!"

선황이 대공의 모친에게 선물했다던 목걸이가 네이필리나의 목에 걸려 있는 것만큼 두 사람의 관계를 더 잘 설명해 주는 건 없었다.

"대공 전하께서 직접 선물하신 거지요? 맙소사, 로맨틱하기도 해라!"

네이필리나가 한 걸음 한 걸음 움직일 때마다 드레스가 물결치며 반짝였다. 그녀가 입고 있는 푸른 드레스에서 은은한 광채가 빛을 내뿜었다.

"맙소사. 드레스 하나가 저렇게 눈부실 줄이야."

"라리스 의상실의 주인이 모친이잖아요. 레이디 릴리엔이 완전히 혼신의 힘을 기울였군요. 야회 드레스가 저 정도라면 웨딩드레스는 얼마나 아름다울까요."

"잠깐, 지금 전하의 가슴팍에 꽂혀 있는 브로치는 에메랄드인가요?"

평소 장신구 따위는 하지 않는 대공의 검은 예복 위로 자그만 에메랄드가 유독 시선을 끌었다.

"어, 그럼…… 잠깐, 두 사람의 눈 색깔이…… 어머!"

네이필리나의 푸른 드레스와 대공의 브로치를 번갈아 보던 이들은 서로의 색을 공유한 결과라는 걸 깨닫고 탄성을 내뱉었다.

"전하께서도 이런 간지러운 일을 할 수 있는 분이었다니. 믿겨지지가 않네요."

"그러고 보면 둘이 꽤 잘 어울리지 않나요?"

대공이 내뿜는 사나운 기운이 유독 네이필리나 콘체른의 옆에서는 한결 가시는 듯했다.

그녀의 걸음에 맞춰 속도를 늦추는 거나, 그녀가 뭐라 말할 때마다 눈물점이 보이지 않을 정도로 눈매를 휘는 게 그랬다.

네이필리나 콘체른 역시 대공을 그리 두려워하는 것 같지 않았다. 대공의 그림자만 보여도 겁을 집어먹고 얼굴이 새하얗게 질리는 귀족 영애들과는 달리, 그녀는 말간 얼굴로 대공을 좌지우지했다.

"어쩌면 폐하께서 제대로 성혼을 내리신 것 같아요. 콘체른 양이 아니면 전하의 저런 모습을 어떻게 볼 수 있었겠어요."

"……."

황제는 모두의 시선을 끌고 있는 이복동생을 바라보았다.

'가증스러운 것.'

그는 지금 제 악마 같은 동생이 내보이는 대외적인 모습을 믿지 않았다.

'네이필리나 콘체른을 아낀다고? 하, 저 웃는 낯 뒤로 또 얼마나 새까만 계략을 켜켜이 숨겨 두고 있을까.'

콘체른의 계집만 불쌍하게 되었지.

저로 인해 가문 전체의 목줄이 잡혀 들어갈 건 모르고.

다만 황제는 저 계집을 동정하지 않았다. 그런 알량한 감정을 할애하기엔 황제가 지난 20년간 당한 배신이 너무 기가 막혀서.

하지만 그의 옆에 선 레클란은 달랐다. 두 사람이 당당하게 연회장을 들어섰을 때, 레클란은 제 숙부에게 달려들지 않기 위해 주먹을 쥐어야 했다.

푸른 눈동자에 강렬한 분노가 스쳤다. 지금 저 선망의 시선도, 감탄도, 놀람도, 그리고 네이필리나 콘체른까지 전부 제 것이어야 했으니까.

'……하지만 오늘 밤이 지나고 나면 전부 달라질 거다.'

저 느물거리는 숙부의 얼굴이 산산이 조각나는 순간을 상상하니 막힌 속이 어딘가 뚫리는 듯했다.

아아, 때마침 네이필리나 콘체른이 고개를 들었다. 시선이 마주쳤다.

그녀가 천천히 고개를 숙였다. 말간 얼굴에 한 줌의 안도가 스치는 걸 레클란은 놓치지 않았다. 저를 거부하던 상황에서 구세주가 등장했으니 얼마나 반가웠을까.

'그래. 너 역시, 조금만 기다려라.'

오늘 밤이 지나면 저 계집의 잘난 계획도 전부 무용지물이 될 테니까.

레클란은 짐짓 너그러운 구애자를 가장하며 입꼬리를 올렸다. 미소를 짓느라 접힌 눈이 덕분에 비열한 눈빛이 숨겨졌다.

사람들이 보았을 때는 그가 상심을 딛고 제 여인이 될 뻔했던 사람에게 행복을 빌어 주는 것처럼 보이리라.

하지만 레클란은, 제 미소를 불안하게 살피는 에울리케, 제 하나뿐인 아내의 시선은 눈치채지 못했다.

* * *

늦은 밤, 연회의 공기는 병색을 빌미로 일찍 자리를 떠나 버린 황제의 부재에도 불구하고 무르익었다.

"주군, 잠깐……."

라울이 다가와 대공에게 귓속말을 했다. 간간이 들리는 말로 보아 폴리모스에 주둔시킨 북부군에 관련된 사항인 듯했다. 대공이 대답 대신 힐끗, 네이필리나에게 시선을 돌리자, 그녀가 대답했다.

"다녀오세요."

연회가 시작된 이래, 네이필리나의 곁을 떠나지 않았던 대공이었지만, 이 정도면 충분했다. 네이필리나가 축객령을 내리듯, 손을 내저었다.

"곧 돌아오지."

내키지 않는다는 표정을 지우고 대공이 허리를 숙였다. 내저은 손을 붙잡고 손등 위로 낙인을 찍듯 입술을 댄 뒤에야 연회장을 떠났다.

"맙소사, 방금 봤어요?"

"대공이, 그, 입, 입술을……."

"꺄아아!"

하아. 네이필리나가 한숨을 내쉬었다. 방금 그 작은 행위 하나로 여기 있는 이들의 시선을 죄다 끌어모았다는 건 그는 생각도 않았겠지.

대공이 자리를 비우자 한결 부담감이 가셨는지, 네이필리나에게 몰려드는 인파가 늘어났다.

"도대체 어떻게 된 거예요?"

"대공 전하께서 언제부터 콘체른 양과……."

밀려드는 질문들을 대충 받아 주는 척하던 네이필리나는 두통을 핑계로 연회장을 벗어났다.

"그, 그럼 조금 있다 꼭 말해 주기예요!"

'좋은 점은 있네.'

다른 때라면 무례를 가장하고서라도 호기심을 채웠을 이들이 이번엔 대공의 위세를 감안해서인지 차마 네이필리나를 계속 붙잡고 있지는 못했다.

"그럼 잠시, 실례할게요."

네이필리나가 몸을 돌리려 할 때였다. 바다가 갈라지듯 양쪽으로 갈리는 인파 사이로 강렬한 금빛 드레스 자락이 일렁였다.

주디테 황비였다.

"……."

주위가 조용해졌다.

시어머니와 며느리가 될 수도 있었을 사이. 황비와 네이필리나 사이의 기묘한 관계를 아는 이들은 슬금슬금 물러났다.

"……제국의 서쪽 영광을 밝히는 빛을 뵙습니다."

"힘들어 보이는구나."

여느 때처럼 몽롱한 음성이었다. 황비가 살랑살랑 걸어와 네이필리나와의 거리를 좁혔다.

이렇게 대놓고 마주칠지 예상하지 못했던 그녀가 멈칫하자, 황비의 붉은 입술에 매혹적인 미소가 번졌다.

"잠시 어지러울 뿐이에요. 걱정해 주셔서 감사……."

"너와 제대로 하고 싶은 이야기가 있었는데. 잠시 바람을 쐬는 건 어떠냐."

아름다운 눈매가 연회장의 바깥을 가리켰다. 네이필리나는 황비를 잠시 바라보다가 당황한 낯을 했다.

"전하, 저는……."

황비가 몸을 숙였다. 네이필리나의 뺨에 흘러내린 잔머리 하나를 귀 뒤로 넘겨 주면서 그녀가 속삭였다.

"너를 호수로 떠밀었던 이가 누군지 궁금하지 않니?"

멈칫. 네이필리나의 초록빛 눈동자가 커지며, 순간 그녀가 멀어지려는 황비의 소맷자락을 붙잡았다.

"이런. 하지만 지금 말해 줄 순 없단다. 누군지 듣기도 전에 이런 반응인데 어찌 여기서 밝히겠니?"

"……."

"해서 잠시 휴게실로 갈까 하는데, 어떻게 생각하느냐."

네이필리나는 황비의 얼굴을 올려다보았다. 문득, 언젠가 황궁에서 그녀와 마주쳤을 때, 호수에서의 기억이 있냐고 물었던 기억이 떠올랐다.

질문의 이유는, 제가 그 범인을 알고 있어서였나.

"……황비 전하를 따르겠습니다."

"잘 생각했구나."

그녀는 금빛 드레스 자락이 펄럭이며 연회장을 나갔다. 살랑거리면서도 느릿한 걸음에는 네이필리나가 저를 따라올 수밖에 없을 거라는 자신감이 묻어나 있는 듯했다.

그녀의 자신대로 네이필리나의 푸른 드레스 자락이 황비의 길을 뒤따라 흔들렸다.

* * *

황제의 탄신 연회가 한창이지만 황비의 화려한 휴게실 내부에는 두 사람만이 앉아 있었다.

"어지러운 건 좀 괜찮니, 콘체른의 막내 아이야."

주디테는 의자에 기대앉은 네이필리나 콘체른을 응시했다. 푸른색 드레스를 입은 말간 얼굴에 파리한 안색이 비쳤다.

"예. 덕분에 시름을 덜었습니다. 호의를 베풀어 주셔서 감사합니다. 하지만 저는 아까 비전하께서 하셨던 말씀을 다시 듣고 싶어요."

"무슨 말을 하는 건지 기억이 나지 않는구나."

살랑살랑 부채가 흔들릴 때마다 주디테의 아름다운 얼굴이 보였다 안 보이기를 반복했다. 네이필리나 콘체른은 맑은 초록빛 눈동자로 그녀를 응시했다.

"절 호수로 떠민 범인을 알고 계신다고 하셨지요. 그 자리에선 밝힐 수 없다 하셨구요."

"아아, 그랬지."

주디테는 계획을 실행하기 전 미끼를 던져 보기로 했다. 이 계집애는 정말 기억하지 못하는 걸까, 아니면 못하는 척하는 걸까.

"나란다."

"그게 무, 무슨……."

"널 떠밀어서 죽이려고 했던 게 나라고 말하는 거란다, 콘체른의 막내 아이야."

순간 크게 흔들리는 눈동자를 보고 주디테는 비로소 확신할 수 있었다.

"네가 보지 말았어야 할 나의 비밀을 보고 말았거든. 하지만 다행이지 않니. 네가 이렇게 살아서 나와 다시 마주하고 있으니 말이야."

'이 계집애, 정말 기억하지 못했구나.'

경악이 비치는 소녀의 표정을 보며 주디테는 여태껏 마음을 끓였던 나날들을 보상이라도 받듯 통쾌함을 느꼈다.

아쉽기도 했다. 되레 제 입으로 터뜨려 버렸다는 게.

하지만 상관없다. 그녀가 준비한 약은 기억을 송두리째 잃게 만드니까.

네이필리나 콘체른은 지금 이 순간을 기억하지 못할 거다.

"이걸 마시렴. 혼란이 좀 가실 게다. 마음을 안정시키고 싶을 때 내가 즐겨 마시는 차지."

주디테가 손짓했다. 시녀가 걸어와 핑크빛 주전자와 찻잔을 내려놓았다.

"왜 그러느냐?"

그녀를 바라보는 황비의 시선이 자못 부드러웠다.

"저런, 손을 떨고 있구나. 가엾긴. 내 손으로 따라 주마."

치렁치렁한 소매를 걷고 고운 손이 뻗어져 나왔다. 황비가 직접 찻물을 따랐다. 분홍빛 찻물이 백색의 잔 위에 고스란히 담겼다.

"자아. ……왜 마시질 않고."

어깨를 누르는 진한 압박감.

네이필리나 콘체른이 이 차의 정체를 알아도 마실 수밖에 없게 만드는 위압감이 존재했다. 그녀가 거부했어도 주디테는 사실 신경 쓰지 않았을 거다.

"여긴 마굴이란다. 상대를 누르고 숨통을 끊지 않으면 방심할 수가 없는 곳이야."

어리석은 소녀야, 처음부터 여기에 발을 들이지 않았어야지.

"너는 내 아들의 것이야. 살아도 죽어도, 레클란의 소유물이어야 해."

아름답게 중얼거리는 혼잣말에는 광기마저 비쳤다.

"황비 전하의…… 배려에 감읍할 따름입니다."

네이필리나 콘체른은 바들바들 떨면서도 끝까지 황비의 시선을 피하지 않았다.

"마시라 하셨으니, 전하의 말을 따르지요."

의연하게 마시는 모습이 황비의 심기를 거슬렀다. 그녀가 고운 입술을 깨물며 중얼거렸다.

"건방진 계집. 끝까지……."

하지만 저 모습도 오늘까지일 테다.

차라리 지금 이 자리에서 죽어 버릴 수 있었다면 얼마나 편할까.

하지만 사람들이 바글거리는 이 황궁에선 안 된다. 시녀에게 준비하라 손짓할 즈음이었다.

……쨍그랑!

찻잔이 깨어지는 날카로운 소리가 귀를 울렸다.

"컥……!"

네이필리나가 울컥 피를 토했다. 아름다운 푸른색 드레스 위로 시뻘건 피가 번져 갔다.

"무, 무슨……."

주디테가 얼음처럼 굳은 순간, 놀랍게도 구석에 몰린 쥐새끼처럼 덜덜 떨던 네이필리나 콘체른이 거짓말처럼 떨림을 멈추고 직선으로 주디테를 바라보았다.

쾅-!

그리고 휴게실의 문을 박차고 뛰쳐나갔다. 찰나의 움직임이 번개같이 빨랐다.

"안 돼! 막아!"

당황한 주디테가 그녀를 저지하려 손을 뻗었을 땐, 이미 복도에 있던 인파들이 네이필리나 콘체른을 발견한 후였다.

"콘체른 양? 괜찮아요? 세상에! 피, 피야!"

"도대체 무슨 일이 있었던 거예요?"

웅성웅성. 사람들이 모여들기 시작했다. 그들의 시선이 작은 턱선을 타고 뚝뚝 흘러내리는 피에 집중될 때였다.

네이필리나 콘체른이 고개를 돌렸다. 방향은 활짝 열린 문 사이로 보이는 주디테를 향해서였다.

살짝 올라간 입꼬리가 언제 그랬냐는 듯 바르르 떨리는가 싶더니, 이

내 무대에 오른 연극배우처럼 과장된 표정이 일그러졌다.

"주디테 전하, 어째서……! 저를 죽이시려는……!"

초록빛 큰 눈에 믿을 수 없다는 듯 경악이 담기는가 싶더니, 그녀가 풀썩 앞으로 쓰러졌다.

쿵-!

몸이 바닥으로 떨어지는 둔탁한 소음은 주디테에게 꼭 지옥문이 닫히는 소리처럼 들렸다.

"……."

어안이 벙벙한 침묵이 흘렀다. 사람들은 어찌할 바를 모르고 서로의 얼굴을 바라보았다.

방금 들은 네이필리나 콘체른의 외침이 아직도 생생했다.

"지금…… 콘체른 양이 황비 전하가 자길 죽이려 했다고 한 게 맞죠?"

누군가 불쑥 입을 열었다.

"맞아요! 저도 똑똑히 들었어요."

"저기 봐요! 지금도 저기……."

쓰러진 네이필리나 콘체른이 토해 낸 핏방울이 황비의 아름다운 드레스 앞자락에도 튀어 있는 걸 이 자리에 있는 모두가 보았다.

상황은 아수라장으로 변해 갔다.

"아가씨! 이게 무슨 일이어요! 정신 차리시와요! 제발요!"

콘체른가의 시녀가 인파를 헤치고 달려왔다. 쓰러진 주인을 보더니 무너지듯 주저앉아 그녀를 끌어안고 목놓아 울었다. 그 우짖음이 어찌나 애처로운지 사람들의 심금을 울렸다.

그들이 천천히 고개를 돌렸다. 시선의 끝에 새하얗게 질린 주디테가 걸렸다.

"내, 내가 아니야! 내가 한 게 아닌……!"

주디테의 머릿속이 새하얘졌다. 그녀가 탄 건 독이 아니다. 잠시 정신을 잃게 만들어 궁 밖으로 **빼낼** 생각이었다. 한데 어째서 네이필리나 콘체른이 처참할 정도로 피를 가득 쏟는가.

그녀가 입고 있는 푸른 드레스는 피에 흠뻑 젖어 이제 거의 보랏빛으로 보일 지경이었다.

뒤늦게 나타난 레클란 역시 눈앞에 펼쳐진 광경을 믿을 수가 없었다. 분명 네이필리나 콘체른을 데려간 뒤 연통을 보내 준다던 모친에게서 아무런 연락이 없어 전전긍긍하던 참이었다.

그런데 갑자기 연회장 밖에서 소란이 일어 나가 보니, 피를 쏟아 낸 채 쓰러져 있는 네이필리나 콘체른과 새하얗게 질린 어머니가 있었다. 들리는 말로는 콘체른 그 계집이 제 모친을 범인으로 지목하곤 쓰러졌단다.

'설마, 어머니께서 말씀하신 뜻이……'

저 계집을 죽이는 것이었습니까? 레클란의 시선이 그리 묻자 주디테가 세차게 턱을 저었다.

'죽이고 싶었지만, 그리하지 않았어!'

"날 궁지에 몰려고 저 계집애가 거짓말을 한 거라고! 저 스스로 독을 마신 거야!"

주디테는 악을 썼다. 하지만 누구도 그녀의 말을 믿는 눈치가 아니었다. 모든 정황이 황비가 범인이라 말해 주고 있는 상황에서 그녀의 외침은 그다지 신빙성 있게 들리지 않았으니까.

"……"

그럼에도 아무도 섣불리 입을 열지 못했다. 상대가 다른 이도 아닌 주디테 황비였다.

황제가 가장 아끼는 아내이자 2황자의 모친이며, 귀족들의 수장인 마르쉐 후작의 하나뿐인 누이. 누가 감히 그녀를 상대로 죄를 물을 수 있을까.

"하, 하지만 쓰러진 쪽도…… 대공의 혼약자인데……"

콘체른이라는 이름은 약할지 몰라도 성혼으로 이어진 앙헬이라면 다르다.

"쉬잇. 지금 그 말을 입 밖에 냈다간 황비와 2황자의 눈 밖에 날 걸세."

결국, 사람들은 어찌할 바를 모르고 우물쭈물했다.

그때였다.

"대, 대공이야!"

시끌벅적하던 공간이 일순 쥐 죽은 듯 조용해졌다. 점점 휴게실 쪽으로 가까워지는 거대한 사내의 그림자가 사람들을 얼어붙게 했다.

붉게 번진 핏자국. 악을 쓰는 황비. 구름처럼 모여드는 인파. 그 사이에서 쓰러져 있는 네이필리나 콘체른을 발견한 스카가드의 얼굴이 놀라울 정도로 냉혹해졌다.

인파가 홍해를 가르듯 반으로 갈렸다.

저벅저벅. 아무도 쓰러진 여자를 향해 걸어가는 대공의 걸음을 멈추지 못했다. 여자를 안고 있던 시녀가 눈물을 닦으며 물러섰다.

스카가드는 무릎을 굽혀 여자를 안아 들었다. 정신을 잃은 네이필리나의 고개가 축 늘어졌다. 손에 실리는 무게감이 지나치게 가벼웠다. 핏기 하나 없이 창백해진 얼굴이 유난히도 새하얬다.

그가 고개를 들었다. 하얗게 질려 이쪽을 바라보는 황비와 눈이 마주쳤다.

그 하나만으로 앙헬 대공은 모든 정황을 파악해 버린 듯했다. 황비가 네이필리나에게 무얼 하려 했는지까지도. 그녀를 향하는 무기질적인 시선은 전과 다를 바 하나 없건만, 지금은 그가 내뿜어내는 살기가 온몸을 짓누르는 듯했다.

소름이 다 끼쳤다.

"내, 내가 한 게……."

그녀는 가까스로 입술을 움직여 무슨 말이라도 해 보려 했다. 그래야 할 것 같았다. 저 괴물 같은 자의 분노를 사지 않으려면, 이 자리를 피하고 다음을 도모하려면…….

그때 앙헬의 차가운 목소리가 주디테의 말을 가차 없이 끊었다.

"내 오늘 일을 잊지 않겠습니다, 형수님."

그가 천천히 읊조리듯 한 음절 한 음절을 내뱉었다. 음성에 실린 시린 한기에 황비가 아닌 다른 이들조차 얼어붙고 말았다.

네이필리나를 안은 그가 등을 돌려 복도를 걸어 나갔다. 털썩. 주디테는 창백해진 안색으로 자리에 주저앉고 말았다.

그러나 이번엔 아무도 그녀를 일으켜 세우지 못했다.

* * *

"숙부, 잠깐만요. 제 궁으로 가시지요."

1황녀 세피니아가 연회장을 빠져나가는 대공을 붙잡았다.

작금의 상황에 놀라 경직된 표정으로 그녀는 황실 의료원장이 지금 네이필리나의 소식을 듣고 달려오고 있다는 이야기를 전했다.

"궁 밖에서 의원을 부를 때까진 시간이 걸릴 거예요. 그러니……."

그러나 세피니아는 더 말을 잇지 못했다. 대답 없이 저를 쳐다보는 대공의 불같은 시선에 순간 흠칫해서.

불이라니. 늘 느긋하고 서늘하던 스카가드 앙헬과 어울리지 않는 단어였다.

"숙부, 저 역시 콘체른 양을 아낍니다. 그러니 저는……."

믿어도 된다고 말하려 했다. 하지만 그럴 수가 없었다.

"놔."

그는 짧게 읊조리고는 세피니아를 지나쳐 갔다. 그러나 단순한 한마디는 그의 경멸과 불신으로 점철되어 있었다.

세피니아는 순간 깨달았다. 그녀에게 역시 헬리오스의 이름이 달려 있는 이상, 그의 신뢰를 얻는 일은 요원하리라는 걸.

네이필리나 콘체른을 안고 있는 대공에게서 꼭 새끼를 잃은 짐승이 털을 세우는 듯한 매서운 기가 돋아 나왔다. 심지어 그는 그걸 전혀 감출 생각도 없는 듯했다. 네이필리나를 안고 멀어지는 등 위로 일순 푸른 빛이 번득였다.

"워……프 마법이야!"

"방금 보았나? 명령어를 구동조차 않고 시전했어!"

황궁 내에서 허가 없이 마법을 쓰려면 황실 마법사들이 만들어 놓은 두꺼운 방어진을 깨뜨려야 가능했다.

대공은 방금 그 방어진이 전혀 문제가 되지 않는다는 걸 몸소 증명했다. 그답지 않은 일이었다. 마검사로서의 그를 드러냈을 때 얻을 건 득보다 실이 많았으니까.

이렇게 많은 사람이 있는 연회장에선 빼도 박도 못하게 더더욱 말이다.

'그걸 모를 리 없는 대공이 저렇게 사라졌다는 건…….'

십수 년간 내내 감춰 왔던 본연의 능력마저 망설임 없이 드러낼 정도로 네이필리나 콘체른이 대공에게 중요한 존재였던가.

'성혼은…… 대공의 일방적인 계산이 아니었을지도 모르겠어.'

그래서 세피니아는 망연하게 허공을 바라볼 수밖에 없었다.

한편, 휴게실 쪽에선 작은 실랑이가 벌어졌다.

사건의 주인공들은 모두 사라졌으나 남아 있던 북부군 기사들이 휴게실 앞을 막아섰기 때문이다.

"이 휴게실은 봉쇄되었습니다. 명이 없는 한 누구도 출입할 수 없습니다."

라울이 딱딱한 목소리로 공표했다.

"이 무슨 무례요. 여긴 대공저가 아니라 황궁이오. 감히 독단적으로 내부를 점거하겠다는 거요?"

황실 기사인 필리베르가 바짝 날을 세웠다. 그는 2황자 레클란 쪽 사람이었다.

필리베르의 뒤로 황실 기사들이 주르륵 섰다. 백색의 기사들과 흑색의 기사들이 날카롭게 대치했다.

"비키시오. 주인을 따라 대공저로 돌아가든지. 이 일은 황실 소관이오."

그러나 북부군 기사들은 대답하지 않았다. 대신 올 테면 와 보라는 듯 건장한 가슴을 딱 펴고 휴게실의 문 앞을 막아섰다. 그들의 손에는 장검은커녕 작은 호신 무기조차 없건만 공격할 수 있는 빈틈이 보이지 않았다.

휴게실의 안으로 들어가려면 저 괴물 같은 사내들을 뚫어야 한다. 아무리 내로라하는 황실 기사들이라도 주춤거릴 수밖에 없었다.

"내가 윤허하지."

세피니아가 나섰다.

"독살 사건이야. 그것도 황비 전하께서 휘말린. 황실의 명예가 걸려 있으니 혹 현장의 증거가 훼손되거나 진실이 가려지는 경우가 하나라도 있어서는 안 될 것이야."

그녀는 북부군 기사들의 쪽에 섰다.

"폐하께는 내가 말씀드리지."

그녀의 뒤로 황실 기사단장인 로잔 경까지 엄숙한 모습을 드러내자 필리베르는 한 수 물러설 수밖에 없었다.

"······황자 전하께서 이 일을 그냥 두지 않으실 거요."

필리베르가 이를 부득 갈며 라울을 노려보았다.

"이봐. 잊고 있는 것 같은데, 우리 대공 전하 역시 그럴 거야."

둘 중 누가 더 무서울 것 같아?

라울은 삐뚜름히 입꼬리를 집어 올릴 뿐이었다.

＊ ＊ ＊

대공저.

"주군, 어찌 이리 일찍 오셨습니까? 아직 연회가 끝나지 않은…… 아니!"

스카가드를 맞으려던 기사들이 그의 품에 안긴 네이필리나를 보고 멈칫 굳었다.

"도대체 무슨 일이 있었던 겁니까?"

제 주군이 피 칠갑이 되어 정신을 잃은 예비 대공비를 안고 돌아오자 수하들은 눈이 밖으로 튀어나올 듯했다.

"콘체른가로 연통을 보내. 네이필리나는 내가 데리고 있겠다고."

설명해 줄 생각이 없는 듯, 자초지종은 말하지도 않고 무감각한 목소리로 스카가드가 명을 내렸다. 독살의 오명을 벗기 위해 주디테나 2황자 쪽에서 네이필리나의 입을 막으려 들지도 모르는 상황이다. 콘체른 저택은 안전하지 않았다.

"예. 그리하겠습니다. 하면 블랙에게 일러 공비 전하를 살피라 하겠습니다."

사일러스 블랙은 로피진과 하프 엘프의 혼혈이었다. 150년이 넘는 기간 동안 로피진의 흥망과 함께 대륙을 떠돌아다니면서 의술에도 통달했다.

혈통과 수명을 숨기며 움직였기에 이 사실을 아는 이는 스카가드와 순혈 엘프 몇몇 정도밖에 없었지만.

로피진 종족이 블랙 티어에 내성을 가지고 있다는 사실을 처음 밝혀낸 것도 그였다.

네이필리나의 상태를 살피기에 그보다 더 적합한 자는 없었다. 인간들의 의사는 그녀가 가진 블랙 티어의 특수한 힘을 알아보지 못할 테니까.

대공은 대답 대신 네이필리나를 데리고 계단을 올랐다. 침실에 그녀를 눕혔을 때 똑똑 노크 소리가 울렸다.

"들어와."

사일러스는 대공의 침실에 누워 있는 네이필리나를 보고 잠시 멈칫했다가 이내 놀람을 지웠다.

"황비가 독을 먹었다면서? 대공비가 되실 분께서 그리 어리숙하게 보이진 않았는데."

사일러스는 저를 찾아왔던 네이필리나 콘체른을 떠올렸다.

바람이 불면 떠밀려 날아갈 듯한 덩치와 말간 인상을 하고서 폭풍이 불어도, 해일이 몰아쳐도 굳건할 분위기를 뿜어내던 묘한 이를 잊어버리기엔 기억이 너무 강렬했으니까.

스카가드는 답하지 않았다. 닥치고 진료부터 하라는 뜻임을 읽어 낸 사일러스가 재빠르게 그녀의 맥을 짚었다.

"이런, 여간 독한 걸 쓴 게 아니네. 맥이 미친 듯이 날뛰고 있어."

그가 인상을 찌푸렸다.

"이 정도면 마시는 순간 피를 토했을…… 아."

피에 젖은 푸른 드레스를 뒤늦게 발견한 사일러스가 눈썹을 늘어뜨렸다.

"하지만 걱정할 건 없겠어, 주군. 여기 식은땀이 흘러내리는 게 보이지? 비전하의 체내에 있는 기운이 독성을 내리누르느라 그래."

사일러스는 독성이 중화될 때까지의 시간이 지나고 나면 무리 없이 회복할 것이라 말했다.

"……블랙 티어."

스카가드의 내뱉음에 그가 고개를 끄덕였다.

"맞아. 그 덕분이지. 세상 어떤 독도 블랙 티어, 그 지랄 맞은 데 비할 수 있겠어."

"……."

"비께서 검은 눈물을 몸에 담을 수 있는 유일한 존재라는 게 천운이로군. 그게 아니었다면 벌써 네르갈(죽음의 신)을 마주하고 있을…… 스카?"

말을 잇던 사일러스가 반응이 없는 제 주인을 살폈다.

"하하."

가벼운 웃음이 스카가드의 입가로 새어 나왔다.

전혀 우스운 것 같지 않은, 아니, 되레 사람 목 하나는 썰어 낼 것 같은 무표정한 얼굴로 뱉어 내는 웃음소리는 기이했다.

"나가."

"갑자기 왜……. 뭐, 그러지."

양어깨를 으쓱하며 사일러스가 방을 나갔다.

이제 침실에 남은 건 스카가드와 네이필리나 둘뿐이었다. 거대한 침대에 홀로 누워 있는 네이필리나는 그 어느 때보다 작고 힘겨워 보였다.

스카가드가 손을 뻗었다. 굵은 손가락이 하얀 이마에 송골송골 맺혀 있는 식은땀을 닦아 내리는 듯하더니 허공에서 멈췄다. 손을 거둬들인 그가 잠시 턱을 쓸었다.

"……모르고 마신 게 아니었군."

얼음물을 정수리부터 끼얹은 듯 차가운 깨달음이 그를 강타했다. 여자는 제 이야기를 조금도 믿지 않았다.

꽤나 오랫동안 잊고 있던 사실이 떠올랐다. 고백에 대한 답을 그는 듣지 못했다. 어두운 밤, 자못 붉은 감정을 고백했을 때부터 단 한 번도.

그녀가 사랑 같은 간지러운 감정을 이해하는 것 같진 않았다. 괜찮았다. 저 역시 그랬기에. 그럼에도 공유하고 있는 게 있다고 믿었다. 그러나 사실 네이필리나의 체스판 위에는 그녀의 적들만 있는 게 아니었다. 저 역시 포함되어 있었던 것이다.

뒤통수가 얼얼했다. 하나 돌이켜 보면 네이필리나 콘체른은 거짓을 말하진 않았다. 그저 아무것도 약속하지 않았을 뿐. 그런 면에서는 속이 쓰릴 만큼 정직한 여자다. 스카가드의 얼굴에 슬픔도 기쁨도 아닌 오묘한 표정이 떠올랐다.

그러니 지금 그가 느끼는 이 허탈한 감정을 원망이라 말해서는 안 될 것이다. 그마저도 제가 일방적으로 이름 붙이는 것이겠지만.

하. 스카가드가 기둥에 등을 기댔다. 길고 곧게 뻗은 섬섬옥수가 아름다운 눈가를 꾹꾹 눌러 냈다.

'……만약 내가 찢는 게 황실이라면? 당신의 계획까지 파투 날 텐데?'

그때의 물음은 이런 뜻이었던가.

이건 네이필리나 콘체른이 만든 덫인 거다. 황비와 레클란, 그리고 헬리오스의 황실까지 전부 칭칭 올가미에 옭아매게 만드는. 그녀는 스스로 덫에 들어갔고, 저들을 동여매는 올가미는 스카가드, 제가 될 것이다.

그는 그녀에게 복수에 저를 이용하길 바란다고 했고, 네이필리나 콘체른은 기꺼이 그리했다.

하나가 가서 하나가 오는 지극히 자연스러운 이치였다. 자신의 목숨마저 수단으로 이용하는 이가 제게는 예외일 리 없잖은가.

머리로는 이해했다. 이보다 더 좋은 수가 없었다. 제가 네이필리나였어도 같은 선택을 했을 테다. 한데 왜. 왜 이렇게 자제가 되지 않을까.

스카가드는 한쪽 손에 얼굴을 묻었다. 크고 곧게 뻗은 손에 가린 반쪽짜리 얼굴이 어떤 표정을 하고 있을지, 그는 상상이 되지 않았다. 필시 평소의 여유가 산산이 조각난 볼썽사나운 꼴을 하고 있겠지.

상대가 어떤 수에도 무너지지 않는 철혈의 이성을 가지고 있다는 사실이 이렇게 씁쓸할 때가 오다니.

"하하……."

스카가드가 헛웃음을 흘렸다. 아름다운 입매 사이로 미처 숨기지 못한 탄식이 새어 나왔다.

똑똑.

다시금 노크 소리가 들렸다.

"들어와."

라울이었다.

연회장의 상황을 수습하자마자 돌아온 것인지, 문을 열고 들어오는 그에게서 옅은 바깥의 냄새가 났다.

"현장에 있던 찻잔을 수거했는데, 스콜리온 성분이 나왔습니다."

스콜리온.

대공의 눈이 잠시 접혔다 펴졌다. 헛웃음이 새어 나왔다.

"주군······."

"걱정하지 마. 우리 대공비께서 죽을 일은 없을 테니까."

미묘한 실의가 배어나는 음성이었다.

"하지만 주군, 다른 독도 아니고 스콜리온이라면······. 아직도 정신을 차리지 못하고 계시지 않습니까."

"기면 상태에 빠진 것뿐이야. 내 비께서 블랙 티어를 담는 유일한 인간인 걸 잊어버렸나?"

라울은 멈칫했다. 어떤 순간에도 흐트러짐 없던 주군의 음성이 묘하게 예민하게 들렸다면, 제 착각일까?

"다만 그 기간을 좀 더 단축할 순 있겠지."

대공은 기계적으로 단검을 들었다. 번뜩이는 칼날이 손바닥을 그어 내렸다. 스카가드는 그 손을 네이필리나의 입가로 가져갔다. 보드라운 양 볼을 잡고 입술을 벌렸다. 손을 타고 내린 붉은 선혈이 똑똑 입 안으로 떨어져 내렸다.

그러나 기면 상태에 빠져든 네이필리나는 입 안으로 떨어지는 피를 전혀 삼키지 못했다. 되레 역류하여 입가 밖으로 흘러내려 버렸다.

"……비전하께서 삼키지 못하실 것 같은데……."

다른 방법이 필요하지 않겠냐고 라울이 말하려 할 때였다. 제 손바닥을 들어 피를 빨아낸 스카가드가 고개를 숙였다. 젖은 살덩이가 부딪치는 아찔한 소리가 났다.

늦은 밤 창가를 타고 어스름한 달빛이 네이필리나와 대공을 비췄다.

침대에 누워 있는 창백한 여자의 턱을 잡고 입으로 피를 옮겨 주는 대공의 모습은 어딘가 스산한 데가 있었다.

이윽고 스카가드가 고개를 뗐다. 모양 좋은 입술에 핏방울이 더러 묻었다.

순혈의 피.

"주군……."

"이 역시 내 비께서 이용할 수 있는 수단이니 기꺼이 제공해 드려야지."

그가 고개를 들었다.

"기대에 부응하지 않을 순 없으니."

스카가드가 바라보는 방향에는 달빛이 비치는 황궁이 있었다.

* * *

"자네, 그 소식 들었어?"

"……말이지? 당연하지!"

한편, 당장 연회 다음 날부터 주디테 황비가 차기 대공비가 될 네이필리나 콘체른을 독살하려 했다는 이야기는 일파만파 퍼져 나갔다. 그 자리에서 사건을 몸소 목격했던 이들이 부지런히 그날의 정황을 퍼다 날랐기 때문이다.

"황비 전하가 정말 독을 탔을까?"

"모르지. 알다시피 콘체른 양이 앙헬 대공과 성혼하게 되면서 2황자가 우스워진 상황이었잖아."

"맞아. 레클란 헬리오스가 스카가드 앙헬에게 패배했다는 이야기마저 흘러나왔지."

"아들이라면 끔찍하신 황비께서 그걸 보고 가만히 있으실 분이 아니긴 해. 여태까지 조용한 게 이상하다 했지."

사람들은 주디테 황비가 범인이라고 하나같이 입을 모았다. 그럼에도 그녀가 과연 죄의 대가를 치를 것인가에 대해서는 반응이 조금 갈렸다.

모두가 보는 연회에서 대공비가 될 여자를 대놓고 독살하는 걸 무마할 수 있을 만큼 주디테 황비가 가진 힘과 배경이 우세하다는 데에는 이견이 없었다.

"황비 전하의 눈 밖에 났다가 소리 없이 사라진 이가 한둘인가? 게다가 마르쉐 후작까지 눈에 불을 켜고 제 누이를 보호하려 들 텐데, 어려운 일이야."

누구도 그녀가 정당한 처벌을 받으리라고 생각하지 않았다.

"하지만 앙헬 대공 역시 가만히 있지 않을 거야."

"그렇다고 해도 황비의 뒤에는 폐하가 있네. 폐하께서 황비에게 얼마나 끔찍한지 모르는 바도 아니고, 대공이 콘체른 양 하나 때문에 마르쉐와 폐하, 둘을 동시에 상대하려 하진 않을걸."

"그건 그렇지. 아직 약혼식도 치르지 않은 상대를 위해서 그렇게까지 할 리가."

"그렇다고 여태까지 침묵만 고수하던 콘체른에서 움직일 리도 없고."

어떤 사안이라도 한발 물러나 침묵을 고수하는 콘체른 백작가의 태세는 헬리오스에서 기정사실이 된 지 오래였다.

"가주는 상인이라서 누구보다 이치에 밝지. 그 전설의 장사꾼이 막내 손녀딸 하나 구하자고 황실과 2황자파를 전부 적으로 돌리게 될지도 모르는 위험을 감수할 리가."

"쯧쯧. 콘체른 양만 불쌍하게 되었지 뭐. 아직 사경을 헤매고 있다지? 그 아가씨, 하얗고 말간 게 참 순진하고 귀여웠는데."

사람들의 수군거림이 점점 커져 갈 즈음이었다.

누군가 크게 눈을 떴다.

"잠깐……. 저기 들어서는 마차……."

백색의 마차 하나가 황궁으로 들어섰다.

"……맥밀란 콘체른이잖아?"

훤칠한 중년 사내의 부축을 받으며 천천히, 그러나 멈춤 없는 발걸음을 내딛는 이는 맥밀란이었다. 사람들은 마차에서 내리는 사람을 보고 눈을 크게 떴다. 그가 향하는 곳은 황제가 있는 궁이었다.

"그가 여긴 어쩐 일이지?"

맥밀란의 지팡이는 쏠리는 시선을 뒤로한 채 부지런히 움직였다.

황제궁.

"폐하, 맥밀란 콘체른이 알현을 청합니다."

"콘체른 백작이?"

황제가 이마를 짚었다. 알현의 이유를 듣지 않아도 알 수 있을 듯했기 때문이다. 분명 전날 일어난 제 손녀딸의 독살 시도 건 때문이겠지.

"들라 하여라."

'안팎으로 사건이 끊이질 않는구나.'

그는 씁쓸한 심경을 뒤로하고 백작을 맞아들였다. 황제로서, 그는 콘체른의 영향력을 완전히 배제하지는 못했다. 정치적으로 큰 힘을 쓸 수는 없는 위치라고는 하나 콘체른이 가지고 있는 막대한 부를 무시할 순 없기에.

'하필이면 왜 지금…….'

그것도 앙헬과 연관이 되었을 때 이런 일이 일어났을까. 거기다 주디테가 같이 휘말려서.

황제가 맥밀란의 방문을 반기지 못한 이유는 그가 아직 저를 배신한 모자를 어찌할지 결정을 내리지 못했기 때문이다.

"일전에 일어난 일로 경의 상심이 크리라 생각하오. 어떤 경위가 있든 짐의 탄신 연회에서 일어난 일이니 그 책임 역시 짐에게 있어."

황제는 머릿속의 번뇌를 숨기고 콘체른 백작을 향해 마음에도 없는 위로를 했다. 황비가 직접적으로 연관된 일이라 그는 선불리 말을 덧붙이지 않았다.

"폐하."

"일단은 콘체른 양의 회복이 제일 중요하지 않겠나. 콘체른 양이 쾌차할 때까지 황실 의료원을 포함하여 짐이 할 수 있는 모든 걸 지원하겠네."

제국에서 가장 부유한 이를 가족으로 가진 피해자에게 가해자에 대한 정당한 처벌 빼고 황실이 해 줄 수 있는 게 더 무어 있을까.

결국엔 잡히지 않는 어렴풋하고 얄팍한 말들뿐이었다. 그런 황제를 무표정하게 바라보던 맥밀란이 무릎을 꿇었다.

"폐하. 이게 무엇인지, 기억하십니까."

주름진 손으로 가슴팍을 뒤지던 그가 뭔가를 꺼내 들었다. 그리고 무릎걸음으로 걸어가 황제에게 바쳤다.

원형의 금빛 메달 위엔 누구도 부정할 수 없는, 헬리오스 황제만 쓸 수 있는 직인이 새겨져 있었다.

"경."

"선황께서 제게 약속하셨습니다. 단 한 번, 이유를 막론하고 제 부탁을 들어주시겠다는 보호 패였지요."

"……."

황제는 금빛 메달의 존재를 알아보았다.

그 역시, 그가 아직 황태자였을 때 이 자리에서 선황이 맥밀란 콘체른에게 메달을 직접 하사했던 순간을 함께했던 장본인이기에.

"하도 꺼내 들지 않기에 경이 살아생전 이 패를 다시 볼 일은 없을 줄 알았는데."

맥밀란이 패를 받아 든 지 벌써 스무 해가 넘었다.

영 쓸 생각이 없는 것 같으니 황제로서는 이 패가 사용되는 건 그다음 세대, 즉 맥밀란의 후대 즈음이 되었을 때가 아닐까 추측했었다.

"이걸 지금 짐에게 내미는 까닭은?"

"폐하, 저는 이번 일이 낱낱이 밝혀지길 바랍니다. 추호의 거짓도, 왜곡도 없이 말입니다."

제대로 된 조사를 바란다는 요구에 황제의 무심한 얼굴에 한 줄기 놀람이 비쳤다.

"선황께서 이걸 그대에게 내린 의미를 모르지 않을 터. 경은 이걸 고작 손녀딸을 구명하려고 쓰겠다는 건가?"

이전의 큰손자나 제 차남의 우환은 냉랭히 외면하던 콘체른 백작을 황제는 기억하고 있었다.

모두 본인의 죄에서 비롯된 결과니 우환이라 부를 수 있는지도 모르겠지만, 어쨌든 확실한 건 콘체른 백작은 제 자식들에게 어떤 일이 일어나도 한발 물러서서 사태를 관전하던 이였다.

그러나 이번만은 다른 모양이다. 그가 이 보호 패를 꺼내 들었다는 건, 네이필리나 콘체른이 백작에게 절대로 물러설 수 없는 존재라는 뜻이기 때문이다.

"지금 보호 패를 빌미로 황비를 감옥으로 처넣기라도 해야 만족하겠다는 건가?"

"저는 진실에 따른 응분의 대가를 바랄 뿐입니다. 범인이 헬리오스의 준엄한 법에 따라 처벌받기를 바랍니다."

하니.

"폐하께서 태양의 빛과 그림자를 명백히 가려 주실 것을 믿어 의심치 않습니다."

황제가 한숨을 내쉬었다.

"정말…… 후회하지 않겠나?"

"예."

맥밀란이 흐트러짐 없는 인사를 하고 물러났다. 알현실로 들어선 이래 맥밀란은 내내 무표정했다. 그가 얼마나 이 일에 분노하고 있는지 알 수 있는 대목이었다.

황제는 주디테의 배신을 알았음에도 아직 완전히 그녀를 끊어 내지 못했다. 아직 갈팡질팡한다고 보는 게 맞았다. 주름진 손끝이 사뭇 떨렸다.

주디테를 처리한다 해도 제 결정이어야지, 이런 사사로운 일로는 아니어야 한다는 마음이 그에게 있기 때문이었다.

'이런, 하필 저 패를 꺼내 들다니.'

하지만 보호 패가 걸려 있다면 이야기가 달라진다. 한 사람의 사내이기 앞서 그는 일국의 지존이자 헬리오스라는 거대한 이름을 지고 있는 책임자였다.

'만약 주디테가 진짜 네이필리나 콘체른을 독살하려고 했다면……'

배신한 아내를 구명하고자, 선황이 헬리오스의 이름을 걸고 하사한 패를 우습게 만들 수는 없었다.

저 면죄부는 제국을 위기에서 구한 소수에게만 주어지는 것이다. 헬리오스의 지존이 내리는 약속이자 맹세나 다름없었다. 그걸 입맛대로 상황에 따라 뒤집는다면 누구도 충성하지 않을 테니까.

콘체른 백작의 입을 다물게 하기도 어려울 것이다. 황제가 이마를 짚었다.

"빠져나가긴 글렀구나. 맥밀란 콘체른, 과연 전설의 장사꾼다워."

그가 허탈하게 감탄했다. 가장 어려울 때 거절할 수 없는 패를 내밀

다니, 수를 내보이는 최적의 타이밍을 알아차리는 게 놀랍고 씁쓸할 뿐
이었다.

* * *

탄신 연회에서 벌어진 독살 미수 사건의 조사를 위해 황제의 기사들이
움직였다.

들리는 바로는 황제가 직접 조사원들을 뽑아 조사에 임했다고 했다. 뽑
힌 이들은 1황녀파와 2황자파 어느 쪽에도 속하지 않은 황제의 직속 기사
들이었다.

황제가 일개 귀족 영애의 독살 시도를 파헤치고자 제 수족을 풀어 사건
의 실상을 알아본다는 것은 이례적인 일이었다. 심지어 이 일의 중심엔
그가 그토록 아끼는 제 아내가 휘말려 있는데도 말이다.

놀라운 일은 거기서 그치지 않았다.

"네이필리나 콘체른을 독살하려 한 범인은 주디테 황비 전하입니다."

조사를 마친 기사들이 주디테를 지목했기 때문이다.

증인들과 조사대원들을 제외하면 황제궁에서 열린 비공식 심문장엔 황
제와 직계 황족들, 대공, 그리고 양 파의 수장인 마르쉐와 힐데가르드만
참석했다.

일련의 과정을 거치며 나온 진실의 목록은 이랬다.

"콘체른 양이 쓴 찻잔에서 치사량의 스콜리온 성분이 검출되었습니다."

"주디테 황비 전하의 궁에서도 상당한 양의 스콜리온을 발견하였습니다."

스콜리온은 대륙의 남쪽 사막에서 자생하는 독초로, 전갈을 잡아먹고
자라나는 식충 식물이기도 했다.

성장하여 열매를 맺기까지 수백 마리 전갈의 양분이 필요한데, 그 응축
된 독이 열매 하나하나에 녹아들어 있었다. 그 독이 유발하는 고통의 수

위가 이루 말할 데가 없다 하였다. 창자가 끊어지고, 매초 피부를 한 점 한 점 포를 뜨는 듯한 고통이라 전해졌다.

그것조차 간신히 살아남은 몇 안 되는 자들이 남긴 말이라 고통의 범위는 더 장대할 수 있었다. 게다가 일단 체내에 들어가고 나면 성분 검출이 힘들어 죽음의 독이라 불리었다.

단숨에 온몸으로 독이 퍼져 버리기 때문에 만병의 치료제라 불리는 로열 엘릭서를 쓴다 해도 몸이 회복될지 장담할 수 없을 만큼, 극독 중에서도 극독으로 취급되었다.

"콘체른 양이 복용했던 양이 미량이라 가까스로 살아남을 수 있었습니다. 만약, 잔에 담긴 찻물을 전부 마셨다면, 지금쯤 이 세상 사람이 아니었을 겁니다."

대공저까지 가서 네이필리나의 상태를 보고 온 황실 의료원장은 1황녀 세피니아 쪽 사람이었다.

그래서 그는 누구보다 더 열성적으로 스콜리온이 얼마나 위험하고 은밀한 약인지 성토했다.

"스콜리온을 취급하는 유통 경로는 제국에서 단둘. 그리고 그중 하나에 주디테 전하께서 부리는 시녀가 다녀갔더군요."

"그녀는 주디테 전하의 명령으로 약을 샀다고 자백했습니다."

황실 조사대로 끌려간 시녀는 험한 고문을 이기지 못하고 그간의 경위를 전부 토해 놓았다.

주디테의 가장 최측근이자, 연회 전 네이필리나가 오면 약을 타서 주라고 명령을 받았던, 바로 그 시녀였다.

"비전하께서 성혼 소식을 듣고 몹시 노하셨어요. 필시, 네이필리나 콘체른이 대공 전하를 꼬드긴 거라고, 감히 콘체른의 계집 따위가 2황자 전하를 가지고 놀았다고……."

"제국을 다스릴 차기 지존을 농락한 죄는 오직 죽음으로만 갚아야 한다고……. 흑, 저는 전하를 말리려 했지만, 저 역시 목숨을 위협받고 있었기에 어쩔 수가……."

"휴게실로 유인하셨어요. 콘체른 양이 차를 마시려 하지 않자, 억지로 그녀의 어깨를 누르고……."

가차 없는 심문의 결과를 보여 주는 시녀의 온몸은 상처투성이였다.

주인의 명령만을 행하다 닳고 지쳐 버린 채 토해 놓은 말들은 그 어느 것보다 진실하게 들렸다.

"휴게실의 뒷문과 이어지는 밀실을 발견하였습니다. 황비 전하의 명으로 연회가 열리기 얼마 전부터 출입이 금지되었더군요. 연회가 끝나기 전까지 시체를 숨기기 위한 장소를 준비한 것으로 보입니다."

기사는 한 가지 증거를 더 내어 놓았다.

"황비 전하의 손톱 아래가 푸른색으로 물들어 있더군요. 스콜리온을 만졌을 때 일어나는 피부의 중독 현상 중 하나지요. 그날 현장에 있던 이들 중, 이 푸른 자국이 남은 사람은 황비 전하뿐이었습니다."

네이필리나가 구태여 수많은 다른 독을 두고 스콜리온이라는 독을 선택해야 했던 이유였다.

그녀는 언젠가 황비와의 만남에서 풀물이 든 것처럼 파랬던 손끝을 기억했고, 극독 중에서도 비슷한 부작용을 내는 것을 선택했다.

그러나 그 과정을 기사들이 알 리 없으니, 그들의 눈에는 명명백백한 살인 미수의 증거처럼 보였다.

시녀의 자백. 찻잔과 황비의 궁에서 나온 독의 흔적. 연회장 내에 존재하던 은밀한 밀실. 황비의 손끝에 남은 흔적. 그리고 마지막으로 쓰러지기 전, 황비를 범인으로 지목했던 피해자의 외침까지.

하나씩 솟아오르는 증거들이 주디테를 피할 곳 없는 사면초가의 구석으로 몰았다. 주디테는 기사들이 하나하나 밝히는 진실이란 것 중 어느 하나도 믿지 않았다.

"아니야! 거짓말이야! 나는 그런 적 없어! 저년이 거짓을 고하는 것이야!"

왜냐면 저 모든 증거는 정말로 진실이 아니었으니까.

주디테가 손에 넣은 건 독약이 아니다. 그녀가 준비한 밀실은 시체를 숨기기 위함이 아니었다. 그녀가 네이필리나 콘체른에게 억지로 찻물을 먹인 건, 그 계집을 죽이기 위해서가 아니란 말이다.

차에 든 것은 몽롱한 상태를 만들어 신경을 누그러뜨리는 마취성 마약의 일종이었다. 그렇게 단시간에 피를 토하거나 치명적인 내상을 입을 수는 없다. 주디테 역시 그 약을 섭취했으니 누구보다 잘 알았다. 손끝이 파래지는 부작용을 감수하며 그 약으로 황궁에서 버텨 왔으니.

"모함입니다, 폐하! 콘체른 그 계집애가 손을 쓴 거예요. 저와 레클란을 음해하려고 함정을 판 거라고요!"

눈을 감아도 주디테의 머릿속에 생생하게 떠올랐다.

네이필리나 콘체른이 쓰러지기 직전, 제게 보내던 명백한 비웃음이.

'그 간교한 것이······.'

허접스러운 도발에 끌려 순순히 저를 따라 나온 것도, 구석에 몰린 생쥐처럼 바들바들 떨던 것도, 약이 담긴 찻잔을 반항 없이 받아 마셨던 것도 전부 하나의 목적을 위한 눈가리개였다.

주디테, 제 목에 피할 수 없는 밧줄을 걸기 위해서. 생각할수록 가증스러움에 치가 떨렸다.

하지만 주디테의 외침은 전혀 설득력이 없었다.

"콘체른 양이 판 함정이라면, 그녀가 자진해서 스콜리온을 마셨다는 말입니까?"

"창자가 끊어지는 고통이라는, 해독제 하나 없는 극독을 제 손으로요?"

"시녀에게 약을 반입시킨 적도, 밀실을 준비한 적도 없으시단 말씀입니까?"

"······."

연이은 기사들의 심문에 주디테의 말문이 막혔다.

일이 이렇게까지 막다른 골목에 몰렸음에도 그녀가 진실을 밝힐 수 있을 리 없다.

대공과의 성혼이 내려왔음에도 네이필리나 콘체른을 제 아들에게 쥐여주기 위해 이 모든 사달을 감행했다고는. 황제는 제 권위를 대놓고 깨부수려 한 모자를 용서하지 않을 테다.

"함정에 빠진 건 나야! 나는 단지……!"

"하면, 비전하께선 무엇을 하려 하셨을까."

앙헬 대공의 서늘한 음성이 주디테의 머릿속을 비집고 들어왔다.

"궁금해서 견딜 수가 없는걸."

전혀 궁금하지 않은 듯한 음성이, 시린 호수 같은 눈이 일순 살기를 등등하게 빛냈다. 눈에 비치는 모든 걸 베어 내리기라도 할 것처럼.

주디테가 흠칫 놀라 뒷걸음질 치다 풀썩 주저앉고 말았다. 잘 벼려진 칼 같은 기운이 매서워 레클란조차 볼썽사납게 주저앉은 제 어미를 일으키지 못하고 주춤했다.

"스카, 그쯤 해. 저이가 내 하나뿐인 비라는 걸 잊지 마라."

과한 살기가 이 공간에 있는 이들의 어깨를 짓누르자 황제가 억눌린 음성으로 간신히 내뱉었다. 다만 이건 주디테를 보호하기 위함이 아니라, 황제 그 자신의 최소한의 권위를 위해서였다.

"물론이죠, 형님. 잊지 않았습니다."

잊지 않아서 아직까지 이곳이 이리 평화로운 게 아닙니까. 의미심장한 말을 던진 앙헬 대공이 가벼운 웃음을 터뜨렸다.

언제 그랬냐는 듯, 무거운 기운이 순식간에 사라졌지만, 공간을 메우는 분위기는 여전히 살얼음 위를 걷는 것처럼 위태롭기만 했다.

보고는 끝났다.

모든 정황과 증거는 주디테를 범인으로 지목했다. 남은 건, 그에 따른 처벌뿐이다.

"……."

황제는 음울한 눈으로 주디테와 맥밀란이 두고 간 보호 패를 번갈아 응시했다.

헬리오스의 제국법은 눈에는 눈, 이에는 이를 주장하는 동태복수법에 기반을 둔다. 황족과 귀족만은 예외로 두지만 말이다.

하지만 맥밀란이 보호 패를 써서 범인에 대한 공정한 처벌을 요구한 이상, 네이필리나 콘체른이 죽는다면, 주디테 헬리오스 역시 죽음으로 그 죄를 갚아야 한다.

황제는 아직도 답을 내리지 못했다. 저기서 저를 응시하는 마르쉐 후작과 레클란을 볼 때면 가슴 깊은 곳에서 솟구치는 해악의 불길이, 아직 주디테에만큼은 조금 비켜 나갔다.

여전히 제가 사랑하고 사랑했던 여자였으며 수십 년간 그의 옆을 지켜온 동반자기도 했으니까. 확실한 건, 레클란과 마르쉐, 저 두 놈을 멀쩡히 놔두고 제 여자의 숨부터 끊어 내고 싶지 않다는 거다.

'아디파, 설마 저 멍청하고 비열한 이가 날 버리려는 건……!'

음울하게 저를 응시하는 황제의 시선을 알아차린 주디테가 입술을 깨무는 순간이었다.

"비를 하옥하라. 네이필리나 콘체른의 생사가 아직 갈리지 않은 이상, 처벌은 그 결과가 확실해질 때 묻겠다."

지친 황제의 명령이 내려왔다. 누가 들어도 주디테의 처벌을 유예시키는 답안이었으나, 그녀와 2황자파에는 청천벽력과 같은 소식이었다.

"부황!"

"폐하!"

레클란과 마르쉐 후작이 경악했다. 주디테 역시 마찬가지였다.

"데려가라."

"비전하, 모시겠습니다."

황실 기사가 주디테의 양쪽에 섰다.

"놔! 폐하! 안 돼요! 이러실 수는 없습니다!"

"어서 데려가."

황제는 고개를 돌려 제 아내를 외면했다. 그때, 주디테는 뭔가를 느꼈는지도 모르겠다.

지금이 황제가, 그녀가 수십 년간 한 배를 맞추었던 사내가 제게서 완전히 돌아서는 순간이리라는 것을. 늘 아름답고 요요하던 얼굴이 거칠게 일그러졌다.

"놔! 이 무례한! 폐하! 저는 레클란의 어미입니다! 놓으라 했어!"

"비전하!"

"제가 이 나라에 후손을, 폐하께 아들을 안겨 드렸어요! 그런 저를 어찌 이리 매몰차게 내치십니까! 내가 어떻게 여기까지 왔는데!"

고이 틀어 올렸던 머리가 헝클어지고, 아름답게 살랑이던 드레스가 마구 구겨졌다.

귀가 찢어지는 외침은 신비롭고 몽환적인 음성을 고수하던 황비의 것이라 믿기 힘들 정도였다.

"폐하! 폐하!"

결국, 황비가 기사들에게 양팔을 붙잡혀 끌려 나가고, 심문장 안에는 잠잠한 침묵이 감돌았다.

"……모두 물러가라."

축객령을 내린 황제가 뒤돌기 전 잠깐, 대공을 응시했다. 무언의 시선 교환이 이루어졌다.

'……약속은 지켜라.'

'폐하께서도.'

황제를 원망하고 있을 주디테는 모를 테다. 그가 그녀의 생을 유예하기 위해 무얼 내어 줬는지.

* * *

네이필리나 콘체른의 독살 미수 사건 범인으로 밝혀진 황비가 하옥되었다는 소식이 일파만파 퍼졌다.

"폐하께서 그리 공명정대하신 분인 줄은 몰랐는데."

주디테 황비를 끼고돌던 황제의 지난날들을 기억하는 제국민은 모두 놀라워했다. 귀애하던 아내를 내친 황제의 결정에 기함한 건, 레클란 역시 마찬가지였다.

황제궁.

"부황, 어찌 어머니를 저 들개들에게 던져두십니까."

레클란은 초조하게 입술을 짓씹던 황제에게 매달렸다. 주디테가 하옥된 이후 수일이 지나고 나서야 그는 이 마호가니 방에 다시 들어설 수 있었다. 황제가 알현을 받아 주지도 않았던 나날들. 그동안, 레클란은 현실을 자각했다.

'내가 지금 어머니를 구하지 않으면 끝장이야.'

네이필리나 콘체른이 그대로 죽어 버리라도 한다면 그땐 정말 끝이다. 그 전에 부황의 마음을 되돌려야 했다.

"……."

황제는 대답 대신 차가운 눈으로 레클란을 내려다보았다. 그 시선에 스쳐 지나간 찰나의 경멸이 너무도 선명하여 레클란은 깜짝 놀랐다.

부친은 왜 저를 저런 눈으로, 저런 표정으로 보는가. 제가 스카가드 앙헬도 아닌데 왜 저런 경멸과 증오가 담긴 눈으로…….

"부, 부황……. 어찌……."

부황이 무엇 때문에 저와 모친을 향해 칼을 빼 들었는지 그는 도저히 짐작할 수 없었다. 그건 이 자리에 함께한 마르쉐 후작 역시 마찬가지였다. 그는 머리가 터질 것 같았다.

주디테가 저 모르게 저질렀던 사건이 걷잡을 수 없는 해일이 되어 급기야 그녀마저 집어삼켜 버렸다.

믿을 수 없는 건 황제의 돌변한 태도다.

'폐하께서 왜…….'

주디테를 버린 거지? 그는 오래도록 황제의 곁에서 보아 왔다.

'순정을 고이 간직하는 작자는 아니었어도, 적어도 주디테에게만큼은 예외였어.'

수많은 정부가 오갔어도 마지막은 늘 주디테였다. 황제에게 있어 그녀는 끝까지 사그라지지 않는 봄이었다는 것을 마르쉐 후작은 누구보다 잘 알고 있었다.

주디테가 황제의 유일무이한 안식처로 자리 잡는 한, 레클란과 그 자신, 마르쉐 후작의 자리는 공고했다.

한데 왜. 한데 어째서. 뭐가 그의 마음을 이렇게 소리 소문 없이 변하게 했나. 무엇이 그리 아끼고 사랑하던 아들에게마저 냉혹한 시선을 던지게 했을까.

'다른 계집 때문은 확실히 아니야.'

후작은 황제가 손을 뻗은 정부들을 전부 파악하고 있다. 그중에서 주디테의 존재감을 넘어설 자는 아무도 없었다. 과거에도, 현재에도.

'혹 1황녀로 노선을 바꾼 건…….'

그렇다기엔 황제가 변함없이 1황녀에 무관심했다. 힐데가르드나 1황녀파에 힘을 실어 주려는 움직임도 일절 없었고 말이다.

되레 황제의 힘이 되는 주요 귀족들은 2황자파에 분포되어 있었다. 지난날, 아끼는 아들에게 힘을 실어 주기 위한 황제의 부정의 결과이기도 했다.

'도대체 왜…….'

마르쉐 후작은 무표정한 황제의 얼굴을 보고 고민을 지웠다. 이유는 나중에 알아볼 때다. 지금은 주디테가 먼저였다.

"폐하, 제발, 결정을 재고해 주십시오. 제 누이에겐 폐하와 여기 계신 레클란 전하, 그리고 헬리오스의 안녕밖에 없습니다."

"……."

"잘못된 선택이었지만, 기실 모두의 영광을 위한 일이었음을 폐하, 제발 재고해 주십시오."

마르쉐 후작의 간청이 끝나기 무섭게 털썩, 레클란이 무릎을 꿇었다. 오만함 가득하던 수려한 얼굴을 떨구고 황제의 앞에 머리를 조아렸다.

"부황, 저를 위해서였습니다. 제가 고집을 부렸어요."

"……."

"그 여자가 필요해서, 그 계집애를 원해서 어머니께서 가져다주시려 했습니다. 그래서예요. 그래서였어요."

레클란은 솔직하게 내막을 토해 냈다. 진실을 밝히면 황제가 그 사정에 안타까워하고 제 모자의 살길을 터 주리라 믿었다. 태어나 평생 부모의 사랑만 받아 왔던 황자였기에, 그는 제 부친이 끝끝내 저를 위해 줄 것을 가슴 깊은 곳에서 믿고 있었는지도 모르겠다.

'어리석은 것.'

그러나 그의 기대와는 다르게, 뻐꾸기 새끼가 토해 낸 고백에 황제의 눈이 몹시도 냉혹해졌다.

레클란은 몰랐다. 제 모친이 차라리 감옥에 갈지언정, 끝까지 진짜 내막에 관해선 입을 다물었던 이유를.

황제가 내린 성혼을 두고 뒷공작을 펼친다는 의미를. 너무나 사랑받았던 자들이, 평생 천덕꾸러기라곤 되어 본 적 없던 이들이 흔히 저지르는 실수였다.

"어머니를 용서해 주십시오, 부황……."

"……."

"고작 반쪽짜리 귀족 계집애에게 어머니의 생사를 맡기시진 않으실 거지요. 그러실 거지요, 부황……."

"네게는 과분하다."

매달리는 레클란의 손을 벌레를 쳐 내듯 떨쳐 내며 황제가 읊조렸다.

"콘체른은, 네가 반쪽짜리라 부르는 귀족마저 네놈에겐 과분해."

냉혹한 음성. 한심한 시선. 매몰차게 내쳐져 어린 손등을 붙잡고 레클란은 여태까지의 인내가 무색하게 발끈하고 말았다.

"고작 콘체른이 제게 어찌 과분하단 말씀입니까! 폐하의 하나뿐인 아들이자 이 헬리오스 황실의 가장 진한 피가 흐르는 제게 말입니까?!"

그때 황제가 고개를 들었다.

"헬리오스의 피라 하였느냐."

준열한 시선이 레클란이 아닌 마르쉐 후작을 향했다.

"……!"

순간, 벼락이 내리친 것처럼 마르쉐 후작이 몸을 떨었다.

동시에 그는 깨달았다. 황제가 모든 것을 알아차렸다는 것을.

"아느냐? 짐은 늘 수놈부터 사냥한다는 걸."

황제가 고개를 돌려 창밖을 응시했다.

"……."

대화 중 뜬금없는 이야기가 불쑥 흘러나오자 레클란의 얼굴이 당황으로 물들었으나 황제는 아랑곳 않는 듯했다.

"그 연유를 짐작하겠느냐, 레클란."

"죄송합니다. 부황, 저는 모르겠……습니다."

어쨌든 알쏭달쏭한 물음에도 레클란은 성실히 대답했다. 황제가 피식 입꼬리를 비틀어 올렸다.

"수놈을 잡고 나면, 꽤나 너그러워져서 남은 암놈이랑 새끼는 죽이지 않고 놓아주고 싶어지거든."

조롱기 섞인 비웃음이 입에 걸렸다.

"무슨 말씀이신지……."

"되었다. 물러가라."

황제가 손을 내저었다.

쫓기듯 내몰리는 축객령에 레클란과 후작은 더 말을 잇지 못하고 황제궁을 나왔다.

"부황께서 미치신 겝니까?"

레클란이 씩씩거렸다. 굴욕적으로 이마까지 조아렸건만, 아무것도 얻지 못했으니 화가 머리끝까지 났다.

"병마가 전이되어 머리에라도 퍼진 거예요? 아니면 대공이 무서워서 회까닥 하시기라도 한 겁까? 그게 아니면 아무것도 설명이 되지 않아요!"

황제 앞에선 있는 대로 비굴하던 이가 원색적으로 문장을 내뱉었다.

"……."

그런데 지금쯤 자중하라든지, 감정은 이해하나 상황을 살펴야 한다든지, 후작에게서 으레 들려와야 할 설교가 없었다.

"외숙부, 듣고 계십니까? 외숙부."

"아아, 전하."

"귀신이라도 본 얼굴이십니다, 외숙부. 아니, 무슨 땀이 이렇게……."

후작의 팔을 붙잡아 흔들던 레클란이 혀를 내둘렀다.

"외숙부께서도 걱정이 많으셨군요. 지금 이 순간에도 어머니께서 차디찬 그곳에서 어떤 고초를 겪고 계실지……."

"……."

"내일 한 번 더 찾아보아야겠습니다. 어쩌면 여름이 가기 전에 폐하께서 심중을 바꾸실지도…… 외숙부? 외숙부."

"죄송합니다. 잠깐……."

마르쉐 후작이 뒷걸음질 치듯 물러났다.

"정말 괜찮으신 겁니까?"

"예……. 전하, 소신 급하게 처리해야 할 일이 있어, 먼저 자리를 비우겠습니다."

마르쉐 후작이 뒷걸음질 치듯 물러섰다. 그러다 잠시 멈칫하더니 레클란에게 손을 뻗었다. 살짝 뜨끈하고도 거칠거리는, 지극히 평범한 중년 사내의 손이 레클란의 손등을 감쌌다.

"무슨……?"

혈족이지만 사사로운 스킨십을 하는 간지러운 사이가 아니었다. 레클란의 얼굴에 황당함이 떠올랐을 때, 마르쉐 후작이 말했다.

"전하, 아무것도 하지 마십시오. 그웬, 아니, 주디테를 구하려고도, 폐하의 마음을 돌리려고도 하지 마세요."

"그게 무슨 말도 안 되는 소리예요? 이제 외숙부까지 미치신 겁니까?"

"다 놓으셔야 합니다. 권력도, 야망도 전부 놓으셔야……."

그래야 전하가 살 수 있습니다.

마지막 문장은 마르쉐 후작의 입 안에서 삼켜졌다.

"외숙부?"

"……아무것도 아닙니다. 실례했습니다, 전하."

레클란은 외숙부마저 제정신이 아닌가 잠깐 생각하다가 이내 고개를 흔들었다. 반쯤 미쳐도 상관없다. 제국에는 미친 정신과 권력이 반대로 작용하니까.

'충격이 크신가 보군. 제기랄, 부황의 다음 수를 논의해야 하건만…….'

"외숙부의 상태가 좋지 않으니 먼저 들어가 보세요. 내일 다시 이야기합시다."

지금은 황제도 후작도, 시간이 더 필요한 것 같으니까.

미쳐 가는 이들 사이에서 간신히 이성을 붙들고 있는 건 저뿐인 모양이다. 찌푸려진 얼굴로 말하는 레클란을 향해 마르쉐 후작이 고개를 끄덕였다.

"건강히, 조심히 돌아가십시오, 전하."

황제궁에서 귀환을 걱정해야 할 만큼 2황자궁은 멀지 않다. 사태가 심각한 상황에서 싱거운 답을 한다고 생각한 레클란이 턱만 까딱이곤 돌아가 버렸다.

"……"

저에게서 멀어지는 그의 뒷모습을 후작이 물끄러미 바라보았다.

푸드덕. 마침 새가 창공으로 날아올랐다. 청명한 하늘을 가로지르는 종을 모르는 새는 어쩐지 뻐꾸기의 외양을 한 듯했다.

그리고 다음 날.

[마르쉐 후작, 자살. 저택에서 발견.]

붉은 글씨로 장식한 선명한 특보였다.

* * *

비보가 전해진 2황자궁이 발칵 뒤집혔다.

"외숙부가요? 외숙부가 왜요."

레클란은 도저히 믿을 수가 없었다. 어제까지만 해도 멀쩡히 살아 있던 사람이 왜, 무슨 이유로. 레클란은 외숙부의 야망을 잘 알았다. 그가 어디까지 드높은 꿈을 꾸는지도 알았다.

한데 그런 그가, 이렇게 허망하게 포기한다고? 2황자파의 구심점인 그가 무너지면 레클란에게 어떤 타격이 올지도 잘 아는 사람이?

[폐하, 이번 독살 미수 사건은 소신의 소행임을 고백합니다.

황비 전하를 현혹해 앙헬 대공과 콘체른을 견제코자 하였고 황비 전하께선 반대하셨으나 어리석고 비열한 제 알량한 협박에 따른 것뿐입니다.

분란을 일으키고 제국을 어지럽힌 죄, 신의 죽음으로 사죄하려 하니, 부디 지지 않는 태양께서는 너그러운 마음으로 어리석은 자들을 긍휼히 여겨 주소서.]

유서에 적힌 몇 줄의 문장이 그가 세상에 남긴 마지막 말이었다.

"뭐⋯⋯라고?"

하룻밤 사이에 일어난 비보는 감옥에 갇힌 주디테에게도 전해졌다. 그녀가 비틀비틀 자리에서 일어났다.

마르쉐 후작이 죽기 전 건넨 돈을 받고 은밀히 황비를 찾아온 간수가 더듬더듬 품속에서 유서를 내밀었다.

"이, 이게⋯⋯ 후작께서 마지막에 남기셨다는 유서입니다. 황비 전하께도 전하라 하셨습니다."

임무를 마친 간수는 누군가의 눈에 뜨이기라도 할까 잔뜩 어깨를 움츠린 채 다급히 자리를 떴다. 바스락거리는 거친 양피지를 읽어 내린 주디테 역시 깨달았다.

마지막 문장에 다다랐을 때, 그녀가 거세게 종이의 끄트머리를 구겼다.

[어리석은 자들을 긍휼히 여겨 주소서.]

"그가⋯⋯ 알았구나. 들켜 버린 거야."

그래서였다.

황제가 레클란에게 보내던 싸늘한 시선의 이유는, 그의 마음이 냉랭히 돌아선 이유는 바로 모든 진실을 알아 버렸기 때문이다.

하. 주저앉듯 차디찬 돌벽에 몸을 지탱한 주디테가 입술을 비틀었다.

"겁쟁이⋯⋯ 같으니! 이 비열한! 저만, 저만 회피하려고! 그랬으면 뒤집었어야지! 지레 겁먹고 이렇게 허망하게 포기하는 게 아니라! 준비한 칼을 꺼내 들어서 찌르기라도 했어야지!"

허망했다. 죽음으로 도망친 사내가 한심해서, 그 사내 때문에 저당 잡혔던 제 사랑이, 청춘이 한심해서.

제 아이를 밴 여자를 다른 사내에게 들이밀고, 제 자식을 그 아래서 평생 자라게 할 만큼 간교하고 강했던 야망은, 그의 간계는 고작 황제의 눈짓 하나에 곧바로 꺾여 버릴 만큼 얄팍했던 건가.

그러나 주디테도 모르지 않았다.

마르쉐 후작이 더도 말고 곧바로 죽음을 택한 것은, 저와 레클란의 목숨이라도 구하기 위해서라는 걸.

"루이스, 당신은 끝까지 제멋대로야. 또 날 배신하는구나."

죽은 자는 말이 없다.

그들이 저지른 죄악에 대해 남아 있는 의무와 부채는 살아남은, 그리고 진실을 아는 자의 어깨에만 오롯이 주어질 것이다.

오직 주디테의 어깨에만.

마르쉐, 그 작자는 또다시 그녀를 의무의 구렁텅이로 몰아넣었다. 이제 레클란을 살리기 위해 저는 또 얼마나 고군분투해야 할까 아직 저를 완전히 버리지 못한 황제의 마음 한 자락에 목숨 줄을 매달아 줄타기해야겠지. 그 삶은 또 얼마나 모질고 길어지게 될까.

"하하하. 하하하하하!"

주디테가 웃음을 터뜨렸다. 감옥을 울리는 날카로운 웃음소리는 비명과 분간이 가지 않아서 기괴한 분위기를 자아냈다.

부우욱. 드레스 자락이 뜯기는 소리가 났다. 귀를 거슬리게 하는 작은 소음은 꽤나 오랫동안 그녀가 있는 지하 감옥을 울렸다.

마침내 준비가 됐다.

드레스를 찢어 길게 이어 만든 올가미 형태의 줄이 위쪽의 철창에 걸렸다.

"······루이스, 내가 또 네게 휘말려 줄 거로 생각한다면······."

주디테의 아름다운 입술이 비틀렸다.

"그건 착각이야. 이제 나는 네게 더는 빚진 게 없어."

아름답고 징그러운 생이었다.

그녀는 아들을 떠올렸다. 황제의 핏줄이 아닌 그 아이에게 얼마만큼의 생이 남아 있을까. 주디테는 감히 어림잡기를 포기했다.

"너를 데리고 또 한 세월을 책임지기엔 나는 너무 지쳤구나."

주디테가 작게 속삭였다. 꼭 그녀의 앞에 어린 시절의 레클란이 서 있는 것처럼.

"레클란, 가엾은 것. 너는 이 어미를 용서하지 말렴."

말을 끝마친 주디테가 올가미 안으로 목을 집어넣었다. 허공에서 버둥거리던 발이 마침내 움직임을 완전히 멈출 때까지는 그리 오랜 시간이 걸리지 않았다.

그리고 잠시 뒤.

"아니! 이런! 제기랄, 황비가 목을 맸어······!"

당황한 간수들이 황급히 황비를 들어 내렸으나, 주르르 바닥으로 미끄러진 발이 다시 움직이는 일은 없었다.

* * *

황비마저 스스로 목숨을 끊었다. 제 오라비의 비보를 듣고 비관한 것으로 전해졌다.

황제는 아무런 답을 하지 않았다. 황비의 죽음을 슬퍼하지도, 장례를 치르란 명도 내리지 않았다.

"부황께서 어머니를 죽음으로 모신 겁니다!"

레클란의 푸른 눈이 눈물로 일렁였다. 얼굴은 악귀처럼 일그러졌고, 늘

깔끔하던 의복은 흐트러진 지 오래였다.

그는 제정신이 아니었다. 단 며칠도 안 되는 사이에 가족이자 제 가장 굳건한 기반이었던 두 사람을 동시에 잃었으니 말이다.

황제는 대답이 없었다. 그는 레클란을 보지 않고 있었다. 창밖으로 보이는 청명한 하늘을 응시하다가 그가 입술을 짓씹었다.

'……괘씸한 것.'

주디테 하나를 살리려고 앙헬과 거래했다. 그녀의 생을 유예하는 대가로 레클란을 지지하는 귀족들을 전부 쳐 내도 눈감아 주겠다고. 황제의 손으로 레클란에게 쥐어 준 이들이다. 결국엔 그들 역시 궁극적으론 황제의 손발이기도 했으니 제힘이 깎여 나가는 걸 허락하겠다는 것이나 다름없었다.

2황자를 비롯한 파는 다 쳐 내도, 마르쉐, 그 간교한 도둑놈까지 잘라 내면서, 그래도 주디테 하나만큼은 살려 보려고 했는데.

황비는 변명조차 하지 않고 죽음을 택했다. 마르쉐 후작이 죽은 바로 다음 날 벌어진 일이라는 것을 황제는 심복을 통해 이미 들어 알고 있었다.

'끝까지…… 나는 아니었단 말이냐. 너와 내가 함께했던 지난 세월이 네게는 아무 의미도 없었다는 거로구나.'

뼛속 깊은 배신감이 황제를 감쌌다. 어쩌면 황비의 배반을 처음 알았을 때보다 더더욱. 황좌를 짚는 손등 위로 핏줄이 툭 불거졌다.

그는 레클란을 무시하고 황비의 죽음에 당황한 신하들에게 명령했다. 황비의 죽음을 어찌 처리해야 할지에 대한 회의가 열린 참이었다.

"황비는 죄인의 신분이었으니 황실의 장례를 치르는 것은 옳지 않다. 제국민들에게 그릇된 귀감이 될 터. 조용히 수습하라 일러라."

"부황!"

모친의 장례마저 제대로 치르지 않겠다는 말에 레클란의 눈에 불이 튀었다.

"방자한 놈. 여기가 어디라고 감히 목소리를 높이느냐. 오냐오냐해 주었더니 제 분수를 모르고 설치는구나."

주디테의 비호가 사라지고 그녀를 향한 증오와 회한이 타오르는 지금, 레클란을 내려다보는 황제의 입은 잘 벼린 칼처럼 날카로웠다.

"데려 나가라. 더는 꼴도 보기 싫구나."

황제가 벌레를 떨쳐 내듯 손짓하자 기사들이 레클란의 양옆으로 섰다.

"놔라! 무엄한 것들이 어딜 손을 대!"

레클란이 쉽사리 복종하지 못하고 기사의 손을 쳐 냈다. 그렇다고 한때 아래로 내려다보고 경시했던 제국의 신하들이 전부 모인 자리에서 쫓겨나는 모멸감이 가시진 않았다.

레클란이 보이지 않는 것처럼 황제가 말을 이었다.

"그리고 짐이 이번 일로 많이 피로해졌어. 더는 국정을 제대로 사수하지 못할 것 같으니 이참에 후계를 논하려 한다."

좌중이 술렁였다. 레클란이 끌려 나가고 있는 지금, 황제가 후계 위를 말한다는 의미는 하나뿐이었다.

'설, 설마……'

'폐하께선 정말로 2황자 전하를 내치셨구나……!'

적어도 그가 말하는 '후계'에 아들인 레클란은 해당하지 않으리라는 사실을.

누가 알았으랴. 나는 새도 떨어뜨린다는, 황제의 가장 달콤한 혀 위에 노닌다는 레클란의 처지가 이토록 비참해질지.

"세피니아, 곁으로 오거라."

황제가 1황녀를 향해 손을 뻗음으로써 신하들의 의심 위로 낙인을 찍어 주었다.

"예, 폐하."

세피니아가 조용히 걸어갔다. 황제는 그녀를 제 옆에 세워 둔 뒤 황위인양이나, 세부적인 절차를 하나씩 밟겠다고 대신들에게 선언했다.

세피니아가 선 자리는 레클란이 으레 서던 자리였다. 영원히 제 것임을 의심하지 않던 자리였다. 레클란의 눈이 뒤집혔다. 그는 기사들을 뿌리치고 달려 나갔다.

"제 자리입니다! 어머니가 제게 주려고 한 겁니다. 어찌 이리 모지십니까, 부황. 어머니가 가신 지 한 달이 됐습니까, 1년이 됐습니까. 어머니와 외숙부, 둘 다 평생을 폐하를 위해 바친 사람들입니다."

레클란이 황제의 옷자락을 붙잡고 울부짖었다.

"한데 어찌 이러십니까. 당신의 여인에게, 아들에게 어떻게 이렇게까지 잔인하세요. 아직 이승에 떠도는 어머니의 영혼이 부황을 원망할 겁니다!"

마지막 말이 황제의 심기를 건드렸던 모양이다.

"컥⋯⋯!"

그가 수그린 레클란의 등을 걷어찼다. 한 번, 두 번. 비루먹은 들개를 걷어차듯 가차 없는 황제의 발길질이 자못 모질었다. 황실의 유일한 적자로 어화둥둥 자라 온 레클란이 평생 언제 이런 원색적인 발길질을 당해 봤을까.

외마디 소리와 함께 볼썽사납게 나동그라진 레클란의 신음이 가시기도 전이였다. 황제가 제 옆에 서 있던 호위 기사의 검을 빼 들었다.

"으윽!"

푸욱-!

날카로운 날을 자랑하는 장검이 레클란의 어깨를 찔렀다. 무거운 검을 휘두르기 벅차 손목이 후들거려 깊은 상흔은 나지 않았다.

그러나 황제가 제 아들의 피를 보았다는 의미는 무리 없이 전달됐다. 황제가 어깨를 찌른 검을 비스듬히 움직였다. 검날이 레클란의 목에 겨눠지도록.

"다음에는 목이다. 죽고 싶으냐?"

"부, 부황……!"

"지금 네 목숨 줄이 부지되는 건…… 짐의 자비임을 잊지 말아라."

다음번엔 손가락을 자르겠다고, 황제가 떨리는 목소리로 위협적이지 않은 선언을 했다. 그마저도 병자에게 벅찬 움직임이었는지, 한 마디 한 마디 뱉어 내는 숨이 가빴다.

'지금…… 폐하께서 2황자 전하를 찌른 게 맞는 거지……?'

'정말 마음을 돌리신 모양이군!'

'저건 돌리는 정도가 아니라 아예 뒤돌아 앉은 거잖아!'

2황자과 신하들의 얼굴은 사색이 되어 있었다.

'황비도 후작도 죽고, 연이은 악재에 그나마 믿는 건 레클란 전하를 향한 폐하의 비호뿐이었는데!'

지금껏 제가 잡아 왔던 줄이 동아줄이 아니라 썩어 문드러지다 못해 금방이라도 끊어져 버릴 줄이란 걸, 눈앞에서 확인했으니까.

"데리고 나가서 의원에게 보여라."

황제에게 어떤 심경의 변화가 있었는진 몰라도 죽일 생각까진 없는 모양이다. 하지만 그 사실이 레클란도, 그의 가신들에게도 어떤 위안이 되어 주진 못했다.

처음부터 없었으면 모를까, 원래 가졌다가 잃어버리는 게 더 뼈아픈 법이니.

레클란이 끌려 나간 지 얼마 후,

"머리가 아프구나. 물러가라. 회의는 파하겠다."

황제마저 손을 내저으며 자리를 떠나 버렸다. 남아 있는 가신들이 술렁였다. 조금 전의 이야기를 다시 곱씹어 보고 그 의중을 해석하느라 정신이 없었다.

"세피니아 황녀님, 드릴 말씀이……."

"황녀 전하, 언제 다시 알현을 허락해 주신다면……."

가장 큰 변화는 현 상황의 가장 큰 수혜자가 된 세피니아 황녀였다.

황제가 없는 이 자리에 가신들의 신경은 이제 레클란이 아닌 그녀에게 쏠렸으니까.

"황녀 전하! 기쁘지 않으십니까! 폐하께서 마침내 전하를 진정한 혈육으로 생각하시는 게 틀림없습니다."

1황녀파의 가신들은 크게 기뻐했다.

그러나 세피니아의 단정한 얼굴에는 큰 기쁨도, 벅참도 보이지 않았다. 변덕이 심하고 과욕으로 살아온 부친에게 그녀는 그다지 큰 기대를 하지 않았기 때문이다.

그녀는 되레 황제가 돌아서게 된 연유를 의심했다.

'죽은 황비와 후작, 레클란이 무슨 짓을 저지른 거지?'

* * *

"놔! 이것 놔!"

레클란은 기사들에 의해 짐짝처럼 끌려가 내쫓기듯 황제궁 밖으로 나와야 했다.

"전하, 이 무슨……. 괜찮으십니까."

궁의 밖에 서서 내부의 상황을 파악하려 살피던 기디언이 놀란 얼굴로 달려왔다. 그는 작위가 없어 안쪽의 회의에는 참석지 못했지만 돌아가는 일이 심상치 않아 도저히 가만히 있을 수 없어 내내 전전긍긍하던 참이었다.

그런데 회의장에서 나온 레클란이 기사들에게 양팔을 들려 나온 것도 모자라 어깨 한쪽이 피에 젖어 있으니 놀랄 수밖에.

"비키시오."

기사들은 기디언이 말을 이어도 발길을 멈춰 주지 않았다. 되레 기디언이 보이지 않는 것처럼 속도를 올렸다.

그는 멀어지는 2황자의 등을 일그러진 표정으로 바라볼 수밖에 없었다. 네이필리나가 황비의 독에 당해 쓰러진 이후 일어나는 일들이 심상찮았다.

황비와 후작의 죽음으로 2황자파가 크게 흔들리고 있었다. 기디언은 자칫 잘못된 판단을 했다간 나락으로 떨어질 수도 있겠다는 본능적인 위험을 느꼈다. 판단하려면 정보가 더 필요한데, 기디언이 가지고 있는 정보원들은 소리 소문 없이 사라지거나 연락이 두절되고 있었다.

콘체른 가문 내에서는 그가 힘을 쓰지 못하게 된 지 오래였고. 네이필리나는 대공저에서 치료하고 있는 탓에 그쪽의 상태를 알아보거나 진실을 찔러 보기도 불가능했다. 돈으로 움직이기엔 이전의 사건들로 그의 자금줄은 막히거나 묶였고, 아내인 시오르샤는 도움을 주기를 냉정하게 거절했다.

"도대체 일이 어떻게 되어 가고 있는 거야……!"

서서히 제 손발을 끊어 내린 장본인이 누군지 알지 못한 채로 기디언이 초조하게 입술을 씹었다.

* * *

2황자궁.

"꺄악……! 전하! 이게 무슨 일이에요!"

피에 젖은 어깨를 한 채 2황자궁으로 돌아온 남편을 보고 황자비 에울리케가 기겁했다.

"다행히 상처가 깊지 않습니다."

황실 의원은 레클란의 상처를 치료해 주곤 급하게 자리를 떠났다.

그새 회의실 안에서 있었던 일이 퍼졌던 건지, 예전 같았으면 한마디라도 더 붙여 보려던 이가 무 자르듯 떠나는 게 어이가 없었다.

"전하……."

에울리케는 어떤 위로를 해야 할지 몰랐다. 그녀가 조용히 레클란의 어깨를 보듬었다.

"곧 지나갈 거예요. 조금만, 조금만 버텨 보셔요. 전하의 가족인 제가 여기 있어요."

키가 큰 남편의 얼굴이 일그러지나 싶더니 레클란이 무너지듯 그녀의 어깨에 얼굴을 묻었다.

그러나 에울리케의 위로는 레클란에겐 들리지 않는 듯했다.

"전하! 저를 살려 주십시오! 전하!"

그에게 남은 불운은 아직 끝이 아니라는 것처럼, 혹은 레클란에게 더 이상 비운에 젖을 여유조차 주지 않겠다는 것처럼, 사건은 새로운 국면을 맞았다.

앙헬 대공이 움직였기 때문이다.

그는 레클란에게 충성하는 이들을 하나씩 척결하기 시작했다. 대공이 내미는 가신들의 치부는 명명백백하여 물러날 곳도 없었다.

2황자파에서 마르쉐 후작의 심복으로 활발히 활동했던 듀쉘 백작이 첫 타자였다. 그는 영지를 착복하고 세금을 횡령했다는 이유로 하옥됐다.

외교대신을 맡고 있는 브라드 자작도, 레클란의 호위를 맡은 황실 기사 필리베르 경도 직책을 잃거나 추방당했다. 레클란의 손발이 하나둘씩 잘리기 시작한 것이다.

제 약혼녀가 아직 사경을 헤매고 있어서일까, 대공의 레클란 측근 찍어 내리기는 사정을 가리지 않아 패악질이라고도 할 수 있을 정도였다. 황제는 그런 대공을 눈감아 줌으로써 2황자가 완전히 후계의 자리에서 굴러떨어져 내렸음을 시사했다.

그래. 몸통이 남아 있다면 손발이 잘려도 가까스로 살아갈 수 있다.

그러나 레클란의 경우는, 그 몸통이 될 후작과 황비 둘 다 죽어 버렸기에 해당 사항이 없었다. 그에게 남은 건, 기디언을 비롯하여 작위를 받지 못한 입지가 불분명한 잔챙이들 몇 정도였다.

화려하고 왁자지껄한 영화는 다 옛말인 것처럼, 단 몇 주 사이 언제나 방문객으로 넘쳐나던 2황자궁은 어느새 텅 비었다.

"전하, 어디를 가세요?"

"잠시 다녀올 데가 있습니다."

마차에 올라타는 남편을 에울리케가 불안한 눈으로 응시했다.

그녀는 남편의 불운에 함께 눈물지었지만, 이렇게 된 이상 그가 차라리 황좌를 포기하길 바랐다.

아직 그녀의 친정이 건재하고, 황제가 그의 황족 지위를 빼앗지 않은 이상, 레클란이 살아가는 데는 문제가 없을 터였다.

"비, 기다려 보세요. 내 반드시 이렇게 무너지지는 않을 테니까."

아내의 마음을 알 리 없는 레클란은 시퍼렇게 빛나는 눈으로 마차를 출발시켰다.

"이랴! 이랴!"

달그락거리는 마차의 바퀴 소리가 귀를 따갑게 했다.

레클란은 마차의 창밖으로 손을 뻗었다. 내리쬐는 햇살이 지나치게 눈부셨다. 여태까지 일어난 일에 현실감이 일지 않아 허망할 정도로.

네이필라나 콘체른을 제 손에 넣고 싶었다. 한데 어찌하다 일이 이렇게까지 되었지?

모친을, 외숙부를 잃고, 황제의 비호를 잃었다. 이젠 제 자리마저 가파르게 곤두박질치고 있다. 졸부 계집애 하나 데려오려 했던 게 이토록 커다란 반향을 일으킬 만한 것이었던가?

꼭 각본이 짜여 있기라도 한 것처럼 모든 일이 순식간에 벌어지고 흘러가 버렸다.

레클란이 손쓸 수 없게 수면 저 아래서 전부.

'제가 전하께 드렸던 호의에 대한 답이 이것입니까?'

언젠가 그녀가 내뱉었던 말이 떠올랐다.

떠나기 전, 그녀가 저주처럼 소리 없이 중얼거리던, 잘못 들은 것이라고 넘겨 버렸던 한마디가.

'후회하실 텐데요.'

"설마, 그럴 리가."

레클란이 믿기지 않는 듯 고개를 저었다.

짜여진 각본처럼 우후죽순으로 벌어지는 이 일들이 설마 그 계집을 건드린 대가일 리가 없다.

하지만 그럼에도 머리 어딘가에선 그게 사실일 거라고 누군가 중얼거렸다. 그래서 그녀를 그토록 손에 넣으려고 했던 게 아닌가.

"네이필리나 콘체른, 내가 너를 아직도 얕봤었구나."

간계를 성공시키기 위해 저 자신마저 불태워 버리는 독함을 그가 간과했다.

명실상부 그의 패배였다. 레클란이 옅은 헛웃음을 흘렸다. 그의 눈동자는 이제 더 이상 흔들리지 않았다.

"하지만 너 역시 내가 이렇게 허무하게 무너질 거로 생각한다면 오산이야."

그는 입술을 깨물었다. 어찌나 억세게 깨물었는지 버석한 입술이 터져 핏방울이 맺혔다.

네이필리나 콘체른. 앙헬 대공. 그리고 황제. 그는 이제 더 이상 부황의 변심을 이해하려 들지 않았다.

"어차피 내 것이 되지 않을 거라면."

그가 입가로 흘러내린 선혈을 닦아 내렸다. 달그락거리는 마차 바퀴가 멈춘 곳은 2황자파들이 궁 밖에서 집합하던 사교 클럽이었다.

"전하, 어쩐 일로 저를 부르셨습니까……."

그를 마주하는 기디언의 얼굴은 당황에 젖었다. 레클란이 조롱하듯 웃었다.

"그대가 연통을 받지 않으니 내가 와야지 어쩔 수 있나."

수도에는 2황자가 황제의 마음에서 밀려났다는 소문이 파다했다. 기디언 역시 하루하루 척결되는 2황자파의 대신들을 보면서 사태를 파악하고 서서히 등을 돌리고 있는 상태였다.

형제들의 손마저 가차 없이 놓았던 기디언이 제 주인에겐 다를 리가 없었다. 다만 여태껏 공들였던 시간과 돈, 자원이 뼈아픈 터라 그 판단과 선택의 속도가 조금 지지부진했다.

'2황자가 재기할 가능성이 아예 없나? 있다면 얼마나 있을까?'

함께 부활할지 침몰할지 아직 기디언은 제대로 판단하지 못한 상태였다.

레클란은 기디언의 형제들과 달리, 어려움에 처할 때 등을 돌린다면 앙심을 품고 반드시 기디언의 등에 칼을 꽂을 위인이었다.

레클란이 복수하고자 한다면 아직 그가 가지고 있는 황자라는 지위만으로도 충분히 위협적이었기에 기디언은 더욱 신중히 처리해야 했다.

"오랜만에 얼굴을 보니 반갑군."

"전……하?"

"경, 해 줄 일이 생겼네."

레클란이 기디언을 돌아보았다. 푸른빛 눈동자에 비치는 기이한 광기에 기디언이 저도 모르게 멈칫했다.

"물러설 생각은 하지 말아. 내 경의 성정을 모르지 않지만……."

그가 기디언에게 다가와 어깨를 툭툭 쳤다. 옷에 묻은 먼지를 털어내어 주는 듯한 상냥한 손짓이었다.

"내 손에는 그대의 목숨도 달려 있어. 일이 잘못되면, 경만큼은 기필코 같이 끌고 갈 테니까."

"전하."

"억울해하지 말게. 그래, 지나치게 대단한 조카딸을 둔 대가라고 생각해."

기디언의 두 수 앞까지 레클란은 내다보고 있었다.

"엘 리체의 추기경을 만나야겠네."

"전하, 저는……."

"그들이 경과 내통하고 있는 걸 알고 있어. 그러니 안내해."

마르쉐 후작은 엘 리체의 성자들이 2황자에게 접근하지 못하게 막았다. 그러나 레클란의 눈을 전부 가리지는 못했다.

그는 제국을 흔들었던 일련의 사건들이 성국에서 비롯되었다는 것을, 그리고 그들이 취급하는 검은 약물의 존재를 알고 있었다.

"폐하께서 나를 아들로 취급하지 않으시니, 나 역시 그분을 아버지로 생각지 않아야지."

황좌를 주지 않겠다면 좋다. 내 손으로 쥘 것이다.

"전하, 저는……."

반란의 기미를 눈치챈 기디언이 다시 한번 머뭇거렸을 때였다.

"내 꼴이 우습나? 한데 경도 다르지 않을 거란 말이지."

레클란이 비틀린 입꼬리를 올렸다.

"네이필리나 콘체른이 깨어나든 깨어나지 않든 가문은 자네의 것이 되지 않을 걸세."

악담과도 같은 말에 기디언은 애써 평정을 유지해야 했다. 레클란이 그의 노력을 비웃듯 킥킥댔다.

"황비인 내 어머니가 어떻게 하옥될 수 있었다고 생각해? 자네의 부친이 선황에게 받은 보호 패로 네이필리나를 독살하려는 범인의 정당한 처벌을 폐하께 요구해서야."

'황자 전하의 말대로 이 일이 황비 전하와 아무런 관련이 없고, 그저 제 손녀의 불운이 불러온 우연한 결과일 뿐이라면, 전하께선 저를 설득하실 필요가 없으십니다. 신은 폐하와 이 헬리오스 제국이 약속하는 진실과 그에 따른 합당한 대가를 기다리려 합니다.'

황제를 알현하기 위해 입궁한 백작과 마주쳤을 때, 주디테의 결백을 주장하며 백작을 도발하던 레클란에게 백작이 내보였던 동그란 메달의 정체를 뒤늦게 알았을 때 그는 기함할 뻔했다.

기디언의 어깨가 흠칫 굳었다.

"상상이 가나? 경, 선황의 보호 패라네. 헬리오스 황실에 무엇이든 요구할 수 있는 백지 수표라고. 그걸 20년간 고이 지켜 온 콘체른 백작은 제 손녀딸을 위해 쓴 거야."

백작의 마음은 이미 경을 떠났네.

"……그럴 리가, 전하께서 잘못 아신 겁니다. 저는 아무것도 전해 들은 바가 없습니다."

"아무렴 패의 존재도 모르는 자네가 알았으려고. 뭐, 내 말을 믿지 않아도 상관없어. 내가 그랬듯 경 역시 자연히 알게 될 걸세."

"……."

"경은 네이필리나가 깨어나지 않기를 바라야 할 거야."

우스운 일을 이야기하듯 즐거운 음성이 이어졌다.

단지 그 눈은 조금도 웃고 있지 않았다.

"그 계집애가 일어나는 즉시, 경이 들고 있는 건 모조리 빼앗겨 버릴 테니까."

경의 현재와 미래. 모두 말이야. 레클란이 입꼬리를 휘었다.

그리고 그 시각,

"아가씨!"

마침내 네이필리나가 눈을 떴다.

Ch 19. 기디언

그녀는 눈을 깜빡였다.

짙은 청빛의 어두운 천장이 낯설었다. 어딘지는 모르겠지만 콘체른 저택의 제 침실이 아니라는 것만은 확실했다.

천근만근처럼 느껴지는 몸을 가까스로 일으키는데 앞섶으로 작은 꽃망울들이 후두두 떨어졌다.

이단바였다. 네이필리나는 곧 푸른색 이단바가 제가 누워 있는 침대와 침실 전체를 가득 메우고 있다는 걸 알아차렸다.

"여긴 대공저여요……. 대공 전하께서 콘체른 저택이 안전하지 않다고……. 저는 아가씨의 시녀로 곁을 허락받았고요……."

젤피가 울먹이며 설명했다. 그 옆으로 바위처럼 서 있던 리안이 눈에 들어왔다.

"아가씨의 호위로 저 역시 이곳을 지키는 걸 대공께서 윤허하셨습니다."

"콘체른에서 가져온 거여요……. 헨리 님이 미르딘과 영지로 가셔서 따 오셨사와요."

주욱 창가에 즐비하게 늘어진 로열 엘릭서 병들도 보였다.

콘체른의 일원들이 그녀를 살리려고 얼마나 애썼는지 어렴풋하게나마 짐작할 수 있는 부분이었다.

"내가 얼마나 이러고 있었던 거야?"

네이필리나가 던진 첫 물음이었다. 사선에서 간신히 살아 돌아온 사람의 물음이라기엔 어쩐지 버석한 데가 있었다.

그러나 그것마저도 기꺼운지 젤피는 그렁그렁한 눈으로 약 3주 정도가 지났다고 대답했다.

"맙소사. 저는 아가씨가 정말 돌아가시는 줄 알고……."

턱선을 타고 방울방울 떨어져 내리는 눈물방울. 젤피는 웃지도, 울지도 못하는 얼굴을 하다가 얼른 볼을 훔쳐 냈다.

"이럴 때가 아니죠. 아가씨께서 깨어나셨다고 얼른 알려야겠사와요."

젤피가 황급히 방을 나가고 네이필리나는 리안 쪽으로 고개를 돌렸다.

"그간의 일을 알려 주었으면 해."

젤피보다 훨씬 평정을 유지하고 있는 그녀에겐 좀 더 객관적인 상황 보고를 들을 수 있으리라는 판단에서였다.

이 와중에도 그녀의 기민한 판단력은 변함이 없었다.

"……예. 아가씨."

리안은 잠깐 눈을 감았다가 다시 떴다. 걱정에 흔들리는 눈망울은 전사의 모습에 가려진 지 오래였다.

"……해서 ……하였습니다. 하여 현 상황은……."

대공으로 인해 거의 와해하다시피 한 2황자파. 제국을 발칵 뒤집어 놓은 마르쉐 후작과 황비의 죽음.

"하아."

그녀가 깊은 호흡을 내뱉었다. 저를 시발점으로 황자 레클란의 기반이 산산이 조각났다는 데에 사사로운 기쁨은 느끼지 않았다.

지금의 호흡은 그보다는 일말의 안도에 가까웠다.

'다행이야. 예상했던 대로 되어서.'

스카가드 앙헬이 그녀의 예상대로 움직여 줘서.

처음 주디테 황비와 후작의 비밀을 알았을 때 그녀는 생각했다.

'과연 이 사실을 대공이 몰랐을까?'

'아니.'

바카디와는 비교할 수도 없는 깊은 정보 조직을 가지고 있는 그다.

그에게는 북부군이 있고, 로피진 기사들이 있고, 암시장의 주인인 사일러스 블랙까지 있었다.

전생에서 레클란이 황제로 즉위하고 나서야, 스카가드는 제국을 향해 칼을 빼 들었다.

그가 레클란의 진짜 혈통을 비밀에 부쳐 두었던 건, 세피니아보다 레클란이 황제가 되는 게 헬리오스를 흔들기에 더 편리했기 때문일 터.

그래서 이번 일은 그녀에게도 도박이었다. 스카가드 앙헬이 편의성을 포기하고도 네이필리나 콘체른을 위해 움직여 줄까 하는, 일말의 도박.

그가 움직이지 않았더라도 적어도 황비만큼은 그 자리에서 끌어내릴 수 있었겠지만, 지금만큼의 효과는 불가능했을 터였다. 다만, 한 가지 마음에 걸리는 게 있다면.

'앙헬 대공 역시 눈치챘을 거야.'

제가 그를 이용했다는 걸. 그걸 깨달았음에도 순순히 제 뜻대로 움직여 주었다는 게 껄끄러운 가시처럼 가슴에 남았다.

똑똑.

그즈음 들린 노크 소리에 네이필리나가 흠칫 어깨를 굳혔다.

스카가드를, 저는 지금 그의 얼굴을 어떻게 봐야 할까. 저는 어떤 얼굴을 해야 할까.

그래, 당신을 이용했다고, 당신이 그리 허락하지 않았냐고 뻔뻔하게 나가야 할까, 아니면, 계획대로 움직여 줬음에 감사를 표해야 할까. 어느 쪽이든 대공이 만족할 것 같진 않았다.

고민하는 사이 시간은 계속 흘러가고 있었다.

똑똑. 듣지 못해서라고 생각했는지 문을 다시 두드리는 노크 소리가 좀 더 커졌다.

"아가씨, 어찌할까요……?"

젤피가 반쯤 문 쪽으로 몸을 돌리며 네이필리나에게 물었다.

"들어와요."

허락과 함께 달칵, 문고리가 돌아가는 소리를 들으며 네이필리나가 마음의 준비를 하듯 속을 가다듬었다.

"비전하, 몸은 좀 어때."

그러나 정작 문을 열고 들어온 건 대공이 아니라 사일러스 블랙이었다. 아가씨에서 비전하라고 호칭만 바뀌었을 뿐 건들건들한 음성은 여전했다.

"흠, 혈색은 나쁘지 않아 보이는군. 하지만 방심하긴 일러. 아직은 좀 더 누워 있어야 해."

블랙이 네이필리나를 살피며 혀를 찼다.

"스콜리온 부작용이 생각보다 오래가거든. 멀쩡하게 회복하는 듯하다가 사지 반쪽이 마비된 경우가 더러 있었단 말이지."

짐짓 목소리를 내리깔며 스콜리온의 부작용을 하나하나 읊어 대는 게 그녀가 겁을 먹기라도 바라는 듯했다.

"그, 그게 정말이요?"

정작 눈을 동그랗게 뜨고 겁을 잔뜩 먹은 건 네이필리나가 아니라 시녀

젤피였지만 말이다.

"이래 봬도 직접 보고 겪은 것엔 거짓말 안 해. 아가씨도 하필 독 중에서도 제일 고약한 놈으로 골라서 사서 고생이로군."

블랙이 고개를 절레절레 내저었다.

"스카의 피가 아니었다면 이렇게 멀쩡히 회복하긴 어려웠을 거야."

스카의 피.

블랙이 흘러가듯 내뱉은 말에 네이필리나가 멈칫했다. 단순히 주군을 부르는 격 없는 호칭 때문만은 아니었다.

"그럼 전하가……."

"당연하지. 그게 아니라면 어떻게 이리 빨리 눈을 뜰 수 있었겠어?"

로피진 순혈보다 뛰어난 영약은 없다고. 그가 허리를 숙여 네이필리나의 귓가에 속삭였다.

그럼에도 스콜리온을 두 번 썼다간 제아무리 순혈을 써도 제명에 죽긴 어려울 거라고 짐짓 매섭게 중얼거렸다. 협박보다는 퉁명스러운 당부에 가까운 듯했지만 말이다.

"난 이만 가야겠어, 비전하. 이상이 있거나 혹 이를 말이 있거든 이 친구에게 알려 주면 돼."

블랙은 리안의 어깨를 툭 치고는 자리를 떠났다.

"……저래 봬도, 일족에서는 명망이 있는 사람이라 허튼 말은 아닐 겁니다."

그가 나간 쪽을 바라보며 덧붙여 말하는 리안이 입술을 달싹였다. 그녀는 블랙의 조언이 네이필리나를 조금 더 안전하게 하기를 바랐다.

"……아가씨?"

하지만 정작 네이필리나는 멍한 표정으로 다른 생각에 빠져 있는 듯했다.

"응? 방금 뭐라 그랬어?"

한발 늦게 고개를 돌리는 네이필리나를 눈치채지 못한 척 리안이 말을 이었다.

"콘체른 저택에도 아가씨께서 일어나셨다고 연통을 보내려 하는데 괜찮으시겠습니까?"

내내 그녀의 상태를 알아보려는 편지가 왔다고 했다. 그녀의 부모를 비롯해서 루신다 모녀, 그녀의 수하들 등 전전긍긍하며 네이필리나를 걱정하는 이들로부터였다.

"지금은 일단 할아버지에게만 귀띔해 줘."

아직 쾌차를 알릴 시기는 아니었다. 황비의 죽음으로 황제가 한창 민감해져 있을 터였다. 괜스레 돌아다녔다간 태양의 변덕스러운 불똥이 이쪽으로 튈지도 몰랐다.

"그리하겠습니다. 그럼 저희는 이만 물러갈 테니 편히 쉬십시오."

리안이 젤피의 팔을 붙들고 한 걸음 물러났다.

"……저기."

"예, 아가씨?"

"……아니야. 아무것도."

네이필리나가 이내 고개를 저었다.

다른 이도 아니고 대공의 부하인 리안에게 대공의 반응을 물어보는 건 조금 기만처럼 느껴졌기 때문이다.

"아아…… 주군께서는 지금 출타 중이십니다. 명명백백한 증거 앞에서 발뺌하는 귀족들이 황궁의 기둥을 붙잡고 늘어지고 있거든요."

리안은 그녀의 소리 없는 물음을 알아차린 듯 대신 대답해 주었다. 스카가드 앙헬의 2황자파 솎아 내기는 아직도 현재 진행형이었다.

"이 기회에 황제의 굵직한 기둥들을 함께 쳐 내야 하니 심혈을 기울이셔야 할 때가 많아 저택에도 잘 들어오지 못하십니다."

그게 텅 빈 이 공간의 적막함을 설명할 수 있는 유일한 이유라는 듯이.

"……."

하지만 어떤 급박한 사안이 있어도 유유자적 그녀의 곁을 맴돌던 대공이다.

네이필리나는 알았다. 지금 그녀의 눈앞에 그가 모습을 드러내지 않는 이유는 온전한 그의 선택이라는 것을.

그가 택한 건 네이필리나의 사과도, 감사도 아니었다.

'다른 사람도 아니고 2황자 레클란을 건드렸으니.'

심지어 황비와 마르쉐 후작까지 함께 무너뜨렸다. 어찌 됐든 대공과 그의 수하들에게는 달갑잖은 소식이었을 것이다.

오랫동안 인내하며 노리던 사냥감의 목을 눈앞에서 도둑맞은 것이나 다름없으니까.

지금 2황자파를 하나하나 찢어 내는 것도 그 불똥을 대신 풀어내는 것 같았다. 어쩌면 그는 저를 한낱 장기말로 이용한 그녀를 다시 볼 생각이 없을지도 모르겠다.

'한번 뒤돌아서면 가차 없는 사람이니까.'

누구도 감히 범접할 수 없던 고고한 사내의 자존심을 깔아뭉겠는데, 대공이 일전의 약속을 순순히 지켜 주리라 생각하는 건 무리였다.

그나마 네이필리나를 치료하고 보호를 제공해 주며, 그녀가 정신을 차린 지금 이 저택에서 곧바로 쫓아내지 않는 것만으로도 감지덕지해야 할 터였다.

'하지만…… 마음껏 날뛰어도 된다고 했잖아. 뒤처리는 제가 알아서 하겠다고 했잖아.'

입술을 대며 안심시켰던 건 그다. 몇 번이고 물었을 때, 같은 대답을 남겨 주었던 건 스카가드 앙헬, 그였다.

실낱같은 원망이 스쳐 지나갔다. 네이필리나가 입술을 깨물었다.

'……그는 날 이해할 거라고 생각했어.'

값싼 연정을 눈앞에서 얼마든지 뒤집을 수 있는 게 사내의 말이고 약속이다. 그걸 알고 있었으면서 되레 마음 한편을 내어 준 건 제 불찰일지도 모른다.

네이필리나가 조용히 시트를 움켜쥐었다. 이런 상황이 올지도 모른다고 머리로 예상은 했지만, 막상 싸늘한 공기를 피부로 겪으니 어쩐지 소태를 씹은 것처럼 입맛이 썼다.

그럴 자격이 없는 걸 알면서도.

* * *

콘체른 저택의 가주실로 뛰어가는 다급한 발걸음 소리가 울렸다.

"대공저에서 연락이 왔습니다. 아가씨께서 깨어나셨답니다."

바터의 보고에 맥밀란이 자리에서 벌떡 일어났다.

"네이가……! 몸은, 몸은 괜찮다더냐."

"아직 요양이 좀 더 필요하지만, 우려했던 최악은 피했다고 하더군요."

"하아. 신이시여."

맥밀란이 다시 주저앉듯 자리에 앉으며 한숨을 내쉬었다.

"다행이로구나. 정말…… 다행이야."

"가주님."

맥밀란이 이마에 맺힌 식은땀을 훔쳤다.

"이럴 때가 아니지. 네이 아비, 어미한테도 알려서 곧바로 대공저로 갈 채비를 해야겠다. 둘 다 걱정이 이만저만이 아니었어. 뜬눈으로 며칠 밤을 새웠다고."

"그게…… 가주님, 지금 아가씨의 상태는 가주님께만 전달해 달라는 부탁이 있으셨습니다."

바터는 작은 봉투를 내밀었다. 네이필리나의 필체로 적혀 있는 서신을 읽어 내린 맥밀란이 한숨을 내쉬었다.

황제의 눈을 피해 당분간은 가문과 가족들이 거창한 움직임을 멈추고 저에 대해 쉬쉬하는 게 좋겠다는 당부의 내용이 담겼다.

"맙소사. 지금 병석에서 일어난 지 얼마나 됐다고, 이 아이는 또 다음

수를 보고 있단 말이냐."

감탄과 씁쓸함이 함께 입 안을 메웠다.

이토록 명석하고 꼼꼼한 손녀를 두었다는 기쁨은 가주로서, 조부로서 그 아이가 병석에서조차 잠시 편하게 몸을 추스를 토대를 만들지 못했다는 죄책감에 비교할 바가 못 됐다.

"아가씨의 성정이 워낙 그러하신 걸 어쩌겠습니까. 가주님을 닮아 철두철미하신 것뿐입니다."

바터가 담담한 목소리로 그를 위로했다.

"……그래. 그렇다면 일단 네이가 시키는 대로 해야겠군. 일단은 나만이라도 대공저로 가 봐야겠어. 바터, 나를 도와주게."

맥밀란이 서둘러 자리에서 일어났다.

그리고 한나절 뒤, 그는 잃어버리는 줄만 알았던 손녀딸을 다시 마주할 수 있었다.

"깨어……나서 다행이다, 네이필리나."

네이필리나의 파리한 안색을 내려다보던 맥밀란이 겨우 내뱉었다.

"걱정을 끼쳐서 죄송해요."

"이를 말이냐. 너는……!"

맥밀란의 무심한 얼굴이 울컥 평정을 잃고 일그러질 뻔하다 이내 다시 되돌아왔다.

'아니다. 내가 이 아이에게 무슨 말을 할 수 있을까.'

'제 몸이 타 버릴 걸 알면서도 적의 목줄을 쥐기 위해서라면 망설임 없이 뛰어들 아이지요.'

아무에게도 내색하지 않던 손녀딸의 성정을 가장 먼저 눈치챘던 그다.

그랬으니, 이런 아이인 걸 알고 있었으니, 좀 더 빨리 움직였어야 했다.

대공이 있으니까 조금은 천천히라도 괜찮을 줄 알았다.

그의 강력한 배경이, 황실이 두려워하는 힘이 아이가 잠시 기댈 만한 기둥은 될 수 있을 줄 알았다.

앙헬의 기둥마저 지렛대로 삼고 날아오르는 제 손녀딸의 성정을 잊어버린 채.

'기디언의 반대를 신경 쓰느라 내가 너무 늑장을 부렸어.'

아들과 손녀딸, 어느 쪽도 살을 떼어 내는 것처럼 쉽지 않았다. 하지만 아이가 더 이상 부나방처럼 불에 뛰어드는 일이 없게 하려면, 이제는 더 지체할 수 없었다.

뼈아픈 후회와 한 줄기의 결심이 단단하게 맥밀란을 파고들었을 때, 네이필리나가 먼저 화두를 돌렸다.

"저를 위해서 보호 패를 쓰셨다는 말을 들었어요."

맥밀란이 침음을 삼켰다.

"그렇게 써 버리기엔 너무 아까운 패였어요."

고작 황비 따위를 날려 버리기에는 너무나도.

"……그렇지만은 않을 게다."

맥밀란은 2황자의 면전에 보호 패를 내밀었던 때를 회상하며 답했다.

'기디언에게 그 이야기가 들어갔을 테지.'

가만히 입 닫고 있을 위인이 아니니 2황자는 필시 기디언에게 보호 패의 존재와 맥밀란이 그 패를 사용한 이유를 귀띔했을 테다.

그렇다면 기디언은 그 상징적인 의미를 눈치챌 것이다. 부친이 가문을 물려주려고 하는 사람이 누구인지를. 맥밀란이 제 아들에게 보내는 간접적인 메시지였다.

가문은 네 것이 될 리 없으리라는, 그러니 이쯤에서 조용히 접고 물러나라는.

네이필리나가 쓰러졌다는 이야기를 들었을 때, 맥밀란에게 가장 먼저 든 생각은, 그 배경에 제 아들이 있지 않을까 하는 것이었다.

2황자와 황비, 그리고 기디언. 지나친 의심으로 여기고 넘어가기엔 그가 보았던, 장남이 보였던 찰나의 순간들이 부정할 수 없는 씨앗이 되어 주었다.

그리고 맥밀란은 동시에 깨달았다. 막내 손녀딸의 회복을 장담하지 못한다 해도, 제가 이 가문을 기디언에게 넘겨줄 일은 없으리라는 걸. 아니, 넘겨주어선 안 된다는 걸.

기디언은, 제 장남의 아래에선 누구도 안전할 수 없었다.

보호는 바라지도 않았다. 적어도 형제들의 목은 겨누지 않는다는 최소한의 보장조차 기디언에겐 불가능했다.

그는 도저히 가문과 아이들의 명운이 잔인한 장남의 손에 쥐어지게 둘 수는 없었다.

'그리고 네이필리나가 있지.'

네이필리나가 깨어난 지금, 맥밀란이 믿고 가문을 맡길 수 있는 후계는 단 한 명이었다.

"그렇지만은 않다뇨?"

네이필리나가 조부의 말을 이해할 수 없다는 듯 고개를 갸웃했다. 맥밀란이 천천히 미소 지었다.

'네이, 너는 아직 내 의미를 모르겠지. 몰라도 된단다.'

노인의 푸른 눈에 짙은 회한과 애정이 스쳤다.

'이 할아비가 다 정리하고 갈 것이니.'

퇴색되고 케케묵은 것은 전부 도려내고 온전하게 남은 것만 손녀딸에게 쥐여 줄 것이다.

"할아버지께 부탁드릴 일이 있어요."

건조한 얼굴, 딱딱해진 표정에서 사안의 무게가 느껴졌다.

"그럼. 무엇이든 말해 보아라. 이제는 이 늙은이를 더 놀라게 하지 말고 미리 말해 주었으면 했는데, 다행이구나."

"……영지에서 재배하고 있는 이단바를 수도로 가져왔으면 해요."

"이단바를?"

"네. 이제는 영지에 두기 안전하지 않을 것 같아요. 가능하면 극비리로 전부 가져왔으면 해요. 들키지 않고 옮겨 주실 수 있는 분이 할아버지 말고는 생각나지 않아서 부탁을 드려요."

"그렇게 하마. 요즘 헬리오스를 포함해서 대륙이 어수선하기는 하지."

맥밀란이 고개를 끄덕였다. 로열 엘릭서의 재료가 되는 귀한 이단바니 그녀의 부탁도 무리가 아니었다.

"대륙을 오가는 상단주들에게서 들었는데 최근 성국이 대륙에 퍼진 신전에서 걷는 기부금을 대대적으로 올렸다 하더구나."

"그래요?"

소식을 듣는 네이필리나의 얼굴에선 미동도 없었다.

"황비까지 떠난 마당에 폐하께서도 더 오래 버티실 것 같진 않고."

"할아버지, 그 말이 황실의 귀에 들어갔다간……."

그가 어깨를 으쓱했다. 주름진 얼굴로 창밖의 화창한 하늘을 바라보았다.

"밖은 저리도 화창한데 분위기가 심상치 않구나."

"……."

"네이, 아느냐? 대륙 전쟁이 일어나기 전이 꼭 이랬단다. 아무 문제 없이 평화로운 것 같으면서도 더없이 어수선했지."

일국을 오가며 전쟁을 몸으로 체험해 본 맥밀란은 조만간 제국에 들이닥칠 불온의 그림자를 미약하게나마 느꼈다. 폭풍이 휩쓸고 나면 그들의 토대가 전부 흐트러질 테다.

'그러니 네이필리나의 위치를 좀 더 빨리 잡아 줘야겠구나.'

조부의 마음을 알 리 없는 네이필리나가 쓰게 웃었다.

"그러지 않기를 바라야죠."

* * *

콘체른의 문양을 단 백색 마차가 대공저를 빠져나갔다.

마차의 안에는 바터와 맥밀란이 타고 있었다. 두 사람은 네이필리나를 만나고 돌아가는 길이었다.

달그락달그락. 마차 바퀴가 쉴 새 없이 움직였다. 그리고 얼마나 지났을까.

맥밀란이 마차의 창을 가리는 밧줄을 잡아당겼다. 저 멀리 창밖으로 실용적인 거대한 건물이 보였다.

그가 탄 마차는 콘체른 저택으로 점점 가까워지고 있었다.

"아무튼, 네이가 무사히 일어나서 다행이구나. 헨리에게라도 귀띔은 해 주어야겠어."

정문을 통과한 마차의 속도가 눈에 띄게 느려졌다.

"예. 가주님, 그런데……."

"으응? 벌써 도착했느냐? 그런데 왜 들어가질 않고 있는 게야?"

피곤한 낯으로 등을 기대 있던 맥밀란이 어정쩡한 분위기를 알아차리고 몸을 일으켰다. 달칵. 마차의 문이 열렸다. 가주의 하차를 도우려 기다리고 있던 고용인의 손이 내밀어졌다.

맥밀란이 그 손을 붙잡고 흔들거리는 몸을 지탱하다가 잠시 멈칫했다.

"……너."

1별관 앞에서 서성거리고 있는 인영이 보였기 때문이다.

건장한 덩치. 우락부락한 근육. 험악한 인상. 허리춤에 찬 대검. 군수 비리 사건 이후 유배를 떠났던 제 둘째 아들 볼락의 어린 시절을 떠올리게 하는 외양의 기사 하나가 서성거리고 있었다.

그럼에도 주춤주춤 눈치를 살핀다든지, 압박감을 애써 참아 내려는 듯 주먹을 꽉 쥐는 소심한 모습은 안하무인 다혈질이던 볼락과 영 달랐다.

"안, 안녕하십니까, 가주님. 엔입니다."

기사가 예의 바르게 인사했다.

"네이필리나 아가씨께서 중태에 빠졌단 이야기를 들어서……."

"……걱정이 되어서 온 것이더냐? 네 아비는 어찌하고?"

기사가 멈칫했다. 맥밀란이 제 존재를 알고 있다는 사실에 놀란 듯했다.

"네가, 볼락의 아들이라지?"

대강의 내막은 얼추 네이필리나에게 들어 알고 있었다.

"……송구합니다."

엔이 대답 대신 허리를 숙였다. 어쩐지 공식적으로 볼락의 혈육임을 인정하는 건 되레 제 쪽에서 꺼리는 듯했다. 그건 오래전 제 모친을 버리고 잊어버렸던 부친에 대한 원망일지도 모르겠다고 맥밀란은 생각했다.

어쨌든 그것 역시 제 아들의 업보일 터였다. 제가 무슨 말을 하겠나.

"네이필리나가 걱정되었던 모양이지?"

기사가 쭈뼛거리는 손으로 뭔가를 내밀었다. 헝겊에 싼 뭉치가 여러 개였다.

"……제가 약초를 수소문해 왔습니다. 남부의 독을 치료하는 데 쓰이는 것들인데…… 어떻게든 도움이 되지 않을까 하고……. 아가씨께 드리고 싶어서……."

쭈뼛거리면서 기사는 할 말을 다 했다. 험악한 인상에 어울리지 않는 소눈에는 네이필리나를 향한 걱정이 가득 어려 있었다.

"그리고 볼락 님께서도 이걸 아가씨께 전하라 하셨습니다."

엔이 뭉치를 하나 더 꺼냈다.

"노역을 지고 있을 나라의 죄인이 무슨……."

코웃음 치던 맥밀란이 멈칫했다. 뭉치에 싸인 건 볼락의 개인 인장이었다.

그가 콘체른의 일원으로서 군수 사업과 기사단을 이끌 때 썼던 인장. 유배를 떠날 때까지 끝끝내 돌려주지 않고 제 품에 가져갔던 볼락의 마지막 아집이 자 정체성이나 다름없었다.

"이걸, 네이필리나에게?"

"예. 너무 늦게 돌려주게 되어 용서를 바란다 하셨습니다."

그걸 네이필리나에게 다시 돌려주겠다는 의미는 볼락 역시 가문을 이끌 다음 세대를 예상했고, 또 그에 따르겠다는 뜻이었다.

"……."

"가주님? 아가씨께서 아직도…… 많이 심각하신 겁니까?"

맥밀란이 대답을 않자 걱정을 가득 매단 엔의 눈썹이 한껏 기울어졌다.

"송장 치를 일은 피했으니 안심해라. 마침 왔으니 되었다. 들어가자."

주름진 손이 엔의 어깨를 가볍게 두드리고 스쳐 지나갔다. 인장을 내려 다보던 맥밀란은 헛웃음을 삼켰다.

'볼락까지 굴복시키다니……. 이제 남은 건 기디언뿐인가.'

생각할수록 손녀딸의 수완이 놀라웠다.

아무것도 없던 천덕꾸러기 신세에서 하나씩 하나씩 가족들의 몫을 손에 넣으며 여기까지 올라오다니. 그럼에도 그녀는 신의를 지켰다. 그들의 것을 빼앗았으나 빼앗지 않았고, 가졌으나 가지지 않았다.

네이필리나는 공존을 택했다. 그리고 콘체른 모두가 네이필리나를 명실 상부 차기 후계자로 여기고 있다는 게 그녀의 방식이 잘못되지 않았다는 걸 증명했다.

다만 한 가지, 목에 걸리듯 튀어나온 게 있다면…….

그가 가주실로 들어섰다. 원탁의 테이블을 지나, 윤기 나는 고동빛 벽 돌의 벽난로를 향해 한 걸음 한 걸음 걸어갔다.

손을 뻗어 벽난로 안쪽의 벽돌 하나를 누르니 투둑 하는 소리와 함께 숨겨져 있던 작은 서랍 하나가 튀어나왔다.

드르륵. 주름진 손이 서랍에서 두루마리 하나를 꺼냈다. 그는 펜을 들었다.

펼쳐진 빳빳한 문서에는 황제의 직인이 찍혀 있었다. 맥밀란은 문서의 가장 아래에 제 이름을 적어 넣었다.

이어 손끝은 일필휘지로 힘 있게 손녀딸의 이름을 그려 내렸다.

"아버지!"

그때 가주실의 문이 벌컥 열리며 기디언이 들어왔다.

"외출하셨단 이야기를 들었습니다. 대공저에 다녀오신 겁니까? 네이필리나가 정신을 차린……."

어떻게든 대공 쪽의 사정을 캐내고자 혈안이다가 소식을 듣고 다급히 달려온 기디언이었다.

그러던 그가 말을 멈췄다. 날카로운 눈이 부친의 책상에 펼쳐져 있는 문서를 발견했기 때문이었다. 정확하게는 거기 적혀 있는 조카딸의 이름을.

"설마…… 이게……."

"물러가거라, 기디언. 네가 자랑하던 귀족의 예법은 어디 가고 연통도 없이 막무가내로 들어오는 꼴이 볼썽사납구나."

맥밀란의 엄한 꾸중에도 기디언은 아랑곳하지 않았다.

"이게 뭡니까, 아버지. 설마, 아니지요?"

그는 지금 제 눈앞에 보고 있는 걸 믿을 수가 없었으니까.

"설마, 네이필리나 그 계집애에게 이 가문을 넘기실 생각은 아니지요?"

"네가 보고 있는 그대로다."

맥밀란은 부정하지 않았다.

"이건 아니잖습니까? 뭐라 말 좀 해 보세요. 깨어나지도 못한 애한테 뭘 넘겨요? 가문의 하나뿐인 보호 패를 황실에 덜렁 넘기시더니 이젠 진정 실성이라도 하셨습니까?"

기디언은 부친의 앞에서 언사를 가리지 못할 만큼 흥분해 있었다.

'역시나. 황자가 입을 놀렸군.'

보호 패를 언급하는 아들을 보며 맥밀란이 한심하다는 표정을 지었다.

"아버지, 이건 앙헬 대공에게 우리 가문을 바치겠다는 말이나 다름없습니다. 네이필리나가 정신이 없는 틈을 타서 그 악마가 우리 집을 홀라당 집어삼킬 거라고요."

"네가 황실에 우리 가문을 넘기려던 것처럼 말이냐?"

맥밀란이 통렬하게 쏘아붙였다.

"2황자에게 네 조카를 들이밀었던 것처럼? 그리고 어떤 일이 벌어졌는지를 봐라."

네이필리나는 독살당할 뻔했고, 황비와 후작은 스스로 목숨을 끊었으며 2황자파는 속수무책으로 찢어졌다.

"네 판단이 어떤 결과를 불러일으켰는지 보란 말이다. 여태 단 한 번이라도 기디언 네가 누군가를 다치게 하지 않은 적 있는지."

"그건……."

허점을 찔린 기디언의 얼굴이 달아올랐다.

부정할 수 없는 명명백백한 사실이었으니까. 네이필리나 콘체른이 깨어난 후부터는 말이다.

하지만 기디언을 상처 입힌 건 제가 누군가를 늘 다치게 한다는 말이 아니라 그의 결정이 모두 틀렸다는 지적이었다.

자식들이 떠나갔을 때도, 영지를 빼앗겼을 때도, 황자의 신임을 잃어갈 때도 기디언은 언제나 되뇌었다.

'나는 틀리지 않아. 모두가 내 가치를 못 알아보았을 뿐, 내가 옳단 말이다!'

연거푸 실패를 거듭하는 그를 여태껏 지탱해 오던 유일한 믿음이었는데, 그걸 맥밀란이 꺼내어 부서뜨렸다. 누구도 그의 앞에서 감히 내뱉을 수 없었던 점을 맥밀란은 가차 없이 찔렀다.

"아버지, 그건 제 잘못이 아닙니다. 저 때문에 네이필리나가 죽을 뻔하고 2황자가 무너진 거라고요? 그렇다면 아버지가 잘못 생각하신 거예요."

기디언이 핏기가 오른 얼굴로 대꾸했다.

빠른 말투. 높아지는 목소리. 격해지는 어조. 평소의 냉담한 태도와는 다른 감정적이기 그지없는 모습이었다.

그래서였을까, 평소라면 절대 하지 않았을 말실수가 흘러나왔다.

"황비, 그 악독한 여자는 제 아들을 위해서라면 거리낄 게 없어요. 처음부터 네이를 증오했다고요. 어차피 언젠가는 벌어질……."

"뭐?"

"……."

순간 기디언은 숨을 들이켰고, 부친의 얼굴은 일그러졌다.

"알면서도, 그랬단 말이냐? 주디테 황비가 어떤 인간인지 알면서?"

"……."

"기디언!"

천둥처럼 내리찍는 노성. 새어 나오는 숨소리마저 거셌다.

"네 조카를, 가족을 사지로 밀어 넣어? 그러면서 뻔뻔스럽게 그 아이를 위한 거라 지껄였더냐? 네놈은 도대체 어디까지 최악이야!"

"아버지, 저는 우리 가문을 위해 최선을 다한 겁니다. 콘체른이 더 높은 곳으로 올라가기 위해서요!"

아무것도 잃지 않고 얻는 승리는 없다는 걸 왜 모르십니까!

"네 야망을 위해서겠지. 같잖은 핑계는 집어치워라! 아비를 농락하려는 게 아니면!"

맥밀란이 드문 노성을 드러냈다. 어찌나 화가 났는지 그가 온몸으로 발산하는 열이 거의 새파란 아지랑이처럼 보일 정도였다.

"진정으로…… 기디언, 제발 한 번이라도 좀……."

그가 말을 멈추었다. 입 밖으로 더 토해 내 봤자 달라질 것이 없을 것을, 이해하지 못할 것임을 그 자신도, 제 아들도 알고 있었기 때문이다.

맥밀란은 마음을 접었다.

'저놈에게 이 가문을 맡겼다간 풍비박산이 날 게야.'

절대로, 절대로 안 된다.

"절대로……."

중얼거리던 맥밀란이 멈칫했다. 공기가 느리게 흘러가는 것처럼 주변이 아득해졌다.

기디언을 향해 내뻗은 손이 거칠게 떨리고, 주름진 얼굴에 일순 찰나의 놀람이 담기는가 싶더니, 쿵. 맥밀란이 바닥으로 쓰러졌다.

"가주님? 가주님!"

둔탁한 소리를 듣고 가주실 밖에서 대기하고 있던 바터가 벌컥 문을 열었다. 그는 다급히 달려가 뻣뻣하게 굳어 쓰러진 맥밀란을 안아 들었다.

"아, 아버지……."

기디언의 눈이 등잔만 해진 채로 얼어붙었다. 늘 가족에게 냉혹했던 그였지만 부친은 조금 남달랐다.

맥밀란은 그가 꿈꿨던 이 콘체른의 원주인이자, 그가 가진 마지막 인간성을 내보이게 하는 존재였기에.

"의원을 불러야……!"

"쉿. 가주님의 병환을 알려 봤자 좋을 일이 없습니다. 콘체른을 노리는 승냥이 떼에게 먹이를 던져 줄 생각입니까?"

바터가 기디언에게 차갑게 일갈하고는 제 심복 쪽으로 등을 돌렸다.

"가주님께서 쓰러지셨다. 의원을 데려와. 루트는 알고 있지? 조용히, 누구에게도 들켜서는 안 된다."

맥밀란의 맥을 살피며 바터가 신중하게 옆의 수하에게 명령을 내렸다.

"예!"

복도를 달리는 조용한 듯 다급한 발걸음 소리만 울릴 뿐이었다.

* * *

네이필리나가 깨어난 지 수일이 지났다.

블랙은 아직도 더 시간이 필요하다 하지만, 그녀는 이제 일어나 작은 산책을 핑계 삼아 로피진 검술의 1초식 정도 휘두르는 건 어렵지 않을 정도로 회복했다.

네이필리나는 여전히 대공저에 머무르고 있었다. 그 어느 때보다 극진한 대접을 받으면서.

"비전하, 이게 북부의 특산물인 검은 복숭아랍니다. 투박한 날씨에도 잘 영글어서 씁쓸한 단맛을 내지요."

"비전하, 내가 말했지. 충분히 쉬지 않으면 블랙 티어 그 빌어먹을 요사스러운 기운이 비전하의 몸을 전부 잡아먹어 버린다니까? 그럼 비전하는 디에라와 친구가 되는 거야, 알아들어?"

아직 결혼식을 치르기도 전인데 대공저의 모든 사람들은 그녀를 비전하라고 불렀다.

비전하라고 불릴 때마다 네이필리나는 흠칫했다.

특유의 무표정한 얼굴엔 변화가 없다 해도 씰룩이는 눈썹이나 가늘게 씹는 입술이 그녀가 온전히 무심하진 못하다는 것을 증명했다.

'저들은 아마도 성혼이 계속될 거라고 믿나 봐.'

정작 그 주인은 그럴 생각이 없는 듯한데 말이다. 네이필리나가 깨어난 이래 스카가드는 단 한 번도 그녀를 찾지 않았다.

'한 번쯤은, 얼굴을 보고 정리를 할 법도 한데 말이야.'

어쩌면 소리 없이 사라지라는 무언의 의사를 이렇게 표현하는 것 같았다. 스카가드 앙헬 특유의 건조하고 냉정한 작별 인사일지도 모르겠다.

'하긴, 그가 내게 해 줄 건 다 해 주긴 했으니.'

쓰러진 저를 대신해 황비를 몰아내고 2황자파도 끌어내렸으니, 그로서는 부탁한 바를 다 행해 주었다.

'그래. 이쯤 되면 콘체른으로 돌아가는 게 좋겠어.'

세간의 이목을 끌더라도, 지금처럼 안전하게 하루를 보내진 못하더라도 매일 차갑게 들이미는 눈칫밥을 더는 버티기 힘들 것 같았다.

'리안은…… 남겨 두고 가야 하나? 뛰어난 수하를 날 호위하라고 남겨 두는 게 이젠 아깝지 않을까?'

골몰하는 네이필리나의 위로 바카디의 음성이 들렸다. 그는 콘체른의 문양이 있는 하인 복장을 하고 있었다. 릴리엔이 보낸 서신을 전달한다는 핑계로 네이필리나가 저택으로 입성시켰다.

하지만 사실 대공 쪽에서도 이미 그의 정체를 알면서 눈감아 주고 있는 것 같았다.

"성국과 2황자가 접촉했습니다."

"뭐?"

네이필리나가 고개를 들었다.

"레클란이 클럽에 들어간 지 얼마 지나지 않아 엘 리체의 성기사들이 그 자리를 지나쳤다 합니다."

"그렇다면 엘 누아르이려나?"

헬리오스에서 디에라로 분탕을 치려던 성국 일당이 잠시 주춤하고 있는 동안, 네이필리나도 가만히 있지 않았다.

성국이 그녀를 발견해 낸 것처럼 그녀 역시 그들을 알아냈다.

심지어 네이필리나가 정신을 잃고 있는 동안에도.

"예. 지금 성국의 11 추기경석 중 빈자리는 그 하나뿐이라 하니, 엘 누아르일 가능성이 높습니다."

'엘 누아르. 성국의 이인자라 불린다는 자와 레클란의 만남이라.'

네이필리나는 톡톡 검지를 두드렸다.

"레클란은 아직 모르는 모양이지? 제가 뻐꾸기 새끼란 걸."

그러니 아직도 제 목숨을 겨우 부지한 줄 모르고 저리 날뛰는 거겠지만. 혼자서 자문자답하며 네이필리나가 턱을 긁었다.

　"바카디, 에울리케에게 서신을 하나 넣어 줘. 익명으로."

　"2황자비에게…… 말입니까?"

　"문구는 이것으로."

　네이필리나가 휘갈겨 쓴 양피지를 내밀었다.

　[태양의 자비를 저버리고 뒤엎으려는 자, 한낱 잿더미로 화할지어다.]

　"경고입니까?"

　"그럴 리가. 남편을 끔찍이 아끼시는 분이니, 그저 일깨워 드리려는 것뿐. 그녀만이라도 알아야 하지 않겠어? 역모의 대가가 얼마나 위험한지 말이야."

　심약하고 겁이 많지만 남편에 대한 사랑만큼은 진심인 여자다. 에울리케는 오직 레클란을 살리기 위해서라면 그 무엇이든 망설이지 않을 것이다.

　설사 남편의 사랑을 잃게 된다 할지라도.

　"수고했어, 바카디. 다음번엔 콘체른에서 보게 될 거야."

　바카디가 멈칫했다.

　"성국 놈들이 부리고 있는 디에라의 수가 적지 않습니다. 지금 파악하고 있는 것도 전부가 아닐 겁니다. 스테프니 길드의 여력으로 수도 전체를 관망하긴 불가능하니까요."

　그는 디에라의 수가 너무 많다는 이야기를 하고 있었다.

　"보스, 대공과 찢어지실 참입니까?"

　"뭐?"

　"그럼 우리로서는 가장 강한 검과 방패를 잃게 되리란 걸 똑똑한 보스가 모르진 않으실 테고."

눈치 빠른 바카디는 콘체른으로 돌아간다는 말에 그간의 내막을 알아차린 듯했다.

"디에라는 내가 처리할 수 있어. 처리해야만 하고. 대공은…… 앙헬과 영원히 함께 갈 수는 없는 일이니까."

"그쪽은 그럴 생각인 것 같던데."

"뭐?"

"왜 쉬운 길을 돌아가려 하는지 저는 정말 모르겠네요."

바카디가 어깨를 으쓱했다.

"보스야 늘 이해가 안 되는 사람이었지만."

"……."

어쩐지 퉁명스러운 말투 끝에 평소답지 않은 감정이 묻어 있었다. 네이필리나가 바카디를 향해 몸을 돌렸다.

"……."

창문을 타고 들어오는 햇살 한 줄기가 그의 뺨에 난 십자 모양의 흉터를 더욱 도드라지게 보이게 만들었다.

그도, 그녀도 아무 말도 하지 않고 눈싸움을 하듯 시선만 마주했다.

"바카디도 내가 잘못했다고 생각해?"

네이필리나가 침묵을 참지 못하고 불쑥 물었다.

"나는 주어진 패 중 최선을 선택한 것뿐이야."

그리고 바카디가 대답하기도 전에 말해 버렸다. 저도 모르게 조급한 모습을 드러내 버리고 말았는지도 모른다.

그녀를 위협하던 큰 축이 사라졌다. 제 몸을 투자하여 대비한 효율이 크나컸다. 2황자의 운명을 걸고 충분히 도박할 만한 가치가 있었고, 또 증명했단 말이다.

그런데 왜 이렇게 마음이 찜찜할까.

눈을 뜰 때마다 황급히 저를 살피는 젤피와 리안. 소식을 듣자마자 노쇠한 몸을 이끌고 대공저로 달려오던 조부. 걱정이 담긴 서신을 산더미만치 쌓일 만큼 보내오는 콘체른의 일원들. 그리고 조용히 저를 바라보는 바카디의 시선까지.

꼭 제가 잘못한 것처럼 느껴지지 않는가. 괜히 마음이 무거워지게 만들고, 판단을 더디게……

"……그리 생각하지 않습니다."

바카디가 불쑥 대답했다.

그저. 그가 상처를 긁적이며 대답했다.

"……보스가 자신을 좀 더 아끼길 바랄 뿐이죠."

"……"

"가 보겠습니다. 보스를 걱정하는 사람이 생각보다 많다는 걸 가끔은 생각 좀 해 주세요."

"……"

"이러다 내가 제명에 못 살면 그거 다 보스 때문에 걱정거리가 늘어서 그런 거니까."

"……"

"이건 뭐, 다른 사람도 아니고 본인이 본인 몸 불살라서 뛰어드니 말릴 수도, 뭐라 할 수도 없고, 내 속만 썩어 날 뿐이라고요."

그가 투덜거리듯 내뱉었다.

"……장담컨대 대공 전하도 다르지 않을 겁니다."

* * *

대공저의 밤이 깊었다.

침대에 누워 눈을 감고 있던 네이필리나가 어느 순간 파드득 놀라며 몸을 일으켰다.

"하아."

그녀가 숨을 몰아 내쉬며 가슴을 부여잡았다. 아직까지도 심장이 쿵쿵 뛰고 등에서는 식은땀이 흘러내렸다. 서늘한 밤의 한기가 달음박질치는 듯하던 꿈의 열기를 식혀 내렸다.

그러다 네이필리나는 알아차렸다. 이 방에 저 혼자가 아니라는 것을.

"……."

달빛이 비치는 창가 옆에 기대선 인영이 있었다. 스카가드, 그였다.

네이필리나가 정신을 차린 후에도 내내 얼굴을 볼 수 없었던 이가, 어둠 속에서 파르라니 이는 푸른 눈동자가 지금 그녀를 보고 있었다.

"또 악몽을 꿨나?"

특유의 낮은 음성이 밤의 온도를 타고 더 낮게 귓가를 울렸다. 오랫동안 깊은 바닷속에서 침전되어 있었던 듯 약간의 쇳소리까지 섞인 것처럼 들렸다.

"……전하."

네이필리나 역시 겨우 한마디를 내뱉을 수 있을 뿐이었다.

"……."

싸늘한 침묵이 둘을 감쌌다.

대공이 서 있는 창가와 그녀가 앉아 있는 침대. 그 사이로 메울 수 없는 간극이 느껴졌다.

그녀가 잠깐 잠든 사이에 꼭 대공이 너른 강 저편 너머로 가 버린 것처럼.

그리고 네이필리나는 이 거리감의 이유를 알고 있었다. 모두 제게서 비롯된, 제가 만들어 낸 것이었다. 그러니 그가 저걸 먼저 좁혀 올 일은 이제 없을 터였다.

"전하."

네이필리나가 다시 한번 그를 부르자 스카가드의 아름다운 입매 사이로 헛웃음이 샜다.

"한 번도 그대 입으로 내 이름을 먼저 부르지 않았던 이유를 이제 알겠군."

창가에 삐뚜름히 기대 있던 인영이 느리게 몸을 일으켰다. 한 발짝 한 발짝, 네이필리나에게 느릿하게 걸어오는 양이 꼭 사냥감을 목전에 둔 맹수가 접근하는 것 같았다. 맹수가 사냥하듯 그가 제 목을 물어뜯으려 한다면, 네이필리나는 반격해야 할까, 아니면 그를 이용한 값으로 기꺼이 물려 주어야 할까.

시트 위에 얹은 네이필리나의 손이 흠칫거렸다. 그녀는 금방이라도 파들거릴 듯한 손가락에 애써 힘을 주었다. 본능은 다가오는 위험에 대비하여 무기를 찾고 쥐라, 감정은 무력히 스카가드 저 사내에게 굴복하여 마음의 빚을 갚으라 말했다.

네이필리나가 질끈 눈을 감았다. 그녀는 본능을 누르고 얌전히 그의 처분을 기다려 주기로 했다. 픽. 스카가드의 가벼운 웃음소리가 들렸다.

"봐. 이렇게 얌전하게 굴면서."

차가운 검지가 제 관자놀이를 지나 눈썹, 그리고 콧대를 따라 내려왔다. 천천히, 부드럽게.

"결정적일 땐 늘 제멋대로잖아."

마지막으로 입술을 지그시 눌렀다. 말랑한 입술 위로 시린 냉기가 느껴졌다.

"내 비께서는."

내 비.

네이필리나가 눈을 떴다. 스카가드의 얼굴이 몹시도 가까워져 있어 흠칫하는 것도 잠시.

"……성혼은 취소될 줄 알았는데요."

"어째서?"

"내가 당신을 속였으니까……."

"그래?"

그랬나? 모르겠다는 것처럼 그가 어깨를 으쓱했다.

"용서하지 않을 거라고 생각했어요."

"누가, 내가? 너를?"

그가 되물었다.

"아니지, 네이필리나. 너는 나를 속인 적이 없어."

시린 음성이 귓가를 아프게 스며들었다.

"그러니 내 용서가 필요하지도 않지."

차가운 검지가 네이필리나의 턱을 들었다.

"결혼은 유지될 거야."

"……."

"나는 아내를 바꿀 생각이 없으니까."

네이필리나는 조금 기이한 기분이 들었다. 지금 제가 어떤 표정을 하고 있을지, 상상이 되지 않았다.

여전히 저와 결혼하겠다는 그의 말에 저는 기쁜 건가? 혼란스럽나?

"너는 네 계획대로, 네가 말한 대로 했어."

달빛이 어스름히 비치는 아름다운 얼굴에선 감정을 읽어 내리기 힘들었다. 무표정하게 디에라를 도륙하던 그와 처음 마주했을 때처럼…….

아니다. 그때와는 다르다. 네이필리나가 어렴풋이 알아차렸다.

"약속했잖아. 너는 찢고, 그 뒤는 내가 책임진다고."

그는…….

"화가 나신 건가요?"

"내가?"

대공 역시 말도 안 되는 물음을 들었다는 것처럼 반문했다.

"아니."

"화난 거 맞잖아요. 절 보려고도 하지 않잖아요, 지금."

"아니야."

그가 고집스레 답했다. 하지만 어쩐지 비껴 나는 시선을 맞출 생각은 없어 보였다.

"……하나만 물어보지."

말을 이으려던 대공이 이내 고개를 돌리며 입을 다물었다. 네이필리나가 재촉하듯 고개를 끄덕였다.

"네, 계속하세요."

"아냐, 잊어버려."

"물어봐요, 답해 줄 테니까."

"……네이필리나."

"네."

"내 청혼을 수락했을 때…… 그대의 진심이 한 줌이라도 있었나?"

대공의 얼굴 위로 달빛의 그림자가 지며 공교롭게도 절반의 얼굴을 가렸다. 어두운 그림자 속에서 푸르게 빛나는 눈동자는 그녀를 노려보는 것처럼 느껴졌다. 그를 기만했던 적들을 가차 없이 처리하던 냉혹함이 비쳤다.

그러나 달빛 아래 비친 반대쪽 눈동자는 꼭 주인에게 순종하는 짐승처럼 그녀의 대답을 기다리고 있는 것 같았다.

네이필리나가 조용히 물었다.

"……그게 당신에게 중요한가요?"

"……."

창백한 적막이 흘렀다.

차갑게 식은 공기가 얇은 가운 하나만을 입은 네이필리를 감싸 어깨를 잘게 흔들었을 즈음에야, 스카가드가 대답했다.

"아니."

중요하지 않아.

그가 느리게 발음했다. 중요하지 않다는 단어를 꼭 처음 발음해 보는 아이처럼 되뇌었다.

"바뀌는 건 없을 테니까."

나는 그대를 택했고, 그대도 날 선택했잖아.

"중요한 건 그것뿐이지. 안 그래?"

이게 네가 선택한 우리의 방식이라면 나는 기꺼이 받아들일 준비가 되어 있어.

달빛이 비치는 푸른 눈동자 안에 홀로 침대에 앉은 네이필리나가 담겼다. 그의 눈이 얇은 가운을 걸친 어깨를 지나쳐 굽이치듯 내려 푼 금발, 그리고 작게 시트를 꾹 움켜쥐고 있는 손을 담았다.

그 모습은 이내 흐드러지듯 휘어지는 눈매 사이로 사라졌다.

"그러니 말해 봐, 네이필리나."

아름다운 얼굴이 고개를 들었다. 짧은 고민은 끝났다는 듯 언제나처럼 느긋한 미소를 띠었다.

"이제 내가 뭘 하면 되지?"

* * *

늦은 밤, 2지구 변두리의 한적한 거리.

머리까지 넓적한 망토를 두른 자가 주위를 두리번거리나 싶더니 재빠르게 건물 안으로 들어섰다.

"경, 늦었군."

레클란이 타원형의 상석에 삐뚜름히 기대앉아 한 손을 들었다. 그리고 레클란의 맞은편에는 백색의 로브를 입은 땅딸막한 중년 사내가 앉아 있었다.

엘 누아르였다.

"얼굴을 보아하니 내 말이 틀리지 않았던 모양이로군."

회색빛을 띤 기디언의 얼굴을 본 레클란의 눈매가 샐쭉해졌다.

"맞잖아. 자네 부친은 가문을 물려줄 생각이 없었던 걸."

"……."

"처음부터 그랬지. 경이 제대로 손에 쥔 게 있었나?"

맥밀란의 상태는 극비에 부쳐졌다. 콘체른의 가주가 쓰러졌다는 걸 아는 사람은 의원과 바터, 그리고 현장에 있던 기디언뿐이었다.

그리고 기디언은 누구에게도 그 사실을 밝히지 않았다.

"괜히 내가 경을 쉬이 기용하지 않았던 게 아니야. 어정쩡하잖아. 그 나이가 먹도록 작위 하나 없이, 제대로 해낸 게 있긴 했나?"

레클란은 제가 그랬듯 기디언의 속을 박박 긁어 내렸다.

'네 판단이 어떤 결과를 불러일으켰는지 보란 말이다. 여태 단 한 번이라도 기디언 네가 누군가를 다치게 하지 않은 적 있는지.'

가뜩이나 부친에게 허점을 찔린 기디언의 속을 더욱 파내는 독설이었다.

"……."

기디언은 대답 대신 레클란을 가만히 바라보았다. 굳은 눈빛에서 흠칫거리는 분노가 일렁였으나 꽤나 잘 참아 냈다. 레클란은 친근한 사이라도 되는 양 그의 어깨를 두드렸다.

"우리, 아비에게서 버림받은 자들끼리 제대로 모여 보세나. 이렇게 쉽게 물러서 줄 수는 없잖아. 아니 그렇소?"

그가 엘 누아르를 향해 몸을 돌리자, 성국의 사자는 인자한 미소를 띠었다.

"예. 디온과 교황 성하, 그리고 10만의 성기사들이 황자 전하의 뜻과 함께할 겁니다."

엘 누아르가 부드럽게 고개를 끄덕였다. 신실한 성자의 모습으로 신의 말씀을 전하듯 경건함이 흘러넘쳤다.

"헬리오스의 황좌에 어울리는 분은 레클란 전하, 단 한 분이니까요."

"다가오는 보름이라 하였지."

레클란이 중얼거렸다. 그 모습을 물끄러미 바라보던 기디언이 멈칫했다. 정확하게는 레클란의 손에 쥐인 작은 약병을 보고.

'저건…… 블랙 티어가 아닌가!'

콘체른의 영지민들을 오염시켰던, 성국이 내밀었던 그 독이 틀림없었다.

그게 지금 레클란의 손에 들어 있다는 건…… 설마 이번에 성국이 노리는 이는…….

기디언이 설마 하는 눈으로 퍼뜩 엘 누아르 쪽을 돌아보았다. 그의 혼란을 알고 있다는 듯 엘 누아르가 비죽 입꼬리를 올렸다.

"예. 전하께서는 거사에 성공하신다면 궁벽의 꼭대기에 백색의 깃발을 올려 주시면 되겠습니다."

기디언이 몸을 굳혔다. 냉혈한인 그마저 이토록 자연스럽게 흘러가는 대화들이 낯설기 그지없었다.

이자들은 지금…….

'황제를 시해하려 한다.'

"편안하게 가셔야 할 텐데."

"디온의 곁으로 가는 길이 어찌 꽃길이 아닐 수 있겠습니까. 너무 걱정하지 마소서."

대화를 듣는 기디언의 얼굴이 실시간으로 일그러졌다.

'이건 반란이야. 잘못하면 개죽음뿐이라고!'

결과는 죽음 혹은 삶, 오직 두 가지밖에 존재하지 않는다. 기디언이 꿈꾸던 야망과 가문, 그가 가진 전부를 걸어야 하는데.

주춤. 기디언이 뒷걸음질 쳤을 때 거짓말처럼 레클란이 그를 향해 고개를 돌렸다. 그리고 씩 웃었다.

"경, 이제 와서 발을 빼기엔 너무 늦었다고 생각하지 않나?"

"전하, 주어진 여건이 너무 열악합니다. 다시 한번 생각하심이……."

"내가 혼자일 거라고 누가 그러던가?"

레클란이 코웃음 쳤다. 자리에서 일어나더니 뒤쪽 문을 벌컥 열어젖혔다.

"저, 전하……!"

문 뒤로 초조하게 앉아 있던 사내들이 동시에 일어섰다.

낯이 익은 얼굴들.

기디언은 그들이 황제와 대공의 칼날 아래서 아직 그나마 자리를 지키고 있거나 목숨을 간신히 부지했던 2황자파의 가신들임을 깨달았다.

"자네들은 아니 그리 생각하나?"

"예, 맞습니다. 폐하께 이대로 목이 날아갈 때까지 전전긍긍 기다리느니 차라리 먼저 움직입시다."

"제국을 들어 엎는 겁니다! 새로운 헬리오스의 태양을 위하여!"

그들의 목소리는 그 어느 때보다 열망에 가득 차 있었다.

'박쥐 같은 자들 같으니.'

기디언의 눈에 힐긋 경멸이 스쳐 지나갔다.

황제의 눈 밖에 난 황자를 지지하다 같은 꼴이 날까 스멀스멀 피하던 주제에.

대공의 발끝을 핥을 것처럼 굽신거리던 자들이 이제 도저히 멸문을 피하지 못할 것 같자, 되레 다시 레클란에게 돌아와 굽신거리고 있었다.

그 모순을 모를 리 없는 레클란이지만 그는 아무렇지 않은 척 돌아온 가신들을 맞이했다. 레클란의 뒤로, 엘 누아르가 섰다.

성국은 황좌로 향하는 그의 뒤를 받칠 것이다.

"화마는 한낱 잿더미의 불씨에서 시작한다고 누가 그랬지."

레클란이 킬킬댔다. 블랙 티어가 담긴 작은 병을 움켜쥔 채였다. 단단하게 제 존재감을 위시하는 이 작은 약병이 꺼져 가는 듯하던 레클란을 다시 되살릴 불씨가 될 것이다.

다만, 그는 깨닫지 못했다. 제가 불러들인 불씨가 저 금빛 황궁을 태우다 못해 종국에는 저까지 불사를 수도 있다는 것을.

은밀한 회담은 파했다.

엘 누아르는 창가에 기대서서 참석자들의 마차가 소리 없이 사라지는 걸 지켜보았다.

"디온께서 우리의 편에 서실 모양이구나."

그의 목소리에서 감추지 못한 만족감이 배어 나왔다. 헬리오스의 국경, 폴리모스를 공격하다 실패했을 때가 아직도 기억에 선연한데.

'디온께서 정녕 우리의 대업을 버리시려는 것인가.'

폴리모스를 앞뒤 사정없이 사납게 몰아붙이던 북부군이 연이어 승리할 때는 정말 그랬다. 그들의 손에 죽은 디에라 군단을 보충할 로피진 죄수들도 확보하는 데 실패했기 때문이다.

'다 앙헬 그자 때문이야, 이 악마 같은……!'

제국 안팎으로 악마라 불리는 걸 아는지 모르는지 앙헬 대공은 그들에게 눈엣가시 같았다.

삼키기엔 너무 크고 날카로워서 목을 뚫고 나간다는 게 문제였지만.

그러나 어느 순간, 흐름이 바뀌기 시작했다. 북부군이 북부로 긴급 귀환 하면서 남은 디에라들을 추스를 수 있었다. 그뿐인가, 황제의 생뚱맞은 성혼에 이어 그들이 주시하고 있던 네이필리나 콘체른이 쓰러지면서 앙헬이 주춤했다!

그 배후가 주디테 황비라는 것도 호재였다. 황제의 지지층이 크게 흔들리며 깎여 나갔고. 성국이 가장 우려하던 앙헬 대공 쪽은 내부의 적, 그러니까 2황자 쪽을 족치느라 정신이 팔려 있었으니까.

"하지만 저는 여전히…… 모르겠습니다."

그를 따르는 성기사단장이 망설이다 말했다.

"2황자가 밀려난 이상, 차라리 우리 성국도 상대를 바꿨어야 했지 않겠습니까?"

이제 누가 봐도 황좌는 1황녀의 것으로 보이니 말이다.

"심지어 2황자는 황제의 혈육이 아니라는 이야기가 있습니다. 밀려난 이유도, 황비가 목숨을 끊은 이유도 그 때문이라고요."

만약 그게 사실이라면, 이미 사장된 패를 들고 반란까지 성공할 수 있을까. 성기사는 회의적이었다.

"멍청한 소리! 우리가 제국을 여태 1황녀에게 넘겨주려고 피땀 흘려 이 사달을 만들어 낸 줄 아느냐?!"

엘 누아르가 버럭 소리를 질렀다. 하지만 그는 곧 충성스러운 종에게 왈칵 짜증을 냈다는 사실을 깨닫곤 관자놀이를 문지르며 분노를 내리눌렀다.

"1황녀는…… 그녀는 안 돼. 힐데가르드도 그렇고, 본인도 쉽게 주무를 수 있는 자가 아니야."

"……엘 누아르."

성기사의 눈은 레클란은 다르다는 말이냐고 묻고 있었다. 엘 누아르가 고개를 끄덕였다.

"어떤 면에서는."

그리고 지금 같은 상황에서는 그보다 더 좋은 패가 없지. 엘 누아르가 덧붙였다.

"원래, 구석에 몰린 쥐가 더 처절하고 간절한 법이거든. 그 눈을 봤나?"

그는 레클란의 두 눈에 일렁이던 광기를 떠올리곤 킬킬 웃었다.

"그놈은 수가 틀리면 블랙 티어를 황제의 입에 처넣어서라도 반드시 성공시킬 거야."

그러니 그들의 계획대로 레클란이 황위에 올라야 했다. 그의 신분이 정당하든, 정당하지 않든 간에.

성국이 필요한 건 꼭두각시지, 헬리오스의 진짜 피가 아니다.

"계획대로 진행한다."

"예. 디에라들을 집결시키고 있습니다. 하지만……."

성기사단장은 고개를 끄덕이며 대답했지만 그의 표정은 어딘가 불안해 보였다.

"황궁을 먼저 점령한다 해도 앙헬이 남아 있습니다…… 어찌하실 생각이십니까."

앙헬. 그들의 발목을 잡는 유일한 골칫덩이였다.

"글쎄. 황제에게 그리 핍박을 받으면서 이번엔 좀 나 몰라라 해 주면 좋으련만, 그런 일은 없겠지?"

엘 누아르가 농을 던졌다. 그러나 북부군의 위력을 떠올리면 조금도 우습지 않은 농담이었기에 단장의 표정은 되레 더 굳어질 뿐이었다.

"걱정 마라. 내게 생각이 있어."

엘 누아르는 창밖을 내다보았다. 그는 기디언이 사라진 방향을 물끄러미 바라보다가 시선을 올렸다. 어둠 속 저 멀리 콘체른 백작저가 자리하고 있을 테다.

"기디언, 그자가 콘체른을 뒤흔들어 주기만 하면 돼."

아끼는 여인과 증오하는 제 피붙이 사이에서 대공은 어느 쪽을 선택하려나?

그가 낄낄거리며 품속에서 약병 하나를 더 꺼내 들었다.

"황제가 불씨라면, 이건, 불씨를 키울 연초가 될 걸세."

엘 누아르는 조그만 병에 담긴 블랙 티어를 만족스럽게 내려다보았다.

* * *

2황자궁.

늦은 밤, 레클란이 귀가했다. 황제의 눈을 피하기 위해 잔뜩 술을 들이부은 터라 그에게서 풍겨 나는 술 냄새가 극심했다.

"물러가라."

시중을 들려는 자들을 물리치며 레클란이 비틀거리는 걸음으로 복도를 걸었다. 침실로 향하는 복도의 창밖으로 저 멀리 황제궁이 비쳤다.

'내 거야.'

레클란이 되뇌었다. 병이 들어 있을 가슴께를 문지르며 침실로 들어서는 차였다.

"에울리케? 왜 불을 켜지 않고."

침대에 앉아 있는 익숙한 인영에 그가 멈칫했다.

"어딜 다녀오셨어요, 전하?"

아내가 가냘픈 목소리로 물었다.

"일이 있어 잠시 궁 밖을 다녀왔소."

"요즘 따라 외출이 잦으셔요. 누굴…… 만나셨어요?"

레클란이 눈썹을 찡그렸다. 남에게 드러낼 수 없는 은밀한 회동이었기 때문일까, 숨기고 싶은 부분을 찔러 오는 즉각적인 물음이 거슬렸다.

"아 글쎄, 일이 있어 다녀왔다 하지 않았어. 어련히 내 알아서 할까."

아끼는 아내에게조차 짜증을 버럭 내 버렸다는 걸 깨달은 레클란이 잠시 한숨을 삼키고 목의 옷깃을 잡아당겼다. 그가 에울리케 앞에 무릎을 꿇고 그녀를 올려다보았다.

양손을 그녀의 어깨에 얹고 엄지로 안심시키듯 살결을 부드럽게 쓸었다.

"비, 난…… 여긴 답답해서 숨이 막혀. 잠시 머리 식히러 다녀온 것뿐이야. 당신이 걱정할 건 아무것도 없어."

기계적인 어투였지만 적어도 아직까지는 다정한 남편을 물끄러미 올려다보던 에울리케가 입을 열었다.

"폐하께서 1황녀 전하를 궁으로 부르셨는데 채 10분도 지나지 않아서 황녀 전하께서 나와 버리셨대요."

"……."

"만약…… 당신이 오늘 황궁에 있었더라면……."

아내가 무슨 말을 하려는지 깨달은 레클란이 다시 벌떡 일어났다.

"됐어. 더 이상 부황에게 매달리지 않을 거야. 비참한 꼴은 어머니가 돌아가셨을 때 보인 걸로 충분했소."

어깨를 다정히 문지르던 손도 떨어진 지 오래였다.

"제 입 안의 혀처럼 아끼던 아들도 하루아침에 내쳐 버리는 분이오. 세피니아 누님에게는 또 얼마나 매몰찼나."

레클란이 신랄하게 비웃었다.

"이제 와서 세피니아 누님에게 손을 뻗는다 해도, 누님이 천치가 아닐 바에야 그걸 넙죽 받아들일까."

"하지만……."

"잊어버려. 나 역시 이제 폐하를 버린 지 오래야."

"전하, 어쩌려고 이러세요……."

황제는 눈 밖에 난 자식이 아예 저를 무시하려 드는 걸 참아 낼 만큼 너그러운 사람이 아니었다.

그런데 레클란이 저리 강경하게 나오니 에울리케는 남은 나날들이 더

없이 불안하기만 했다.

"걱정 마. 이 수치스러운 나날도 오래가진 않을 거요."

그는 가슴팍에서 검은 약병을 꺼내 아내에게 보여 주었다.

"전하, 이게 뭔가요?"

"뭐긴, 나를 황제로 만들어 줄 선물이지. 그러니 비는 걱정할 게 없소. 곧 모든 게 뒤바뀌게, 아니, 제자리로 돌아갈 테니까."

아내의 눈에 맺힌 눈물을 닦아 주면서 레클란은 자신만만하게 중얼거렸다.

"왜 이렇게 떠는 거요? 걱정할 것 없다니까."

사시나무처럼 떨고 있는 아내의 공포가 어디에서 기인하는지는 알아차리지 못한 채.

* * *

레클란이 예상한 대로, 몇 시간 전 황제궁의 분위기는 싸늘했다.

"저를 부르셨다고요, 전하."

세피니아는 건조한 목소리로 황제의 침실에 들어섰다. 침대의 기둥을 감싸는 금빛 커튼 사이로 비쩍 마른 손이 올라왔다.

까딱. 까딱. 오라는 신호였다. 세피니아는 천천히 침대로 다가갔다.

황제는 금빛 쿠션에 감싸인 채 누워 있었다. 병색이 완연해서 곧 살날이 얼마 남아 있지 않아 보였다. 올해를 넘길 수 있을까 싶었다.

"……."

"……."

부녀지간으로는 보이지 않는 어색한 침묵이 흘렀다.

세피니아는 입술을 꾹 다물었다. 도무지 1황녀가 먼저 입을 열 것 같지 않자, 하는 수 없이 황제가 먼저 대화의 물꼬를 텄다.

"후계 수업은 잘 받고 있느냐. 국사를 처리하는 게…… 어렵지는 않고?"

1황녀를 후계자로 선포한 이후, 황제는 놀랍게도 그녀에게 권력의 일부를 내어 주었다.

뒤늦게 제왕학을 가르치기 시작했으며, 옥새를 찍고 안건을 처리하며 차기 황제로서 겪어야 할 일상을 먼저 경험하게 한 것이다.

"예. 미욱하나 문제가 생기지 않도록 최선을 다하고 있습니다."

세피니아가 딱딱하게 대답했다.

그녀는 주어진 변화와 의무를 군말 없이 받아들이면서도 늘그막이 태세를 전환해 버린 부친을 어떻게 대해야 할지 도무지 결정을 내리지 못했다.

"어려운 일은 없고?"

"예."

"짐의 도움이 필요하다면 말하거라."

"괜찮습니다. 힐데가르드 노공작께서 미숙한 소녀를 많이 도와주고 계십니다."

"……."

부친의 손길을 거절하겠다는 뜻이었다. 황제가 잠시 침을 삼키고 다시 입술을 움직였다.

"짐에게 그리 오랜 시간이 남아 있을 것 같지 않구나. 부디 네가 무사히 황위에 앉는 건 보고 눈을 감아야 할 텐데."

"……예. 저도 안타깝습니다."

딱딱한 대답. 황제가 침음을 삼켰다.

그는 황녀와 저 사이의 메울 수 없는 골을 느꼈다. 그가 죽기 전까지 저 깊은 빈 곳을 메우기는 요원할 듯했다.

"세피니아."

회색빛 손이 뻗어 나가 세피니아의 손등을 덮었다.

"짐의 자식은 너 하나뿐이다. 하니 이 헬리오스를 믿고 맡길 수 있는 것도 너뿐……."

다정한, 애정이 담겨 있는 듯한 음성이 흘러나왔다. 문제는 그게 세피니아를 향한 건 처음이었다는 거다.

"그게 무슨 말씀이십니까. 이제는 레클란의 존재마저 외면하실 참입니까? 폐하께서 여태 제게 그랬듯이요?"

세피니아의 얼굴이 일그러졌다. 그녀가 황제의 손을 떨쳐 내고 자리에서 일어났다.

제 부친의 위선을, 그와 마주하며 살가운 부녀인 척 가식을 떨어야 하는 이 시간을 더는 견딜 수 없었다.

"급한 일정이 있어 먼저 일어나야 하는 저를 용서하십시오."

"세피니아!"

자리를 뜨려는 딸의 손을 황제가 다급히 붙잡았다.

"레클란은 내 아들이 아니다. 그놈의 몸에는 짐의 피 한 방울조차 흐르지 않아. 마르쉐의 연놈들이 짐을 농락했다. 그 오랜 세월 동안……!"

황제의 목소리가 점점 격렬해졌다. 최측근들을 제외하고 내내 가슴속에 묻어 두어야 했던 분노가 불꽃처럼 튀어 올랐다.

"폐하, 무슨 말도 안…… 마, 맙소사……."

귀를 의심하던 세피니아가 멈칫했다. 그녀의 눈이 점점 경악으로 커져 갔다.

황비와 후작의 죽음. 급작스러운 황제의 변심.

만약 그의 말이 사실이라면, 레클란이 황제의 혈통이 아니라면 모든 아귀가 맞아떨어진다.

"그래. 하니, 네가 즉위하면 놈을 반드시 죽여야 한다."

황제가 이를 부득 갈며 당부했다.

"태생부터 교활하고 더럽기 그지없는 놈이야. 목숨이 붙어 있는 한 네

자리를 노릴 거야."

여태까지 황제가 낸 목소리 중에 가장 분명하고 힘이 실려 있었다.

"그래서…… 레클란을 아직까지 살려 두신 겁니까?"

황제의 성정상 평생 저를 농락한, 죽여 없애 버려도 마땅찮을 배신의 씨앗을 여태 살려 둘 리가 없다.

그럼에도 레클란이 아직 목숨을 부지하고 있는 까닭은…….

세피니아의 얼굴에 창백한 헛웃음이 비쳤다.

"레클란의 눈앞에서 황위를 기필코 저에게 빼앗기는 순간을 보여 주려구요? 그 아이가 평생 이 자리를 얼마나 원하고 열망했는지 가장 잘 아는 분께서?"

"그래."

황제가 순순히 시인했다.

"그리고 그때 놈도 알게 될 거다. 제 진짜 신분을. 처음부터 감히 너를 올려다볼 수도 없었다는 걸."

"……."

"감히 짐을 농락했던 자들의 자식을 짐이 그냥 호락호락 보내 줄 것 같더냐? 제일 절망스러울 때, 놈에게 가장 큰 절망을 안겨 주고 죽여 버려야지. 암."

황제의 목소리에선 분노를 넘어 광기마저 느껴졌다. 그 역시 사랑에 배신당한, 아니, 배신당했다 여긴 어느 사내였을 뿐이니.

"제가…… 싫다면요?"

그때 세피니아가 황제의 황홀한 상상을 깨뜨렸다.

"뭐, 뭐라?"

"사흘 키운 개한테도 폐하보다는 정이 있을 겁니다. 그렇게 미우시면 그냥 지금 죽이시지요. 제가 황위에 오를 때까지 버티지도 못하실 거라 하시면서 왜 레클란의 죽음은 제게 미루십니까."

세피니아의 입가가 삐뚤게 올라갔다.

"그 아이가 누구의 씨인지 왜 지금 밝히지 않으세요."

그녀가 이 침실로 들어선 이래 가장 긴, 그러나 일방적으로 내지르는 대화가 오갔다.

"폐하께선 인정하고 싶지 않으시잖습니까. 내 어머니와 나를 배신한 결과가 고작 이런 웃기지도 않는 촌극이라는 걸. 그걸 폐하의 손으로 직접 고르고 골라 만들어 냈다는 게 부끄러우신 거잖습니까."

"너, 너어⋯⋯!"

말대꾸 한번 한 적 없던 딸에게 연이어 듣는 통렬한 비난에 황제의 얼굴이 붉게 달아오르기 시작했다.

"감히 짐을 탓하느냐! 네가 어, 어찌⋯⋯ 짐이 네게 무얼 주었는데!"

"무얼 주셨는데요."

세피니아가 반문했다.

"황위? 레클란에게 빼앗어서 제게 쥐어 주셨다고 알량한 생색이라도 떨고 싶으신 겁니까? 제가 감개무량해서 머리라도 조아리길 바라십니까?"

"너, 너어⋯⋯!"

황제의 얼굴이 시뻘겋게 달아올랐다. 그는 병마저 잊고 자리에서 몸을 일으켜 세피니아에게 삿대질을 했다.

"짐이 준 것이다! 네게 아무것도 없던 시절은 벌써 잊어버린 게야? 전부, 모조리 다시 빼앗어 버려야 정신을 차릴 테냐!"

세피니아가 코웃음을 쳤다.

"그럼 그러시든지요."

"뭐어?"

"빼앗어 가세요. 언제는 아니 그러셨다고."

"너, 너어⋯⋯!"

"한데 그럼 어쩝니까. 폐하의 유일한 혈육인 저까지 떨쳐 버리시면, 이

제 이 헬리오스를 이끌어 갈 이는……."

그녀가 비웃듯 입꼬리를 올렸다.

"폐하께서 그토록 증오하시는 앙헬 숙부밖에 남지 않을 텐데."

차라리 그냥 처음부터 숙부에게 넘기지 그러세요?

부들부들 떠는 황제를 홀로 남겨 두고 세피니아는 그대로 방을 나가 버렸다.

* * *

수도의 대공저.

"그래서, 리안, 너는 주군께서 어디로 가셨는지 알아?"

다 갠 빨래를 들고 돌아서는 리안에게 대공가의 하녀들이 물었다.

"글쎄요."

"라울 보좌관님도, 북부군 기사들도 더러 보이지 않고 말이야. 폴리모스의 전투는 다 끝났을 텐데."

하녀가 리안의 짐을 대신 들어 주며 은근 눈을 접었다.

"혹시 비전하께선 알고 계시지 않을까? 네가 넌지시 여쭤봐 주면 안 돼?"

"원래 바람 같은 분이시잖아요. 또 어딘가 공무가 있으시겠죠."

"황명도 없는 지금? 아니, 분위기가 조금 이상해서 그래. 내가 다른 건 몰라도 남녀 관계엔 조금 빠삭한데 말이야."

하녀가 조심스럽게 네이필리나가 있을 저택의 층을 올려다보았다.

"비전하께서 누워 계실 땐 라울 보좌관이 그렇게 애원을 해도 저택을 떠나지 않으시려던 분이, 갑자기 깨어나시니까 자주 저택을 비우는 게 좀 이상하잖아."

"두 분 분위기도 약간 어색한 것 같고 말이지."

"정확하게는 주군께서 말이지. 신경은 내내 비전하 쪽에 두고 계시면서 정작 비전하 앞에서는 조금 냉랭해지시잖아. 내 기분 탓인가?"

평소와 다름없이 행동하는 스카가드였으나, 그를 평생 보아 왔던 고용인들의 눈까지 속이긴 어려웠다.

"난 비전하 좋은데. 전하가 계셔서 그나마 여기 저택도 조금 사람 사는 것처럼 변했잖아⋯⋯. 두 분이 헤어지면 우리 대공저에 아기 공자님을 보는 일은 요원할 거라고!"

하녀들이 하나둘씩 리안의 주위로 모여들며 한마디씩 던졌다.

"글쎄⋯⋯ 저는 잘⋯⋯."

리안이 애써 웃음을 지으며 그들로부터 빠져나왔다.

"휴우⋯⋯ 사실 나도 그렇게 생각한다고 어떻게 말해."

그녀가 깊게 한숨을 내쉬었다.

겉으로는 변한 게 없었다. 심지어 둘은 이전보다 서로의 필요를 위해 더 효율적으로 움직이고 있는 듯했다. 대공이 기사들을 이끌고 저택을 비운 것도 네이필리나와 합의된, 두 사람이 그리는 청사진의 일부라는 걸 알고 있었다.

하지만 리안의 눈에는 틀어진 톱니바퀴처럼 어긋난 두 사람이 보였다.

"주군도 참, 섭섭하다고 그냥 말씀하시면 되지⋯⋯. 아가씨도⋯⋯ 전하께서 무슨 말을 듣고 싶어 하는지 아시면서⋯⋯."

서로 같은 곳을 걸어가면서도 어긋날 수밖에 없는 건 연인들의 특징인 걸까?

그즈음, 맥밀란의 상황이 대공가에 전해졌다.

똑똑.

"들어와."

노크 소리와 함께 리안의 금빛 머리카락이 보였다.

"비전하, 아무래도 지금 백작가로 가 보셔야 할 듯합니다."

평소라면 익살스럽거나 지친 직장인의 농담을 던졌을 그녀가 이번에는 꽤나 엄숙한 분위기를 풍겼다.

"무슨 일이야?"

네이필리나의 등 뒤로 한 줄기 긴장이 서렸다.

"콘체른 백작께서 쓰러지셨어요. 마차를 준비시키겠습니다. 호위가 함께……."

그때까지 못 기다려.

리안의 말이 채 끝나기도 전에 네이필리나가 중얼거리고는 바람같이 튀어 나갔다.

대공저의 뜰 앞에는 훈련을 마치고 막 저택으로 돌아온 기사들이 있었다. 네이필리나는 그들에게 뛰어들었다.

"비전하?"

작고 호리한 몸이 투레질을 하는 말의 굴레를 낚아채나 싶더니 가볍게 올라탔다.

"이랴, 이랴!"

다급하게 말을 타고 뛰쳐나가는 차기 대공비의 모습에 사람들이 잠시 벙쪘다.

"비전하께서 말을 몰 줄 아셨나?"

"그냥 타는 게 아니라 아주 잘 타시는걸?"

"놀랄 때가 아니잖아! 어서 따라가지 않고 뭐 해?"

리안이 답답한 듯 가슴을 치며 외쳤다.

"네, 넵!"

기사들의 말발굽 소리가 다급하게 그녀를 뒤따랐다.

'너무 일러.'

한편, 말을 달리던 네이필리나가 입술을 깨물었다.

맥밀란 콘체른이 지금 쓰러져서는 안 된다. 그는 기디언을 제어할 수 있는 마지막 고삐나 다름없으니까.

그러나 지금 다급히 달려가는 네이필리나의 가슴속으로 스며드는 스산한 기운은 단순히 복수를 위해서만은 아니었다.

'나 때문인지도 몰라.'

여든을 바라보는 나이에도 흐트러짐 없는 참나무처럼 꼿꼿하던 조부였다.

그러나 네이필리나가 독살 미수로 쓰러지고 다시 깨어났을 때 보았던 맥밀란은 이전보다 훨씬 약하고 피로해 보였다. 가문 안팎에서 일어나는 연이은 사건이 그에게 큰 충격을 주었던 듯했다.

"이랴!"

네이필리나는 입술을 깨물며 다시 고삐를 바짝 당겼다.

* * *

콘체른 저택으로 들어선 네이필리나는 곧바로 맥밀란이 머무르는 1별관으로 향했다.

"네이 아가씨, 어떻게 아시고……."

바터가 네이필리나를 보고 놀란 표정을 지었다.

콘체른 가주가 쓰러졌다는 소식이 새어 나가면 상단을 비롯한 가문의 모든 사업이 흔들릴 수 있는 위험이 있었다.

해서 저택을 걸어 잠그고 오가는 이들을 대폭 줄이면서 가주의 상태를 극비에 부치고 있었는데.

'과연 앙헬 대공이구나. 그가 물밑으로 가진 정보력이 황제를 능가한다는 소문이 사실이었어.'

걸쭉한 중신들을 쳐 낼 수 있을 정도로 뛰어난 정보력을 가진 대공이다. 제 약혼녀의 집안 상황을 살피는 것도 어렵지 않을 것이다.

게다가 네이필리나 역시 제 집안에 관해서라면 손바닥 들여다보듯 정통한 인간이니, 최근 어수선한 상단과 저택의 소식을 듣고 대략의 상황을 짐작했을지도 모른다.

어차피 오래 숨길 수 있을 거라 생각진 않았다.

"걱정하실 필요는 없으십니다. 의원들 여러 명과 마법사도 불러 봤는데 아무래도 가주님께서 나이가 있으시기도 하고 최근 심력을 지나치게 소모하셔서 일어난 결과라 말하더군요."

그렇다고 분위기가 완전히 밝아지긴 어려웠다.

늘 독야청청 꼿꼿하던 가주가 쓰러졌다는 의미를 이곳의 모두가 이해하고 있는 것이다.

맥밀란 콘체른이 호령하던 시대가 점점 빛바래져 가고 있다는 사실을.

"사람들을 물리고 충분한 휴식을 취하시면 곧 쾌차하실 거라 했으니 아가씨는 너무 심려치 마십시오."

네이필리나는 바터의 행간에서 그가 말하지 않은 사실들을 알아차렸다. 가령 조부가 지나치게 심력을 쓰게 만든 요인이 네이필리나 저 외에도 따로 있다든지 하는.

"할아버지가 쓰러지기 전, 가장 마지막으로 만난 사람이 기디언 백부라고요."

"이런, 아가씨는 정말 모르시는 일이 없으시군요."

그가 감탄했다. 부정하지 않는다는 건 사실이란 소리였다.

"어떤 대화가 오갔는지 알아요?"

"아니요. 가주님께서 기디언 님과 독대하신 터라……. 하지만 무슨 이야기를 하셨을지 짐작은 갑니다."

바터가 대수롭지 않게 고개를 끄덕였다. 둘 사이에서 오갔을 대화의 내용을 확신하는 표정이었다.

"무슨 짐작이죠?"

"제가 감히 말씀드려도 될지 모르겠군요. 아가씨께선 일단 가주님을 먼저 뵙고 오시는 게 좋겠습니다. 그 후에도 혹, 여전히 물음이 있으시다면 제게 알려 주십시오."

바터는 축객령을 자처하며 자리를 뜨려 했다. 네이필리나 역시 조부의 상태를 확인하는 게 먼저였기에 하는 수 없이 고개를 끄덕였다.

"안에 계실 겁니다."

그가 초록빛 문을 가리켰다. 맥밀란의 침실로 향하는 문이었다. 그녀는 조심스럽게 그 안으로 발을 들였다.

"할아버지."

"응? 네이필리나? 네가 갑자기 왜……."

지금쯤 대공저에서 있어야 할 손녀가 집에는 어쩐 일로?

침대의 헤드에 기대앉아 있던 맥밀란은 네이필리나를 보고 잠깐 놀라는가 싶더니 이내 과정을 짐작하겠다는 듯 고개를 끄덕였다.

"바터가 쓸데없는 짓을 했구나. 쯧. 너도 좀 더 쉴 것이지 뭐 하러 여기까지 걸음 하였어."

"할아버지께서 쓰러지셨다는 소식을 듣고 제가 어떻게 가만히 있을 수 있겠어요."

"별것도 아닌 걸로 호들갑을 떨어. 노인네가 이 나이쯤 되면 이런 일도 있는 거지."

맥밀란은 대수롭지 않게 어깨를 으쓱했다. 평소와 다름없이 무심한 태도였다.

하지만 네이필리나의 눈은 평소보다 피로가 깊게 내려앉은 조부의 얼굴과 하얗게 세어 버린 머리, 간헐적으로 떨리는 주름진 손을 스쳐 지나갔다. 그녀는 짧은 사이 제 조부이자 이 가문의 가주가 꽤나 많이 늙어 버렸다는 걸 실감했다.

사실, 저는 기억하지 못한다. 전생에서 맥밀란 콘체른이 언제 세상을 떠났는지. 하지만 지금, 그 사실이 이렇게도 충격적으로 다가오는 걸 보면, 그사이 제가 콘체른에, 이 가문과 가족들을 꽤나 많이 아끼게 된 모양이었다.

"몸은 괜찮고? 이리 일찍 오란 말은 아니었는데…… 에잉……."

맥밀란이 못마땅한 표정으로 혀를 찼다.

"속 썩여서…… 죄송해요."

초조한 마음으로 이곳으로 향하는 내내, 그녀가 생각했던 한마디였다.

"속을 썩이다니. 그게 무슨 말이냐. 네이 너는 늘 내게 자랑스러운 손녀였어."

그가 손사래를 쳤다.

그때 발칵 문이 열렸다.

"네이가 집에 왔다고?"

"몸은! 세상에, 반쪽이 됐구나!"

"아가씨!"

"주인!"

"주인님!"

가주실 문으로 사람들이 와르르 쏟아졌다.

그녀의 부모, 친척들을 비롯해서 네이필리나가 저택에 왔다는 소식을 듣고 달려온 콘체른의 일원들이었다.

미르딘과 볼더 같은 그녀의 수하들도 함께였다.

"맙소사. 신이시여, 감사합니다."

"하마터면 너를 또 잃어버리는 줄 알았단다."

"황비가 그렇게 허무하게 죽어 버려서 얼마나 원통했는지 몰라! 죗값은 치르고 가야지, 비겁한 여자 같으니!"

헨리와 릴리엔이 네이필리나를 안고 분노와 기쁨을 되풀이하며 눈물을 글썽였다.

옛날, 호수에 몸을 던졌던 악몽 같은 기억을 상기시키게 만든 것 같았다.

'그때도 호수로 네이필리나를 떠민 범인이 황비라는 건 밝히지 않는 게 좋겠지.'

네이필리나가 그들의 품에 안겨 한동안 빠져나오지 못하고 있을 때였다.

"네이, 차라리 집으로 왔으니 잘되었다. 마침 네게 할 말도 있었거든."

맥밀란이 몸을 일으키며 말했다. 가족들은 분위기를 알아차리고 물러났다.

"내일 아침, 가주실로 오려무나."

네이필리나가 멈칫, 고개를 갸웃했다.

'중대 발표라도 하시려는 건가?'

그다음 날.

가주실 앞의 복도에서 네이필리나는 맥밀란과 그를 부축하는 바터와 마주쳤다.

"왔구나, 네이필리나."

마호가니 문 앞에 마악 다다랐을 즈음이었다.

"예, 할아버지."

발걸음을 옮기며 맥밀란이 말했다.

"마침내 내게 때가 온 것 같구나."

"네? 때라뇨. 아직 가시기엔 너무 이른걸요."

네이필리나는 맥밀란의 수명을 말하는 줄 알고 펄쩍 뛰었다. 답지 않게 퉁명스럽게 대꾸하기까지 했다.

"바터, 내가 말한 건 준비가 됐나?"

"예, 가주님."

바터가 충성스럽게 허리를 숙였다.

"좋아. 네이, 따라오거라."

"할아버지, 무슨 일로 그러시는지 알려라도 주시면……."

"어허, 일단 따라오래도."

맥밀란은 부들거리는 몸을 지팡이에 지탱했다. 느리지만 힘차게 한 발 한 발을 내디뎠다.

그 꼿꼿한 등은 언제 그랬냐는 듯 강하게 곧추서 있었다.

콘체른이라는 거대한 왕국을 홀로 세워 낸 주인다운 강건한 모습이었다.

"들어가지."

붉은 마호가니 문 앞에 선 맥밀란의 말을 신호로 문이 열렸다.

"오오, 다들 왔군. 내가 조금 늦어 버렸구나."

"아버지."

"가주님!"

타원형의 크고 기다란 원탁 앞에 앉아 있던 이들이 맥밀란을 보자 일제히 일어났다.

"앉게, 앉게. 일어설 필요 없으니."

주름진 손으로 손사래를 치며 맥밀란은 원탁의 가장 상석에 자리를 잡았다.

그의 좌쪽에는 기디언 부부와 제시안느 모녀가, 우쪽에는 네이필리나의 세 가족과 엔이 앉았다.

'엔?'

뜻밖의 얼굴에 네이필리나는 조금 놀랐다.

아무래도 그가 앉은 위치상 볼락을 대변해서 이 자리에 세워 놓은 것 같은데 그게 쌍둥이 남매가 아니라 엔인 걸 보면, 조부는 그의 존재를 인정하기로 한 듯했다.

매번 관리하는 사업의 사안에만 참석하던 콘체른의 직계들이 이렇게 한데 모이는 건 꽤나 드문 일이었다.

이 자리에 함께한 콘체른 상단의 각 지부장과 거래처만 아니라면 콘체른의 가족회의라고 봐도 무방했다.

"어쩐 일로 저희들까지 이렇게 부르셨습니까?"

지부장들이 어리둥절해하며 서로를 응시했다.

"내 이 자리에 그대들을 구태여 모두 불러 모은 까닭, 이제 후계를 정하기 위함일세."

맥밀란의 선언에 좌중이 술렁였다.

"후계라 하심은……."

동시에 그의 옆에 앉아 있는 그의 자식들에게 수십 개의 눈동자가 쏠렸다.

"아버지? 아직 성치 않은, 아니, 어떻게 이런 일언반구도 없이 갑자기……."

주르륵 앉아 있는 형제 사이에서 당황한 건 기디언뿐인 것 같았다.

그는 맥밀란의 병환을 입 밖으로 내려다가 매서운 시선을 받고는 얼른 말을 바꿨다.

어쨌든 갑작스러운 후계 선언에 당황스럽기는 마찬가지였다.

엔과 제시안느가 의미심장한 시선을 교환했다. 헨리는 표정 없는 얼굴로 정면만 응시할 뿐이었다.

"네이필리나. 네 것이다."

맥밀란이 벨벳 상자를 내밀었다. 붉은 벨벳 천으로 싸인 상자 안에 든 인장은 두 개였다.

"이건 가주의 인장이 아닙니까."

콘체른 상단의 주인이라는 상징적인 의미가 있는 매개체였다.

"그렇다면 역시 가주께서는 막내 아가씨를……."

"아무렴. 가주님 이래로 네이 아가씨만큼 우리 콘체른을 이렇게 번영시킨 사람이 있었나?"

맥밀란 콘체른, 전설의 장사꾼이자 반백 년 동안 저들을 이끌어 온 상대가 마침내 고르고 고른 그들의 미래가 네이필리나라는 뜻이다.

그 결정에 모두가 고개를 끄덕였다.

아직 나이가 어리긴 하지만, 그녀가 여태 만들어 냈던 결과가 콘체른에게 더할 나위 없는 호재를 불러일으켰다는 사실을 누구도 부정할 수 없었으니까.

단 한 사람을 빼고는 말이다.

"무, 무슨……. 저는 듣지 못했습니다. 아버지, 네이라뇨. 저 새파랗게 어린 계집애에게 이 가문을 맡기겠다고요?"

저는 인정할 수 없습니다!

그가 쾅 원탁을 쳐 내렸다.

"아쉽게도, 네 인정이 필요치는 않구나."

"앙헬 대공이 콘체른을 집어삼키려 들 겁니다. 사자의 아가리에 머리를 집어넣어 주는 꼴이라구요."

"2황자와 성혼이 이어졌다면 네이필리나뿐 아니라 우리 가문도 같이 휩쓸렸을 거다. 그 폭풍에서 구해 준 분이 대공 전하이신데 어째 기디언 너만 계속 잊고 있는 것 같구나."

"……작위는, 작위는 어떻게 하실 겁니까. 대공비가 될 저 아이가 백작위를 어떻게 병행할 수 있겠어요!"

"다행스럽게도 결혼 이후에도 네이필리나가 콘체른의 성과 권한을 유지하는 것에 대공 전하께서 동의하셨단다. 동의하다마다 뿐일까."

맥밀란이 싱긋 웃었다.

"폐하로부터 네이필리나가 백작 위를 수여받을 수 있다는 윤허까지 받아 내셨더구나."

네이필리나가 멈칫했다. 저는 들은 적이 없는 걸로 봐서, 아무래도 맥밀란과 대공 사이에 오갔던 일인 것 같았다.

그 혼란한 와중에 네이필리나의 승계까지 처리하고 있었다니.

"그, 그 말을 어떻게 믿을 수 있습니까. 말뿐인 약속을 누가 못 할까요."

"정 그렇게 걱정이 된다면 여기서 둘의 혼전 계약서를 확인하려무나. 결혼과 동시에 네이필리나는 앙헬 대공의 권한과 직위를 공유하게 되지만, 콘체른의 모든 것은 오직 네이필리나에게만 귀속되리라는 조항이 들어 있단다."

맥밀란이 덧붙였다.

"물론 이건, 내가 미리 말을 꺼내기 전, 대공 전하께서 귀한 예물들을 보내셨을 때 함께 동봉해 주셨지. 기억하지? 자네들도."

"물론이지요. 그 장관을 어찌 잊을 수 있겠습니까."

사람들이 입을 모아 대답하는 한편 숨을 들이켰다.

결혼이 절대적으로 신랑 쪽에 유리한 헬리오스 제국에서 신부 쪽의 권력과 부는 얼마든지 끌어다 쓸 수 있는 화수분이나 다름없었다.

심지어 현 황제마저 황자 시절 힐데가르드의 배경과 지원을 등에 업고 승승장구했으니까.

그러나 대공은 묻기도 전에 제게 주어진 기회들을 포기하고 아내가 될 네이필리나에게 온갖 혜택과 권리를 다 쥐여 주었다.

'웬만큼 신부에 미치지 않고서야 불가능한 조건들이로군.'

'대공 전하가 우리 아가씨의 배필이라 얼마나 다행인지 모르겠어.'

지부장들은 혀를 내둘렀다. 가슴께를 붙잡으며 내심 안도하는 이도 있었다.

맥밀란의 단호한 대답에서 기디언은 더 이상의 빈틈을 찾지 못했다.

"이, 이……."

그는 아직 어깨를 떨며 다시 공격점을 찾으려 했지만 부친이 그렇게 두지 않고 자리를 파해 버렸다.

"자, 그럼 그렇게 알고 이만 돌아가게나. 네이필리나의 나이가 아직 어리니 나 역시 승계는 천천히 진행하려 하네."

"물론이지요. 가주께서 아직 이리 건재하시니 걱정하지 않습니다."

그들은 멍하니 선 기디언이 보이지 않는 것처럼 재빨리 자리를 떠 버렸다.

순식간에 비워진 원탁. 가주의 일방적인 결정에 반기를 들거나 기디언의 편을 들어 주는 자는 아무도 없었다.

이제 이 자리에는 콘체른의 직계들과 바터, 영지의 관리자인 체프 정도만 남았다.

"네이필리나, 받거라. 이제 네가 잘 챙겨야 할 테니."

네이필리나에게 인장을 쥐여 주는 부친. 그 순간 기디언의 분노가 결국 폭발했다.

"말도 안 됩니다, 말도 안 돼요!"

시뻘게진 얼굴, 들끓는 목소리. 냉랭하고 젠체하던 기디언의 모습은 온데간데없었다.

그만큼 지금 부친의 갑작스러운 결정이 그에게 충격이라는 방증일 테지만.

"너희들은, 이대로 괜찮은 거냐? 제시안느, 저 애에게 네 호텔과 네 딸의 유산까지 다 빼앗겨도 상관없다는 거야?"

제시안느가 부채를 착 펼쳤다.

"네. 이미 내 호텔의 지분은 네이필리나가 가진 지 오래예요. 그럼에도 나와 루신다가 여전히 여기 있다는 게 큰오빠는 무슨 뜻인지 모르겠지만."

기디언이 주변을 둘러보았다. 그와 동조하려는 사람을 찾으려는 뒤늦은 노력이었지만, 아무도 그와 시선을 맞추지 않았다.

헨리는 처음부터 기디언을 외면했고, 바터는 가주인 맥밀란과 뜻을 같이하겠다는 듯 한 발 물러나 그의 뒤에 섰다.

"볼락 님은 이걸 네이필리나 아가씨께 전해 드리라 하셨습니다. 어떤 결정이든 지지하시겠다고요."

볼락의 대리인으로 온 엔이 그의 인장을 네이필리나 앞으로 내밀며 지지층에 한 축을 더했다.

"콘체른의 영지를 전염병의 위기에서 구해 주시고 광산을 재개발해서 저희에게 살길을 틔워 주신 막내 아가씨라면 찬성이지요. 저를 비롯한 콘체른의 모든 영지민들은 아가씨를 다음 주인으로 받아들일 준비를 끝냈습니다."

"……."

"참고로 아가씨께서 영지를 다녀가신 이래 단 한 차례의 비리도, 착복도 없었답니다. 모두 아가씨 덕분입니다."

영지의 책임자 체프도 기디언의 눈을 똑바로 바라보며 말을 얹고는 자리를 떴다.

"제기랄, 당신들 모두…… 제정신인 거야?"

입술을 깨물며 다시 동조자를 찾았지만 가장 먼저 한심하다는 듯 머리를 절레절레 흔들고 나가 버린 맥밀란에 이어 모두 자리를 떴다.

"시오르샤, 뭔가 말 좀 해 봐! 당신, 저대로 내버려 두진 않을 거지?"

그래. 시오르샤. 제 하나뿐인 아내. 그녀가 있었다! 그와 성격적으로는 맞지 않아도 둘 사이에는 두 자식과 같은 곳을 올려다보며 살아온 30년에 가까운 세월이 있지 않은가.

초조해진 기디언이 아내를 향해 몸을 돌렸다. 시오르샤는 냉랭한 표정으로 어깨를 으쓱했다.

"그게 뭐가 어쨌다는 거죠?"

"뭐?"

기디언이 귀를 의심했다.

"네이필리나 저 계집애가 이 가문을 차지할 거라고! 우리가 여태까지 뭘 위해서 버텼다고 생각해? 다 콘체른을 손에 넣기……."

"아니죠. 우리가 아니지."

시오르샤가 따분한 얼굴로 부채를 펴들었다.

살랑살랑, 속이 타는 남편과는 달리 부채가 이는 작은 산들바람에 시오르샤의 삐져나온 머리카락들이 잘게 흔들렸다.

"당신의 꿈이지."

"시오르샤, 당신……."

"핏줄도, 혈육도 죄다 버리면서까지 콘체른을 쥐고 싶어 했던 건 당신이죠, 나도, 내 아들들도 아니에요."

그러니 이 상황이 내게 절망스러울 필요는 없어요. 난 이미 몬테그가 쫓겨날 때 그걸 전부 겪어 버렸거든. 시오르샤가 차가운 눈으로 남편을 응시했다.

마지막 보루처럼 믿고 있던 시오르샤마저 등을 돌리자 기디언이 이를 악물며 아내를 노려보았다.

"하, 네이필리나가 가주가 되면 당신이라고 무사할 것 같아?"

"네."

"뭐?"

"네이필리나 그 애가 고깝긴 하지만, 적어도 같은 가족을 죽이진 않으니까."

몬테그를 구할 때도 그랬잖아요. 그 아이는 마지막 선까진 넘지 않아.

"하지만 당신은 다르죠. 제 씨로 낳은 아들까지 버리는 작자잖아."

남편을 바라보는 시선에 한심함이 서렸다. 언젠가 그가 시오르샤를 그런 눈으로 바라봤듯이.

"그 계집애가 평생 당신을 지켜 줄 것 같아? 그렇다 한들 콘체른의 성을 가진 건 나야, 당신이 아니라!"

기디언이 일그러진 얼굴로 윽박질렀다. 이 집안에서 시오르샤와 자식들을 보호해 줄 수 있는 건 저뿐이라는 의미였다.

시오르샤가 코웃음 쳤다. 궁지에 몰리자 성을 운운하는 꼴을 보고 있자니 저 남자와 함께한 지난 수십 년의 결혼 생활이 무색했다.

"네, 당신이 그렇다면 그렇겠죠. 근데 알아요?"

이 집에서 당신 생각은 이제 아무 소용이 없단 거?

"……."

시오르샤는 어깨를 으쓱하고는 그대로 남편을 지나쳐 버렸다.

"이게…… 도대체 무슨……."

기디언의 눈가가 씰룩였다. 충격으로 눈의 깜빡거림이 줄어들었다. 제게 벌어진 일이 현실인지 믿기지 않는다는 것처럼.

'진심인가? 모두 제정신인 거야?'

순식간에 제자리를 빼앗겨 버린 2황자 레클란의 심정이 이랬을까.

아니. 기디언이 입술을 깨물었다. 이리 될 줄 알았다. 이런 날이 올 줄 알았다.

네이필리나가 제 자리를, 제 것을 하나하나 빼앗아 갔을 때부터.

"그래서…… 일찌감치 없애 버리려 했는데."

단 한 번도 성공하지 못했지.

"어째서? 왜 그 계집애가 얽히면 나는 모조리 실패……."

질문을 던지는 기디언의 발끝 아래로 노란색 드레스 자락이 눈에 들어왔다.

네이필리나였다.

"……포기하거라."

기디언이 고개를 들어 초록빛 눈동자를 응시했다.

"넌 곧 대공비가 될 게 아니냐. 콘체른을, 이 거대한 가문을 어떻게 감당할 수 있겠어."

네이필리나의 눈썹이 잠깐 씰룩였다. 그녀가 천천히 미소 지으면서 물었다.

"제가 만약 둘 다를 원한다면요?"

"뭐?"

"백부, 인정하세요. 저는 당신보다 유능해요."

그녀의 목소리에선 허세도, 오만도 보이지 않았다. 그저 있는 사실을 말하는 것처럼 담담했다.

"몹시도요."

"아버지와 내가 수십 년 동안 쌓아 왔던 이 가문을 네 손에서 끝내게 할 순 없어."

오기처럼 들리는 중얼거림. 아버지와 나. 우습지 않은 구절이 없었다.

"수십 년의 세월이요. 그래요, 맞아요. 그럼 그동안 백부는 뭘 하셨어요?"

네이필리나가 반문했다.

"저는 호텔도, 영지도, 기사단도, 상단도, 콘체른의 전부를 쥐었는데, 뭘 하셨어요?"

"이 새파랗게 어린 계집애가……"

"이미 증명한 줄 알았는데, 백부만 아직도 인정하지 못하고 계시는 듯해서요."

그녀가 어깨를 으쓱했다.

"이 가문은 제 거예요. 제 손에서 무너지고 부술망정, 백부에게 내어 드릴 생각은 추호도 없어요."

네이필리나가 싱긋 웃으며 기디언의 어깨를 지그시 두드리고 지나갔다.

그녀가 스쳐 지나갈 때 들리는 찰나의 속삭임.

"백부가 저라도 그러셨을 테죠."

기디언이 비틀비틀 중앙관을 빠져나왔다.

그답지 않은 망연한 걸음걸이에 하인들이 서로 눈짓을 교환하곤 뒤로 물러났다.

문지기가 눈치를 살피곤 슬쩍 문을 열었다. 네이필리나는 정문을 지나 저택 밖으로 사라지는 기디언의 모습이 보이지 않을 때까지 그 자리에 서 있었다.

"백부, 저는 백부와 다르지 않답니다."

당신과 나는 어떤 식으로든 공존할 수도, 서로의 존재를 내버려 둘 수도 없을 테니까.

전생과 현생을 넘나드는 악연이, 하나가 서면 다른 하나는 반드시 무너 져야 하는 운명이 그녀와 기디언 콘체른 사이를 칭칭 감고 있다.

그녀가 입술을 비틀어 중얼거렸다.

"그러니 가세요. 제 생각대로 움직여 주셔야죠."

이렇게 순순히 물러날 생각은 아닐 거잖아?

멀어지는 기디언을 바라보는 초록빛 눈동자가 냉혹해졌다.

* * *

터덜터덜.

기디언은 콘체른의 저택 밖으로 펼쳐지는 길을 걸었다. 귀족가의 저택 들을 끼고 있는 도로들은 화려하고 세련되게 정비되어 있었다. 지금 기디 언이 밟고 있는 땅도 그랬다. 반질하고 윤이 나는 큼직한 백돌이 타일처 럼 박혀 있었다.

기디언은 발걸음을 멈추지 않았다. 그러다 어느 순간, 뒤를 돌아 제가 나온 집을 응시했다. 실용적인 디자인의 거대한 저택을 눈에 다 담으려면 여기서도 몇 걸음 더 뒤로 물러나야 했다.

"……콘체른."

제 것이 될, 그렇게 되리라 추호의 의심도 없던, 그의, 기디언 콘체른의 왕국.

저택은 나날이 커지고 번화해 가는데 그 주인이 될 자는 되레 초라하고 비참해졌다. 이렇게 순순히 물러나지는 않을 것이다.

어떻게 여기까지 왔는데, 고작 어린 조카딸에게 농락당해 그의 모든 것을 빼앗기기에는 기디언의 자존심이 허락지 않았다.

"……아무도 내게 주지 않겠다면 내가 전부 뺏는 수밖에."

저택을 노려보는 기디언의 손에 힘이 들어갔다.

그럼에도 제가 쥐지 못할 거라면 차라리 부숴 버릴 거다. 주먹 쥔 거친 살결 위로 핏줄이 툭 불거졌다.

그가 향한 곳은 엘 누아르의 앞이었다.

"기디언, 연통도 없이 어쩐 일로."

엘 누아르가 피식 입꼬리를 올렸다.

"전하와 있을 땐 영 내키지 않는 기색이던데, 이제야 결심이 선 겁니까?"

기디언은 대답 대신 손을 내밀었다.

"그 약, 내게도 주시오."

"뭘 말씀하시는지."

"이미 알고 있잖아."

그가 가식 떨지 말라는 듯 이를 악물며 내뱉었다.

검은 약물. 블랙 티어.

"뭐, 여분이 넉넉지 않지만 옛정이 있으니 하나 내어 드리지요. 대신, 제 청은 들어주셔야 합니다. 그렇지 않으면 드릴 수가 없지요."

기디언이 말해 보라는 듯 엘 누아르를 응시했다.

"보름이 다가오고 있습니다. 이 약병을 사용하는 건 반드시 그날이어야 합니다."

타악. 기디언은 엘 누아르가 품에서 꺼내는 약병을 낚아챘다. 그리하겠다는 대답이었다.

"아끼는 이가 있다면 미리 피신시켜 놓는 게 좋을 겁니다."

엘 누아르가 암흑 일색의 하늘을 올려다보며 말했다.

"디온께서 내어 주신 우리 엘 리체의 기사들을 거스를 자는 아무도 없을 테니까요."

엘 리체의 기사. 그게 디에라를 말한다는 걸 아는 이는 얼마 되지 않았다.

"꽤나 끔찍한 광경이 되겠군요."

"그렇다면 구할 사람 따윈 없소이다."

기디언이 차갑게 말을 잘랐다.

그는 저를 매몰차게 등을 돌리던 가족들을 떠올리며 입술을 짓씹었다.

블랙 티어가 담긴 약병을 움켜쥐고 자리를 나가 버리는 기디언의 뒷모습을 엘 누아르가 미소 지으며 바라보았다.

* * *

달칵.

닫은 문 뒤로 기디언이 비틀거렸다. 단단한 마호가니 문이 그를 지탱했다. 기디언은 엘 누아르에게서 받아 온 병을 꺼냈다. 시꺼먼 액체가 불온한 빛을 띠었다.

'앙헬 대공의 약점은 네이필리나 콘체른, 그 계집입니다.'

성국의 대사제가 블랙 티어를 건네주며 했던 말을 떠올렸다.

'그 여자를 없애야 합니다, 그래야 우리가 파고들어 흔들 틈이 있어요.'

'황실과 콘체른을 동시에 급습해서 대공의 시선을 붙잡아야 합니다.'

성국이 준비했던 디에라 군단이 시시각각 가까워지고 있다.

'성국의 사자들이 곧 수도를 급습할 겁니다. 황궁과 콘체른, 두 쪽으로 나누어서요. 경은 이 약으로 최대한의 혼란을 야기하세요. 어수선한 틈을 타서 우리가 네이필리나 콘체른을 손에 넣을 테니.'

그리고 앙헬 대공이 사라진 네이필리나 콘체른을 정신없이 찾는 사이, 황실에선 황제가 붕어할 것이다. 레클란의 손에 의해서.

하지만, 성국의 엘 누아르가 모든 진실을 말한 것은 아니었다.

그는 블랙 티어가 담긴 약병을 움켜쥔 채 성마른 걸음으로 돌아가는 기디언의 뒷모습을 내려다보았다.

'어리석은 놈들.'

엘 누아르는 2황자를 떠올렸다. 성국이 저를 구해 낼 동아줄이라 철석같이 믿으며 원대한 희망에 차 있던 아름답고 멍청한 얼굴을.

'엘 누아르, 그대가 말하는 그 디에라라는 기사가 그토록 대단한가?'

'물론이지요. 전하의 외숙부셨던 마르쉐 후작께서도 그 위용을 보고 혀를 내두르셨답니다.'

'그렇다면 황실로 그 괴물들을 반입시키는 길은 내가 알려 주지. 황족들만 쓰는 통로가 있어. 마법사들과 기사 놈들의 눈을 피할 수 있을 거야.'

레클란은 몹시도 적극적이었다. 그의 눈에 붉은 광기가 언뜻언뜻 일렁였다. 그러나 그도, 기디언도 한 번도 본 적 없던 디에라라는 괴물의 위력을 알지 못했다.

'우매한 자들. 너희는 영원히 우리 엘 리체의 밥이다.'

네이필리나 콘체른이 제 쪽에 있는 한, 대공과 콘체른의 팔다리는 옭아맨 것이나 다름없다고, 엘 누아르는 자신했다.

* * *

황제궁.

"벌써 보름달이 떴구나."

창밖으로 보이는 동그란 달을 힐끗 바라본 황제가 불편한 몸을 뒤틀었다.

"세피니아, 건방진 것……."

황제는 아직도 분을 풀지 못하고 씨근거렸다. 일국의 지존인 제가 먼저 손을 내밀고, 황위까지 쥐어 줬는데 그 은혜에 감사하지는 못할망정 제게 한바탕 퍼붓고 간 것이 약이 올라서 어쩔 줄을 몰랐다.

그러나 세피니아의 통렬한 지적대로, 이제 그녀가 아니면 황제는 그가 그토록 아끼고 수호하던 이 금빛 황좌를 씹어 죽일 앙헬이나 마르쉐의 뻐꾸기에게 넘겨줘야 할 처지였다.

꽉 쥔 주먹 사이로 분노 대신 손톱이 아프게 박혀 들었다.

"이…… 어떻게 짐의 주변에는 죄다 헬리오스를 능멸하려는 치들밖에 없단 말인가……!"

그러니 그는 하는 수 없이 부글부글하는 감정을 홀로 삼킬 수밖에 없었다.

병자가 속을 제대로 풀지 못하니 병환이 더 깊어지는 건 수순이었다.

그때,

"부황."

그의 속을 불사르는 존재 하나가 나타났다.

"레클란, 네놈이 여기 어쩐 일이냐."

황제는 퉁명스럽게 대꾸했다. 쭈뼛거리는 그를 쳐다보지도 않고, 외면하는 건 덤이었다.

"짐이 자중하라 일렀을 텐데. 허구한 날, 술만 먹고 쏘다닌다는 놈이 여긴 뭐 하러 면상을 디미는지 모르겠군."

"아들이 낳아 주신 부모의 안부를 여쭙고자 함도 죄가 됩니까."

"하."

황제가 코웃음 쳤다. 숨길 기색도 없는 명백한 비웃음에 레클란이 애써 표정을 관리했다.

"물러가라. 네 꼴은 보기도 싫으니."

그가 진절머리 난다는 듯 손사래 쳤다.

"부황의 건강이 염려되어 백방으로 약을 찾고 있습니다. 저는 미워하셔도 이 제국을 지탱하는 부황을 걱정하는 제 마음은 받아 주십시오."

"하, 네 꼴을 보지 않으면 10년 병도 나을 테다. 로열 엘릭서도 아닌 걸 들고 와서 무슨 생색을 내는 거야."

"이건 성수입니다, 부황. 엘 리체의 교황이 제 성력을 담은 거지요. 구하느라 얼마나…… 힘들었는지 모릅니다."

레클란이 들고 있는 쟁반 위에는 조그만 약병이 있었다.

"필요 없으니 물러가라. 꺼지라고 기사를 부르기 전에."

그러나 다가오는 황자의 그림자는 점점 길어졌다.

"물러가라고……!"

황제가 짜증스럽게 일갈할 즈음에 레클란은 이미 지척까지 다가와 있었다.

"누구 없느냐, 경비…… 꼴도 보기 싫으니 어서 끌고 가!"

그러나 밖이 이상하게 조용했다. 지금쯤 침실 문을 열고 들어와 놈을 끌어내야 할 호위 기사들도, 시종들의 인기척도 들리지 않았다.

황제는 한 박자 늦게 기이함을 인지했다.

'애초에 저놈이 어떻게 이곳으로 들어온 거지?'

그는 놈의 방문을 윤허하지 않았다. 놈은 여태 그랬듯 입구에서 쫓겨나야 했다.

지나친 적막. 저와 레클란, 단둘만 남은 침실.

창을 전부 두껍고 긴 커튼으로 가려 밝은 오후에도 어둡고 음침한 공간의 싸늘한 공기가 황제의 살갗에 닿았다.

'아뿔싸, 저놈이……!'

"부황."

비정한 미소를 띤 레클란이 황제의 팔을 움켜잡았다.

"네놈……."

순간 뻐꾸기 새끼의 눈에 비친 살기를 읽어 낸 그는 본능적으로 레클란의 손을 떨쳐 냈다. 그러나 황제는 병자였고, 레클란은 한창때의 건강한 성인 남성이었다.

가뜩이나 며칠째 병상에 누워 있던 그가 우악스럽게 볼을 잡아채는 손을 피하기란 불가능했다.

"부황을 위해서 가져왔는데 드시지 않겠다면……."

레클란이 마개를 딴 병을 강제로 황제의 입에 들이부으려고 했다. 생존을 위한 처절한 욕망 때문일까, 황제의 버둥거리는 손에 약병이 걸려 날아갔다.

채앵-! 바닥으로 떨어져 쏟아지는 검은 액체들. 다시 주워 담기는 불가능했다.

"제기랄!"

레클란의 얼굴이 일그러졌다. 이 기회를 놓칠 수는 없었다. 약이 있든 없든, 황제는 오늘 이 자리에서 죽어야 했다. 그는 단숨에 옆에 놓인 쿠션을 집어 들었다.

"으, 으읍……!"

그리고 황제의 얼굴 위로 놓은 쿠션을 무지막지하게 짓누르기 시작했다.

"으, 으으읍……!"

"그러게, 순순히 드셨다면 제가 이렇게까지 할 필요가 없었잖습니까. 이건 제 잘못이 아닙니다. 부황께서 자초한 거예요."

편안하게 보내 드리려고 했는데, 안타까워서 어쩌나. 버둥거리던 앙상한 팔다리가 점점 느려지더니 이내 종국에는 완전히 움직임을 멈췄다.

레클란이 천천히 쿠션을 떼어 냈다. 아래를 내려다보는 그의 얼굴에 비정한 희열이 스쳤다.

"주지 않겠다면 제가 가져온다고, 말씀드렸잖습니까."

제국은 제 것이다. 황위도 제 것이다.

"모조리, 제 것입니다. 누구에게도 내어 주지 않을 거예요. 설사 부황, 당신이라도요."

"그래? 내게도 말이냐?"

뒤에서 들리는 목소리에 레클란이 불에 덴 듯 고개를 들었다.

"누, 누님!"

세피니아 황녀가 침실의 커튼 뒤에서 걸어 나왔을 때, 레클란의 눈은 튀어나올 것 같았다.

"내가 주지 않겠다 하면 이번엔 나도 죽이려고?"

"죽, 죽이다니요. 무슨 말씀을……."

레클란은 문득 제 손에 여전히 쿠션이 쥐어져 있다는 걸 깨달았다.

"내 눈으로 본 것조차 부정할 것이냐! 여봐라!"

세피니아의 고아한 외침이 쩌렁쩌렁 궁을 울렸다.

"황제를 시해한 자다! 포박하라!"

동시에 문이 왈칵 열리며, 기사들이 쏟아 들어왔다.

"놔, 놓아라!"

로잔 기사단장이 레클란의 등을 거칠게 내리누르며 제압했다. 잡히지 않으려 발악했지만 홀로 수많은 기사들을 상대하는 건 불가능했다.

결국, 그는 볼썽사납게 무릎을 꿇린 채 세피니아를 올려다보아야 했다. 그러다 문득 발견했다. 기사들 사이로 서 있는 황제의 그림자들을.

황제의 곁에 있어야 할 자가 왜 세피니아의 곁에 있을까.

"설, 설마……."

'젠장, 함정이었구나.'

세피니아는 일부러 기다린 거다. 레클란이 부친을 죽이기를. 그리고 그 찰나의 순간을 잡아 저까지 처리하기를.

"어, 어떻게……. 누, 누가……."

그의 수중에 배신자가 있었다. 도대체 누가……?

"어떻게 내가 여기 있냐고? 아니면, 어떻게 네가 올 것을 알았냐고 묻는 것이냐?"

세피니아가 한 발 물러서더니 제가 있던 커튼을 열어젖혔다.

그리고 그곳에는,

"전, 전하……."

오들오들 떨고 있는 에울리케가 있었다. 레클란이 이를 으득 갈았다.

"에울리케, 어떻게 당신이……!"

저를 밀고한 게 다른 이도 아니고 아끼고 귀애하던 아내라니!

뼛속 깊은 배신감에 레클란이 깨문 입술이 터져 핏줄기가 흘렀다.

"저, 저는 그저 전하가 안전하길 바랐어요. 당신이 나락으로 떨어지는 걸 볼 수가……."

"모두 당신을 위해서기도 했어! 내가 황제가 되면 당신 역시……!"

"그런 거 바란 적 없어요! 난 한 번도 바라지 않았다구요. 전하만 있으면 됐었는데……."

황자와 황자비가 번갈아 고함쳤다. 기괴한 꼴이었다.

기사가 억센 손으로 레클란을 동여맨 밧줄을 잡아당겼다. 중심을 잃은 레클란이 바닥으로 나동그라졌다. 머리가 바닥으로 부딪치며 쿵 하는 묵직한 소리가 났다.

나동그라진 채 고개를 든 레클란의 이마는 깨어지고 붉게 달아올라 있었다. 하지만 황자의 상태를 살피거나 수치스럽게 쓰러진 몸을 일으켜 주는 상냥한 손 따위는 없었다.

"다치겠어요! 제발, 그이를 다치게 하지 말아요. 조심해서……!"

"흥."

에울리케의 발작적인 외침에 기사가 콧방귀를 끼었다.

"볼만하구나, 레클란."

세피니아가 그를 내려다보았다. 무릎 꿇린 채로 레클란은 고개를 들어 그녀를 노려보았다.

"누님은 속이 시원하시겠소. 내가 서야 할 자리에 서서 아주 기고만장하시구려."

"네 자리? 아하하하."

세피니아가 까르르 웃었다. 그녀답지 않은 맑고 깨끗한 웃음이었다.

"레클란, 황실이 네놈에게 얼마나 많은 배려를 해 줬는지 모르는구나."

조롱기 하나 느껴지지 않는 미소를 담고 그녀가 천천히 말해 주었다.

"너는 헬리오스의 혈통이 아니란다. 주디테 황비와 마르쉐 후작의 더러운 씨앗일 뿐이지."

"죽은 내 어머니와 외숙부를 더럽히려는 교활한 이간질을 다른 사람도 아닌 누님이 하시다니."

"이간질, 정말 그럴까?"

세피니아가 어깨를 으쓱했다.

"폐하께서 왜 널 버리셨다고 생각하니? 네 어미와 외숙부가 왜 그렇게 허망하게 죽어 버렸다고 생각해?"

왜 네가 이렇게 한순간에 무너졌다고 생각해? 나직한 말의 향연에 레클란의 얼굴에서 점점 핏기가 사라졌다.

찰나의 기억들이 그의 머릿속을 스쳐 지나갔다.

'수놈을 잡고 나면, 꽤나 너그러워져서 남은 암놈이랑 새끼는 죽이지 않고 놓아주고 싶어지거든.'

마르쉐 후작을 향하던 황제의 은밀한 혼잣말.

'전하, 아무것도 하지 마십시오.'

'다 놓으셔야 합니다. 그래야 전하가 살 수 있습니다.'

제 손을 붙잡던, 후작의 마지막 말. 손등에 남던 끈적한 온도. 끝끝내 등에서 떨어지지 않던 시선.

"말, 말도……."

레클란의 어깨가 바들바들 떨리기 시작했다.

거짓말이다. 믿을 수 없었다. 믿지 않을 것이다. 황좌가 처음부터 제 것이 아니라고는, 이 자리가, 이 삶이 제가 감히 꿈조차 꿀 수 없었다고는…….

그가 내딛고 있는 바닥이 반으로 갈라지는 것 같았다. 그 틈 사이로 지옥이 시뻘건 혀를 내밀고 날름거리고 있는 것 같았다. 무저갱으로 떨어지는 듯한 위태로운 부유감이 레클란을 휘감았다.

왜, 어째서, 왜…….

콰쾅-! 그때 귀를 찢는 거대한 굉음이 울렸다.

"무슨 일이냐?"

동시에 문을 발칵 열고 기사들이 다급하게 외쳤다.

"황녀 전하, 몸을 피하셔야 합니다! 괴, 괴물들이 지금…… 황궁을 습격하고 있습니다!"

"그게 무슨……."

괴물이라니. 이해할 수 없는 단어에 세피니아가 밖으로 달려 나갔다.

그리고 그녀의 눈에 가장 먼저 보이는 것은 황궁의 벽을 넘고 있는 반인반수의 검은 괴물이었다.

* * *

같은 시각, 콘체른 저택.

"내가 내어 가지."

맥밀란에게 차를 들이려는 시녀의 트레이를 낚아챈 기디언은 가주실로 향했다. 복도에서 잠시 멈칫하던 그가 품속에서 약병을 꺼냈다.

뽁. 마개가 열리는 소리와 함께 검은 눈물은 찻주전자의 짙은 찻물 속으로 녹아 들어갔다.

그는 발걸음을 옮겼다. 이윽고 가주실에 기디언이 모습을 드러냈다.

"아버지."

"……네가 어쩐 일이냐."

찻잔이 담긴 트레이를 테이블 위에 내려놓으며 기디언이 마침내 결심했다는 듯 허리를 숙였다.

"아버지, 제가 죄송합니다. 장남으로서 모범을 보였어야 하는데 되레 걱정만 끼쳐 드리고 말았습니다."

그가 깔깔한 목을 가다듬으며 나오지 않는 목소리를 냈다.

"아버지가 시키는 대로 하겠습니다. 몬테그, 제 아들이 있는 영지로 가라 하시면 그리하고, 수도에 남아 네이필리나와 우리 가족들을 도우라 하시면 그리하겠습니다."

푸른색의 날카로운 눈초리가 순간순간 초조하게 방 안을 오갔다. 그마저 완전히 감추지 못한 불안감의 표현이었다.

그러나 언제 그랬냐는 듯, 이내 굳은 표정 뒤로 흔적도 없이 사라지고 말았지만.

"저는 조용히 물러나겠습니다. 추하게 더 달라붙지 않고, 아버지의 무탈을 빌면서……."

"……."

맥밀란은 조용히 아들을 응시했다. 주름진 눈매가 살짝 좁혀지며 기디언의 손에 쥐여 있는 찻주전자에 시선이 닿았다.

기디언이 기다렸다는 듯 찻물을 따랐다. 백색의 찻잔에 맑은 검푸른빛의 액체가 담겼다.

"평소 먹던 차의 색이 아닌데."

"아, 아버지께서 쓰러지셨다는 이야기를 듣고 제가 약차를 수소문해 왔습니다. 성국에서 교황이 직접 정화한 성수라 합니다."

"……성수라고?"

"예. 아버지를 위해 제가 공수한 것입니다. 부디 쾌차하셔서 오래도록 우리 가문과 아이들을 보살펴 주셔야 합니다."

진중해졌지만 여전히 매끄러운 언사. 평소의 기디언과 같았다. 그럼에도 맥밀란의 눈길은 흔들림이 없었다.

"블랙 티어가 아니고?"

흠칫. 기디언이 귀를 의심하며 천천히 돌았다.

"아버지, 지, 지금…… 뭐라고……."

"네가 내민 이 약이 블랙 티어가 아니냐고 물었다. 차 색으로 보아 섞은 것 같은데 말이야."

블랙 티어.

오직 그 존재를 아는 이들만 아는 이름이 맥밀란의 입에서 흘러나왔다.

그렇다면 과연 그가 이게 독이란 건 모를까? 그럴 리가.

"그, 그걸 어떻게……."

부친의 암살 시도를 들켰다는 걸 깨달은 기디언의 회색 눈동자가 순간 재빠르게 주변을 살폈다. 이 방에 저와 부친 둘 말고도 누가 있는지 탐색하는 눈.

죽여서 입막음할 수 있을지, 그 가능성을 재어 보는 비정한 눈.

"아하하하하!"

맥밀란이 웃음을 터뜨렸다. 그러나 그 웃음의 끝이 심히 날카로운 데가 있어, 어떤 기쁨도 느껴지지 않았다. 차라리 회한이 느껴지는 듯했다.

"내가 자식 농사 한번 거하게 망쳤구나. 이 천하의 맥밀란 콘체른이 말이야."

"아버지, 저는……!"

기디언이 황급히 손을 내저으려 했을 때, 동시에 맥밀란이 떨리는 손으로 쥔 지팡이가 쿵 하고 바닥을 내리쳤다.

쾅-! 기사들이 쏟아져 들어왔다. 대기하고 있던 것처럼, 꼭 기디언이 이런 짓을 저지를 것을 알고 있었던 것처럼 모두 무장한 채였다.

"무, 무슨……."

기디언은 주춤주춤 뒷걸음질 쳤다.

"이거, 놔! 감히 누구 몸에 손을 대!"

기디언이 언성을 높였다. 몸을 거칠게 뒤틀며 반항했으나 저를 제압하는 기사들의 손아귀에서 벗어날 순 없었다. 발버둥이 심해지자 기사의 제압이 더 험악해졌다. 버티려는 그의 어깨를 가차 없이 짓누르니 무릎이 꺾이며 바닥을 쿵 찍었다.

그가 오만하게 주인으로서 군림하던 이들 앞에서 내보이는 수치스러운 자세였다. 단정하던 옷은 잔뜩 주름이 졌고, 머리칼은 헝클어졌으며, 얼굴은 시뻘겋게 달아올랐다.

"설마, 아버지가 절 함정으로 내몬 겁니까?"

배신감에 찬 음성으로 양팔을 잡힌 채 끌려가면서도 기디언은 고함을 쉬지 않았다.

"놔, 놔라!"

그가 팔을 뿌리쳤다. 이대로 잡혀가면 끝이라는 걸 알고 있어서일까.

"나는 도대체 이해할 수가 없구나. 네가 뭐가 부족해서, 내가 네게 무엇을 못 해 줬길래."

이제 맥밀란의 목소리에선 회한이 배어 나오고 있었다.

"어째서 네가 이런 금수로 자란 것이냐? 아비는 정말 믿을 수가 없구나."

"저는, 아버지, 전⋯⋯!"

기디언은 어버버하며 발버둥 치다 기사의 어깨 너머로 일렁거리는 금발 머리를 발견했다.

"네이필리나 콘체른!"

순간 기디언의 눈에서 불이 튀었다.

"또 너야! 또 너라고, 이 빌어먹을!"

그가 악을 쓰듯 내질렀다.

"네가 아버지와 나 사이를 이간질한 거지? 못 배우고 하찮은 계집애 따위가 감히⋯⋯."

철썩. 기디언은 순간 돌아간 뺨을 붙잡고 믿을 수 없다는 듯 눈을 크게 떴다.

폭력의 주체는 된 적 있어도 그 대상이 된 건 살아생전 처음이었다.

"너는 어떻게 처음부터 끝까지⋯⋯!"

네이필리나가 가주의 어깨 위로 손을 얹었다. 흥분한 맥밀란을 진정시키기 위해서였다.

그의 뒤로 네이필리나가 당당하게 서는 모습이, 두 조손 뒤로 보이는 콘체른의 문장을 갈가리 찢어 버리고 싶다고 생각했다.

꼭 제가 원흉인 것처럼 보이지 않나. 저만 빠지면 이 집안은, 이 가문은 평화롭게 흘러갈 것처럼, 제가 모든 악의 근원인 것처럼.

"저를 막으면 된다고 생각하세요? 아버지는 저만 없으면 모든 문제가 해결될 것 같으시죠?"

그런데 어쩌죠. 기디언이 광기에 찬 얼굴로 킬킬거렸다.

그때였다. 쿵-!

거대한 굉음이 저택을 흔들었다.

"뭐야? 무슨 일이야!"

"아악! 괴물이!"

어지러운 비명과 고함 소리가 연이어 들려왔다. 바터가 상황을 알아보기 위해 다급하게 창가로 다가섰다.

"도대체 저게 무, 무슨……!"

그리고 우뚝 멈춰 서고 말았다. 생전 처음 보는 괴물체들이 콘체른 저택의 벽을 오르고 있었기 때문이다.

그중 하나와 눈이 마주친 것도 같았다. 샛노란 짐승의 눈을 마주하고 바터가 흠칫 어깨를 굳히는 순간, 괴물이 땅을 박차고 도약했다.

위에서 내려다볼 때 엄지손가락만 하던 짐승의 육체가 순식간에 가까워지는가 싶더니,

"피하십시오, 가주님!"

창문과 벽 할 것 없이 가주실의 일면이 그대로 부서졌다. 믿을 수 없게도 저택의 담에서 이곳, 가주실이 있는 중앙관의 첨탑까지 단번에 도약해 벽에 그대로 제 몸을 부딪친 것이다.

창문이 깨어지고 벽이 부서지며 먼지가 아지랑이처럼 피어올랐다.

'디에라가 벌써? 이곳을?'

네이필리나가 기디언 쪽으로 곧바로 고개를 돌렸다.

아니나 다를까, 그는 놀라지 않았다. 되레 입꼬리를 올리며 디에라들이

저택을 엉망으로 만드는 양을 내려다보고 있었다.

다시 쿵-!

도약한 디에라가 벽에 제 온몸을 부딪쳤다.

"오래 버티지 못할 겁니다. 빨리 몸을 피하셔야 합니다!"

이 자리에 있는 건 가주와 그가 선택한 후계자, 그리고 반란을 꾀한 후계자까지, 가문의 가장 주축이 되는 인물들이었기에 기사들은 일단 기디언의 처분보다는 먼저 이 상황을 피하고 안전을 꾀하기를 택했다.

버터와 기사들이 맥밀란을 데리고 나가느라 정신이 없는 사이, 기디언은 운신이 자유로워진 틈을 타 네이필리나에게 달려왔다.

그리고 그녀의 목덜미를 집어 들고는,

"안 돼애애……!"

저택의 호정을 메운 디에라들 속으로 네이필리나를 던져 버렸다.

"네이필리나!"

찢어지는 부친의 비명도 아랑곳 않았다.

기디언이 숨을 헐떡였다. 입꼬리가 쭈욱 찢어진 채 미소로 조카를 내던진 아래를 내려다보는 그는 흡사 악마의 현신 같았다.

조금 전 조카딸의 목덜미를 쥐었던 온기가 아직도 그의 손에 남아 있었다. 그는 그제서야 인정했다. 마음 깊은 곳에서 소리치던 진심은, 사실 저는, 네이필리나를 죽이고 싶었다는 걸.

그저 대공의 약점으로 성국의 손에 고이 들려 보내는 건 성에 차지 않았다. 저 애는 그의 것을 하나하나 부수고 깨뜨리고 빼앗아 온 원흉이다.

그러니 저 아이는 죽어야 한다. 언제 또다시 그가 세운 것들을 빼앗아 가려 할지 모르니까.

"네이! 아아악! 안 돼애애!"

뒤늦게 달려온 헨리와 릴리엔이 괴물 떼에 둘러싸인 네이필리나를 보았다.

작고 가녀린 딸은 저 괴물들에게 갈기갈기 찢기고 말 것이다. 도대체 몇 번이나 딸을 잃어야 하나. 죽음은 왜 저 착한 아이를 비켜 나갈 생각을 하지 않는 걸까. 왜! 왜! 왜!

찰나의 순간, 수만 가지 생각들이 그들을 스쳐 지나갔다.

그러나 놀라운 일은 다음에 일어났다. 네이필리나의 손끝에서 붉은 빛이 번뜩이는가 싶더니 그대로 날아가,

콰득-! 디에라의 머리통을 박살 내고 만 것이다.

"끼에……!"

디에라는 멱따는 소리를 내며 절명했다. 피와 살점이 뚝뚝 떨어지는 동료의 처참한 말로를 본 디에라들이 주춤했다. 근육질의 뒷다리가 파들파들 뒷걸음질 치기도 전에, 다시 붉은 빛이 연속으로 번득였다.

네이필리나가 고개를 들었다.

"괜찮으십니까, 아가씨?"

장검을 빼어 든 리안이 훌쩍 뛰어와 네이필리나의 앞에 무릎을 꿇었다.

그녀 역시 디에라의 피로 범벅이 되어 있었다. 콘체른의 고용인들은 침음을 삼켰다.

조용조용 막내 아가씨를 따라다니던 시녀가 장검을 자유자재로 휘두르며 적들을 도륙하는데, 심지어 그 주인인 네이필리나는 붉은 빛을 쏴 대며 괴물들을 하나하나 처리하고 있었다.

그 순간만큼은 네이필리나가 마치 신처럼 전지전능하게 느껴질 정도였다.

"보스!"

익숙하면서도 다급한 목소리가 달려왔다. 부서진 저택의 담벼락 너머로 바카디의 얼굴이 보였다.

"괜찮으십니까? 무사해서 다행입니다."

"어떻게 된 거야?"

"디에라 군단이 수도를 급습했습니다. 보스의 예상대로예요."

바카디가 덧붙였다.

"다만 황궁으로만 갈 줄 알았던 저놈들이 보스에게도 찾아왔다는 것만 빼고요."

처음부터 콘체른 저택을 노린 것 같다고 바카디가 덧붙였다.

'성국이 내 능력을 알아낸 건가?'

아니다. 그랬다면 디에라 외에도 성기사나 추기경이 이쪽으로 왔을 것이다.

네이필리나의 능력은 그들에게 있어 어쩌면 앙헬 대공의 것보다 더 위험하니까.

"대공저는?"

"텅 비어 있습니다."

대공저에는 하나도 없는 디에라 군단이 이쪽으로 왔다는 것은.

"날 미끼로 잡으려는 거로군."

그녀가 비식 웃으며 고개를 들었다. 반쯤 깨어진 건물 사이에서 살아남은 네이필리나를 보고 경악하는 기디언이 보였다.

"미르딘은 어디에 있지?"

"주인님!"

때마침 미르딘이 죽은 디에라의 시체를 훌쩍 뛰어넘어 왔다.

"으으, 지독한 냄새가 나네요."

말간 얼굴에 초록빛 눈동자가 잔혹하게 빛나는가 싶더니, 이내 사그라들었다.

"미르딘, 디에라에 물리거나 블랙 티어에 감염된 자들에겐 엘릭서를 줘. 디에라로 변화하지 않도록 해 줄 거야."

모자라진 않겠지?

"네. 가주님께서 이번에 이단바를 대량으로 가져오셔서 충분해요."

미르딘이 고개를 끄덕였다.

"가족들에게도 미리 나눠 주는 것이 좋겠어. 부탁할게."

"주인님은, 어쩌실 참이에요?"

미르딘이 걱정스럽게 그녀를 응시했다.

"막아야지. 저 검은 개들이 내가 쌓아 온 터전을 마냥 부수게 내버려 둘 수는 없으니까."

그녀는 바카디를 향해 몸을 돌렸다.

"바카디, 백부를 놓치지 마."

"예, 보스."

네이필리나가 죽은 디에라들을 하나하나 살피기 시작했다.

그녀가 손을 댈 때마다 디에라의 기운이 빨려들어 가며 시체가 바싹바싹 나뭇가지처럼 말라 갔다.

준비한 비장의 무기가 되레 네이필리나의 연료가 되어 주고 있다는 사실을 성국이 안다면, 얼마나 배가 아플까.

* * *

"꺄아아악……!"

"으아악! 살려, 살려 줘!"

황실과 수도는 공포에 질렸다.

반인반수의 괴물들은 황궁을 무너뜨렸다. 헬리오스가 자랑하는 금빛 지붕에 검은 연기가 피어오르는 걸 보고 모두가 잠시 놀라 할 말을 잃었다.

그 과정에서 황제를 비롯한 직계 황족들마저 목숨을 잃었다는 소문이 간간이 들려왔으나 상황이 워낙 혼란하여 진실의 여부를 가릴 수는 없었다.

디에라들은 수도의 거리에까지 즐비했다.

그들이 걸음 하는 곳곳마다 비명이 울리지 않는 곳이 없었다. 인간을 찢고 할퀴고 죽여 버리는 힘과 잔혹성.

건장한 기사들의 마나를 담은 소드도, 중급 이상의 마법사들이 쏘아 낸 마법도, 전부 괴물들의 두꺼운 피부를 뚫지 못하고 튕겨 나갔다.

"까아아악! 우린 전부 죽고 말 거야!"

엘 누아르가 입꼬리를 올렸다.

"반나절이면 우리 손에 떨어지겠군."

여기저기서 피어오르는 비명이 그토록 아름답게 들릴 수가 없었다.

그는 수도가 한눈에 보이는 황성 밖의 망루에 올라 있었다. 수도에 이지가 없는 디에라를 잔뜩 풀어놓고서 정작 저들은 그 피해에서 벗어나기 위해 마련한 거점이기도 했다.

그때 성기사단장이 달려와 전황을 보고했다. 망루 아래에는 은빛 갑주를 입고 크림색의 로브를 걸친 성기사들이 빽빽이 진을 이루고 있었다.

일부는 황궁으로 떠난 다음이었음에도 남아 있는 수가 일국을 침략하기에 모자람이 없었다. 전부 무장한 채였다.

성국을 지킬 최소한의 전력만을 남기고 엘 누아르가 제국으로 데려온 것이다.

"엘 리체의 성기사들이 황궁을 점거했습니다."

"황제는? 죽었겠지?"

"예. 2황자가 거사에 성공한 듯 보입니다만……. 문제는 현장에서 1황녀에게 적발되었다는군요."

올라가 있는 입꼬리가 단숨에 찌그러졌다. 엘 누아르가 인상을 잔뜩 찌푸렸다.

"뭐? 멍청한 놈, 그걸 왜 들켜? 그래서 어떻게 됐다던가?"

"1황녀의 기사들에게 체포되었을 때 우리 쪽 디에라들이 황궁을 공격하기 시작해서, 아수라장이 된 틈을 타 도망친 것으로 보입니다."

"흥, 제 한목숨 살리겠다는 그 집념은 인정해 줘야겠군. 1황녀는?"

"행방이 묘연합니다. 아직 수색 중입니다."

"반드시 찾아내서 죽여야 해. 약혼자가 황실 기사단장이라지? 황녀를 밖으로 빼돌렸을지도 몰라. 우리 거사에 헬리오스의 진짜 피가 한 방울이라도 남아 있다간 골치 아파질 테니까."

"예. 2황자가 알려 준 황궁의 비밀 통로를 모조리 수색 중입니다. 황실 기사단장이 디에라를 막다 치명상을 당했다 하니 그쪽도 오래 버티진 못할 겁니다."

성국의 기사단장은 자신만만했다.

엘 리체의 성기사들이 초토화된 헬리오스 황궁에 들어서자마자 가장 먼저 한 것은 성국의 크림빛 깃발을 내거는 것이었다.

그리고 곧, 수도 곳곳에도 같은 일이 벌어질 것은 자명했다. 수도가 먹히고 나면 끝이다.

"우두머리들만 없으면 돼. 우매한 백성들을 구슬리는 건 어렵지 않지."

헬리오스의 광활한 영토 위의 유일신은 오직 디온이 될 것이다.

절망과 한 줌의 희망 속에서 모두가 디온을 부르짖으며, 성국의 손길을 간절히 찾아 대겠지.

황홀한 상상은 곧 현실이 될 터.

"그러니 황족을 모조리 말살시켜야 한다."

"2황자는 어쩔까요. 우리 성국이 완전한 구원으로 나서기 위해선 그도 죽여야 하지 않겠습니까……."

"뭐, 이 수라장을 헤치고 굳이 놈을 찾을 필요까진 없을 걸세. 그치라면 제 발로 우리에게 찾아올 게야. 살아 있다면 말이지."

엘 누아르가 고개를 저었다.

"끝이 날 즈음엔 놈도 제정신이 아닐 걸세. 실성한 자가 황제가 되어 주는 게 우리 엘 리체에겐 더 경사인걸."

그가 몸을 돌렸다.

"앙헬 쪽은?"

"정찰 보낸 이들에 따르면 북부군 기사들이 급히 대공저를 떠났다 하였습니다만, 황궁에선 보이지 않았습니다."

"하하하! 그럼 결국 콘체른을 선택한 건가?"

엘 누아르의 미소가 만면에 차올랐다.

"역시 가족보다는 사랑하는 여자지, 암. 대륙을 공포에 떨게 했던 악마조차 사랑 앞에선 눈먼 사내일 뿐이로고."

그의 미소는 가실 길이 없었다. 엘 리체의 대업이 이루어질 순간을 목전에 두고 있는데 어찌 아니겠나.

"하지만 엘 누아르, 콘체른에선 아직 깃발이 오르지 않았습니다. 기디언 콘체른이 그 계집을 빼돌리는 데 실패했다는 뜻이 아니겠습니까. 그런데 지금 앙헬 대공이 콘체른으로 향한다면……."

다른 성기사가 우려를 표했다.

"그놈은 애초에 기대조차 않았다. 아무렴 이 엘 누아르가 내내 실패만 거듭했던 자에게 우리 거사의 대운을 맡길까."

엘 누아르는 자신만만하게 손을 들었다.

"그럼……."

"마법진을 쓸 때가 왔다. 블랙 티어를 준비시켜."

"예."

성기사단장의 신호를 필두로 성기사들이 망루의 성벽 아래로 내려갔다.

성벽 아래에는 규칙적인 간격으로 말뚝이 박혀 있었는데, 성기사들은 그것을 하나씩 파내기 시작했다.

그리고 어느새 빼내진 말뚝이 모이고 모여 거대한 산을 이룰 즈음, 번득이는 붉은 빛 실선이 빛나며 말뚝이 박혔던 자리를 이었다.

호를 그리는 거대한 실선에서 선이 수십 갈래로 다시 돋아 나왔다.

부채꼴의 외부에서 중심으로 좁혀지듯 한 형상을 그렸지만, 실선이 향하는 방향은 모두 동일했다.

성벽의 안쪽, 즉 수도를 향해서.

"디온께서 우리에게 하사하신 이 기적의 길 위에서 새로운 역사가 탄생하리라. 부어라!"

엘 누아르의 명을 필두로 성기사들이 블랙 티어를 양동이째로 말뚝이 박혔던 자리에 쏟아 냈다.

붉은 실선은 블랙 티어를 빨아들이며 요동치듯 흔들리는가 싶더니 삽시간에 검은색으로 번져 갔다.

그 검은 선은 방대하고 촘촘하게 이어져 있어, 위에서 내려다보았을 땐 꼭 수도로 검은 파도가 느리게 넘실대며 밀려오는 것처럼 보였다.

"아아악, 커커커커컥……!"

검은 물결은 제게 닿은 사람이든 사물이든 죄다 삼켰다. 그리고 다시 디에라로 뱉어 냈다.

블랙 티어에 닿아 디에라가 된 자들은 이지를 잃고 조금 전까지 저와 함께 도망쳤던 가족의 목을 물어뜯었다.

물린 자들은 또다시 디에라로 변했다. 콰지직, 살을 물어뜯는 소리가 여기저기서 들렸다.

"저 검은 물에 닿고 나서 괴, 괴물로 변했어!"

"피해! 도망쳐! 앞으로 가! 어서 도망치지 않고 뭐 해!"

우왕좌왕하던 사람들이 경악했다. 밀려오는 물결에 닿지 않으려 너도나도 할 것 없이 달리기 시작했다.

도망치는 이들이 쇄도하면서 발을 헛디디거나 엎어지고 압사하는 사람도 있었다. 그러나 인파에 뒤섞이고 엉켜 사람들은 그저 물결을 피하는 데만 급급했다.

전염병처럼 디에라가 실시간으로 번져 가고 있었다.

"자, 앙헬 대공이 이래도 감당할 수 있을까?"

제 여자 말고도 지켜야 할 게 상당할 거야.

엘 누아르가 킬킬 웃었다.

* * *

한편 기디언 콘체른은 거친 숨을 몰아 내쉬고 있었다.

"허, 허억, 허억⋯⋯!"

디에라 떼 사이로 제가 집어 던진 네이필리나가 무심하게 디에라들을 살육하는 걸 보고 경악을 금치 못했던 그였다.

그는 그 자리에서 곧바로 도망쳤다. 콘체른의 기사에게 잡혔다간 끝이라는 걸 알고 있었기 때문이다. 부친도, 콘체른의 누구도 이제는 저를 절대 용서하지 않을 테니까.

저 복도 끝에서 어른거리는 그림자가 보였다. 디에라들이 이제 저택 내부까지 들어온 상황이었다.

"카카카카각!"

"살려 줘어! 커억!"

늙은 고용인 하나가 그 대신 디에라의 손아귀에 붙잡힌 사이, 기디언은 급하게 몸을 돌려 내달렸다.

복도의 창 사이로 호정에서 벌어지는 광경이 눈에 들어왔다.

디에라의 거대한 몸이 도망치는 고용인들을 향해 기울어졌다. 날카로운 발톱이 인간의 연약한 피부를 갈랐고, 근육질의 팔다리가 인간들을 장난감 집어 던지듯 후려쳤다.

그들은 비명을 낼 새도 없이, 땅에 식은 육체가 채 닿기도 전에 죽었다.

압도적인 속도와 힘에 누구도 디에라에 대항하지 못했다. 이건 심지어 싸움이라 부르기도 어려웠다. 그저 어린아이가 잔혹한 호기심으로 개미

떼를 짓눌러 죽이듯, 일방적인 살육전이었다.

그는 참담한 광경에 몸을 떨면서도 저 멀리 저택 밖으로 나가는 네이필리나의 뒷모습을 발견하고 노려보았다.

"저 계집도, 엘 리체 놈들도…… 전부 날 속였어."

네이필리나는 괴물을 찢어발길 능력이 있다는 걸 꽁꽁 숨겨 왔다.

지금도 보라! 모두 꽁지가 빠지게 도망치기 바쁜데 저 혼자 괴물 떼를 향해 나아가는 것을! 꼭 제가 이 상황을 타개할 유일하고 전지전능한 신이라도 되는 듯이!

엘 리체의 추기경이 단언하던 블랙 티어는 저 계집애에게 아무런 방해가 되지 못했다.

씹어 죽일 놈들. 신의 힘이니 뭐니 그렇게 자신만만하더니……. 전부 마음에 드는 게 하나도 없어.

기디언이 속으로 욕설을 지껄이며 초조하게 입술을 짓씹었다. 찢긴 입술 사이로 핏방울이 비치는 것도 아랑곳하지 않았다.

이제는 조카딸을 향한 증오보다 머리 뒤를 쭈뼛 세우는 공포가 먼저였다. 네이필리나 콘체른이 숨겨 놓은 능력이 또 얼마나 있을까. 그리고 저는 저 계집을 누르고 이길 수 있을까.

죽음마저 피해 가는 인간을 제가 과연 넘어설 수 있을까.

"미, 미쳤어. 저건 그냥 괴물이잖아……."

그는 도저히 자신할 수 없었다. 여태껏 무수한 패배에도 꺾이지 않았던 그의 불굴의 의지가 비로소 색이 바래는 순간이었다.

그는 결국 인정하고 말았다. 자신은 저 새파랗게 어린 조카를 결코 넘어설 수 없으리라는 걸.

"도망, 도망쳐야 해. 여기서…… 빠져나가야 한다고."

다만 그는 다른 이들처럼 막무가내로 당황하고 도망치는 대신, 조금 더 머리를 쓸 수 있는 여력이 남아 있었다.

"빈털터리로 도망칠 순 없어."

2황자를 후원하느라, 그리고 거듭된 실패로 당장 손에 쥘 수 있는 현금조차 조달하지 못하는 그에겐 더 이상 돈 나올 구멍이 없는 상황.

그러나 기디언은 망설임 없이 발걸음을 옮겼다. 그가 향한 곳은 중앙관이었다.

부부 침실로 들어선 그는 성마른 손길로 화장대의 서랍을 죄다 열어젖혔다. 벽 한쪽에 걸려 있는 가죽 가방을 가져오는 것도 잊지 않았다. 화장대의 서랍을 열자, 시오르샤가 자랑하고 제 자식처럼 아끼는 보석들이 번쩍번쩍 화려한 아름다움을 발했다.

망설임 없이 패물들을 쓸어 담은 그는 옆방으로 자리를 옮겼다. 시오르샤의 개인 집무실이었다.

그는 성큼성큼 그녀의 책상 아래로 기어들어 갔다. 거기엔 그녀가 몰래 숨겨 둔 금고가 있다는 걸 알고 있었다.

"제길, 이게 왜 이렇게 안…… 열려……!"

마침내 낑낑대며 금고의 문을 연 그가 안에 있는 지폐 다발을 마구 집어 가방 안에 넣었다.

잠시 후 다급하게 방을 나선 그의 한 손에는 가방이, 다른 한 손에는 날 선 단검이 들려 있었다.

복도에 세워 둔 철기사 모형에서 **빼내** 온 거였다. 그나마 지금 그에게 있는 유일한 무기이기도 했다.

"됐어. 이대로만 나가면 돼. 아직 뒤편까진 저 괴물들이 오지 않았으니까……."

그가 안도의 한숨을 내쉴 때였다.

"여보! 여태 어디 있었던 거예요!"

중앙관을 빠져나가기도 전에 기디언은 저를 찾고 있었던 시오르샤와 정면으로 마주치고 말았다.

높게 틀어 올린 그녀의 머리칼은 난리 통을 겪으며 여러 가닥이 삐져나와 있었고, 잔뜩 부풀린 공단 드레스는 끝이 거칠게 뜯겨져 있었다. 누가 봐도 밖에서 안으로 쫓겨 온 모양새였다.

"봤어요? 괴물들이 지금 저택 안으로 들어와서 난리도 아니에요! 네이필리나가 식구들의 피난처를 구해 놨대요! 당신도 어서 나랑 같이……!"

그녀가 일순 말을 멈췄다. 남편이 들고 있는 가죽 가방 위로 삐죽삐죽 솟아 나온 지폐 따위를 발견했기 때문이다.

"당신, 지금 들고 있는 게 뭐예요?"

시오르샤의 시선이 지폐 다발에 이어 당황을 감추지 못하는 남편의 얼굴을 지나, 중앙관의 복도, 문이 열려 있는 제 집무실과 침실로 향했다.

그리고 마침내 닫히지도 않고 제멋대로 빠져 있는 화장대 서랍에 머물렀다.

"그 돈 어디서 난……. 아니지, 당신 손에 들고 있는 가방 열어요. 안을 봐야겠어요."

"시, 시오르샤."

"아니면 내가 열까!"

시오르샤가 우악스럽게 가방을 낚아채 바닥으로 집어 던졌다. 쾅-! 하는 소음과 함께 가방이 열리며 안에 있던 것들이 튀어나왔다.

나풀거리는 지폐 다발과 달각달각, 서로 맞부딪치며 맑은 소리를 내는 시오르샤의 패물들이었다. 심지어 그 안에는 그녀의 결혼반지와, 첫아이의 탄생을 기념하는 세례 팔찌까지 있었다.

"아아……."

제 예상이 진실로 확인되자 시오르샤가 비틀거렸다. 창백한 얼굴 위로 망연함이 떠오르는가 싶더니, 이내 분노로 변화했다.

"시오르샤, 그게 아니라……. 난 그저 저 괴물들에게 이 돈을 다 뺏길까……."

"이 도둑놈!"

기디언의 눈앞에 불이 튀었다. 그녀가 있는 힘껏 뺨을 올려붙였기 때문이다.

"하, 정말 끝까지 당신답다고 해야 할까?! 한 번도 변하질 않아! 혼자서만 내빼려고!"

그녀의 얼굴이 시뻘겋게 달아올랐다. 괴물들에게 쫓기던 급박한 상황임에도 화가 머리끝까지 치밀어 오른 것 같았다.

"당신, 미쳤어?"

"그래, 미쳤다! 그럼 이 상황에서 내가 제정신이겠어?!"

평생 모았던 재산을 혼자서 홀라당 훔쳐서 내빼려는 남편을 찾아 목숨 걸고 여기까지 왔다가 이 꼴을 봤는데!

기디언을 붙잡고 거칠게 흔들며 시오르샤는 악을 썼다. 고함 소리가 쩌렁쩌렁 중앙관을 울릴 정도였다. 그 소리를 듣고 저택 안을 배회하던 디에라들이 귀를 쫑긋했다는 건 둘 다 몰랐다.

"제기랄, 놔!"

기디언이 짜증스럽게 아내의 손을 뿌리쳤다. 거칠게 밀쳐진 시오르샤가 바닥으로 넘어지는 것도 아랑곳하지 않고, 그는 쏟아진 돈과 패물을 다급히 가방으로 집어 담고는 벌떡 자리에서 일어났다. 아내가 올려붙인 뺨이 아직도 얼얼했다.

"네이필리나, 그래. 잘됐군. 당신은 그 계집애 등에 붙어서 알량한 목숨 구하도록 해. 난 떠날 테니까. 콘체른이라면 이제 지긋지긋해."

"기디언!"

"당신이 네이필리나한테 붙었을 때 우린 끝났어. 위선 좀 그만 떨어. 우리가 언제 제대로 된 부부긴 했나? 이제 와서 구차하게 신경 쓰는 척은."

시오르샤를 노려보며 내뱉은 기디언은 그대로 쓰러진 아내를 지나쳐 가려 했다. 상처를 넘어 독기에 찬 눈을 한 시오르샤가 가방을 붙잡고 매달리기 전까진.

"내놔! 그건 당신 게 아냐! 몬테그, 내 아들 거라고!"

"미쳤어? 안 놔?!"

"못 놔! 가려면 돈 다 놓고 가! 아악!"

가방을 빼앗으려는 자와 빼앗기지 않으려는 자, 엎치락뒤치락하는 몸싸움이 일었다.

그러다가 일이 벌어지고 말았다.

"허, 허억……. 헉, 허억……."

시오르샤는 제 배를 서서히 내려다보았다. 쏟아지는 붉은 피는 꼭 제 것이 아닌 것처럼 느껴졌다.

어쩐지 실감이 나지 않았다. 불에 덴 것처럼 배에서 느껴지는 화끈한 통증과 서늘한 금속의 감촉도, 그걸 선사한 장본인이 제 남편이라는 사실도.

그녀는 천천히 고개를 들었다. 피에 젖은 단검을 쥔 남편이 덜덜 떨고 있었다.

"그, 그러니까, 내가 놓으라고……."

기디언이 뒷걸음질 치며 도망가는 게 보였다. 시오르샤가 천천히 읊조렸다.

"죽어…… 버려, 이 악마 같은…… 자식……."

쓰러진 그녀의 등 아래로 붉은 웅덩이가 서서히 몸집을 키웠다.

* * *

"허, 허억, 허억……. 내 잘못이 아니야……."

기디언은 뒷걸음질 쳤다. 성마른 걸음이 점점 더 빨라졌다. 느리고 둔탁하게 바닥으로 떨어지는 아내의 모습이 그의 시선에 모두 낙인처럼 새겨졌다.

"그러니까 놓으라고 했잖아. 내가 경고했는데…… 듣지 않은 게…… 잘못이야. 내 말을 들었다면…… 억!"

그러다 발을 헛디뎠다. 정신없이 시오르샤에게 멀어지는 데 정신이 팔려서 어느새 계단의 끝에 다다랐다는 걸 깨닫지 못한 탓이었다.

그는 그대로 굴러떨어졌다.

세상에는 인과응보가 존재해서일까, 날 선 대리석 계단이 아프게 그의 몸을 두드리는 것도 잠시. 계단 끝에 다다른 그를 반기는 건,

"커커커커컥!"

"크르르르르."

한 무리의 디에라들이었다.

"비, 비켜! 나가! 나가!"

기디언은 발악하며 디에라들을 향해 위협적으로 검을 휘둘렀다.

그러나 검신의 길이가 너무 짧았고, 단검에 묻은 인간의 피는 결정적으로 괴물들을 더 흥분시킬 뿐이었다.

"비켜! 내가 아니라 저쪽으로 가라고! 저기 쓰러진 인간이 있어!"

그는 계단 위를 가리켰지만 이지가 없는 디에라에게 그 말이 먹힐 리가 없었다. 디에라 하나가 솥뚜껑 같은 손으로 기디언을 후려쳤다.

"어억……!"

끔찍한 통증이 그를 관통했다. 기디언의 생애 동안 맹세코 단 한 번도 겪어 보지 못한 무자비한 폭력이었다. 우지끈, 하는 소리와 함께 뼈가 부서지는 게 느껴졌다.

"안 돼애애애애!"

물리면 이 괴물처럼 된다! 기디언이 어깨를 움켜쥐고 검을 마구 휘둘렀다.

잠시 디에라들이 물러났을 때, 그는 있는 힘껏 팔다리를 움직여 앞으로 달려 나갔다.

'이단바를! 로열 엘릭서를……!'

네이필리나에게 달려갈 생각이었다. 증오스러운 조카딸에겐 괴물이 되지 않게 해 줄 비약이 있으니까!

저 멀리 밀려오는 블랙 티어와 디에라 떼를 마주한 네이필리나가 보였다. 됐어! 살 수 있어! 기디언의 눈에 희망이 가득 찼을 때였다.

"꺄아아악!"

"괴물이야! 피해!"

"저택 안에서 나왔어!"

사람들의 비명이 들렸다.

"괴물?! 어디!"

또다시 물릴 수는 없다. 기디언이 고개를 두리번거렸다. 그러자 사람들의 비명이 더 커졌다.

사내들이 검을 들고 다가오는 게 보였다. 그중에는 콘체른의 기사들도 있었다.

"뭐야! 무슨 짓이야! 내가 누군 줄 알아? 너희의 주인……!"

카아아악! 카카카각!

기디언이 제 목을 쥐었다. 괴물의 비명이 제 말의 시작과 끝을 함께했다. 멈칫 그가 제 손을 내려다보았다.

멀끔한 갈색 피부가 아니라 검은 반점으로 뒤덮여 있었다. 하체는 뻣뻣했고, 발톱은 짐승의 것인 양 기괴하게 뻗어 나온 지 오래였다.

"아니야! 이건 내가 아니야! 이 괴물은 내가 아니라고!"

카카카카각!

괴성이 길게 울렸다. 몸을 이리저리 흔들며 날카로운 발톱을 마구 휘두르던 괴물이 고개를 두리번거렸다.

그리고 뭔가를 발견한 듯 앞으로 튀어 나가려고 했다.

이 광경을 물끄러미 바라보고 있는 네이필리나를 향해서였다.

"너지! 네가 그랬지! 네 짓이잖아!"

괴물은, 아니, 기디언은 그녀에게 따져 물으려 했다.

"안, 안 돼……. 안 돼……!"

카아아아아악!

기디언은 목청 높이 소리쳤지만 제 목구멍에서 나오는 건 정체를 알 수 없는 괴성뿐이었다.

"케에아아아아아!"

디에라로 변해 버린 기디언이 울부짖었다. 그러나 인간을 도륙하던 괴물들과 같은 모습을 한 그를 알아보는 이는 아무도 없었다.

"아가씨를 보호해! 디에라가 아가씨를 노린다!"

기사들이 검을 휘두르며 놈이 물러서게 만들려 했다. 디에라는 아랑곳하지 않고 자꾸 네이필리나에게 손을 뻗으려 했다.

"보스……!"

뒤늦게 괴물을 쫓아온 바카디의 외마디 외침.

평온하던 네이필리나의 눈이 일순 작열하는 태양 빛처럼 괴물을 쏘아보았다. 그녀가 망설임 없이 손을 들었다. 억겁처럼 느껴지는 찰나의 순간, 그녀와 디에라가 꼭 눈을 마주친 것 같았다.

파아아-!

네이필리나의 손끝에서 쏟아져 나간 붉은 빛이 번득이는가 싶더니,

"카아아아아……."

발버둥 치던 디에라의 몸뚱이가 서서히 바닥으로 무너졌다.

놀랍게도 일전 그녀가 처리했던 다른 디에라와는 달리, 아직 숨이 붙어 있는 채였다.

"제가 끝내겠습니다."

"아니."

리안이 남은 목숨마저 끊어 내려 앞으로 나서려는 걸 네이필리나의

팔이 막아섰다.

"내버려 둬."

네이필리나가 쓰러진 디에라에게 다가갔다. 그리고 무릎을 꿇고 허리를 숙였다.

"카아, 카아아아……."

째액거리는 괴물의 눈동자는 공포에 질린 채 그녀를 올려다보고 있었다. 그녀는 괴물의 귀에 작게 속삭였다.

"여기서 지켜봐. 당신이 부수려 했던 모든 걸 내가 어떻게 지켜 내는지."

그녀가 몸을 일으켰다.

"가지."

그리고 그대로 지나쳤다.

Ch 20. 로피진

"파도가 와! 도망쳐!"

"닿으면 괴물로 변해 버릴 거야! 아아악! 꺼져! 밀지 마!"

"살려 주시오! 제발 도와줘!"

백성들은 기겁하며 파도를 피해서 수도 안쪽으로 도망쳤다. 정신없이 도망쳐 오는 인파 뒤로 보이는 검은 기운들이 한껏 위험한 빛을 냈다.

그러나 이쪽도 상황은 막상막하였다. 황성과 1지구는 지척에 퍼진 디에라들을 막느라 온 사력을 다했다.

귀족, 평민 할 것 없이 다들 서로를 밀치고 괴물들을 피해 도망치느라 여념이 없었다.

"아, 아가씨. 저게 도대체…… 무엇이와요?"

젤피가 두려운 얼굴로 수도 밖에서 밀려들어 오는 검은 실선들을 가리켰다. 네이필리나는 비교적 안전한 저택 안으로 그녀를 돌려보내고 굳은 얼굴로 앞을 노려보았다.

'엘 리체 놈들은 제국을 손에 넣기만 하면 재건 따위 관심 없다는 거로군.'

블랙 티어와 디에라로 초토화된 대지엔 제대로 된 생명 따위 하나도 남아 있지 않을 것이다.

"비전하! 무사하십니까!"

그녀는 콘체른으로 오는 중이던 라울과 북부군 기사들과 마주쳤다.

"제길. 이러다간 수도의 전원이 디에라로 변하겠어요. 비전하, 저들이 마법진으로 블랙 티어를 전부 풀어 버린 것 같습니다."

전염병처럼 손쓸 새도 없이 삽시간에 번져 가는 디에라의 물결. 라울이 입술을 짓씹었다.

"수도의 땅 위에 흑마법진을 미리 그려 놓고 말뚝으로 눈을 가렸던 걸 미리 알아차리지 못했던 저희의 패인입니다. 어쩌지요?"

그는 답지 않게 초조해 보였다.

북부군의 기사들이 아무리 용감무쌍해도 밀려오는 파도를 상대로 싸우기엔 수도, 기력도 부족했다.

"……지금이라도 말씀해 주시면 비전하를 호위하고 수도를 빠져나갈 수 있습니다. 주군께서 비전하의 안전을 최우선시하라 이르셨습니다. 저들이 대공령까지는 미치지 못할……."

"아니요."

라울이 꺼낸 제안을 네이필리나가 단칼에 물리쳤다.

"나는 도망치지 않아요."

"하면 명을 내려 주십시오. 저희의 주인은 비전하십니다. 하명하신 대로 따르겠습니다."

"……."

네이필리나는 눈앞에 펼쳐진 아수라장을 응시했다.

째깍째깍 초를 다투는 시간, 그녀의 머릿속이 맹렬하게 돌아가며 승률을 가늠했다. 초록빛 눈동자가 스멀스멀 밀려오는 검은 물결의 너머를 응시하는가 싶더니, 네이필리나가 돌아섰다.

무표정한 얼굴, 나부끼는 금발, 정면을 응시하는 초록빛 눈동자. 아수라장인 공간에서 점점 용기를 잃어 가는 기사들과 달리, 그녀 하나만은 전혀 흔들림이 없었다.

그게 라울을 비롯해 이 자리에 있는 이들에게 한 줄기 기댈 수 있는 버팀목이 되었다.

"여기서부터, 저지선을 만들 겁니다."

그녀가 한 발을 들어 서 있던 지점을 내디뎠다. 지면에 깊고 분명한 발자국이 남았다.

"내가 방벽을 세워 블랙 티어를 막을 테니, 북부군 기사들은 저지선 안의 디에라를 처리해서 제국민 보호에 주력을 다해 주세요."

"방벽이요? 비전하께선 어떻게……. 아, 아닙니다. 분부하신 대로 행하겠습니다!"

라울이 되물으려다 얼른 다시 부복했다.

"빠르게 움직여야 할 거예요. 전하가 돌아올 때까지 버텨 내려면 쉽지 않을 테니까."

"예!"

라울이 기사들을 데리고 빠르게 사라졌고, 네이필리나는 여전히 제 옆을 지키고 있는 리안을 힐긋 바라보았다.

"아가씨, 저는……."

리안이 시선을 알아차리고 우물쭈물했다. 그녀는 앙헬의 기사지만 이제 네이필리나의 기사기도 했다.

네이필리나는 리안이 라울을 따라 나가지 않은 이유를 안다는 듯 싱긋 웃었다.

"리안은 내 뒤를 지켜 줘."

리안의 눈동자가 커졌다.

"예!"

이내, 큼지막한 기쁨과 용기가 가득 찬 얼굴로 그녀가 다시 검을 쥐었다. 리안을 뒤에 두고서 네이필리나는 밀려오는 검은 실선들과 마주했다.

'기운은 충분해. 비록 중간에 동이 날지도 모르겠지만.'

네이필리나의 손끝에서 붉은 빛이 일렁이기 시작했다. 힘차게 휘두른 팔이 드넓은 궤적을 그렸다.

붉은 빛이 그녀가 서 있는 지점에서부터 양옆으로 뻗어 나갔다.

네이필리나가 한 번 더 팔을 휘둘렀다. 손끝에서 뻗어 나간 붉은 빛이 위로 솟구치며 호선을 그렸다.

콰콰쾅-!

양옆과 위, 수직으로 뻗친 선들이 서로 맞닿은 순간, 폭발하듯 굉음이 울렸다. 그건 망루에 서 있는 엘 누아르에도 들릴 만큼 커다랬다.

"뭐야, 방금 무슨 소리였나?"

"앗, 엘 누아르! 저기……!"

성기사가 가리킨 수도 중앙의 창공에서 붉은 빛이 번뜩이고 있었다. 빛이 순식간에 사방으로 퍼지며 동그랗게 공간을 감쌌다.

"저긴…… 콘체른 저택이 있는 곳입니다!"

빛이 가장 밝게 새어 나오는 중심은 콘체른 저택이었다.

"보십시오! 저기요!"

성기사가 가리키는 방향, 저택의 앞에 홀로 서 있는 여인의 인영이 어렴풋이 보였다.

"콘체른의 계집이 또 우리 발목을 잡으려는구나……!"

엘 누아르는 그녀가 꼭 제 앞에라도 서 있는 듯 정면을 죽일 듯 노려보았다.

그사이 반짝반짝하게 퍼져 나가던 빛이 가셨다. 어느새 빛이 사라진 공간엔 반구 모양의 투명한 장막이 자리 잡고 있었다.

"아무래도 보, 보호막 같습니다! 보십시오, 블랙 티어가……!"

그전까지 쭉쭉 뻗어 나가던 블랙 티어의 실선이 네이필리나가 세운 방벽과 부딪치자 그대로 소리 없이 사라졌다.

용암처럼 스멀스멀 땅을 파고들던 검은 기운들도 네이필리나의 벽을 넘지 못하고 멈춰 섰다.

투명한 벽이 기운을 머금어 회색빛에서 검은색으로 변모하는 것이, 기운의 행방을 짐작할 수 있는 유일한 방법이었다.

"저, 저게 도대체 무어야! 지금, 블, 블랙 티어를…… 삼키고 있지 않느냐!"

사라지는 실선과 점점 검어지는 장벽은 꼭 엘 누아르의 말대로였다.

"네이필리나 콘체른! 저 계집이 도대체 무슨 짓을 벌인 거야!"

엘 리체에서도 듣도 보도 못한 돌발 상황이다 보니, 성기사들은 물론 엘 누아르까지 영문을 알 수 없었다.

"지금, 저 계집 혼자서 저 벽을 만들어 냈다는 건가?"

"예, 꼭 벽이 블랙 티어를 융화하는 것처럼……. 엘 누아르, 블랙 티어가 인간이…… 몸에 담을 수 있는 것이었습니까?"

디온께서, 저 미천한 여자에게 당신의 힘을 허락했다는 말이 아닙니까……!

성기사단장이 눈을 비비며 물었다. 보고도 믿을 수 없는 광경은 그가 평생을 바쳤던 엘 리체 신전에 대한 믿음에 한 줄기 의심을 불어넣기에 충분했다.

그러나 지금 엘 누아르는 성기사단장의 의심 따위를 두려워할 때가 아니었다.

"저 빌어먹을 계집이 끝까지……!"

두꺼운 턱이 푸들푸들 떨렸다.

"그래, 어디 한번 해 보자꾸나! 네년이 어디까지 버틸 수 있을지! 블랙 티어를 더 쏟아부어!"

성기사가 블랙 티어가 담긴 양동이를 말뚝을 뽑아낸 자리에 쏟아부었다.

희미하게 붉은 빛을 내던 실선이 진한 검은색을 띠며 전과 같이 중심 쪽으로 빠르게 이동했다. 이번에는 더 빠른 속도였다.

잠시 후, 방벽이 크게 흔들렸다. 불투명해진 벽 뒤로 네이필리나 콘체른이 휘청하는 게 보이자 엘 누아르가 웃음을 터뜨렸다.

그러나 그 웃음은 오래가지 않았다.

네이필리나는 비틀거릴망정 끝끝내 무너지지는 않았기 때문이다. 블랙 티어의 실선이 방벽을 통과하려 계속해서 벽을 충돌했건만, 불투명한 방벽을 넘어서지 못하고 다시 흡수되었다.

믿을 수 없는 일이었다. 마법진의 끝에서 블랙 티어를 붓는 성기사들마저 웅성거리기 시작했다.

블랙 티어.

디온이 남긴 유일한 힘이라는 이 거대한 기운을 자유자재로 운용하는 자가 지상에 존재한다니. 심지어 저 여자는 그걸 휘둘러 디에라들까지 막아 내고 있지 않나.

네이필리나 콘체른이 엘 리체인이었다면, 이건 흡사 디온의 재림으로 취급할 만한 일이었다.

그러나 그녀는 엘 리체의 신도도, 신의 사자도 아니다. 오히려 성국의 대사를 방해하는 적이었다. 그 명백한 괴리가 엘 리체인들을 몹시도 당황하게 만들었다.

"제길, 제길……! 도대체 어떻게 생겨 먹었기에 이걸 버티는 거야!"

수하들의 동요를 알아차린 엘 누아르의 얼굴이 와락 일그러졌다. 그는 기를 쓰고 저 방벽을 무너뜨리려 했지만 불가능했다.

"검으로 저걸 찌르든지 부수든지 뭐라도 좀 해 봐!"

"엘 누아르, 저 벽에 접근할 수 있는 방법이 없습니다."

가까이 갔다가는 벽 근처에 버글거리는 디에라 떼에 휩싸여 저 역시 같은 괴물이 되어 버릴 테니까.

성기사들 역시 예외가 아니었다. 엘 누아르가 분통을 터뜨렸다.

"제기랄……! 성공을 눈앞에 두고 있는데! 헬리오스의 심장이 바로 코앞인데!"

"엘 누, 누아르!"

그때 한 성기사가 헐레벌떡 달려왔다. 새하얗게 질린 안색이 심상치 않았다.

"무슨 일이냐."

"그, 그게…… 에, 에엘…… 누아르……."

"무슨 일이냐! 빨리 말하지 못하겠느냐! 위대한 엘 리체의 성기사가 천치처럼 말이나 더듬다니!"

네이필리나의 방벽으로 더 이상의 인내심을 잃어버린 엘 누아르가 버럭 화를 내며 성기사를 재촉했다.

"성, 성국이…… 침공당했다고 합니다!"

"뭐?"

그는 귀를 의심했다.

"지금 뭐라고……. 그게 무슨 말이냐, 성국이 공격당하다니. 그게 무슨 말도 안 되는……!"

지금 들은 말을 믿을 수가 없었다.

"도대체 누가! 감히!"

성국은 대륙 조합에서 침략 불가침 조약을 맺은 중립체다.

"조합을 깨기로 한 게 아닐 바에야, 대륙 전체에 퍼진 우리 디온의 힘을 부정하는 미개한 놈들은 도대체 누구더냐!"

성기사가 떨리는 목소리로 대답했다.

"앙, 앙헬 대공의 북부군입니다. 엘 누아르, 그들이 공격했습니다! 신전을 파괴하고 성국을 유린했습니다!"

"뭐?"

엘 누아르의 몸이 바위처럼 굳었다.

"지금 무, 무어라 하였느냐. 앙헬…… 대공이, 지금 성국에…… 있다고?"

황성 안에 있어야 할 자들이 왜 거기 있다는 건가!

그렇다면 아까 대공저에서 빠져나간 자들은 뭐고?

수도에서 열심히 블랙 티어와 디에라를 막고 있어야 할 자가, 왜 우리의 조국에서……!

"그럴 리 없다. 네가 잘못 안 게야. 사안이 잘못 전달된 거다. 절대 그럴 리 없어."

"폴리모스에 주둔시켰던 그의 군대가 회군해서 우리 성국을 친 겁니다!"

"엘 누아르!"

이어 성기사의 말을 증명하듯, 엘 리체 신전의 사제복을 입은 사내가 망루 위로 나타났다.

해골처럼 바싹 말라 버린 얼굴, 피와 먼지에 더럽혀진 피부, 여기저기 찢어진 사제복까지.

그는 신실한 사제보다는 흡사 피비린내 나는 전장을 통과한 지친 병사의 모습을 하고 있었다.

엘 누아르가 눈을 꿈뻑거렸다. 그리고 이내 알아차렸다.

"엘…… 주다? 신전에 있어야 할 당신이 왜 여기……?"

그는 엘 누아르와 더불어 성국의 11 추기경 중 하나였다.

성국의 신전에 머물러야 할 그가 왜 여기에 있는 것인가. 그것도 저런 처참한 꼴로!

"엘 누아르, 이럴 때가 아닙니다. 지금······!"

"아니지요?"

그는 머릿속을 스치는 불안을 애써 외면하며 엘 주다의 말을 자르고 물었다.

"엘 주다, 그대가 말해 보십시오. 그대가 왜 여기 있는지! 성국이 어떻게 됐는지 말해 보란 말입니다!"

엘 주다가 고개를 떨구었다. 다 말라 버린 듯한 쇳소리가 흘러나왔다.

"보십시오, 엘 누아르. 성하께서······ 보내는 전신입니다."

엘 주다의 피와 먼지에 더러워진 손이 그가 입고 있는 사제복의 앞섶을 뒤적였다.

그는 떨리는 손으로 한때는 반짝이는 크림빛이었을, 그러나 지금은 먼지에 누렇게 더러워져 버린 두루마리를 내밀었다.

엘 누아르가 거칠게 그걸 낚아채 펼쳤다.

[곧바로 성국으로 귀환하라! 디온의 땅이 피로 물들기 전에!]

안에는 양피지가 겹쳐져 있었다.

교황의 필체로 보이는 글씨는 거의 휘갈긴 것으로 보였다. 상황의 다급함을 미루어 짐작할 수 있었다.

엘 누아르가 쓸 만한 성기사들을 있는 대로 집합시켜 헬리오스로 데리고 온 탓에, 성국에는 앙헬 대공의 군대를 상대할 만한 병력이 절대적으로 부족했다.

겨우 무너지지 않고 버티고 있었지만, 함락은 시간문제였다. 그건 직접 군사들을 이끌고 온 엘 누아르가 더 잘 알았다.

"엘 누아르, 내 말을 들어 주시오. 받아들이기 힘들다는 것은 알고 있소. 하지만 지금은 우리 성국이 적들에게 둘러싸인 위급한 상황이오."

펼쳐진 두루마리 위로 엘 주다의 목소리가 퍼졌다.

"이곳 역시 곧 대공의 군대가 들이닥칠 거요. 그들은 우리가 제국에 하려고 한 짓을 전부 알고 있단 말이요!"

"그럴 리……."

엘 누아르가 탁 하고 두루마리를 접었다.

거친 손놀림에 교황이 손수 쓴 서신의 끄트머리가 구겨졌으나 그는 아랑곳하지 않았다.

"대공이 날 보내 주지 않았다면 내가 어떻게 여기까지 올 수 있었겠소?! 나는 성하의 명을 받고 그대를 귀환시킬 사자로 온 거요! 대공은 그대가 성기사들을 데리고 엘 리체로 귀환하면 공격을 멈추겠다 했소! 그러니……!"

엘 주다의 간청에도 엘 누아르는 거칠게 고개를 저었다.

"성하께서는 이런 하찮은 수에 굽히실 분이 아니다. 이건 분명 우리 대사가 실패하길 바라는 작자들의 소행이야!"

"엘 누아르, 하지만 엘 주다께서……."

"저자가 엘 주다라는 걸 누가 증명할 수 있는가!"

엘 누아르가 엘 주다를 가리키며 무례한 손가락질을 했다.

"우리 성국을 분열시키기 위한 자들이 만들어 낸 가짜가 아니라고 어찌 확신할 수 있어!"

"엘 누아르, 미치신 겁니까? 이 소식을 당신들에게 전하기 위해 목숨을 걸고 찾아온 나를 가짜로 취급해요? 내가 감히 디온을 걸고 거짓을 말하겠소이까!"

저를 기만하는 억측에 엘 주다 역시 분노했다. 그러나 엘 누아르는 듣고 있지 않았다.

"대공의! 양헬 대공의 계략이라고! 모두 짜고 치는 거야!"

그는 발을 구르며 상황을 부정하려 했다. 가슴을 스미는 서늘한 불안감이 현실이 되어 그를 덮쳤다.

"아악, 저기 보십시오!"

그때, 망루에 서 있던 성기사가 커다랗게 고함쳤다. 공포가 가득 담긴 외침은 아군을 동요하게 만들기 충분했다.

"뭐가 있길래 천지 분간도 못 하고 소리를 질……!"

부우우-.

동시에 드넓게 울리는 뿔고둥 소리가 엘 누아르의 고함을 가렸다.

그가 소리가 나는 쪽으로 고개를 돌렸다.

황성 밖의 언덕 위에 무장한 군대가 서 있었다. 일출을 등지고 선 자들의 얼굴은 제대로 보이지 않았다.

그들의 무장도, 기다란 검신도, 그들이 타고 있는 거대한 군마도 모두 회색빛으로 보였다.

그리고 어느 순간, 저물었던 해가 고개를 비틀었을 때, 그들의 모습이 잠시 드러났다. 성기사단장의 입이 벌어졌다.

"앙헬 부, 북부군이 왜 저기……."

엘 주다가 펄펄 날뛰었다.

"내가 말하지 않았소! 저들이 벌써 여기까지 왔어! 성국이 위험하오!"

눈으로 명백히 보이는 진실에 엘 누아르도 더 이상 고집을 부릴 수 없었다.

"아니야. 북부군은 안에, 저기 있는……. 아아, 우리의 눈을 속였구나."

엘 누아르가 멍하니 언덕을 바라보다가 중얼거렸다.

"미리 군사들을 빼돌려 놓았던 거였어. 앙헬 대공이 우리를 속였어!"

아니다. 그를 속인 건 스카가드가 아니었다.

'이제 내가 뭘 하면 되지?'

'전하께서는…….'

네이필리나였다.

'조만간 헬리오스로 스며든 성국인들이 수면 위로 모습을 드러낼 겁니다. 그 전에, 당신은 그들의 본체인 엘 리체를 조용히 굴복시켜 주세요.'

'놈들과 제국, 양쪽의 눈을 속여야 하니 북부군은 남겨 두고 가세요. 전하의 보좌관인 라울도 함께요.'

'황성으로 들어왔을 때 선두에 서야 할 건 대공령과 대륙 곳곳에 숨겨 두었던 로피진 전사들이어야 합니다.'

그러나 이 모든 판을 짠 이가 누군지, 패닉에 빠진 엘 누아르가 알 리 없었다.

열의 가장 끝에는 검은 흑마를 탄 채 느릿하게 선 앙헬 대공이 있었다. 그의 어깨에 걸쳐진 흑담 털에선 어쩐지 검붉은빛이 보이는 것 같았다. 피에 흠뻑 젖기라도 한 것처럼.

언덕에 선 자들에게선 죽음의 기운이 물씬 뿜어져 나왔다.

엘 리체인들이 어쩔 줄 모르고 있을 즈음,

"돌진!"

우렁찬 함성과 함께 대공이 이끄는 기사들이 언덕 아래 망루를 향해 마구 달렸다. 규모가 무색하게 놀랍도록 일사불란한 움직임이었다.

"막아! 막아! 황성 안으로 들어가지 못하게 해!"

엘 누아르는 발을 동동 구르며 악을 썼지만, 해일처럼 밀려들어 오는 기사들을 막을 수는 없었다. 살기와 용맹이 뒤섞인 죽음의 분위기가 대공의 기사들에게서 물씬 풍겨 나왔다.

"와아아아!"

언덕을 타고 군사들이 황성을 향해 물밀듯이 밀려왔다.

"크에에에엑!"

그들이 이끄는 흑마가 성문을 향해 달음박질쳤고, 아무도 막을 수 없었다.

콰지직-!

"막아! 막으라고!"

"부서진다! 으아아!"

안팎으로 성문의 접근을 막고 있던 성기사들조차 상대가 되지 않았다. 대공의 군대가 박살 난 성문 조각과 나부끼는 성기사들의 크림색 로브를 짓밟았다.

그들은 바람보다 빠르게 황성 안으로 진입했다.

"전원, 발검……!"

우렁찬 목소리가 들리는가 싶더니, 기사들이 들어 올린 날카로운 칼끝이 일제히 엘 리체의 마법진을 향해 내리쳐졌다.

"안 돼애애애!"

엘 누아르의 비명이 창공 위로 들리는 것만 같았다. 그러나 그들이 심혈을 기울여 완성한 마법진은 망가진 지 오래였다.

"불가능해. 어떻게 인간이 마나가 가득한 저 마법진을 아무 피해도 없이 잘라 낼 수 있는 거지?!"

성기사들 역시 혼란스럽긴 마찬가지였다. 그때 그들의 말을 들은 것처럼 기사들이 고개를 들었다. 그러고는 새까만 투구를 벗었다.

제국의 일반 성인 남성보다 머리통 하나는 더 될 만한 키. 우락부락한 근육. 번득이는 눈동자. 짐승보다 날쌘 움직임.

"북부군이 아니야……!"

"로, 로피진!"

아는 사람들은 아는 명확한 신체적 특징에 성국의 사제들이 놀라 침을 삼켰다. 스카가드가 내내 숨겨 왔던 로피진 전사들이었다. 수는 북부군보다 적을지 몰라도, 용맹과 무예는 그들을 웃돌았다.

"로피진들이 어째서 대공과 함께……!"

디에라의 재료로 쓰려고 그토록 찾아도 찾지 못했던, 대륙에서 자취를 감추었던 자들이 어째서 대공의 군대로서 모습을 드러내는가.

어림잡아도 수천은 될 법하게 보였다. 저 정도의 숫자를, 무용을 내는 자들을 대공이 하루아침에 손에 넣었을 리 없다.

"맙소사, 그럼 처음부터 우리의 계획을 알고……!"

엘 리체인들의 경악과는 별개로, 한때 로피진이 대륙 최강의 전사들이라던 소문이 적어도 거짓은 아니었던 모양이다.

성기사도, 디에라도, 그들의 용감무쌍한 검 아래 맥을 추지 못하고 스러졌다.

여태 내내 숨죽여 살아야 했던 민족이 마침내 용틀임했다.

지난 반백 년의 설움을 전부 이 자리에서 토해 놓기라도 하겠다는 듯, 목숨을 아끼지 않고 오직 적을 향해 달려드는 그들의 모습은 섬뜩하기까지 했다.

"앞으로!"

로피진들은 멈추지 않고 계속해서 앞으로 나아갔다. 그리고 마법진이, 디에라가 보이는 족족 검을 빼 들었다. 망가진 마법진의 실선들이 잘린 채로 요동쳤다. 잘린 단면으로는 블랙 티어가 뿜어져 나왔다.

하지만 블랙 티어를 뒤집어쓴 기사들은 디에라로 변하지 않았다. 오히려 더 차갑고 잔인한 검격으로 주변의 디에라들을 베어 내릴 뿐이었다.

"끼에엑! 끼에에엑!"

"끼에엑, 끼익……!"

디에라들이 당황한 괴성을 냈다.

저들을 이토록 무자비하게 썰어 대는 대상이 여태껏 신나게 찢어 댔던 같은 인간이라는 사실이 믿어지지 않는 듯했다.

엘 리체인들이 꿈꿨던 원대한 야망을 비웃듯, 로피진 앞에서 성국은 속수무책이었다.

대업은 실패할 것이다.

"안, 안 돼……."

망루에서 그 과정을 전부 지켜볼 수밖에 없는 엘 누아르의 입 밖으로 신음이 흘러나왔다. 방벽이 스러지고, 북부군과 로피진들이 수도를 누비는 곳곳에서 디에라의 비명이 들려왔지만, 그들은 아무것도 할 수 없었다.

"엘 누아르……. 저, 저기……."

그때 흐리게 추기경을 부르는 음성. 엘 누아르는 성기사가 가리킨 쪽으로 고개를 돌렸다.

망루 아래, 주춤주춤 겁을 먹고 물러나는 성기사를 지르밟는 말의 편자가 먼저 눈에 들어왔다.

시선이 자연히 올라갔다.

등자에 올라간 검은 군화를 지나쳐, 흑마처럼 늘씬한 근육질의 다리를 거쳐 등을 감싸는 흑담 털의 모피까지 눈에 담았을 때, 엘 누아르는 얼어붙고 말았다.

"위대한 디온의 수하께서는 안녕하시군."

앙헬 대공이 히죽 웃으며 한 손을 들었다. 곧게 뻗은 섬섬옥수 아래로 바스러진 지푸라기 같은 터럭이 우수수 떨어졌다.

"알아보겠나?"

엘 누아르가 몸을 굳혔다.

백색의 머리카락. 그건 그가 아는 이의 것이었다.

"설마 네놈, 성하를 어찌한 것이냐!"

"걱정 마. 목은 제대로 붙어 있어."

아직까지는 말이지.

앙헬 대공이 비죽거리는 입꼬리를 올렸다.

"안, 안 돼……."

"오늘 밤이 가기 전까지 사라지면 성국은 무사할 거야."

그게 아니라면.

"헬리오스의 발자국이 성국을 짓밟게 되겠지. 그대들이 그랬던 것처럼."

대공이 망루의 사제들을, 그리고 황성을 번갈아 바라보았다.

엘 누아르가 잠입시킨 성국인들이 황성을 점거하고 있다는 걸 이미 아는 것처럼.

"그대에게 달렸어, 엘 누아르. 조국과 제국, 그대가 골라 봐."

엘 누아르가 흠칫했다.

제가 대공을 네이필리나 콘체른과 황성, 포기할 수 없는 두 선택지로 몰아넣었던 것처럼 제게도 같은 선택의 순간이 찾아왔다는 걸 깨달았기 때문이다.

"아, 아아아……."

그 기로에서 엘 누아르의 선택은 자명했다.

교황이, 성국이 위험하다.

그들이 계획한 대업이 아무리 원대하다 하여도 그 모든 게 시작되는 기반을 잃는다면 아무런 의미가 없었다.

"판단을 서두르는 게 좋을 거야. 성전 앞에 대기 중인 내 수하들은 인내심이 그리 많지 않아서 말이지."

통통한 분홍빛 입술이 푸들푸들거렸다.

"알, 알겠소이다. 성국의 병력을 데리고 돌아가겠소."

거품 뿜는 미친 말처럼 엘 누아르의 입가에 하얀 포말이 끼었다.

"그, 그렇다면 디에라도 같이……."

야망을 완전히 포기하지 못한 엘 누아르의 미련이 가득 담긴 말.

그러나 말이 끝나자마자 대공의 입가 사이로 가벼운 웃음이 터졌다.

"될 것 같아?"

"……."

엘 누아르 역시 기대조차 않았던 것 같았다. 그가 새하얗게 질린 얼굴로 수하들을 향해 떨리듯 내뱉었다.

"……무, 물러난다. 황궁에 있는 자들에게도 귀환하라 연통을 보내라……."

명백한 패배 앞에서 엘 누아르는 결국 꼬리를 내리고 말았다.

* * *

"앞으로!"

빠르게 먼지를 일으키며 성벽 쪽 소탕을 끝낸 로피진 기사들은 방벽 쪽으로 진격하기 시작했다.

그들의 가슴팍에는 이단바 꽃가지가 하나씩 꽂혀 있었다. 로열 엘릭서를 미리 섭취하였다는 표식이었다.

가뜩이나 마나도, 마법도 통하지 않는 강력한 육체에 디에라화를 막는 대안까지 더해지니 그들의 앞을 막을 수 있는 건 아무것도 없었다.

"저 벽은 뭐지?"

로피진 전사들 역시 검은 반구를 보았다.

"엘 리체의 마법진에 대항해서 마법사들이 세운 것 같은데."

"그러기엔 보호막의 크기가 너무 거대한걸. 그 정도의 실력자가 아직 헬리오스에 남아 있었단 말이야?"

로피진들에게도 저 멀리 앞을 막아 세운 거대한 방벽은 낯설었다.

"방벽이 다행히 진입을 막고 있어, 블랙 티어가 수도 전역까지 퍼지는 걸 막아 준 것 같습니다."

그러지 않았다면 황성의 제국민 모두가 디에라로 변했을지도 모른다.

"최대한 빠르게 진압해. 황궁에 있는 놈들도 잡아 오고."

무표정한 얼굴로 로피진들에게 명을 내리던 스카가드가 멈칫했다.

블랙 티어를 흡수하며 검어지고 있는 투명한 장막. 그 뒤로 어렴풋이 보이는 한 인영을 발견한 까닭이었다.

"주군? 어딜 보시는……. 주군! 아직 디에라들이 남아 있는데……!"

그가 말을 박차고 뛰어나갔다.

Ch 21. 네이필리나

힘이 점점 빠졌다.

눈앞이 새하얘지며 꼿꼿하던 네이필리나의 등이 일순 휘청였다.

"아가씨……!"

"괜찮아. 잠시 어지러울 뿐이었어."

"하지만!"

"괜찮다니까."

네이필리나는 손사래를 쳤다. 리안이 불안한 얼굴로 어쩔 수 없다는 듯한 걸음 물러났다.

몸에 부담이 가는 건 지극히 당연한 대가로 예상하였다. 그녀의 몸 하나로 구동할 수 있는 역량에 비교하면 제국민들을 보호할 장막을 유지하기 위해 소모되는 총량이 너무도 컸기 때문이다.

'그가 올 때까지만 버티면 돼. 할 수 있어.'

곧 로피진들이 올 것이다. 네이필리나는 이를 악물었다. 시야가 왠지 어두침침했다. 하늘을 가린 회색빛의 장막 때문일까?

그렇게 얼마나 시간이 흘렀을까.

저 멀리 둔중한 소음이 들렸다. 뿔고둥 소리 같았다.

"기사다! 앙헬의 기사들이다!"

"로피진이야! 로피진이 괴물들을 죽이고 있어!"

"앙헬 대공이, 로피진들이 우리를 구했다!"

이어 사람들의 고함이 들렸다. 네이필리나는 고개를 들었다. 저 멀리 눈앞의 검은색 일색의 아수라장을 가르는 한 사람이 보였다.

"스카……가드."

성공했구나. 제 말대로 해 주었구나.

다행이라는 안도와 그가 뜻대로 움직여 주었다는 데에 대한 고마움이 안개처럼 퍼져 나갔다.

그녀는 벽 너머로 무장한 로피진들이 마법진을 쓸어 버리는 걸 보았다.

산산이 조각나 요동치는 실선들 사이, 디에라들이 주춤주춤 물러나는 게 보였고, 저 멀리서 망루까지 덮친 군대에 엘 누아르를 비롯한 성국의 사제들이 악을 쓰며 무너지는 게 보였다.

네이필리나는 고개를 돌려 방벽의 안쪽을 응시했다.

반쯤 부서져 하얀 연기가 피어오르는 황성, 무너지고 있는 성국의 사제들, 그리고 디에라로 변해 버려 호정 어딘가 버려진 기디언까지.

이 얼마나 아름다운 광경인가. 그녀는 소리 내 높게 웃고 싶었다.

복수는 성공했다.

그와 그의 형제들을 기만한 이들은 응분의 대가를 치러야 했다. 설사 이번 생에서 저들이 속속들이 무너져야 했던 이유를 모른다고 해도 말이다.

그러니 이제는 형제들을 제대로 볼 수 있을 것이다. 나는 있는 힘껏 나의 책임을 다하였노라고, 그들에게 떳떳이 말할 수 있을 것이다.

네이필리나가 그리 되뇌었을 때, 등줄기 위로 힘이 빠졌다. 달그락거리는 말발굽 소리가 점점 크게 들려왔다. 저 멀리 말을 탄 사내의 푸른 눈이 어렴풋이 보이는 것 같다고 생각할 만큼 가까워졌다.

그가 저를 봤을 때, 어쩐지 수려한 얼굴이 와락 일그러진 것 같았다.

'여기로 오면 안 되는데. 내 주변에는, 이 방벽 밖에는 아직 남아 있는 디에라들이 바글거리는데⋯⋯.'

끝내 떨쳐 내지 못한 그에 대한 일말의 걱정. 생각은 했으나 입 밖으로 내뱉진 못했다.

네이필리나는 새삼스레 제가 꽤나, 아니, 상당히 지쳤다는 걸 깨달았다.

"네이필리나!"

그때 시아에 푸른 빛이 번쩍했다. 스카가드가 휘두른 검에서 터져 나온 빛이었다.

제국에서 손꼽는 마검사였음에도 제 전투력을 송두리째 드러낸 적은 없던 그가 처음으로 능력을 완연하게 드러낸 순간이기도 했다.

검을 휘감은 빛이 폭발하는 것처럼 쏟아졌다. 하나하나가 파란 칼날처럼 날카롭게 터졌다.

그 빛이 채 가시기도 전에, 방벽에 달라붙어 있던 디에라들은 조각조각나 바닥으로 떨어졌고, 블랙 티어는 먼지처럼 승화되고 말았다. 비명 한번 지를 새도 없었다. 그저 한순간에 벌어진 무참하고도 지극히 일방적인 살육이었다.

'이게, 세상이 두려워했던 앙헬의 힘이었을까.'

네이필리나는 아득한 머릿속에서 생각했다.

대륙이, 헬리오스의 적들이 두려워했던 건 어쩌면 그가 이끄는 북부군이 아니었을지도 모르겠다고.

그저 스카가드 앙헬, 이 남자 자체였을지도 모르겠다고.

챙강-!

스카가드가 검을 내던지고 네이필리나 쪽으로 성큼성큼 걸어왔다.

디에라들이 사라진 깨끗한 방벽을 두고, 서로를 바라다보고 목소리를 들을 수 있을 만큼 거리가 가까워졌다.

"당신이 왜 여기 있는 거야……!"

그의 마법처럼 검은 제복 위로 새파랗게 뿜어내는 열이 눈에 보이는 것 같았다.

"나를 그대의 말로 썼다면, 그대는 저 위에서 날 내려다보고 있었어야지!"

충격에 빠진, 잔뜩 일그러진 수려한 얼굴이 괜히 반가웠다. 엉망이 된 이 아수라장에서 느낄 만한 감정은 아니겠으나.

네이필리나의 입꼬리가 미약하게 올라갔다. 아무래도 저는 그를 보고 싶었던 것 같다.

그녀는 그와 마지막으로 함께했던 때를 떠올렸다.

그가 떠나기 전, 서로가 가진 거리가 좁혀지지 않던 자못 어색하던 시간을.

"스카가드."

'내 청혼을 수락했을 때…… 그대의 진심이 한 줌이라도 있었나?'

그때 제대로 대답해 줄 것을.

그가 뭘 기대했는지 알면서, 저 역시 그렇다는 걸 알면서 왜 마음을 전하는 걸 망설였을까.

"……좋아해요."

"뭐?"

무슨 말을 하냐는 듯 푸른 동공이 흔들렸다.

매번 유유자적하고 여유만만하던 사내의 얼굴에 떠오른 당황함이 낯설어서 네이필리나는 웃음이 났다.

경악, 놀람, 혼란. 저 사내가 감정 그대로의 색을 일말의 거름망도 없이 송두리째 드러내는 건 처음이지 않을까.

"그래서였어. 청혼이든, 계획이든, 내가 결국 당신 손을 잡은 건……."

입가가 점점 느려졌다. 입술을 움직이는 게 조금씩 힘겨워지고 있었다.

"나도 당신이 좋아서……."

그래도 늦지 않게 전해서 다행이다. 말을 마친 그녀가 스르르 쓰러졌다.

"네이필리나!"

안에 있는 모든 힘을 소진한 후였다. 동시에 그녀가 지탱하고 있던 투명한 막도 눈이 녹아내리듯 흐릿하게 흘러내리기 시작했다.

"네이필리나, 정신 차려!"

쓰러지는 그녀를 스카가드가 달려 나가 안아 들었다. 무너지는 저를 붙잡고 외치는 스카가드의 일그러진 얼굴을 마지막으로 네이필리나는 눈을 감았다.

달콤하게 밀려오는 잠이 꼭 그녀에게 수고했다, 어서 이리 오라 손짓하는 것 같았다.

* * *

모든 게 끝났다.

엘 리체는, 그들의 거사는 실패했다.

그것도 불씨 하나조차 남지 않게 완전히 소강되어 버렸다. 그들이 꿈꾸던 야망과 미래도.

그들은 도망치듯 헬리오스를 떠나야 했다. 처음 제국에 입성할 때의 위풍당당함은 소실하고, 짙은 패배감과 무력감이 그들의 어깨를 짓누른 지 오래였다.

"그것들이 디에라라고 불린다지? 그때 파도처럼 밀려오던 검은 물에 닿거나 괴물들한테 물리면 디에라가 되고 말이야!"

"그 무시무시한 것들을 들여온 게 쳐 죽일 엘 리체 놈들이고!"

이제, 제국민들도차 그날의 전말을 전부 알게 되었다. 누가 헬리오스를 노리고, 그 괴물을 풀었는지까지.

"이 나쁜 놈들!"

"신은 얼어 죽을! 네놈들 때문에 얼마나 많은 사람이 죽은 줄 알아!"

"망할 엘 리체! 빌어먹을 성국 놈들! 평생 저주받아 망해 버려라!"

그들의 귀환길엔 분노한 헬리오스 제국민들이 돌팔매질을 했다. 수많은 죽음과 비명이 난무했던 기억은 그날, 수도에 있었던 사람이라면 평생 잊을 수 없을 악몽이었다.

검은 파도가 부수고 망가뜨린 것들을 다시 되돌리는 덴 오랜 시간이 걸릴 것이다. 되돌릴 수조차 없는 것들도 있었다.

너무도 많은 사람들이 제 터전을, 사랑하는 이들을 잃었다. 제국민들의 가슴속에 엘 리체에 대한 증오심이 뿌리 깊게 자리 잡았다.

"네놈들이 한 짓, 우리 헬리오스는 평생 잊지 않을 거다!"

분노한 백성들이 던진 돌에 맞은 사제와 성기사의 로브는 피와 먼지에 지저분해져 본래의 호화로움을 찾아볼 수도 없었다.

"너희들 때문에 우리 비전하가……!"

"주군의 명만 아니었으면 살려 보내지 않았을 거다."

살기에 눈이 벌건 북부군과 로피진 전사들이 지켜보고 있어 제대로 된 반격조차 할 수 없었다. 오로지 벗어날 수 있는 길은 빨리 제국을 뜨는 것뿐. 그래서 그들은 쉬지도 못하고 계속해서 이동해야 했다.

돌아가는 마차 안에서 엘 누아르는 뼈아픈 패배를 곱씹었다. 제국을 떠난 지 어느덧 한 달, 곧 성국에 도착할 터였다. 성기사들이 쉬지 않고 말을 몰았던 덕분이었다.

한편, 엘 누아르가 타고 있는 마차에선 쉴 새 없는 혼잣말이 들려왔다.

"반드시…… 되돌려줄 것이다. 성하를 뵈면……. 기다려라, 앙헬, 콘체른, 그리고 헬리오스 제국 전부……."

그때는 이 빌어먹을 제국민들을 조각조각 내서 길가는 개들의 밥으로 던져 주겠다고 그가 복수심을 불태울 때였다.

엘 리체의 국경을 지나며 달그락거리던 마차의 바퀴가 눈에 띄게 느려졌다.

창밖으로 엘 누아르를 호위하던 성기사들의 웅성거림이 들려왔다.

"무슨 일이냐! 왜 이렇게 소란스러운 거야!"

마차 벽을 두드려 엘 누아르가 신경질적으로 물었다. 그러나 누구 하나 그의 물음에 대답하는 이가 없었다.

그사이, 마차 바퀴가 마침내 움직임을 다했다.

엘 누아르가 인상을 찌푸렸다.

"갑자기 멈춰 서서 뭐 해? 한시라도 빨리 돌아가야 하는 판에 이리 늑장을 부릴 새가 어디에 있어!"

드르륵. 그는 참지 못하고 커튼을 완전히 젖히고 윽박질렀다.

말 고삐를 잡고 멍청하게 허공만 바라보고 있는 성기사들을 보자 갑자기 속에서 불길이 솟구쳤다.

"한심한 것들! 지금 패배감에 젖어 있을 때더냐! 내가 너희처럼 멍청한 것들을 데리고 대사를 도모했다니!"

반세기의 핍박을 견뎌 내고 용맹을 내뿜던 망족의 기사들을, 대공의 로피진들을 떠올리면 더 비교가 극심했다.

엘 누아르는 원색적으로 성기사들을 비난했다.

"우리 엘 리체의 긍지가 땅에 떨어졌다! 너희들의 한심한 작태를 보면 디온께서 부끄러워하실 거다! 개밥만도 못한 것들! 너희들이 제대로만 했다면 성하도, 나도, 우리 엘 리체도 이런 꼴이 나진 않았어!"

"……밖을 보시기나 하십죠."

버럭하는 추기경을 위해 성기사단장이 가라앉은 목소리로 대꾸했다. 엘 누아르의 의중은 묻지도 않은 채 말을 돌려 마차의 문을 벌컥 열어 버리는 건 덤이었다.

'건방진 자식. 신전으로 돌아가는 즉시 네놈은 제명이다.'

단장의 이름을 되뇌며 밖으로 발을 내디딘 엘 누아르가 마차에서 내린 순간, 휘청했다. 그 역시 성기사들처럼 멍청하게 허공을 바라보았다.

"어, 어째서……?"

갈 곳 잃은 목소리가 딸려 나왔다.

태양을 등지고 눈부신 백색의 빛을 뿜내던 성국은 온데간데없었다.

엘 리체가 자랑하던 백색의 첨탑이 무너졌고, 사제들의 경악에 찬 비명이 드넓은 창공을 울렸다. 산산이 조각나서 부서진 신전의 잔해 위로 회색빛 연기 한 줄기만 아지랑이처럼 피어오르고 있을 뿐이었다.

그제야 알 수 있었다. 왜 기사들이 넋을 놓고 있었는지.

눈 앞에 펼쳐진 광경이 너무도 망연해서. 믿기지가 않아서.

"……서, 성하는? 신전은? 사제들은……?"

더듬거리는 목소리가 겨우 흘러나왔다.

그러나 주변을 아무리 둘러봐도 회색빛 진창 어린 전쟁의 잔해에서 살아남은 생명은 보이지 않았다. 이곳은 죽음만이 존재하는 땅, 지옥 그 자체였다.

"아아악……! 아아아아아!"

누군가의 비명에 엘 누아르가 고개를 들었다. 망연한 시야에 신전이 눈에 들어왔다.

엘 리체 신전을 지탱하는 거대한 네 개의 기둥 위, 아름다운 아치 위에는 그들이 모시는 신 디온의 조각상이 있다.

신전을 오가는 모두를 내려다보는 가장 높은 위치에 세워진 디온상의 한 손에는 정의를 뜻하는 검이, 반대쪽 손에는 평화를 뜻하는 올리브나무 가지가 들려 있다.

엘 리체인들의 긍지이자 자부심이기도 한 이 디온 조각상이 든 검 끝에, 교황의 목이 걸려 있었다. 성국의 위대한 교황 역시 죽음 앞에서 한 인간이었을 뿐이라는 듯, 공포에 질린 표정이 송두리째 드러난 채로.

"으아아아아아!"

엘 누아르가 짐승 같은 울음소리를 내며 앞으로 달려 나갔다. 조각상 아래, 듬성듬성 아무렇게나 잘려 떨어진 백금의 머리카락들이 보였다.

대공이 그의 눈앞에서 흔들어 대던, 교황의 것이었다.

"앙헬, 이 악마 같은 자여! 지옥에 떨어져도 너를 저주하겠다!"

스카가드 앙헬은 살기를 내뿜으면서도 너무도 순순히 자신들을 보내줬다.

저들이 제국에 무슨 짓을 하려 했는지 모두 알면서도 성국을 내버려 두겠다 했다. 교황을 살려 주겠다 했다.

모두 새빨간 거짓이었다. 전부, 이미 망한 후였기에 그토록 후한 자비를 베풀 수 있었던 거다.

이건, 그들이 헬리오스를 탐낸 대가였다. 그들의 탐낸 욕망의 말로가 파멸을 부른 것이라, 그걸 절대로 잊지 말라 그가 똑똑히 말하고 있었다. 멸망한 조국과 그 군주의 목으로.

엘 누아르가 입술을 짓씹으며 고함치다, 억 하고 뒷목을 잡았다. 온몸을 부들부들 떨던 그는 그 자리에서 기절했다.

"엘 누아르! 정신 차리십시오!"

성기사들이 황급히 엘 누아르를 흔들었으나, 그는 다시 깨어나지 못했다.

마지막까지 그는 깨닫지 못했다. 성국의 멸망을 초래한 건, 스카가드 앙헬이 아니라 네이필나, 아니, 전생의 411이라는 것을.

생과 생이 얽히고설킨 운명의 실타래.

전생의 그들과 섭정공의 줄다리기 사이에서 희생된 미천한 살수 하나가 기어코 부활하여 이뤄 낸 결과라는 걸 지금의 그가 알 리 없었다.

몇 년 후, 그리 머지않은 미래에 엘 리체가 완전한 멸망의 길을 걷게 되는 것 역시 알지 못할 것이다. 엘 리체의 성기사들은, 한때는 성스러운 디온의 기사라 불리던 영광을 뒤로하고 떠돌이 용병으로 전락하고 말았다.

사제들과 살아남은 엘 리체인들 역시 어딜 가든 천시받았다. 여태 로피진들이 그랬던 것처럼. 성국이 괴물을 만들어 내 헬리오스를 흔들려다 벌어진 이야기가 대륙 곳곳에 퍼졌기 때문이다. 그렇게 서서히, 대륙에서 엘 리체란 이름은 흔적 없이 가라앉았다.

대륙을 손에 주무르려던 그들의 원대한 야망에 비한다면 너무나 초라한 말로였다.

* * *

헬리오스의 수도가 무너질 뻔했던 그날의 악몽을 제국민들은 '검은 파도의 날'이라고 불렀다.

검은 물결이 수도에 넘실거렸던 게 엊그제 같았으나 벌써 한 달이 지났다. 살아남은 자들은 여전히 안도의 숨을 내쉬며 생존의 기쁨을 누렸다.

"이봐! 기둥은 이쪽으로! 여기 세워서 천장이 무너지지 않게 받쳐야겠어!"

부서지고 망가진 시가지 곳곳에서 목수들이 뚝딱뚝딱 망치를 들었다. 연신 자재들을 나르며 구슬땀을 흘리는 일꾼들의 모습도 보였다.

"엘 리체 놈들 때문에 이 고생을 하는 걸 생각하면 놈들을 씹어 먹어도 분이 안 풀릴 거야."

"아서라. 그날의 악몽을 생각해 봐. 이렇게 살아서 뭔가 할 수 있다는 것만 해도 어디인가."

"그건 그렇지. 이 한목숨 부지하고 있다는 것만도……."

비가 온 자리에는 땅이 더 단단해진다고 하던가. 제국민들의 일상은 느리지만 조금씩 다시 흘러가기 시작했다.

"자네, 그거 들었나? 엘 리체가, 성국이 무너졌다는군. 신전은 부서지고 교황도 죽었대. 겨우 살아남은 자들도 뿔뿔이 흩어져서 자취를 감추었고 말이야."

"당연하지. 앙헬의 북부군이 다녀갔으니까! 그럼 우리 제국을 그렇게 휘저어 놓고도 멀쩡할 줄 알았나? 쌤통이야!"

멸망에 가까운 성국의 말로를 들었음에도 어느 하나 안타까워하는 이가 없었다.

오히려 살아남은 엘 리체인들이 제국에 들어오면 가만두지 않을 거라 주먹을 흔들어 대는 사람이 부지기수였다.

제국민들에게 새로운 소식은 그것뿐만이 아니었다.

검은 파도가 수습될 즈음, 황제의 죽음이 뒤늦게 알려졌기 때문이다. 디에라에 의해 붕어한 줄 알았던 황제가 사실은 2황자의 손에 죽었다는 것까지.

디에라가 황궁을 넘기 전, 이미 그는 목숨을 달리한 후였다. 시해 당시 그를 체포했던 자리에 있던 이들이 말을 옮겼고, 그 사실이 빠르게 퍼져 나갔다.

"2황자가 폐하의 피가 아니었다며? 그걸 숨기려고 폐하를 시해한 거고?"

"배은망덕한 자식 같으니! 키워 준 은혜를 원수로 갚아?! 그런 악마가 황위에 오르기라도 했다면 어쩔 뻔했나!"

"천하의 폐하께서 마르쉐 남매에게 반평생을 농락당했군! 쯧, 딴눈 돌리지 말고 리에타 황후에게 진심을 다했다면 일어나지도 않았을 일이거늘!"

그 과정에서 레클란의 숨겨진 신분의 비밀도 전부 폭로되고 말았다.

거기엔 세피니아의 은밀한 입김이 있었다. 황제가 죽기 전까지 그토록 숨기고 싶어 했던 비밀을 제 손으로 풀어 버린 것이다.

진짜 혈육도, 가짜 혈육도 끝끝내 황제의 편은 아니었다.

한편, 레클란은 황자의 직위를 박탈당하고 전 제국민들의 비난을 뒤집어썼을지언정 처벌받진 않았다. 아니, 처벌하지 못했다는 게 더 옳겠다.

'이족이야! 이족이라고!'

괴물들이 황궁을 넘어왔을 때, 2황자가 소리 높여 고함치는 걸 많은 이들이 직접 들었다.

'죽여! 부숴! 전부 산산조각 내 버리라고! 헬리오스 따위 망해 버려!'

그는 몹시도 억울해 보였다. 일평생 몸담은 황궁이, 헬리오스의 황족들이 그의 철천지원수기라도 한 것처럼 고래고래 소리쳐 댔다.

그러다가.

'까악! 전하! 안 돼애애!'

디에라의 눈에 띄어 가장 먼저 잡아먹혔지만. 인간은 죄다 찢어 대는 디에라에게서 저만은 예외라고 생각한 것일까.

'왜, 왜 나를……?'

죽는 순간까지 이해할 수 없다는 의문이 그의 얼굴에 떠오르는 걸 본이는 많지 않았다.

2황자의 출생에 대한 비밀은 그가 죽은 후 밝혀졌으나, 황제를 시해하고, 또 헬리오스의 혈통조차 아닌 이의 장례를 치를 순 없었다.

결국 레클란의 죽음은 그저 황실의 계보에서 이름을 지워 버리는 걸로 처리되었다.

마르쉐에도, 황실에도 속하지 않는 무명인이 되어 버린 것이다.

2황자비가 멀쩡했다면 어떻게든 남편의 명예를 되살려 주려 했겠지만 그녀는 그날, 남편의 죽음을 면전에서 목격하고 실성해 버린 지 오래였다.

그렇게 2황자 레클란이 역사 속에서 사라졌다. 처음부터 존재하지도 않았던 사람처럼.

오만하고 자존심 빼면 시체였던 제 이복동생에게 있어서는 평생에 다시없을 치욕이었으니, 세피니아는 어쩌면 죽은 황제가 염원하던 충분한 복수가 아니었을까 생각했다.

어쨌든 황제의 장례와 박살 난 황궁 재건, 연거푸 덮친 사건을 처리하느라 헬리오스 황실은 우왕좌왕했다.

그 와중에 비어 있는 황좌에 1황녀가 올라 혼돈의 제국을 진두지휘해야 한다는 말이 잇따랐으나, 세피니아의 반대로 무산되었다.

"지금은 황위를 논할 때가 아닙니다. 일단 선황의 장례와 수도의 수습이 끝난 후 다시 이야기하지요."

황위 계승을 유보한 것이다. 세피니아답지 않은 행보였다.

후계자로 선정된 지 얼마 안 되어 황제가 붕어했으니, 곧바로 그녀가 황위에 오를 수 있었기 때문이었다.

"황녀 전하, 신은 하늘이 내린 천운의 기회를 거부하시려는 전하를 도저히 이해할 수 없습니다. 외적의 공격으로 흔들리고 어수선한 지금이, 전하께서 나서서 백성들의 구원자로 믿음을 살 수 있는 최적기입니다."

물론 1황녀파의 성화가 만만치 않았다.

그중에서도 힐데가르드 노공작이 황녀를 설득하기 위해 가장 먼저, 그리고 빈번하게 황궁을 찾았다.

그는 부쩍 여윈 손녀딸이 황위 계승을 미루는 다른 이유가 있다는 걸 짐작했다.

"2황자가 죽은 게 마음에 걸리십니까? 아니면 수도에 남아 있는 대공 때문입니까? 전하, 전하의 심중을 알려 주십시오."

그러나 그도, 마티어스를 비롯한 1황녀의 가신들도 그녀의 결정을 번복하진 못했다.

"황녀 전하, 이리 나약하게 구시면 안 됩니다. 가신들과 백성들이 흔들리고 있습니다."

노공작은 그 시기를 틈타 누군가 황좌를 노리지 않을까 걱정했다.

"이러시면 황위에 오르신다 해도 전하의 통치가 쉽지 않아집니다. 그리고, 앙헬은 이런 전하를 절대 주군으로 인정하지 않을 테구요."

그중에서도 노공작이 가장 걱정하는 건……

"이 상태가 이어진다면 헬리오스의 국력이 상쇄되고 그건 호시탐탐 우리를 노리는 주변국들의……."

"외조부, 이 제국이 오래가지 못한다면 그건 대공의 잘못이 아닐 겁니다."

노공작의 우려에 세피니아가 답했다. 낮고 침전된 음성이었다.

"전하!"

"외조부, 이미 눈으로 보셨잖습니까. 저들이 아니었다면 헬리오스는 이미 끝이었어요. 우린 지금, 이렇게나마 연장된 수명에 감사해야 할 처지란 말입니다."

골몰하는 것처럼 의도적으로 눈을 감고 있던 세피니아가 눈을 떴다.

"현실을 직시해야 합니다, 힐데가르드 공. 나는 그를 품을 수 없습니다. 언젠가 공께서 지적하셨듯이."

그녀는 외조부가 아니라 공작의 성을 불렀다. 의지하던 혈연을 벗어나 그녀가 황족으로 바로 서겠다는 의미였으며 황실의, 제국의 결정권자로서 제 뜻을 관철하겠다는 뜻이기도 했다.

"전하, 그것은……."

"하지만 이 제국은 여전히 그가 필요하지요. 이번 일로 그게 더 분명해 졌구요."

세피니아의 눈동자에 회한이 스쳐 지나갔다.

"나는 부황처럼 사사건건 그를 경계하면서 언제 나를 공격할까, 내 자 리를 탐내진 않을까 전전긍긍하며 살아가진 않을 겁니다."

그녀는 황제의 끝을 보았다. 평생 열등감에 사로잡혀 악수에 악수를 거 듭하던 자의 말로를 직접 목격했다.

그럴 바엔, 차라리.

"나는 차라리 떠나보낼 겁니다. 내가 감당할 수 없는 걸 쥐려고 평생을 바치진 않겠어요."

세피니아의 얼굴에는 전에 없던 굳은 결심이 서려 있었다.

* * *

달그락달그락.

그녀는 창가 옆에 서서 황궁을 빠져나가는 힐데가르드의 마차를 물끄 러미 내려다보았다. 외조부는 이해하지 못할 것이다. 세피니아의 눈앞에 는 아직도 선연했다.

'카아아아아악!'

'살려 줘! 아악! 전하, 살려 주세요! 제발 구해 주세요!'

'도망치셔야 합니다! 이쪽으로! 전하, 어서요!'

황궁 곳곳에 피어오르는 비명 사이로 활개 치는 괴물들과, 그 속에서 얼어붙었던 무력한 저 자신이. 살려 달라 애원하던 이들을 외면하고 제 한목숨을 위해 도망치던 저 자신이.

'나는⋯⋯. 나는⋯⋯.'

로잔 기사단장과 기사들은 그녀가 죽을 각오로 남았다면 피신을 강제하지 않았을 거다. 울부짖는 이들을 뒤로하고 도망을, 일신의 안위를 택한 건 오롯이 그녀의 선택이다.

그녀는 두려웠다. 자신이 없었다.

저 밀려오는 괴물들 앞을 막아서서 제 사람들을 보호할 엄두가 나지 않았다. 그래서 그녀는 숨었다.

모든 악이 물러나고 비로소 평화가 찾아왔을 때야, 세피니아는 이 자리로 돌아왔다. 네이필리나 콘체른과 스카가드 앙헬이 그녀를 대신해서 제국을 구해 낸 후에야.

아무도 그녀의 비겁함을 지적하지 않았다.

그러나 세피니아는 알았다. 제가 외면한 건 그녀의 백성이었고, 버린 건 그녀의 제국이었다.

세피니아, 그녀의 것. 가지길 너무도 욕망했으나, 지킬 자신은 없는 것.

"전하, 마차가 준비되었습니다."

로잔 기사단장의 목소리에 그녀가 몸을 돌렸다.

세피니아의 시선이 펄럭이는 로잔 경의 오른쪽 제복 소매를 잠시 응시하다가 고개를 끄덕였다. 검은 파도의 그날, 그녀의 약혼자는 괴물 무리로부터 저를 피신시키다 오른팔을 잃었다.

검사로서 치명적인 부상이었다. 바로 치료를 했다면 괜찮았을 것이다. 그러나 저를 피신시키느라 시간이 너무 지나다 못해 상처 부위가 블랙 티어에까지 오염되어 버렸다.

그는 다시는 오른손으로 검을 쥘 수 없을 거라는 진단을 받았다.

그럼에도 그는 여전히 제 곁을 지키고 있다. 평소처럼, 여전히 묵묵하게. 팔 한쪽은 사라져도 저는 아무렇지 않다는 것처럼.

세피니아는 입술을 깨물었다.

"출발하지요."

그래. 여전히 타인의 지킴을 받는 데 익숙한 걸 보니 저는 지키는 것에는 아무래도 재능이 없는 모양이다.

하지만 적어도 제 부족함을 인정조차 할 수 없었던 선황만큼 어리석진 않았다.

세피니아의 입가에 쓴웃음이 맴돌았다. 그녀는 둥근 선을 그리는 배를 쓰다듬었다. 적어도 이 아이에게만큼은 부끄러운 어미가 되지 않으리라, 맹세했다.

대공저의 응접실은 싸늘한 냉기가 풍겼다.

비단 세피니아가 초대받지 않은 손님이기 때문만은 아닐 것이다.

가파른 절벽을 내려가는 듯한 아슬아슬함이 이 저택의 사람들과 공간 전체에서 피어나고 있었으니까. 창밖으로 보이는 새파란 하늘이 어쩐지 이 공간의 공기보다는 따뜻할 것 같다고 생각하며 세피니아는 식어 가는 차를 들이켰다.

그때 벌컥, 문이 열렸다.

다소 무례할 정도의 성의 없는 걸음으로 대공이 느릿하게 걸어 들어왔다. 한숨이 나올 만큼 잘생긴 얼굴은 여위어 가팔라진 선을 제외하고는 여전했다.

비소가 걸려 있는 옅은 입꼬리도 그랬다.

하지만 세피니아는 평소처럼 여유롭고 즐거워 보이는 대공의 표정 속에서 그의 푸른 눈은 조금도 웃고 있지 않다는 것을 알아차렸다.

"조카께서 여기까지 귀한 걸음을 해 주시다니, 어쩐 일로."

"숙부의 얼굴을 보기가 여간 어려운 게 아니라 무례를 무릅썼습니다."

세피니아가 담담히 대답했다.

"연통을 보내도 도무지 답을 주지 않으시니, 제가 찾아오는 수밖에 없었습니다. 오래 머물지 않겠습니다. 차 한잔의 시간은 할애해 주시길 감히 바라요."

마지막 목소리는 간청처럼 들리기까지 했다.

1황녀를 내려다보던 대공이 짧은 한숨과 함께 자리에 앉았다. 그러나 마주 앉은 그녀를 바라보는 게 아니라 시선은 여전히 무심히 스쳐 지나고 있었다.

그래. 그나마 이 자리에 앉아 준 게 어디인가. 한숨을 삼킨 세피니아가 입을 열었다.

"얼굴이 많이 상하셨습니다. 잠은 제대로 주무시는 겁니까? 숙부마저도 쓰러지면⋯⋯."

"차 한잔의 시간. 그게 내가 조카님께 할애할 수 있는 전부야."

에두르지 말고 바로 본론으로 들어가라는 뜻이었다. 무심한 대꾸에 세피니아가 침을 삼켰다.

"네이필리나는 아직도 깨어나지 않았나요?"

찻잔을 들어 올리던 대공이 날카롭게 세피니아를 응시했다. 마주한 시선 사이, 맹수의 영역에 섣불리 발을 들인 것처럼 첨예한 분위기가 피어올랐다.

"네이필리나는 내 친우입니다. 나 역시 그녀를 걱정해요. 숙부는 믿지 않으실지 모르지만."

"아무렴. 태양의 헬리오스는 모두를 아끼고 사랑하지. 어찌 모르겠어."

그가 비틀린 입꼬리를 올리며 조소했다.

"저를, 황족과 이 제국을 원망하시는 것 알고 있습니다. 우리가 아니었다면, 어쩌면 네이필리나가 그렇게 무리하는 일은 없었을 테니까요."

"잘 알고 있군."

"……."

세피니아는 한숨을 삼켰다. 네이필리나 콘체른에 관한 한, 대공에겐 도무지 들어갈 틈이 없었다. 저를 대하는 대공의 태도가 놀라우리만큼 적대적이었다. 적어도 겉으로는 반감을 누그러뜨리던 그였는데 지금은 그걸 감출 생각조차 않으니.

이 방에 들어선 이래 대공은 내내, 바짝 날이 선 칼 같았다.

하지만 아예 이해 못 할 일은 아니었다. 저도 지금 그의 상황이라면 평정을 유지할 수 없었을 테니까.

'네이필리나…….'

방벽을 허문 후 쓰러진 네이필리나 콘체른은 아직까지도 깨어나지 못했다. 이단바와 로열 엘릭서를 비롯해 온갖 약을 다 쓰고, 제국의 갖은 용한 의원들이 다녀갔으나 아무런 차도가 없었다.

대공은 깨어나지 않는 네이필리나를 대공저로 데려온 후, 최소한의 업무를 제외하곤 늘 그녀의 곁에 있다고 들었다.

북부군도, 누구도 그를 막을 수 없다 했다. 눈을 뜨고 있을 모든 시간에는 그녀를 깨울 방법을 찾고 있다고. 거의 편집증에 가까울 정도라 했다.

이건 제가 건드릴 수 있는 부분이 아니다.

세피니아는 빠르게 포기하고 용건을 빼내 들었다.

"숙부, 나는 로피진들을 헬리오스의 일원으로 받아들이려 합니다. 황제 임시 대행으로서 곧 제국 내 로피진들의 차별과 핍박을 금지하는 법령이 공표될 겁니다."

"……."

"검은 파도의 날, 앞장서서 제국을 수호하는 로피진들을 모두 목격했으니 반향이 그리 크지 않을 겁니다. 네이필리나와 숙부의 공이 커요."

스카가드는 여전히 아무런 대답도 하지 않았다.

"나는 선황과 다릅니다. 우리는, 헬리오스와 로피진은 공존할 수 있을 겁니다. 적어도 조국을 구해 준 이들을 적대하게 두진 않을 거예요."

세피니아가 엄숙하게 답했다. 하지만 대공의 무심한 눈매는 그다지 바뀌지 않았다.

"글쎄."

무감각한 시선에서 세피니아는 그가 전혀 제 말을 신뢰하지 않는다는 것을 알아차렸다.

하지만 그를 탓할 수는 없는 일이다. 헬리오스 황족들의 이분적인 행태는 그녀마저도 치를 떠는 모순이었으니까.

저 역시 제 말을 온전히 장담할 수는 없었다. 그래서 여기로 왔다. 그녀가 바라던 헬리오스는 선황의, 레클란의 제국과도 달라야 했으니 말이다.

"로피진을 인정하겠습니다. 그들을 데리고 대공령에서 독립하시겠다 해도, 저는 숙부를 지지할 겁니다."

"하하."

건조한 웃음소리가 피어올랐다. 대공이 과장된 감사를 터뜨렸다.

"이리 감사할 데가. 조카님의, 아니, 차기 황제가 되실 분의 너그러운 씀씀이에 무릎이라도 꿇어야 할까?"

차기 황제. 비수와도 같은 말에 세피니아는 침을 삼켰다. 그리고 마침내, 고백했다.

"숙부, 저는 그 자리에 맞지 않는 사람입니다. 황제는, 이 헬리오스의 주인은 숙부 같은 사람이어야 해요."

멈칫. 세피니아를 비켜 나가던 대공의 눈이 비로소 그녀를 마주했다.

"우리 조카께서는 아직 살 만하신가 보아. 쓸데없는 호승심을 부리시는 걸 보니."

"황위는 내 것도, 헬리오스의 것도 아닙니다. 애초에 우리 혈족에겐 무리한 책임이었다는 걸 선황도, 나도 너무 늦게 깨달았더군요."

"좋은 깨달음이군. 하지만 협상은 결렬이야."

대공이 건조하게 평했다. 그는 세피니아가 심사숙고했던 제안을 더 들어 보지도 않고 그 자리에서 거절했다. 이 거대한 나라의 주인 자리를 손수 넘겨주겠다는 일생일대의 제안을 말이다.

"돌아가서 원하던 걸 쟁취하도록 해, 세피니아."

"숙부."

"나는 이제 헬리오스도, 로피진도 어느 것도 책임질 생각이 없으니까."

서늘한 얼굴에선 한 줌의 미련도 보이지 않았다. 오히려, 지긋지긋한 것처럼 보였다.

"……기다리겠습니다. 다시 한번 생각해 주세요. 이 나라는 숙부가 아니면 더 이상 버텨 내지 못할 테니까요."

세피니아는 더 재촉하지 않고 자리에서 일어났다. 쉽게 그가 받아들일 거라고는 생각하지 않았다.

"네이필리나에게 세습이 가능한 개별적인 백작 위가 주어질 겁니다. 콘체른의 이름을 이어받을 수도, 새로운 성을 하사받을 수도 있지요. 전부 네이필리나의 선택에 달렸어요. 깨어나야 가능한 일이겠지만요."

"……."

잠시 망설이던 세피니아는 방을 나서기 전, 한마디를 내뱉었다.

"그리고 그녀 역시, 당신이 헬리오스에 있어 최선의 선택이라는 데 동의했을 겁니다."

끝끝내 대답은 들려오지 않았다.

* * *

세피니아는 그 후로도 몇 번이나 대공저를 찾아왔다.

그때마다 대공을 설득하려 했고, 매번 실패해서 축 처진 어깨로 돌아갔다. 그 과정에서 1황녀가 양위를 제안했고, 대공이 그를 거절했다는 사실이 알려졌다.

앙헬의 신하이자 로피진의 복권을 꾀하던 이들이 놀라 그를 찾았다.

"주군, 절호의 기회였습니다. 어찌하여 받아들이지 않으신 겁니까."

"헬리오스를 흡수할 수 있다면 구태여 로피진들을 이끌고 새로운 땅을 찾아야 할 필요가 없습니다. 모든 기반이 이곳에 다 준비되어 있으니까요."

그중에는 라울과 그의 부친인 로피진 독립군의 수장도 있었다. 그만큼 이 사안이 중대하다는 의미이기도 했다.

"모두 주군을 기다리고 있습니다."

"주군께서 한 걸음만 나서시면 모두가 그 뒤를 따를 겁니다."

하지만 스카가드의 반응은 일관적이었다.

"내버려 둬."

"주군."

"내 몸에 흐르는 반쪽짜리 피에 대한 책임은 모두 치렀다고 생각하는데."

세피니아가 약속한 대로 제국은 로피진을 인정했다. 망국의 국민을 다시 제국민으로 받아들였고, 차별과 적폐를 청산하겠다 선언했다.

"그때 로피진들이 아니었다면 우린 끝이었어."

"제국을 위해 손수 발 벗고 나선 이들이 아닌가!"

모두가 그들을 반긴 건 아니었으나, 검은 파도의 날을 겪은 수도의 사람들이 적극적으로 로피진들을 받아들이자, 변화의 물길은 반강제적으로라도 제국 전역으로 퍼져 나갔다.

헬리오스의 이름 아래서 그들은 더 이상 핍박받지 않을 것이다. 그러니 이쯤 하면 되지 않았던가. 이 정도면 저는 충분히 할 만큼 한 것 같은데.

스카가드가 마른 손으로 얼굴을 쓸었다. 거친 손이 눈자위를 꾹꾹 눌렀다.

가끔 제 어깨에 짊어진 것들이 놀랍도록 무겁게 느껴질 때가 있었다. 아무것도 생각지 않고 벗어던지고 싶은 사나운 충동이 저를 감쌀 때가 있었다.

지금이 그랬다.

사실은, 네이필리나가 제 품에서 눈을 감은 순간 이후로 멈추지 않고 그랬다.

"주군…… 저희는……."

더듬거리는 수하들의 당황한 얼굴이 밀랍 인형을 보는 것처럼 이질적으로 느껴졌다. 스카가드는 무심히 발걸음을 옮겨 그들을 지나쳤다.

복도에는 느릿한 발걸음 소리만 울려 퍼졌다.

삐거덕.

문이 열리며 걸쇠가 연약하게 울었다. 그 작은 소리가 혹 잠들어 있는 방의 주인을 깨우기라도 할까, 스카가드의 걸음이 발톱을 감춘 맹수의 것처럼 무음이 되었다.

"……."

침실에는 네이필리나가 누워 있었다.

창백한 피부, 꿀처럼 흘러내리는 백금발. 감긴 눈꺼풀 사이로 더 이상 초록빛 눈동자를 볼 수 없다는 걸 제외하면 이전과 하나도 달라진 게 없었다.

그저 시간이 멈춘 것 같았다.

'기면 상태로 보이는군.'

그는 사일러스 블랙이 네이필리나의 상태를 살폈던 때를 떠올렸다.

블랙답지 않게 어쩔 줄을 모르는 표정을 했었던 것 같다.

'다행인 건 심장 박동도, 호흡도 모든 게 정상으로 작동하고 있어. 아직까진 말이야. 단지 깨어나지 않을 뿐이지.'
'그럼 깨워, 어떻게든 방법을 찾아. 찾을 수 있잖아.'

그러나 블랙은 고개를 저었다.
쉽게 포기를 입 밖에 내는 이가 아닌데, 제 역량 밖의 일이라 시도조차 무용할 것이라 했다.

'스카, 언제고 벌어질 수 있는 일이었어. 애초 체내에 블랙 티어를 담은 인간이 살아 있다는 것 자체가 말이 안 됐잖아. 그녀의 심장이 당장 한 시간 뒤 멈춘다고 해도 나는 놀라지 않을 거야.'
'지금으로선 오로지 비전하의 의지에 달린 일이라고밖에 말하지 못하겠군.'

"……."
말간 얼굴을 내려다보고 있는데 울컥, 가슴이 답답해졌다. 목이 꽉 막혀 오는 기분이었다.
스카가드는 눈을 감은 네이필리나의 옆에 앉았다. 굳은살이 박인 거친 손가락이 놀랍도록 조심스럽게 여린 볼을 쓸어내렸다.
그가 단검을 들어 제 손바닥을 그었다. 날카로운 상처에서 흘러나온 붉은 핏방울이 네이필리나의 입술 위로 떨어졌다.
스카가드는 조심스럽게 그녀의 입술을 들어 입 안이 핏방울을 머금을 수 있게 했다. 그리고 기다렸다. 재깍재깍. 시계 초침 소리가 몹시도 선명하게 들렸다. 스카가드는 가만히 몸을 숙여 또 기다렸다.

하지만 매번 그랬듯, 네이필리나의 감은 눈이 떠지는 일은 일어나지 않았다. 그녀는 그저, 여전히 깊은 잠에 빠진 것 같았다.

"눈을 떠, 네이필리나."

오랫동안 깊게 침전되어 있었던 것처럼 쉰 소리가 흘러나왔다.

"벌써 몇 번째야. 네가 사람을 이렇게 바닥까지 들었다 놨다 하는 게."

건조한 목소리가 아이처럼 투정을 부리는 양이 영 이질적이었다. 정작 그걸 내뱉는 얼굴은 텅 비어 버린 것처럼 공허했다.

"그대가 시키는 대로 했으니, 이제 내게도 상을 줘야지."

'좋아해요.'

"아직, 내 대답을 못 들었잖아."

'나도 당신이 좋아서⋯⋯.'

"그러니 돌아와. 이번에는 멍청이처럼 그대에게 조르지 않을게."

공허한 얼굴이 일순 와락 일그러졌다. 스카가드가 고개를 떨구었다. 마른 손등에 제 이마를 댔다.

'그녀의 심장이 당장 한 시간 뒤 멈춘다고 해도 나는 놀라지 않을 거야.'

이렇게 살아 있는 이의 온기가 생생한데, 제 피부로 느끼고 있는데, 언제라도 저를 떠날 수 있다는 게 어처구니가 없었다.

어이가 없으면서도, 동시에 벼랑 끝에 발끝으로 선 것처럼 두려워서 가슴을 조여들게 했다.

"네가 없으니까 아무것도 못 하겠어."

여자의 손등에 이마를 대고 구부린 사내의 등이 간헐적으로 흔들렸다.

* * *

대공저에 뜻밖의 손님이 찾아왔다.

힐데가르드 노공작이었다.

"전하의 부친이신 알렉산드르 황제의 황릉에 잊혀진 보고가 하나 있습니다."

1황녀에게 황위를 넘기라 종용할 줄 알았는데 갑작스럽게 찾아와서 노공작은 대뜸 뜬금없는 화제를 꺼냈다.

"전하의 모친께서 처음 헬리오스로 오실 때 가져온 예물이랍니다. 이제는 세월이 너무 흘러 저 같은 노인들만 기억하고 있겠지만 말입니다."

"그래서요."

"디온이 세상에 남긴 최초이자 마지막 성물이랍니다. 디온이 그 성물을 가진 인간에게 한 가지의 소원을 들어준다는 전설이 담겨 있지요. 그게 무엇이든지요."

멈칫. 노공작은 굳은 스카가드를 보며 말을 이었다.

"소원……이라고요."

스카가드가 어떤 소원을 빌 건지 알고 있다는 듯 노공작의 입가에 희미한 웃음기가 어렸다.

"지금의 대공 전하께 흥미로운 이야기가 될 것 같은데요. 따지고 보면 엘 리체의 사제들이 황궁을 노린 건 비단 우리 제국 때문만은 아니었던 것 같지 않습니까?"

성물. 그 소유자에게 한 가지의 소원을 들어주는 신.

그리고 그 신은 디에라를 탄생시킨 주범이다.

이 허무맹랑한 이야기를 코웃음 치고 흘려보낼 수 없는 건 그가 너무 간절해서일 테다. 네이필리나가 간절해서.

지푸라기라도 잡고 싶었다. 그는 대충 삐딱하게 기대 있던 몸을 일으켰다.

"……이 얘기를 공작께서 내게 해 주는 이유가 무엇인지 쉬이 짐작이 가지 않는데."

헬리오스의 역대 황제들이 잠들어 있는 황릉은 오직 현 황제만이 출입할 수 있다. 그걸 모를 리 없는 노공작이 구태여 저를 찾아와 성물의 존재를 알려 주었다.

"내가 황제가 되는 걸 막고 싶은 게 아니었습니까."

"글쎄요. 이 늙은이의 아집이 눈을 너무 가렸구나, 하는 뒤늦은 깨달음이 들어서 말입니다."

노공작이 쓰게 웃었다.

"각자에게 간절한 게 있는 법이지요. 이 늙은이의 간절함은 황좌가 아니라 내 손녀딸의 행복입니다. 그걸 이루기 위해서, 지금 이곳에 와 있는 거지요."

"……."

"전하의 간절함 역시, 이루어지길 바랍니다."

* * *

"스카가드 헬리오스 앙헬 폐하 만세!"

두 달 뒤, 스카가드 앙헬 대공이 황제로 즉위했다.

그 어느 때보다 성대한 즉위식이 열렸다. 새 황제는 제국민들이 익히 알고 있는 크고 강대한 모습으로 황좌에 앉았다.

누구도 알지 못했다. 새 황제가 이 자리를 받든 이유가 힐데가르드 노공작이 흘린 한마디 말 때문이었다는 것을. 디온의 성물을 찾아, 아직 식도 치르지 않은 제 비를 깨워 달라는 소원을 빌기 위해서라고는.

황위에 오른 첫날.

즉위식조차 금세 해산시킨 그는 황릉의 보고에서 디온의 성물을 찾아 냈다.

"하지만 폐하, 잠시라도 얼굴을 비쳐 주심이……. 모두 폐하만을 기다 리고 있습니다."

"물러가라고 일렀어. 두 번 말하게 하지 마."

모든 이들을 물린 황제의 침실에는 그와 네이필리나뿐이었다. 네이필 리나가 누워 있는 침대로 저벅저벅 걸어가는 그의 손에는 성물이 들려 있었다.

디온의 성물은 은빛 원통의 형태로, 외부에는 섬세하게 조각된 디온의 조각상이 붙어 있었다.

엘 리체의 신전에서처럼, 검과 올리브 가지를 양손에 든 모습이었다. 다정한 눈을 한 조각상의, 아니, 디온을 보자 죽어 있던 가슴에 실낱같은 희망이 싹텄다.

어쩌면 정말로, 정말로…….

그는 성물을 들어 네이필리나의 품에 안겼다. 가녀린 손이 성물을 쥘 수 있게 손가락을 잡아 주고 제 커다란 손으로 감쌌다.

달빛인지, 성물에서 나오는 빛인지 알 수 없는 기묘한 오로라가 시야에 들어찼다.

고요한 밤, 은빛 오로라가 두 사람을 감쌌다.

그는 네이필리나의 손을 덮은 제 손에 이마를 대고 소원을 빌었다.

언제나 나른하고 여유롭던 사내는 없었다. 그저, 신 앞에서 제 원을 이 루어 주길 바라는 하잘것없는 인간 하나만이 이곳에 있을 뿐이었다.

"……제발."

당장 내일의 생존을 빌었던 소년 시절보다 더 간절히 되뇌었다.

그리고 기다렸다. 충성스러운 사냥개처럼 네이필리나의 옆에 제 큰 덩치를 접고 앉아 소원이 이루어지는 순간을 기다렸다.

제발, 신이여.

그대가 존재한다면, 그녀가 눈을 뜨기만 한다면.

끝을 맺지 못하는 나직한 중얼거림이 모양 좋은 입매 사이로 간헐적으로 새어 나왔다. 그렇게 시간이 흘렀다.

"……."

아무 일도 일어나지 않는 시간이.

힐데가르드 노공작의 말은 사실이 아니었다.

보고에서 찾은 디온의 성물은 스카가드의 소원을 들어주지 않았다.

원통의 내부가 이미 꼭 소원의 효력을 다했다는 것처럼 텅 비어 있어서일까, 아니면 처음부터 소원을 들어주는 성물 따윈 존재하지 않았던 것일까.

스카가드가 알 리 없었다. 잠시 빛을 밝히는 듯하던 푸른 눈이 언제 그랬냐는 듯 우울하게 침잠했다. 확실한 건 네이필리나 콘체른은 여전히 잠든 채였고, 이제 저는 대공이 아니라 황제라는 것만이 달라졌을 뿐이라는 거다.

"빌어먹을 신의 선물이로군."

황제가 옅은 웃음을 흘리며 자조적으로 중얼거렸다.

고개를 들었을 때, 그가 앉아 있는 침대 옆 탁상 위 아무렇게나 올려져 있는 황제의 관이 보였다. 그는 관을 집어 던지고 자리를 박차고 나가고 싶은 충동을 느꼈다.

그러나 그리하지 않았다. 그는 아무 일도 없었던 것처럼 다시 앉아 네이필리나의 곁을 지켰다.

밤이 흘러갔다.

다음 날의 태양이 떴고, 지고, 다시 밤이 지나갔다. 손으로 다 셀 수 없는 무수히 많은 밤들이.

스카가드는 그대로 그 자리에 있었다. 황좌를 다시 내팽개치지도, 폭정을 행하지도 않았다. 그저 기계적으로 움직이며 제게 주어지는 일들을 처리했다. 1황녀파와 2황자파로 나뉘어 세력을 양분하려 했던 이들을 솎아 내기도 했다.

오랫동안 의무에 묶여 살아왔던 몸이다. 대공에서 황제로 바뀐 일상에도 무리 없이 적응할 수 있었다. 그저 규모와 장소가 바뀌었을 뿐, 새삼스러운 건 없었다.

다만, 네이필리나 콘체른은 여전히 그의 곁에 있었다. 그는 아예 자신의 침실에 그녀를 두었다.

황궁의 가장 깊숙한 침실에 젊은 황제의 여인이 잠들어 있다는 소문이 알음알음 들려오곤 했다. 가끔은 성혼까지 청할 만큼 사랑했던 연인을 잃고 미쳐 버렸다는 이야기도 떠돌았다.

밖에서 무어라 떠들어 대든 스카가드의 삶은 그냥 그저 그렇게 흘러갔다.

쳇바퀴처럼 지겹도록 반복되는 일상을 행하고 침실로 돌아와 네이필리나의 곁에서 잠드는 것이 스카가드의 삶이었다.

시간이 흘렀다.

어느 순간, 사람들이 말했다.

"비전하는, 아니, 콘체른 양은 이제 가망이 없습니다. 이만 포기하시는 게……."

하지만 스카가드는 변함이 없었다. 평소와 같은 일상을 처리하고 네이필리나의 곁에 돌아와서 잠들었다.

그의 손은 상처투성이였다. 곧게 뻗은 손가락 아래 단단한 손바닥엔 수많은 빗금이 자리했다. 상처가 아물 새도 없이 늘 그녀의 입 안에 제 피를 흘려 넣었기 때문이다.

"소용없어. 이제 비전하의 몸에서 블랙 티어의 기운이 느껴지지 않는 걸. 방벽을 일으켰을 때 전부 소진되어 버린 건지 몰라."

사일러스 블랙마저도 스카가드를 설득하려 들었다. 그를 바라보는 눈에 안타까움이 가득했다.

"그냥 죽은 상태인 거야. 이렇게 계속."

"……."

"그녀는 일어나지 않아. 내 영민하신 폐하. 이젠 제발 받아들여."

"……."

블랙은 무표정한 제 주군의 어깨에 손을 얹었다.

"스카, 이제는 그녀를 보내 줘."

그러나 그는 들은 척도 하지 않았다.

"내 일은 제대로 하고 있으니, 잔소리는 그만."

"폐하, 하지만……."

"그만."

옅은 웃음기가 실려 있는 목소리에 라울은 입을 닫았다. 저 웃음기가 그가 지켜 내는 이성의 마지노선이란 것을 알았기 때문이다.

"폐하, 콘체른 백작과 부처가 알현을 청합니다."

맥밀란과 그녀의 부모마저 찾아왔다. 평온하게 잠든 것처럼 눈을 감은 네이필리나를 보고 릴리엔이 눈물을 쏟아 냈다.

"이제는…… 네이를 보내 주십시오. 전하는 할 만큼 하셨습니다."

그러나 스카가드는 대답하지 않았다. 그저 이상하다 생각했을 뿐이었다.

다들 왜 이렇게 성질이 급할까. 어째서 더 기다리지 못할까.

네이필리나는 안 그랬는데. 불굴의 인내심을 자랑하며 사냥감이 완전히 제 영역으로 들어왔을 때야 낚아챘는데.

그렇게 모두 그녀 앞에서 속절없이 무릎을 꿇었지. 그렇지 않나?

그러니 저도 기다려야지. 그녀는 지금 때를 기다리고 있는 걸 테니까. 그녀의 계획을 방해할 순 없으니, 조용히…….

"폐하……."

초점을 비켜난 스카가드를 보고 맥밀란의 안타까운 한숨이 흐르듯 새어 나왔다.

2년이 지났다.

젊은 황제의 옆자리는 여전히 텅 비어 있었다.

국모를 찾아야 한다는 안건이 불처럼 타오를 때마다 황제는 대신들을 하나씩 척결했다. 언젠가 가짜 황자 레클란의 수족을 쳐 내듯 비리가 들켜 하나씩 목이 잘려 나가니, 이제 더는 입을 여는 자가 없었다.

"평생 이렇게 사실 참입니까?"

"나쁘지 않지."

오후의 햇살이 흐드러지게 내리쬐는 날, 라울의 물음에 스카가드는 네이필리나의 마른 손을 헝겊으로 닦아 주며 중얼거렸다.

부드러운 살결. 아직도 희미한 혈색이 도는 네이필리나는 꼭 그냥 낮잠이 든 것 같았다.

"폐하, 저는 당신이……."

라울이 머뭇거렸다. 감히 입 밖으로 내도 될지 저어하는 기색이었으나 이내 눈을 질끈 감고 내뱉었다.

"미치신 것 같습니다."

"내 일은 제대로 하고 있잖아. 그럼 다물어."

황제는 일을 마치면 제 비가 잠들어 있는 침대 옆자리에서 잠이 들었다. 커다란 어깨가 무색하게 비의 옆에 새우처럼 몸을 구부린 모습으로.

"이제는 좀 일어나지 그래."

그가 중얼거렸다.

손을 잡고 슬쩍 제 볼을 기댔다가, 까칠하게 올라온 수염에 여린 손가락이 쓸린다는 걸 깨닫고 볼을 뗐다.

"그나마 얼굴은 봐 줄 만했을 텐데, 이것도 못 볼 꼴이 됐군."

가끔 농을 지껄이는 날도 있었다. 웃기지도 않고 버석한 쓴웃음만 남는 날들이.

"폐하……."

라울은 제 주군을 불안하게 응시했다.

권력의 정점에서, 누구보다 충만한 위치에 선 사내는 되레 날이 갈수록 텅 비어 가는 것처럼 보였기 때문이다.

그때였다. 스카가드가 멈칫했다.

"폐하, 왜 그러십니까."

"움직였어."

"예? 뭐, 뭐가 말입니까? 폐하의 말씀을 바로 이해하지 못하는 신의 불충을 용서……."

"손가락이 움직였다고!"

2년간 잠들어 있던 네이필리나가 처음으로 변화를 내보이는 순간이었다.

* * *

'파도가 와! 도망쳐!'

'닿으면 괴물로 변해 버릴 거야! 아아악! 꺼져! 밀지 마!'

'살려 주시오! 제발 도와줘!'

사람들의 비명에 자신이 일으킨 방벽으로 블랙 티어를 튕겨 내는 순간, 그녀는 다시 그 자리에 서 있었다.

섭정공과 성국, 그리고 황실이 무너지는 모습을 똑똑히 보았다.

그녀가 천천히 등을 돌렸다. 목적했던 바는 모두 이루었다.

섭정공은 죽었고, 성국은 무너졌으며 황실은 이전의 위상을 되찾지 못할 것이다. 그러니 이제는 더는 바랄 게 없었다.

"고마워, 네이필리나."

그녀는 네이필리나 콘체른에게 감사를 표했다. 복수를 가능케 해 준 매개체였다. 그녀가, 그녀가 제공한 가문과 사람들이 아니었다면 이렇게 성공할 수 없었을 터였다.

'저 역시 우리 가족들을 지켜 줘서 고마워요.'

가냘픈 목소리가 감사를 표했다.

'엄마와 아빠가 슬프지 않게, 저 말고도 새로운 삶의 이유를 찾을 수 있게 해 주었네요. 고마워요.'

"그래."

헨리와 릴리엔에겐 아카데미와 의상실이. 루신다에겐 대장장이라는 꿈이. 볼더에겐 양손이. 미르딘에겐 로열 엘릭서가.

조부 맥밀란과 바터의 콘체른은 여전히 건재할 테고, 그녀의 동료들도 괜찮을 테다.

그녀가 가슴을 쓸어내렸다. 다행이었다. 그들을 위해 나름의 방안을 모색했던 제 노력이 헛되지 않아서.

이제 이 생에 더는 남은 미련이 없을 터였다.

저 멀리 형제들이 보였다.

"어서 오지 않고 뭐 해? 우리 이제 가야 한다고. 출발 시각 다 됐어."

"역시 우리 411이야. 기대를 저버리지 않는군."

"스테프니로 돌아가면, 네가 눈독 들였던 단검을 내어 줄게."

"거짓말하지 마. 그거 이가 나가서 쟤한테 공짜로 넘기려는 거잖아."

보스가, 형제들이 언제나처럼 시시껄렁한 농담을 주고받았다. 조용히 옆에서 그들과 발맞추며 그녀는 웃음을 참았다. 즐거웠다. 꼭 예전으로 돌아간 것 같았다.

"411?"

그러다 그녀가 문득 발걸음을 멈추었다.

"왜 그래?"

"어서 오지 않고."

"잠깐만……."

그녀의 발걸음이 눈에 띄게 느려졌다. 형제들이 그녀를 재촉했다.

"안 갈 거야?"

"……."

모두가 다 정리됐다. 이제 다 잊고 걸음을 앞으로 내디디면 되는 일이다.

그녀가 기다리던 이들이 눈앞에 있는데, 형제들의 품으로 가면 이 이야기는 완벽한 끝을 맺을 텐데…….

"못 가겠어."

그녀가 멈춰 섰다.

"……아직……."

"뭐?"

"인사를 못 했어."

그 사람한테만 제대로 준 것이 없었다. 준 것보다 받은 게 많아서, 그게 걸렸다.

서늘한 눈이, 저를 안심시키던 미열의 온도가, 저음의 음성이 자꾸 뇌리에 남아 발목을 잡았다.

"그럼…… 411, 너는 우리와 가지 않을 거야?"

형제들이 물었다. 그녀는 입술을 꾹 말아 물다가 천천히 고개를 끄덕였다.

"……미안해. 나는……."

그 사람 곁에 있고 싶어.

아직 한 것보다 하지 않은 게 많아서, 그 사람이랑 해 보고 싶은 게 많아서……. 그녀의 볼을 타고 눈물이 흘러내렸다.

411이 우는 걸 눈으로 보는 날도 있다며 형제들이 킥킥 웃었다.

"됐어. 장난친 거야. 돌아가. 널 기다리는 사람이 있잖아."

"우린 먼저 가서 기다리고 있을 테니까. 그놈이랑 같이 와라. 어?"

형제들이 낄낄거렸다. 평소처럼 왁자지껄했다. 언제라도 다시 볼 수 있을 것처럼.

"안녕, 411."

그들이 점점 멀어졌다. 선명하던 인영이 아지랑이처럼 흐릿해져 갔다.

네이필리나가 손을 흔들었다.

"안녕."

그녀는 형제들의 모습이 보이지 않을 때까지 그 자리에 서 있었다. 그리고 등을 돌리고 한 발을 내디뎠다.

한 발. 다시 한 발.

그리고 다시 한 발.

한 발짝 한 발짝 천천히 내디디던 발걸음이 점점 빨라졌다. 저 멀리서 푸른 빛이 일렁였다. 그녀는 그 빛을 향해 있는 힘껏 달렸다.

마침내 눈부신 푸른 빛이 그녀를 남김없이 감싸 안았을 때, 네이필리나는 눈을 떴다. 손가락을 까닥거렸다. 나무토막을 움직이는 것처럼 이질적인 기분이 들었다.

이내, 시야를 가득 메우는 한 사람의 얼굴이 보였다.

네이필리나는 뻣뻣한 입술을 움직여 발음해 보았다.

"……스카."

그가 고개를 들었다. 믿을 수 없다는 얼굴이었다.

더 날카로워진 턱선과 핼쑥한 안색이 무색하게, 그가 멍청한 표정을 지었다.

"……네이필리나."

한참 심연에 잠겨 있었던 듯한 음성이었다. 꼭 목이 멘 것처럼 말이다.

네이필리나가 양팔을 벌렸다. 젖어 가는 사내의 볼을 닦아 내곤 서늘한 목을 감싸 안았다.

"돌아왔어요."

오직 당신을 위해.

〈完〉

외전 1. 히든 엔딩

인적이 드문 헬리오스 제국의 3지구 거리.

늦은 밤. 말발굽 소리가 한적한 대지를 울렸다.

"폐하, 이쪽으로 간 것 같습니다."

한 무리의 기사들이 골목에 남은 흔적을 훑었다. 어둠에 동화될 정도로 어두운 색의 갑옷과 부위 부위마다 무기들을 장착한 그들은 기사보다는 살수에 가까워 보였다.

"발자국이 안쪽으로 이어져 있습니다. 막다른 골목입니다. 조금 전 정찰을 보냈으니 뭔가를 찾는 대로 소식을 가져올 겁니다."

"찾았습니다!"

때마침 저 멀리 골목 안쪽에서 기사의 외침이 들렸다.

"폐하, 제가 먼저……."

라울이 입을 열기도 전에 흑마 위에 앉은 남자가 훌쩍 뛰어내렸다.

덩치가 무색하게 부드럽고 날렵한 움직임은 나무 아래로 내려오는 한

마리의 흑범을 떠올리게 했다.

"폐하……."

사내의 너른 어깨에 달린 흑색의 담비 털이 달빛을 받아 요요히 빛났다. 그는 기사들이 발견한 막다른 골목 안으로 걸어 들어갔다.

사면초가로 막힌 골목의 끝에는 여기저기 널브러진 시체들이 즐비했다.

"생존자는?"

"없습니다."

뒤따라오던 라울 역시 혀를 내둘렀다.

"여기서 도대체 무슨 일이 벌어진 거랍니까?"

시체 더미 정도야 전쟁터에 구르고 구르던 라울에게도 별다를 것이 없었다. 다만 그와 기사들을 당혹게 만든 건,

"이게 무슨……."

정체를 알 수 없는 괴이한 검은 액체가 이 시체들을 뒤덮고 있었다는 것이다. 죽은 사람들이 흡사 웅덩이 안에 담겨 있는 것처럼 보일 정도로.

철벅. 철벅. 웅덩이 사이를 걸어가던 스카가드가 걸음을 멈추고 무릎을 굽혀 엎드려 있던 시체 하나를 뒤집었다.

철퍼덕. 젖은 소리와 함께 숨이 끊어진 중년 사내의 얼굴이 드러났다. 악귀처럼 일그러진 채였다.

"섭정공이군요."

철퍼덕. 철퍼덕. 젖은 소리가 이어졌다. 시체들의 머리는 모두 한 방향을 향하고 있었다.

스카가드가 자리에서 일어났다. 철벅. 철벅. 그가 발길을 멈췄다. 곧게 뻗은 손이 검은 웅덩이에 반쯤 삼켜진 은빛 조각을 집어 들었다. 고개를 조금 더 들어 올리자 흩어진 조각 하나를 움켜쥔 살수의 손과 그 주위로 산산조각 난 성물의 파편이 눈에 들어왔다.

"깨졌군."

아아.

순간 텅 빈 골목에 기사들의 탄식이 울렸다. 라울은 아쉬움을 참지 못하고 입술까지 깨물었다.

'제길, 실패야. 한발 늦어 버렸어. 섭정공 쪽에서 살수들을 몰살시켰을 때 곧바로 움직였다면…….'

흔적을 지우며 움직이느라 간발의 차가 일어났다. 어떤 이유를 대든, 조각조각 흩어진 은빛 파편들 앞에선 모든 게 무용했다.

저희가 이토록 비밀스럽게 헬리오스에 들어와 움직인 이유가 다 무엇인가? 다 저 성물을 손에 넣기 위해서가 아니었던가.

심지어 지금 그들의 곁에는 주군까지 있었다. 황제가 적국의 심장부까지 행차할 만큼 저 성물의 가치가 크다는 뜻이었다.

'성국과 헬리오스, 양국을 좌지우지할 수 있을 테니까.'

그런데 이렇게 허망하게 깨져 버리다니.

라울은 자꾸 새어 나오는 한숨을 삼키고 간신히 눈에 불을 켰다. 어떻게든 방법을 찾아야 했다.

"폐하, 복구할 방법이 있는지 알아보겠습니다. 마법사들을 불러 모아 마법을 시전한다면……."

"돌아간다. 여기서 더 얻을 건 없겠군."

그러나 스카가드는 미련 없이 자리에서 일어섰다. 그는 이미 모든 판단을 마친 후였다.

"그럼 파편만이라도 수거를……. 이대로 포기하긴 아깝잖습니까."

"됐어. 이미 쓸모가 없어졌으니."

온전한 성물이어야만 성국 엘 리체를 흔들 수 있다. 파편 따위로는 공연한 경계를 돋울 뿐이다. 제대로 휘두를 수도 없는 무기를 애써 쥐어 봤자 뭘 할까.

발을 떼려던 스카가드가 바닥에 널브러진 시체를 내려다보았다.

섭정공의 손에서 빠져나간 최후의 살수. 그의 시체는 한때 사람이었다고는 믿기 힘들 정도로 처참한 상태였다. 온몸이 새까맣게 타 버린 게 상처로 뒤덮인 검은 나무토막에 더 가까울 듯했다.

'이 살수가 콘체른에게서 성물을 빼냈다지.'

성물을 깨뜨린 것도 이자이리라. 시체 주위로 펼쳐진 듯한 파편의 범위로 짐작할 수 있었다.

"하."

달빛이 비치는 아름다운 얼굴에 희미한 조소가 감돌았다.

흔한 평민 살수들에게 성물 도난의 책임을 뒤집어씌우려던 섭정공의 계획은 완전히 뒤집혀 버렸다. 이 한미한 살수의 존재 하나로.

"기디언 콘체른 역시 예상하지 못했겠지."

벌레보다 하찮게 여긴 체스 말 하나가 모든 걸 부수고 종국에는 기디언 자신의 죽음까지 앞당길 것이란 걸.

"변화는 가장 아래에서부터 시작된다지."

성물과 섭정공의 부재로 조금이나마 대륙의 거시적인 혼란이 잦아든다면, 그에 대한 모든 공로는 이 조그만 살수에게 돌아가야 할 것이다.

스르르. 곧게 쭉 뻗은 손가락이 어깨에 고정된 끈을 풀었다. 흑담 털의 로브가 드넓은 등을 타고 주르르 미끄러졌다.

"폐하?"

기이한 전조를 예감한 라울이 입술을 달싹였을 때, 스카가드의 로브는 살수의 시체 위에 덧씌워졌다.

전혀 어울리지 않는 조합이었긴 하나, 윤기 나는 흑빛 망토가 시체의 일부를 가리자 그건 되레 일종의 예식처럼 보였다.

"폐하, 어째서……."

다른 이도 아니고 대륙 최강의 제국을 호령하는 황제가 타국의 죽은 살수 하나에 대고 예를 표할 이유가 무언가? 주군의 알 수 없는 기행에 기사들이 눈을 깜빡였다.

목소리에도 눈에도 의문이 가득할 것이다. 적국의 한복판에서 구태여 흔적을 남긴다는 게 그들이 아는 주군답지 않았기 때문이다.

"로피진으로 돌아간다."

그러나 스카가드는 말없이 뒤돌 뿐이었다. 로브가 사라졌지만 되레 군더더기 없는 몸매가 더 잘 드러나 보였다.

매끄럽고 날렵한 움직임으로 말에 오른 그가 땅을 박찼다. 다그닥, 다그닥.

"이랴, 이랴!"

숨죽인 말발굽 소리가 지면을 울리기도 잠시, 그들은 순식간에 어둠 속으로 모습을 감추었다. 텅 빈 골목에는 싸늘한 밤바람만이 홀로 남아 맴돌 뿐이었다.

외전 2. 어느 아침

"헉."

네이필리나가 번뜩 눈을 떴다.

눈에 익지 않은 금빛 천장이 보였다. 퍼뜩 몸을 일으킴과 동시에 그녀의 손이 반사적으로 베개 아래를 더듬었다.

'단도가……'

비상시를 위해 숨겨 두었던 무기가 손에 잡히지 않았다. 긴장으로 등이 곧추섰을 때 주변을 살피던 눈이 이내 느리게 깜빡였다.

'맞다. 여기 황궁이었지.'

그제야 팔에 힘이 쭉 빠졌다. 습격을 걱정할 필요가 없는 곳이다. 적어도 지금은.

네이필리나는 한숨을 쉬며 푹신한 베개에 등을 기댔다. 화려한 금빛 천장에 반사된 햇빛에 눈이 부셨다. 휘황찬란한 게 제가 있는 이곳이 태양의 중심이라 해도 과언이 아닐 터였다.

"엇, 소백작님. 일어나셨사와요."

때마침 문을 열고 들어온 젤피와 마주쳤다.

소백작님. 그래, 이제 그녀는 백작이다.

'네이필리나에게 세습이 가능한 개별적인 백작 위가 주어질 겁니다.'

세피니아가 공언한 대로 그녀에겐 콘체른의 성을 따를지 황제로부터 새로운 성을 수여받을지에 대한 선택지가 주어졌다.

그리고 모두의 예상을 깨고 네이필리나는 콘체른의 성을 이어받기를 택했다.

'……너답지 않은 결정이구나, 네이. 너라면 새롭게 시작하길 바랄 줄 알았는데.'

맥밀란마저 놀란 눈을 감추지 못했다.

'할아버지, 콘체른은 제 삶의 일부기도 해요. 콘체른보다 제게 더 잘 어울리는 성이 어디에 있겠어요?'

단순히 원수 기디언의 가문이라고만 치부하기엔 그녀 역시 콘체른의 일원으로 뿌리내린 지 오래였다.

이 가문이 주는 단단한 지반과 울타리가 없었다면 지금의 그녀 역시 존재하지 않았을 터.

'……고맙구나.'

목이 멘 듯 한참 뒤에야 맥밀란이 대답했다.

어리지만 누구보다 냉철한 이성을 자랑하는 손녀의 선 안에 콘체른이 가족으로 포함되어 있다는 사실이 지금처럼 사무치게 다가온 적은 없었다.

독립 대신 잔존을 택했음에도 콘체른 백작가 내에서 네이필리나의 작위는 별개로 치부되었다.

한 가문 내 두 개의 백작 위가 생기는 건 전무후무한 일이었으나 그녀가 이룬 업적 역시 전무후무했으니 딴지를 걸 수 있는 사람은 없었다.

그래서 사람들은 현 가주인 맥밀란과 구분하여 그녀를 소백작이라 불렀다.

"벌써 아침이야?"

"그럼요. 해가 중천에 떴사와요. 시장하시지요? 아침을 가져왔답니다."

젤피가 든 쟁반 위에는 소담한 아침 식사가 차려져 있었다. 고소한 크루아상의 냄새에 절로 허기가 졌다.

"약부터요. 폐하께서 신신당부하고 가셨사와요. 아, 불면증 약은 마시는 거예요."

아아. 네이필리나는 엉거주춤 자리에 앉아 젤피가 건네는 약들을 차례로 삼켰다. 약만으로도 배가 부를 지경이었다.

이어 사일러스 블랙이 네이필리나의 불면증을 위해 만든 하얗고 쓴 특제 포션까지 더해지자 그녀는 진절머리를 쳤다.

"으윽, 써."

"그래도 다 삼키셔야 해요. 블랙 경이 겉으론 괜찮아 보일지 몰라도 기력을 다 회복할 때까진 시간이 족히 걸린다 하였사와요."

"차라리 다시 잠드는 게 낫겠어."

"무서운 소리 마시와요! 누구 심장을 또 갈기갈기 찢어 놓으시려고요!"

젤피가 눈을 흡떴다.

"소백작님이 한 번 더 잠드신다면 이 젤피도 혀를 콱 깨물고 영원히 자고 말 것이와요!"

"알았어, 알았어. 그나저나, 젤피 너까지 자꾸 그렇게 부르지 말라니까."

서슬 퍼런 눈길에 찔끔한 네이필리나가 화두를 돌렸다. 괜히 방을 한 번 둘러보는 시선은 덤이었다.

"흥, 소백작님을 소백작님이라 하지 않으면 뭐라 하와요?"

"그냥, 어색해서 그러지."

작위를 받은 지도 꽤 되었건만 네이필리나는 그 호칭이 간지럽기 그지 없었다.

길거리를 굴러먹던 살수에서 귀족의 영양으로 불리던 것까지는 어떻게 참아 냈었는데.

이젠 평생 씹고 뜯던 그 '귀족 나리' 자체가 되어 버렸으니, 영 저를 부르는 것 같지 않았다.

젤피가 입술을 비죽 내밀고 툴툴거리다 이내 눈을 반짝였다.

"그럼 달리 어떻게 불러 드릴까요…… 아! 황후 폐하?!"

"맙소사."

네이필리나가 한숨을 내쉬며 이마를 짚었다. 그러나 젤피의 초롱초롱한 눈은 여전히 반짝이기만 했다.

"젤피, 항상 입을 조심해야 한다고 내가 말했지. 여긴 콘체른이 아니야."

"그럼요, 아가씨의 말씀은 늘 가슴에 새기는걸요. 하지만 아가씨, 여긴 황궁, 그것도 폐하의 궁이에요. 목이 달아나고 싶은 게 아니라면 누가 감히 황제의 궁에서 나온 말을 옮길 수 있겠어요?"

젤피가 의기양양하게 가슴을 내밀었다. 괜스레 제가 더 뿌듯해하는 얼굴이었다. 주인에 대한 자부심이 발끝부터 들어차 그녀의 턱 끝 아래서 달랑거리는 듯했다.

"그리고, 거짓말도 아니잖사와요? 폐하와 함께 방을 쓰는 유일한 분이 황후 폐하가 아니면 누구겠어요? 결혼식만 끝나면, 곧 모두에게 그렇게 불리실 텐데요."

젤피가 손을 들어 벽에 달린 문을 가리켰다. 황제궁의 침실을 나누는 경계와도 같았다. 즉 저 문을 두고 네이필리나와 스카가드가 각 방을 나눠 쓰고 있는 것이다.

스카가드는 기실 네이필리나가 깨어난 뒤 그녀를 콘체른 백작가로 되돌려 보내지 않았다. 공식적으로 오간 말은 없었지만 네이필리나의 거처가 황궁으로 확정된 건 기정사실이었다.

'그대는 계속 여기 있는 게 좋겠어. 아직 치료가 남아 있잖아?'

'치료는 콘체른으로 돌아가서도 받을 수 있는걸요.'

'글쎄. 블랙이 거기론 절대 걸음 하지 않겠다 하는걸.'

사일러스 블랙이 조부 맥밀란과 그 정도로 앙숙이었던가?

보그너 후작이라면 모를까 블랙이랑은 그리 나쁘지 않은 사이였을 텐데.

'그대의 몸에서 블랙 티어의 힘이 아예 사라졌다는 걸 알아? 디에라가 다시 나타나기라도 한다면, 콘체른은 안전하지 않지.'

'하지만 디에라는 전멸한 게 아니었나요?'

'……대륙에서 엘 리체의 재건을 부르짖는 이들이 아직 남아 있으니까.'

네이필리나의 반문에 잠시 그의 말문이 막히긴 했지만 되새겨 보면 나름 타당한 지적이기도 했다.

'확실히 콘체른이 안전하진 않지. 그리고 나는 몰라도 가족들은 디에라에게서 도망치기 힘들 거야.'

가족들을 위험하게 하지 않기 위해서라도 황궁이 확실히 더 나은 선택지였다.

그사이, 스카가드가 네이필리나의 수족들까지 모두 황궁까지 데려왔기에 이렇게 어영부영 궁에 남게 된 것이다.

'하지만 계속 이곳에 머물 수는 없어요. 차라리 다른 궁을 내어 주세요.'

'왜지?'

스카가드는 잘생긴 눈썹을 치켜올리며 이해할 수 없다는 표정을 지었다.

'그야 여긴 황제궁이니까요.'

'그게 왜?'

'폐하의 공간이잖아요.'

'그대의 공간이기도 해.'

스카가드는 1과 1의 합이 0이라는 말도 안 되는 오답을 들은 것처럼 인상을 찌푸렸다.

네이필리나는 미혼의 귀족이 이성과 같은 방을, 그것도 황제와 함께 공간을 공유한다는 게 남들에게 어떻게 보여지는지 그를 이해시키기 위해 골을 싸매야 했다.

'좋아, 그럼 공간이 달라지면 괜찮다는 건가?'

　어색하게 웃는 네이필리나를 보더니 스카가드가 안쪽 벽에 있는 문을 보여 주었다. 반대쪽 방과 연결되어 있는 문이었다. 열린 문 사이로 얼핏 봤는데 황제의 침실보다는 영 크기가 작고 덜 화려했다.

'그대가 이곳을 써, 난 저길 쓸 테니.'

'아뇨……! 폐하, 제가 저길 쓰는 게 좋겠어요.'

　황제는 작은 방에 끼워 넣어 놓고 저는 이 거대한 침실을 혼자 쓴다고? 이 사실을 알게 되면 당황해할 대신들의 얼굴이 눈에 선했다.

　네이필리나가 손사래를 쳤을 때였다.

'네이필리나.'

　흔들리던 손가락이 잡혔다. 굵고 단단한 촉감이 손가락 사이사이로 들어왔다.

　스카가드가 천천히 그녀의 손을 제 입가로 가져갔다.

　축, 하는 젖은 소리와 잡힌 손등 위로 가벼운 입맞춤이 내려앉았다.

　뒤엉킨 손에 가려 그의 얼굴 절반밖에 보이지 않았지만, 그게 그의 외모를 더 완벽하게 보이게 했다.

　선명한 눈동자가 파르라니 빛을 발했다.

'이 방에 없는 네가 낯설 것 같아서 그래.'

'……'

　네이필리나는 아무 말도 할 수 없었다.

　그제야 지난 2년간 그녀가 잠들어 있던 동안 이 방을 벗어나지 않았다는 사실을 떠올렸다.

　그 시간 내내 스카가드는 줄곧 제 옆에 있었지 않나.

제게 이 궁이 낯선 만큼, 네이필리나가 없는 이 공간은 스카가드에게도 지극히도 익숙하지 않은 광경일지도 몰랐다.

'알겠어요. 그렇게 할게요.'

미간을 살짝 찌푸린 반쪽짜리 얼굴이 가슴에 박힌 듯 저려 왔다.

네이필리나는 저도 모르게 잡히지 않은 다른 쪽 손으로 그의 볼을 감싼 채 고개를 끄덕이고 말았다.

스카가드가 눈꼬리를 휘어 웃었다. 네이필리나는 그걸 보며 어쩔 수 없이 마주 웃어 버린 것 같다.

"소백작님?"

"으응. 미안, 뭐라고 했지?"

저를 부르는 목소리에 네이필리나는 상념에서 깨어났다.

"가주님과 콘체른의 가족분들께서 출발하셨다고 연통이 왔사와요. 아까 말씀드리려 했는데, 지금쯤 도착하셨을 듯해요."

"그래, 준비할게."

"아침부터 드시고 하셔요. 속이 비면 큰일이와요."

네이필리나는 젤피가 내민 크루아상을 한 입 물었다.

입 안에서 빵이 바삭 바스러지는 것처럼 그녀에게 내리쬐는 창가의 햇살 역시 부드럽게 부서져 시트 위로 쏟아져 내렸다.

* * *

"네이, 이것 보렴."

네이필리나는 황궁을 방문한 가족들을 만나고 있었다.

콘체른 가족들과의 해후는 황제궁 내 위치한 정원의 작은 유리온실에서 이루어졌다.

녹음과 꽃 내음이 어우러진 황제의 아름다운 비밀 정원은 선황이 손수 마법사들을 불러 모아 만들었던 공간으로, 오직 소수만이 출입이 가능한 장소였다.

수십 년간 황궁에서 손꼽을 수 없을 정도로 많은 연회가 열렸지만 이 유리온실이 개방된 적은 없었다. 다들 알음알음 들어서 알고 있을 뿐이었다.

"폐하께서 널 품 안에 끼고 꽁꽁 숨기고 있다는 소문이 사실이긴 한가 보구나. 그게 아니라면 어떻게 우리가 여기 있을 수 있겠어. 세상에. 아무도 믿지 못할 거야. 우리가 지금 황제궁에, 그것도 이 유리온실에 와 있다니! 정말 오래 살고 볼일이야!"

제시안느가 호들갑을 떨었다. 그녀의 화려한 머리핀에 달린 깃털이 격렬하게 탱고를 추었다.

"엄마아……."

"왜애? 나는 네이가 대견스러워서 그러지! 아무래도 날 닮은 건 루신다 네가 아니라 네이인 것 같아. 어쩜 저렇게 딱 맞는 상대를 찾아냈을까?"

딱 맞는 상대. 네이필리나는 웃음을 참았다.

제시안느는 여전했고, 그녀의 되찾은 사랑 역시 건재하다 들었다.

"엄마는 아빠랑 한 번 이혼했었잖아요. 그게 어떻게 공통점이 되죠?"

한 번 박살이 났다는 건데?

루신다의 차분한 음성과는 달리 내포한 의미는 신랄하기 그지없었다.

당황한 제시안느의 얼굴 앞으로 그녀의 깃털 부채가 격렬하게 몸을 흔들었다.

"너어?! 그래도 다시 만났잖니? 우린 내내 서로를 잊지 못했다구! 나랑 그이는 네가 자라는 동안……!"

"그래서 아까 아빠 통신석은 왜 안 받으신 건데요? 엄마가 안 받으니까 아빠가 저한테 자꾸 연락하신다구요. 이번엔 또 무슨 일이에요?"

제시안느와 루신다가 서로 투닥거리는 동안, 헨리와 릴리엔 부부가 제 쪽으로 네이필리나를 슬쩍 데려왔다.

"네이! 네게 보여 줄 게 있단다. 헨리, 어서 가져와요!"

들뜬 목소리. 네이필리나의 손목을 잡고 이끄는 그녀의 발길이 자못 발랄했다.

헨리가 때를 맞춰 커다란 푸른 박스를 열었다. 곱게 싼 리본이 스르르 내려가며 선물이 모습을 드러냈다.

"이건……."

반짝이는 천이 바닥에서 물결쳤다.

"네 웨딩드레스란다! 엄마가 예전부터 생각해 놓았던 디자인이야. 아직 미완성이지만 네게 보여 주고 싶어서…… 어때, 마음에 드니?"

엠파이어 라인의 진줏빛 드레스는 릴리엔이 혼신의 힘을 다한 듯 아름다웠다.

물결치는 주름마다 작은 진주와 비즈들이 투명한 소리를 냈다.

릴리엔의 얼굴에도 꿈꾸는 듯한 기쁨과 미소가 만면했다.

"어떠니? 네이!"

"……예뻐요."

그녀는 드레스 자락을 만지며 어색하게 대답했다.

눈을 뜬 이래 세상의 변화에 네이필리나가 천천히 적응하는 동안, 그녀와 스카가드의 결혼식은 착착 진행되어 갔다.

아직 회복 중이니 무리하면 안 된다는 미명 아래, 네이필리나가 할 일은 거의 없었다.

그저 나날이 업무가 늘어나는 라울의 비명만 황궁 어딘가에서 맴돌 뿐…….

결혼식이 두 달도 채 남지 않은 시점이지만, 네이필리나는 아직도 실감이 나지 않았다.

사실, 스카가드와 네이필리나, 두 사람의 사이는 2년 전에서 멈춰져 있었다.

네이필리나에게 스카가드 앙헬은 궁극적으로 복수의 조력자이자 후원자였고, 스카가드는 역시 애정에 앞서 제가 그녀의 장기말로서의 가치가 남아 있다는 데 먼저 의의를 두고 기꺼이 성국행을 감안했다.

비록, 제국으로 돌아온 그가 제일 처음 보았던 게 쓰러지는 네이필리나라 할지라도.

관계의 톱니바퀴가 조금씩 어긋나 버린 채 끔찍하리만큼 지지부진한 시간이 흘렀고, 기적같이 네이필리나가 눈을 떴다.

언제나처럼 여유로워 보이는 스카가드의 모습에서 느껴지는 숨죽인 불안에 그녀는 봉합되지 못한 미묘한 틈을 인지했다.

그래, 그 틈이 자꾸 마음에 걸려서 이렇게 돌아온 게 아니었나. 아직 한 것보다 하지 않은 게 많아서, 그 사람이랑 해 보고 싶은 게 많아서.

'좋아한다고 말하고 싶은데.'

당신이 보고 싶어서, 곁에 있고 싶었다고 말하고 싶었다. 의미가 없을지도 모르지만, 전하고 싶었다. 그때는 쉬이 말할 수 없었던, 오랫동안 제 속에만 묵혀 놓았던 진심이니까.

'그런데 상황이 많이 바뀌어 버렸지.'

그는 대공이 아니라 황제가 되었다. 로피진이 아니라 헬리오스의 주인이 되었다. 제가 아는 미래와 다른 변수들이 네이필리나를 머뭇거리게 만들었다.

왜냐하면 저는 알기 때문이다. 권력이라는 게 사람을 얼마나 변화시킬 수 있는지. 하물며 그 정점에 서기를 선택한 스카가드라면,

'나는 솔직히 말하면 배우자로서는 정통성이 떨어지지.'

그의 앞에서 감히 혈통을 거론할 정도로 목이 튼튼한 자들은 없을 테지만, 그럼에도 그의 피 반쪽이 천민이었다는 사실을 일부는 기억하고 있을 것이다.

보통 이런 혈통의 약점을 가지고 있는 권력자들은 제 정통성을 보강해

줄 수 있는 상대를 배우자로 고른다.

가령 반쪽짜리 귀족이었던 기디언 콘체른이 저명한 귀족 가문의 시오르샤를 선택했던 것처럼.

스카가드와 저를 사이에 두고 정치적인 이점과 단점을 계산하고 싶지 않았다.

하지만 이미 머릿속에서 계산을 끝낸 건 어쩔 수 없는 습성이었다. 저는 지금의 스카가드 앙헬, 아니, 스카가드 헬리오스에게 있어 그리 좋은 패가 아니다.

그럼에도 결혼식을 강행하는 그를 막을 자신도, 막을 마음도 없으면서 이런 상황을 분석하고 있는 제가 한심하기도 했다.

네이필리나가 쓸쓸함을 삼키고 릴리엔을 말리려다 멈칫했다. 제가 누워 있는 사이 릴리엔이 얼마나 마음고생을 했는지 익히 전해 들었기 때문이다.

그에 따른 증거로, 릴리엔은 네이필리나가 기억하고 있을 때보다 훨씬 더 야위었다. 오랜만에 걱정 하나 없이 오롯이 기쁨만 가득한 얼굴을 하는 모친을 방해할 엄두가 나지 않았다.

"이르긴! 누가 결혼하는 건데! 어머, 너무 예쁘다! 릴리엔, 새삼스럽지만 제국에서 제일 잘나가는 재봉사가 만든 건 확실히 달라!"

"당연하죠, 네이필리나의 결혼식인데 어떻게 그냥 평범한 드레스로 만족하겠어요."

제시안느가 들뜨는 핑크빛 설렘에 가세했고, 유리온실의 열기는 한층 더 뜨거워졌다.

그때 네이필리나의 옆으로 맥밀란이 다가왔다.

"네이, 잠깐 할아비와 산책이라도 하겠느냐? 실내에 내내 있으니 답답하구나. 잠깐 좀 걸었으면 싶은데."

이 자리를 피할 수 있게 도와주는 걸 모르지 않았다.

"물론이죠, 할아버지. 제가 안내할게요."

네이필리나는 온실 밖에 딸린 작은 산책로로 향했다.

툭. 툭. 지면을 짚은 지팡이의 소리가 규칙적으로 울렸다.

"네이, 네가 이해하거라. 둘이 여기 온다고 어젯밤을 꼬박 새웠다는 모양이야. 한 명은 네게 줄 드레스를 완성하느라, 한 명은 제가 입을 드레스를 고르느라 말이지."

맥밀란이 먼저 말문을 틔웠다. 주름진 눈이 가리키는 쪽에 드레스를 들고 서로 재잘거리는 제시안느와 릴리엔이 보였다.

"내심 네 어미도 기대가 큰 모양이더구나. 동대륙의 하비에르산 실크를 공수해야 한다고 바터를 어찌나 재촉하던지. 게다가 그놈은 그 원을 들어주겠다고 서부 지부에서 직접 물건을 가져왔지 뭐냐."

여독 때문에 바터가 오늘 함께 오지 못해 여간 아쉬워한 게 아니었다는 말도 함께였다.

"아하하, 바터가요?"

"그래, 결혼은 네가 하는데 어째 다른 놈들이 더 신이 났구나."

맥밀란이 툴툴거리자 네이필리나가 웃음을 참았다. 콘체른 상단과 네이필리나의 사업에 대한 보고서를 꼬박꼬박 보냈던 바터에게서 그런 기색은 전혀 보이지 않았었다. 열심히 박차를 가했을 모습이 눈에 그려지는 듯해서 웃음이 났다.

그때 불쑥 질문이 들어왔다.

"네이, 준비는 되어 있더냐."

"네?"

"황후가 될, 이 황궁에서 살아갈 준비 말이다."

"……."

황궁에서 살아갈. 네이필리나가 멈칫했다.

"네가 잠들어 있는 동안 폐하께서 얼마나 지극정성이셨는지 모두 안다. 오직 그분만이 너를 포기하지 않았지. 부끄럽게도 이 할아비는 네가 다시 일어나기 어렵다고 생각했지만 말이다."

맥밀란은 애써 웃어 보이려 했지만, 주름진 얼굴에 간신히 걸친 미소는 이내 가시고 말았다.

전설의 장사꾼답지 않게 서릿발처럼 쏘아 대던 기백이 눈에 띄게 줄어 들어 있었다.

기디언을 비롯해 자식들을 잃거나 멀리 떠나보내고, 가장 기대던 막내 손녀까지 자리를 보전하며 노인의 마음이 절절히 끓었던 탓이다.

"하지만 이제 너를 이 궁으로 보내야 한다 생각하니, 이기적이게도 걱 정이 되는구나. 예법이니, 황실이니, 우리와는 평생 거리가 먼 것들이었으 니 말이다. 그게 혹 너를 옥죄지 않을까, 이 할아비는……."

끝을 맺지 못하는 문장에서 손녀의 안위를 위하는 지극히 순수한 걱정 이 배어 나왔다.

"상단을 일구면서 나름 세상의 많은 곳들을 다녔다. 사흘을 걸어도 물 한 방울 찾지 못하는 사막도, 눈보라와 폭풍이 휘몰아치는 얼음 절벽도 가 봤지. 하나 내가 발걸음 한 모든 곳을 통틀어도 그중 가장 화려하고 가 장 위험한 곳은 바로 이 황궁이었다."

"……."

"쉬운 일은 아닐 게다. 너는 영리하니 내 말뜻을 잘 알겠지."

단순히 순정만으로 버티기엔 힘겨운 곳이라, 그는 말하고 있었다.

맥밀란은 앞으로의 10년, 20년 후를 보고 있는 것이다.

"힐데가르드처럼 강력하고 유서 깊은 공작가의 딸조차 바싹 마른 고목 처럼 변해 갔지. 노공작조차 그러할진대 이 할아비는……."

할 수 있다면, 스카가드 그가 황제가 아니고, 또 네이필리나의 곁을 그 렇게 지키지 않았다면 결혼을 반대하고 싶었다.

혹 불구덩이가 이 아이의 앞길에 놓여 있진 않을까, 조부로서 조마조마할 뿐이었다.

"할아버지……."

그때 두 사람의 등 뒤로 조그만 나뭇잎 한 개가 사뿐사뿐 내려앉았다.

맥밀란이 처음으로 꺼내 놓은 깊은 우려에 네이필리나는 무슨 말을 해야 할지 골몰히 생각하느라 자리를 떠나는 제삼자의 기척을 알아차리지 못했다.

"하지만 할아버지."

잠시 후, 그녀가 대답했다. 호흡을 고르고 얼굴의 웃음기를 지웠다.

"제가 그 사람을 사랑해요. 그래서 후회하고 싶지 않아졌어요."

시도조차 않고 물러서진 않을 거다. 그러기 위해 돌아온 게 아닌가.

"너답지 않게 과감한 단언이로구나."

'일방적인 마음인 줄 알았더니, 쌍방이었던 게로군.'

손녀가 밝힌 뜻밖의 말에 맥밀란은 조금 놀란 기색이었다. 적어도 그가 예상한 답에는 네이필리나의 사랑 고백이 들어 있지 않았다는 게 확실했다.

그러나 제 손녀의 선택을 돌이켜 보자면 모두 그의 예상을 벗어나지 않았다.

맥밀란은 걱정 대신 물었다.

"정말로? 후회하지 않겠느냐? 이곳을 택하고 나면 더는 무를 수 없음을 알 텐데?"

"네."

어떻게든 조부의 눈에 띄고, 제 존재를 증명해야 했던 복수의 시간이 끝나서일까. 네이필리나는 홀가분하게 고개를 저었다.

"하면, 결혼 선물로는 무얼 줄까."

"결혼 선물요?"

네이필리나가 고개를 저었다.

"할아버지와 가족들이 함께 계셔 주는 것만으로 족해요. 지금은…… 바라는 게 없어요. 하지만 콘체른 상단의 분기 보고서는 넘겨주셔야 해요."

"아하하하!"

그러나 잊지 않고 남기는 당부에 맥밀란은 고개를 젖히고 웃음을 터뜨리고 말았다.

"콘체른을 놓을 생각은 없다는 게로구나."

"제가 폐하의 반려가 된다는 게 저를 포기한다는 뜻은 아니니까요."

네이필리나가 싱긋 웃었다. 콘체른 자체를 저와 동일시하는 말에 맥밀란의 얼굴에도 희미한 감동이 스쳐 지나갔다.

"아버지! 네이랑 언제까지 산책만 하실 거예요!"

제시안느가 부채를 마구 흔들며 달려왔다.

"건강도 안 좋으신 분이, 일사병이라도 걸리면 어쩌시려구요."

"네가 나 걱정해서 이러누? 노인네 쓰러지면 황궁 구경 놓칠까 이러는 거 다 안다."

"이익, 아니라구요. 아버지는 맨날 나한테만 그러시더라!"

햇살 아래 투닥거리는 부녀가 먼저 앞서 걸어가는 뒷모습을 네이필리나는 웃으며 바라보았다. 콘체른의 가족들은 여전히 그녀에게 있어 언제든 기댈 수 있는 따뜻한 보금자리라는 게 새삼스럽게 실감이 났다.

* * *

그날 밤, 어둠이 짙게 내려앉은 황궁에서도 유독 환한 빛을 밝히는 곳이 있었다.

"콘체른 백작가가 다녀갔다 하더니."

스카가드가 삐딱하게 팔짱을 낀 채로 침대의 기둥에 기대어 섰다. 워낙 장신이라 길게 진 그림자는 거대한 침대를 넘어 카펫까지 이어졌다.

"어째 즐거워 보이는걸."

다만, 삐딱한 건 자세만이 아니라, 수려한 얼굴에서도 살풋 묻어 나왔다.

"제가요? 딱히 아주 즐겁진 않은데?"

화장대 앞에 앉은 네이필리나가 반문했다. 그녀의 앞에는 잡동사니가 널브러져 있었다.

사촌 루신다와 볼더가 만들었다던 액세서리와, 바카디에게 건네받은 바늘쌈. 독. 막 수제 무기를 만들려던 참에 스카가드가 들어와서 어쩌지 하던 참이었다.

숨길까 생각했지만, 이미 독과 바늘이 널브러져 있기도 했고 딱히 숨길 일도 아니다 싶어 그녀는 다시 무기로 손을 뻗었다. 독을 묻힌 바늘을 팔찌 알에 하나씩 숨기는 매무새가 자못 가지런했다.

"잠깐만요, 좀 중요한 순간이라서요, 이것만 끝내면 돼요."

헝클어진 금빛 머리칼. 잔머리 몇 가닥이 발그레한 볼에 붙었다. 그녀는 집중하느라 알아차리지 못한 모양이지만.

도톰한 입술과 초롱초롱한 눈은 온통 팔찌에만 신경이 가 있는 듯했다.

"……."

제가 이 정도로 존재감이 없을 거라 생각하진 않았는데. 푸른 눈동자가 가느스름하게 좁혀졌다. 게다가 네이필리나의 얼굴에는 이전엔 찾아볼 수 없던 활기까지 더해져 보였다.

어쩌면 눈에 띄는 그녀의 변화가 제 부재에서 기인했을지도 모른다는 생각이 스카가드의 머릿속을 스쳐 지나갔다.

그래서일까, 그는 평소답지 않게 저 역시 관찰당하고 있다는 걸 알아차리지 못했다.

네이필리나는 애써 화장대 거울 뒤로 비치는 그의 존재를 애써 의식하지 않으려고 노력하며 팔찌를 매만졌다.

그러다 하마터면 바늘에 찔릴 뻔한 뒤로는 정신을 바짝 차렸지만. 고작 사람 하나가 더해진 것뿐인데, 이 드넓은 침실이 몹시도 비좁게 느껴졌다.

창문을 열까, 겉옷을 벗을까. 아, 왜 이렇게 덥지. 나만 덥나. 계속해서 생각이 꼬리를 물고 전환했다. 그러면서도 자꾸 시선이 거울에 비친 그를 힐긋거리게 됐다.

아무것도 없는 척 외면하기에는, 제 뒤에 있을 남자의 존재감이 지나치게 분명한 탓이었다.

흐트러진 검은 머리칼. 사냥감을 관찰하는 듯한 시선. 가볍게 걸친 흑색의 튜닉 위로 형태가 비치는 단단한 근육까지. 스카가드는 여전히 일국의 황제보다는 북부의 약탈자에 더 가까워 보이는 모습이었다.

튜닉의 뭉툭한 선으로도 도저히 숨길 수 없는 두꺼운 흉통과 구릿빛의 피부가 옷 사이로 살짝씩 보일 때마다 네이필리나는 호흡을 삼켜야 했다.

'뭘 자꾸 보고 있는 거야. 정신 차려.'

그러나 자꾸 눈이 가는 걸 막을 수가 없었다.

팔짱을 낀 채 무엇을 생각하는지 그의 검지가 규칙적으로 팔을 두드렸다. 툭. 투둑. 툭.

"네이필리나."

툭. 투둑. 툭. 손가락이 곧고 두꺼웠다. 검사의 손답게 투박했지만, 두드리는 손의 모양새는 귀공자의 것처럼 우아하기 그지없다.

"네이."

"네!"

스카가드가 어느새 지척에 다가와 있었다. 제 팔뚝을 두드리던 곧은 검지는 이제 그녀의 손목을 감싸 쥐었다.

앗. 동시에 팔찌가 떨어지며 화장대 끝에 아슬하게 걸려 있던 바늘쌈 뭉치를 건드렸다. 바늘 뭉치가 우수수 네이필리나의 무릎으로 떨어지기 직전, 파란색 빛이 번쩍했다.

파바박! 스카가드가 마법으로 튕겨 낸 바늘들이 굉음을 내며 벽으로 날아가 박혔다.

"바늘 끝에 찔려 잠드는 공주님은 이제 사절이라."

파란색 눈동자에 바짝 날 선 예기가 일렁이다 사라졌다. 말투에 뒤늦은 웃음기가 옅게 담겼다.

"이런, 비장의 무기를 만들 재료를 훼손시켜 버렸군. 사과의 의미로 로피진의 창을 가져다주지."

잠시 망연하게 제 팔찌와 벽에 박힌 은빛 점들을 번갈아 바라보는 네이필리나에게 그가 덧붙였다.

"팔찌에 들어가지도 않을 텐데요."

"……가늘게 자르면?"

해답으로 내놓은 것도 황당했지만 창을 여러 겹 잘라 낼 수 있는 검술의 달인이라는 것도 어이가 없었다.

"아니에요, 필요 없을 것 같아요."

"왜? 혹 기분이 상했나?"

"어떻게 할 것 같아요? 만약 이런 게 날아들어 온다면?"

네이필리나가 팔찌를 돌려 스카가드에게 발사하는 시늉을 했다. 스카가드는 부드럽게 팔을 잡아 내리며 아이에게서 위험한 장난감을 가져가듯 슬쩍 팔찌를 제 손으로 감쌌다.

"글쎄. 피하겠지?"

거짓말. 제 눈치를 살피며 듣고 싶어 할 만한 답을 한다.

네이필리나는 한숨을 내쉬며 바늘 뭉치를 한쪽으로 밀어 냈다. 제 회심의 비기는 바늘이고 뭐고 죄다 터뜨려 버리는 위인 옆에선 허접한 무기가 되리라.

"피를 보지 않는 것만큼 말끔한 공격이 어디 있을까."

"닿지 않으면 소용이 없는걸요. 전하, 아니, 폐하 같은 사람……."

그녀가 멈칫하고 익숙한 호칭을 삼켰다. 실수하지 않으려 신경을 곤두세우는데도 간혹 튀어나올 때가 있었다.

"익숙한 대로 해. 중요치 않아."

스카가드는 별생각이 없다는 듯, 화장대 앞에 널브러진 잔해들을 정리했다.

그 동작이 몹시도 자연스러워 하잘것없는 한낱 뒷정리에 일국의 황제가 손수 움직이고 있다는 자각은 없는 듯했다.

투박한 손가락이 꼼꼼하게 바늘 뭉치를 벨벳 천에 여러 겹으로 감싸 묶는 걸 보다가 네이필리나가 불쑥 입을 열었다.

"한 가지 물어봐도 되나요?"

"얼마든지."

느릿한 저음은 시간마저도 천천히 흘러가는 듯한 분위기를 자아냈다.

째깍째깍, 조용해진 방 안에 시계 초침 소리만 작게 울렸다.

"왜 황제가 된 거예요?"

벨벳을 묶던 손이 멈칫 굳어졌다.

"……."

"한 번은 묻고 가야 할 것 같아서요."

네이필리나가 눈을 떴을 때, 세상은 그녀가 기억하던 것보다 많은 게 바뀌어 있었다.

성국은 멸망했고, 로피진들은 망국의 노예 신분에서 해방됐다. 헬리오스 황실의 일원들은 뿔뿔이 흩어져 버렸다.

2황자 레클란은 죽었고, 1황녀 세피니아는 로잔 기사단장과의 사이에 사랑스러운 아들이 하나 생긴 채였다.

그녀가 마지막으로 기억하던 현실이 새로운 물꼬를 틀고 뻗어 나간 지 오래였다는 얘기다.

'그만큼 내가 잠든 시간이 길었다는 뜻이겠지.'

시간의 흐름을 이해는 했다. 그렇다고 낯설지 않은 것은 아니었다.

그럼에도 하나하나, 새로운 흐름이 만들어 낸 변화에 적응해 나가는 건 네이필리나에게 있어 그리 어려운 일이 아니었다.

오직 단 하나, 내내 그녀의 마음 한구석에 의문을 자아내는 가장 낯선 변화가 하나 있다면,

'누가…… 황제라고?'

그건 스카가드 그였다.

앙헬이 아니라 헬리오스가 된, 제국의 황제로 제 옆을 지키는 그였다.

"어째서……."

그가 건국했던 로피진이 아니라, 춥고 먼 북방의 앙헬령이 아니라, 헬리오스, 이 화려하고 공허한 오랜 옛 땅의 주인이 되었다는 것.

그 사실이 네이필리나가 새로 눈뜬 이 세상에서 가장 큰 괴리감을 자아내게 만들었다.

"당신이 헬리오스의 황위를 원하고 있다고는 생각한 적 없어요. 그래서, 궁금했어요. 무엇이 당신을 변하게 만들었는지."

여긴 그를 그토록 배척하고 내몰았던 땅이다. 그의 민족을 약탈하고 핍박하던 사람들이다. 스카가드가 전장을 구르며 승리와 권력을 거머쥐었던 건 결코 알량한 복수도, 하찮은 이들 위에 군림하기 위해서도 아니었음을 네이필리나는 확신할 수 있었다.

"이 제국을 벗어나고 싶어 했던 게 아니었나요? 차라리 황제가 되길 원했다면 북쪽의 앙헬령이 더……."

오롯이 그만을 따르는 로피진들의 기반. 혈통의 정통성. 다른 이종족들까지 받아들여 화합을 꾀하는 도전적인 정책.

헬리오스에서 약점이 되는 모든 것들이 앙헬에서는 그의 강점으로 작용할 수 있었다.

제가 아는 걸, 그가 몰랐을 리 없다.

그럼에도 헬리오스를 선택한 이유가 뭔지, 궁금했다.

"……."

스카가드는 소리 없이 웃다가 되물었다. 한쪽 입꼬리는 비스듬히 올라가 있었으나 푸른 눈동자는 오롯이 그녀를 담고 있었다.

"내가 제국을 벗어나길 원했다고?"

"……아니었나요?"

"맞아."

그가 순순히 긍정했다.

"하지만 어쩌겠어. 조카가 버겁다고 왕관을 내던져 버리는데, 그대로 내팽개치게 둘 수는 없지 않아."

1황녀 세피니아가 스카가드를 여러 번 찾아와 황위를 잇길 종용했다는 건 네이필리나 역시 들어 알고 있었다. 그래서 더 의심스러웠다.

"사사로운 부탁에 흔들릴 만한 전하가 아니니까요. 게다가 세피니아 황녀한테요?"

"놀란 것처럼 보이는군. 그대의 예상 밖인가?"

"이해와 득실이 계산되지 않아서 그래요. 다른 이도 아니고 당신이 그런 비효율적인 선택을 할 거라고……."

"흐응."

아름다운 입매 사이로 툴툴거리는 듯한 소리가 새어 나왔다.

"날 그런 냉혈한으로 생각하고 있었단 말이지, 섭섭하게."

"그게 아니라……."

"반박할 수가 없어서 더 애석하군."

스카가드가 짓궂게 놀렸다.

무표정한 얼굴과는 달리 웃음기가 어린 말투 때문에 그가 기분이 상했는지 아닌지를 확신할 수 없었다.

네이필리나는 초록빛 눈으로 가만히 그를 바라보았다.

어쩌면, 제가 던진 질문에 대한 정확한 답을 듣지 못하리라는 생각이 들었다.

"그대는 언제나 날 놀라게 해. 뭐, 이젠 새삼스러울 것도 없지만."

곧은 손가락이 건반을 치듯 탁자를 두드렸다. 규칙적으로 반복되는 미약한 소리는 마치 작은 악기를 켜는 것처럼 들렸다.

"입 밖으로 낸 적 없는 모든 걸 다 알아차리고 있지. 그래서 가끔은 그게 기꺼워."

나보다 나를 잘 아는 사람이 있다는 게, 그게 너라는 게. 위안이 돼.

"나 역시 이리 될 줄은 몰랐어, 네이필나."

"……."

"하지만 헬리오스의 것도 나쁘진 않아. 황제의 일은 어디든 딱히 다를 리 없으니."

아무런 감흥도 어리지 않은 무관심한 표정이었다.

일부 그녀의 의심을 수긍하면서도 왜 헬리오스의 황위를 선택했는지에 대해선 스카가드는 끝내 입을 열지 않았다.

"그나저나."

황위에 대한 대화는 이 정도면 충분하다는 듯, 스카가드가 네이필나의 흘러내린 머리칼을 한 줌 쥐고 입을 맞췄다.

머리칼을 잡지 않은 다른 쪽 손의 굵은 손가락이 아래로 뻗어 가는가 싶더니 별안간 화장대 위에 꽂혀 있던 빗을 쥐었다. 동그랗고 모가 촘촘히 나 있는 빗은 스카가드의 커다란 손에 쥐어지자 아주 앙증맞게 보였다.

"요즘 약의 개수가 더 늘었다던데."

빗을 쥔 그가 천천히 네이필나의 머리를 빗어 내리기 시작했다. 조심스러우면서도 익숙한 손길이었다. 찬란한 금빛 머리칼이 굵은 손아귀 아래서 구불구불 물결을 쳤다.

"불면증 때문에…… 아, 제가 할게요."

빗질은 느릿했다. 네이필리나는 조금 당황스럽기도 하고 얼굴이 붉어지는 것 같기도 했다. 분명 처음 해 보는 일일 텐데도 스카가드의 빗질은 하나도 아프지 않았다.

손가락이 머리 타래를 잡아 옮겼다. 손등이 턱선을 스쳤다. 잠깐 닿은 피부로 느껴진 온기가 기묘한 기분을 자아냈다.

"괜찮아."

배려하는 듯한 말투였지만, 실제로는 거절에 가까웠다.

느릿느릿, 굵은 손가락 사이로 금빛 실들이 우수수 빠져나갔다. 머리카락 한 올 한 올에 감각이 살아 있기라도 한 것처럼 네이필리나는 꼼짝도 하지 못하고 어깨를 굳혔다.

"이, 이 정도는! 제가 할 수 있어요."

당황한 그녀는 몸을 뒤로 뺐다. 금빛 터럭이 스카가드의 손에서 우수수 빠져나갔다.

그리고 거의 빼앗듯이 스카가드의 손에서 빗을 가져왔다. 그가 잡고 있었던 나무 손잡이가 따뜻했다.

"봐요, 잘하잖아요."

억세고 빠른 빗질에 금빛 터럭이 마구잡이로 뒤섞였다. 네이필리나는 엉키려는 머리카락을 힘으로 붙잡고 간신히 빗어 내렸다. 스카가드는 그녀가 머리카락과 소리 없는 혈투를 벌이는 걸 가만히 지켜보았다.

"그럼 화장을 지워 줄까?"

"네?"

누가, 뭘 해요? 네이필리나는 귀를 의심했다.

"자야 하잖아. 화장을 지워야 하지 않겠어?"

그가 좀 더 허리를 굽혔다.

아까까지 빗을 쥐고 있던 손가락이 조심스럽게 네이필리나의 턱선을 쓸어내리며 턱을 들어 올렸다.

졸지에 시선이 마주쳤다. 푸른 눈동자를 정면으로 마주하니 갑자기 배 속에서 고동이 일었다.

사냥개에게 목덜미를 물려 옴짝달싹 못 하는 토끼가 된 기분이었다.

"봐."

그가 엄지로 뺨을 쓸었다. 따끈하고 부드러운 손길. 네이필리나는 저도 모르게 흠칫 놀랐다.

겁내지 말라는 듯 스카가드가 손을 들어 보였다. 모양 좋은 손가락 위에 분이 옅게 묻어 있었다.

"괜찮아요, 나중에 젤피가……."

"굳이 시녀를 부를 것까지 있나? 눈앞에 있는 도구를 활용해 봐."

그가 뺨을 다시 감쌌다. 이제는 다 지워져 나오지 않을 텐데도.

뺨을 매만지던 엄지의 끝이 앙증맞게 솟은 콧방울을 톡 건드리는가 싶더니 인중을 지나 입술까지 내려왔다.

"입술도 지워야 할 테고."

도톰한 입술을 아프지 않게 누르는 압력이 느껴졌다.

"그, 것도."

네이필리나가 침을 넘기며 간신히 대답했다. 바보같이 더듬거리지 않기 위해 주먹을 꽉 쥐었다. 거의 목이 졸린 것 같은 음성이 흘러나왔다.

"제가 할 수 있어요. 그러니까 손을 떼…… 주세요. 폐하."

"매정하시기도 해라."

그가 입술의 선을 따라 손가락을 쓸었다. 손끝이 닿는 주름의 결마다 촉감이 다 살아 숨 쉬는 기분이었다.

네이필리나는 저도 모르게 숨을 삼켰다. 연지를 지우는 것처럼 입술 위를 느리게 매만지는 손가락이 입술의 점막을 살짝 스쳤을 때, 네이필리나는 저도 모르게 그걸 깨물 뻔했다.

푸른 눈동자에 담긴 강렬한 분위기를 네이필리나는 도무지 감당하기 어려웠다.

해일처럼 몰아치더니 언제 그랬냐는 듯 어느새 잠잠해진 바다를 보는 기분이었다.

"봐, 번졌잖아."

그의 턱짓을 따라 시선이 이동했다. 거울에 비친 여자가 눈에 들어왔다.

붉게 번진 입술. 헝클어진 머리칼. 홍조가 올라 발갛게 달아오른 두 뺨. 가늘고 단정한 입매 위로 번진 분홍빛 연지까지.

거울 속 여자에게선 퇴폐적인 분위기마저 느껴졌다.

"호칭이 자꾸 헷갈리나 본데."

"그럴 수……밖에요. 눈을 뜨니 당신이 다른 사람이 되어 있는데 아니 그렇겠어요?"

웃음기를 머금은 말에 호흡을 고른 네이필리나가 용감하게 대꾸했다.

뱃속은 여전히 지렁이가 간질간질 기어 다니는 듯한 기분이었다.

"그대 마음대로 편하게 하라 했지만, 힘들다면 해결 방법이 있지."

그가 씨익 웃었다.

"이름을 불러. 예전처럼 말이야."

스카. 묵직한 저음이 느릿하게 제 이름을 발음했다. 그가 몸을 숙이고 있는 탓에 지나치게 가까이 들렸다.

예전이라.

예민해진 귓가의 감각과는 별개로 네이필리나는 씁쓸한 기분을 삼켰다.

2년 전의, 제가 알던 사내는 전부 사라진 듯한 기분이 드는 건 어쩌면 그녀의 쓸데없는 기우 때문인지도 몰랐다.

더 이상은 같지 않을 수도 있다는.

"그건 별로 좋은 생각이 아니네요."

"왜지?"

그는 이제 황제니까. 예전과는 다르다고 얘기해야 했다.

"……."

하지만 그걸 제 입으로 말하기는 싫었다.

콘체른과 앙헬. 당시에도 동등한 위치라고는 말할 수 없던 거리감이 있었다.

그런데 이제 황제란다. 가장 불확실한 권력의 정점에 올라 있는 남자를 평생 반려로 알고 살아가야 한다는 것만으로도 그녀는 꽤나 큰 도박을 하고 있는 셈이었다.

누구보다도 사랑의 얄팍함과 빛바램을 잘 알고 있으면서도 저와 그만큼은 아닐 거라고 믿어야 하는 도박.

머리가 복잡해졌다. 스카가드의 옆에 있고 싶은 마음도, 그와 함께하고 싶은 마음도 진심인데 혹시 모를 변수를 대비하라 말하는 이성도 완전히 배제할 수가 없는 게 문제였다.

"하아."

짧은 한숨과 함께 네이필리나가 입술을 말아 물 때였다.

피로한 표정을 내려다보는 스카가드의 푸른 눈동자가 일순 서늘한 기를 띠었다.

"아앗!"

목덜미에서 느껴지는 짧고 화끈한 감각에 네이필리나가 펄쩍 뛰었다. 그녀가 눈을 가늘게 좁혀 그를 노려보았다.

가뜩이나 심란한데 목이나 깨물고 있는 남자를 상대로 제가 지금 일생일대의 도박을 하고 있다니!

"무슨 짓이에요?"

"그냥. 날 잊고 있는 것 같아서."

따끔하던 아픔 위로 언제 그랬냐는 듯 부드러운 입맞춤이 더해졌다.

굵은 손가락이 여린 양어깨 위로 얹혔다. 그리고 움츠러들었던 어깨가 바로 펴질 때까지 부드럽게 근육을 누르고 주물렀다.

손가락은 어깨선을 타고 올라와 그녀의 목을 꾹꾹 주물러 댔다.

뭉친 부위만 기가 막히게 찾아내고 굵은 손가락이 적당한 압력을 선사하자 한껏 날 서 있던 기운이 흐물흐물 풀어졌다.

젤피도 이 정도로 완벽하게 시중을 들지는 못했다.

'시중? 잠깐만.'

네이필리나는 퍼뜩 정신을 차리고 스카가드의 손아귀에서 떨어져 나왔다.

포근하고 뭉근한 분위기였던 아까부터 계속 목에 가시가 걸린 것처럼 껄끄럽던 연유를 깨달은 탓이다.

"왜?"

밤의 요정마저 매료당할 만한 얼굴을 한 남자가 놀랍도록 무해한 얼굴을 했다.

"머리를 빗어 주겠다고 하질 않나, 화장을 지워 주겠다고 하질 않나, 어깨도……. 하, 전 하나부터 열까지 돌봄이 필요한 어린애가 아니에요. 그리고 폐하께선 이제부터 내 몸에 손댈 생각은 하지 않는 게 좋겠어요."

스카가드가 웃음을 삼켰다.

그 와중에 황제에 대한 예법과 막무가내인 행동에 대한 분노가 섞여 경어와 협박이 완전히 뒤섞여 있는 게 귀여웠다.

"네가 누워 있는 동안 내가 어디까지 널 돌봤는지 안다면 그렇게 말하지 못할걸."

그가 여전히 네이필리나의 머리칼을 만지작거리며 웃었다. 꽤나 의미심장한 웃음이었다.

"이젠 방으로 돌아가세요."

"축객령인가?"

"제게 그럴 자격이 있다면요."

"물론이지."

그가 순순히 물러났다. 허리를 일으키기 전, 그가 그녀의 이마에 입술을 짧게 붙였다 뗐다.

네이필리나는 얌전히 그의 키스를 받았다.

피할 생각 대신 그의 옷소매를 움켜쥔 하얀 손을 스카가드가 웃음기 담긴 눈으로 내려다보았다.

"네이필리나."

따뜻한 손이 뻗어 왔다. 손목을 쥐는 힘은 아프지 않았으나 벗어날 수 없게 옭아매 떨쳐 내기 힘들 것 같았다.

"잊으면 안 돼, 내가 여기 있다는 걸."

"설마, 폐하는 쉬이 잊혀질 만한 존재감이 아닌걸요."

"애석하게도 네겐 해당 사항이 없을 듯해서 말이지."

쓴웃음을 짓는 얼굴에 그답지 않은 초조한 기색이 어렸다.

"잊지 않아요. 내내 기억하고 있었는걸. 당신이 어디 있는지."

그래서, 이곳으로 돌아온 거다. 스카가드, 그가 있을 이 생으로 다시.

"……그랬어?"

낮은 음성이 그제야 여유를 띠었다. 어쩐지 푸른 눈을 계속 마주하기가 부끄러워졌다.

"이젠 정말 돌아가는 게 좋겠어요."

네이필리나가 그를 밀어 냈다. 창문에는 어느새 새까만 어둠이 내려앉아 있었다.

못 이기는 척 느릿한 걸음으로 밀려나던 그가 잠깐 뒤돌았다.

찰나의 순간, 더운 숨이 입술 위에 내려앉았다. 양 뺨을 그러쥔 채, 말캉한 살이 맞닿았다. 맞물린 사이로 젖은 소리가 새어 나갔다.

뭉근한 열기가 배 속에서 열을 지피려 할 때, 온기는 가볍게 떨어져 나갔다.

"잘 자, 네이필리나."

쿵. 네이필리나는 대답 대신 문을 닫아 버렸다. 뒤돌아선 시야에 그가 아니라 방의 전경이 보였을 때야, 주르르 문을 타고 쓰러지듯 주저 앉았다.

"하아."

심장이 터질 것만 같았다. 그녀는 애써 후하후하 숨을 들이켰다.

문 뒤에서 그 역시 같은 속도의 한숨을 내뱉고 있다는 걸 알지 못한 채로.

* * *

아직 해도 들지 않은 껌껌한 새벽. 라울의 하루는 일찍부터 시작되었다.

그는 일어나자마자 명상과 필사를 하고, 업무에 밀려 녹슬어 버린 제 검술을 다듬으려 연무장도 다녀왔다. 그런 후 샤워를 하고 젖은 머리로 상쾌하게 그의 집무실로 들어섰다.

일찍 일어나는 새가 벌레도 일찍 잡는다고, 콧노래마저 룰루랄라 흘러 나왔다.

"으아아아!"

그리고 어두컴컴한 집무실에 홀로 앉아 있던 황제를 보고 그는 까무러 칠 뻔했다.

"거기서 뭐 하십니까? 불은 또 왜 안 켜셨어요! 폐하가 무슨 어둠의 자식입니까?"

"……."

타닥, 타닥. 익숙하게 촛불을 켠 뒤 스카가드에게로 다가가던 그는 책 상에 놓인 갈색의 병을 발견하곤 멈칫했다. 라울이 홀로 야근을 할 때마다 몰래 홀짝홀짝 꺼내 마셨던 위스키였다.

책장 사이의 홈에 꽁꽁 숨겨 놓고 펜과 서류들 따위로 위장까지 해 놓았는데 황제가 또 언제 저걸 찾아냈는지……. 한 달 치 월급을 털어 낸 값비싼 위스키병은 거의 바닥을 드러내고 있었다.

"이걸 다 드신 겁니까? 혹시 폐하, 여기서 밤을 새우신 건 아니죠?"

"……."

"맙소사. 멀쩡한 침실을 놔두고 왜요? 그래서 제가 같은 궁은 안 된다고 했죠?"

"……."

스카가드는 아무 대답도 하지 않았지만, 라울은 침묵에서 척척 답을 찾아냈다. 내내 묵묵부답이던 스카가드가 이윽고 한마디를 던졌다.

"……만약 네이필리나가 결혼을 원하지 않는다면?"

"소백작께서 그러셨습니까? 그럴 리가 없을 텐데요"

"……."

"설마, 어제 일을 아직도 마음에 두고 계신 겁니까? 소백작님께서 직접 황궁이 싫다 말씀하신 것도 아니잖아요?"

라울이 속으로 한숨을 내쉬었다.

어제, 콘체른 백작 가족이 방문했을 때 황제궁으로 그림자를 보내는 게 아니었다.

소백작에게 들키면 뒷감당은 어찌할까 싶으면서도 강박적일 만큼 그녀의 안위에 신경을 쓰는 주군 때문에 보낸 건데…… 오히려 더 악수가 되어 버렸다.

"나를 낯설어해. 어제는 왜 황제가 됐냐고 묻더군."

"소백작님으로서는 지극히 할 법한 질문 아닙니까?"

자고 일어나니까 약혼자가 황제가 되어 있는데? 라울이 지적했다.

사실 그는 상사의 고민에 전혀 공감하지도, 공감할 생각도 없었다. 그는 그저 출근 전 여유 시간을 즐기고 싶을 뿐이었다.

"네이는 달라. 그녀가 그걸 물었다는 건…… 이게 그리 좋은 패가 아니라는 거야."

스카가드가 일갈했다. 그녀가 저를 잘 아는 것처럼 저 역시 그녀를 잘 안다.

네이필리나는 주로 최선의 패를 고르고 도박을 한다. 콘체른 백작의 말이 틀리지 않았다. 황실도, 황궁도 그녀에게는 투자 대비 전혀 효율이 나지 않는 선택지였다.

저울의 끝에 그녀의 일생이 달려 있다. 스카가드는 고작 저를 위해 네이필리나가 그 정도의 도박을 하리라 생각지 않았다.

"이제 확실히 생각하게 된 거지. 고작 나를 상대로 뭘 희생해야 하는지 알아 버린 거야."

"음…… 그냥 매리지 블루 아닙니까? 왜 있잖아요, 결혼 전에 신부들이 한 번씩은 다 겪는다잖습니까."

라울이 대수롭지 않게 대꾸했다.

"모르지."

스카가드의 목소리는 조금 침울하게 들렸다. 라울이 맹세코 여태껏 보지 못했던 주군의 모습이었다.

하긴, 지난 2년은 뭐, 제가 알던 주군이었나. 그가 한숨과 코웃음을 동시에 뱉었다.

그래도 나날이 미쳐 가시던 그때보다는 낫지. 잠들어 있는 네이필리나 옆에서 떠나지 않던 황제의 모습은 마치 고요함 속에 숨어 근근이 숨을 내쉬는 광기를 보는 것 같아 시름을 놓을 수가 없었다.

지금은 적어도 그런 종류의 위험은 아니니, 그보다는 조금 나은 상황이 아닌가.

"뭘 걱정하십니까. 소백작님이 결혼이 싫으시다면 하고 싶게 만드시면 되지요."

그걸 어떻게?

말 대신 푸른 눈동자가 그리 묻고 있었다.

"폐하의 비장의 무기를 쓰면 되죠! 뭘 고민하고 계세요?"

비장의 무기라 하면은…….

"검을 쓰라는 소린가?"

"아뇨?"

무슨 소릴 하냐는 듯 그가 코웃음 쳤다.

"그럼 뭘 말하는 거지?"

"당연히 얼굴이지요!"

라울이 답답하다는 듯 가슴을 쳤다.

"폐하의 외모를 이용하시면 되잖습니까. 결혼을 하면, 저 얼굴을 평생 볼 수 있다는 걸 소백작님께 주지시켜 드리세요!"

"……유혹이라도 하란 소리야?"

"가지고 있는 자원을 활용하시란 말씀입니다. 베갯머리송사가 괜히 나온 단어인 줄 아십니까?"

스카가드는 괜스레 턱을 쓸어 보았다.

거울에 비친 건 평소와 같은 얼굴이다. 딱히 감흥이 느껴지지 않았다. 일생을 걸 정도의 가치가 있어 보이지도 않았다.

그냥 전부 다 놓고 네 손만 잡고 있으면 족하다 한다면, 네이필리나 콘체른은 뭐라고 말할까.

스카가드는 음울하게 중얼거렸다. 거울 속의 그 역시 답을 모르는 듯했다.

* * *

황제궁에 네이필리나의 손님이 찾아왔다.

"무사하신 걸 뵈니 늙은이의 마음이 몹시도 안심이 됩니다."

힐데가르드 노공작이었다.

그가 앉아 있는 곳은 황제궁 정원의 작은 테이블 앞. 네이필리나의 예법 수업을 끝내고 소회를 나누는 짧은 티타임이 끝난 후였다.

"아까 눈동냥으로 본 게 다지만 그 정도면 흠 잡히실 데는 없을 겁니다. 예식에서도 무사히 해내실 테구요."

"다른 분도 아니고 노공작께서 그리 말해 주시니 안심입니다."

"실수가 있다 해도 누가 소백작의 앞에서 예법이 부족하다는 말을 입 밖으로 꺼내겠습니까. 구국을 구한 영웅의 앞에서 어찌 감히요."

노공작은 감탄을 금할 수가 없었다.

처음 네이필리나 콘체른을 만났을 때만 해도 그 당차고 맹랑하던 소녀가 제국을 구하고 이 자리에 앉게 될 거라 누가 생각했을까.

"세피니아 황녀께서는 잘 지내시나요? 노공작님과 함께 오셨으면 좋았을 텐데."

"그럼요. 요즘 첫아이를 보느라 예뻐서 정신이 없답니다."

"그랬군요. 로잔 경과 세피니아 황녀 사이에 사내아이가 태어났다는 소식은 들었습니다. 너무 늦었지만 축하드려요. 황녀 전하를 닮았다면 천사 같겠군요."

"천사보다는 악동에 더 가까울 듯하지만요. 얼마나 말썽을 부리고 다니는지 벌써부터 앞날이 걱정됩니다."

천방지축 증손주를 평하는 노공작의 주름진 입가에는 미소가 가실 일이 없었다.

세피니아 역시 황궁으로 오려 했으나 두 번째 아이를 임신했다는 소식에 이번에 동행하지 못했다고 한다.

"구 황족의 외척으로서 식이 끝나고 나면 이렇게 가벼이 뵐 수는 없을 터. 갑작스러운 방문 요청을 받아 주셔서 감사할 따름입니다."

"어찌 그런 섭섭한 말씀을 하셔요. 노공작님이라면 언제든 환영이랍니다."

노공작은 당분간 수도를 떠나 외손녀 세피니아 부부와 남부 지역에 머무를 것이라는 말도 덧붙였다.

"하면 힐데가르드는……."

"마티가 있으니까요. 이제 이 늙은이는 그저 물러서서 지켜봐야 하는 시기가 온 듯합니다."

"……."

"이번 폐하의 치세 아래서는 그래도 될 듯합니다. 한 치의 경계도 늦추지 못했던 과거와는 많이 달라졌으니."

노공작은 스카가드를 입에 올렸다.

이건 그를 나머지 헬리오스 황족들과 분리시킴과 동시에 군주로서 그의 행보를 인정한다는 뜻이었다.

"다만 한 가지 아쉬울 따름입니다. 마티, 그 녀석이 이 늙은이 말을 반만 제대로 들었다면 소백작을 모신 곳이 이 황실이 아니라 힐데가르드가 될 수도 있었을 텐데."

"아하하. 과찬이세요. 늘 기분 좋은 말을 해 주시는군요."

네이필리나는 웃어넘겼지만 노공작은 진심이었다.

생각할수록 입맛이 썼다. 이건 권력을 떠나 네이필리나 콘체른이라는 인물의 순수한 가치와 재능에 대한 아쉬움이었다.

그녀가 힐데가르드로 왔다면, 노공작은 아무런 걱정 없이 편하게 눈을 감을 수 있지 않았을까. 앙헬, 아니, 헬리오스를 비롯한 타인에게 넘겨주기엔 지나치게 탐이 나는 보석이다.

깨끗하고 단단한 다이아몬드 같은 아이니 쉬이 물들지는 않겠지만, 그래도 권력가들의 비열함에 일가견이 있는 노공작으로서는 괜한 걱정을 하게 되는 것이다.

"하지만 어쩌겠습니까. 폐하께서는 유능하신 만큼이나 집요하고 맹목적이시니 이렇게 소백작께서 다시 눈을 뜨신 게 아니겠습니까. 마티, 그놈이었다면 불가능했을 겁니다. 황위와 연인을 저울의 양쪽에 올려놓고 계산하다가 놓쳐 버렸을 테니."

손자 자신보다 손자를 잘 알고 있는 노공작이다. 제 남은 일생을 걸고 확언할 수 있었다. 적어도 네이필리나를 위해서는 마티어스보다 스카가드 앙헬이 더 나은 상대라는 걸.

이 제국에서 누구보다 이성적이고 냉철하던 사내가 확실하지도 않은 한 가지의 가능성이라는 불분명한 도박에 제 인생을 걸었을 때, 노공작은 그를 인정할 수밖에 없었다.

"잠깐, 황위라니요?"

그래서 그는 이어 들어오는 물음에 한발 늦게 대답하고 말았다.

"모르셨습니까? 왜 폐하께서 황위를 받아들이셨는지?"

* * *

노공작이 자리를 떠나고 네이필리나는 비틀비틀 자리에서 일어났다.

"소백작님, 어디로 가십니까? 모시겠습니다."

"잠깐 바람 좀 쐬고 올게. 방해받고 싶지 않으니 따라오지 말렴."

호위도 물린 채 그녀는 발걸음을 내디뎠다. 볼을 스치는 미약한 바람이 반가웠다. 머리가 복잡했다. 모든 진실을 알게 된 충격에 멍하게 입이 벌어지기도 했다.

'왜 황제가 된 거예요?'

제 물음에 그는 끝끝내 답하지 않았다.

그래서 두려웠다. 혹 그사이 그가 변한 게 아닐까, 스카가드도 결국 저와 다른 이상을 추구하게 된 게 아닐까, 미약한 불안이 있었다.

그런데 아니었단다. 그가 원하지도 않던 이 자리를 받아들인 건 오직 성물 때문이었다.

디온이 남긴 마지막 성물의 소유자가 되어 소원을 빌기 위해서.

황제가 된 그가 성물을 쥐고 무엇을 소원했을지, 네이필리나는 이제야 알 수 있었다.

그럼에도 성물은 소원을 들어주지 않았다고 했다. 스카가드가 조금씩 미쳐 간다는 이야기가 돌았던 건 그때라고.

'왜 소원이 작용하지 않았는지 나는 알아.'

성물은 이미 소유자의 소원을 실현시켰으니까.

전생, 막다른 골목까지 내몰린 그녀의 독기에 찬 바람을 이미 들어주었으니까.

네이필리나가 입을 막았다. 디온이 남긴 그 성물이 생을 이어 저와 그를 잇는 매개체가 될 줄은 꿈에도 몰랐다.

가슴이 아려 왔다. 스카가드가 눈앞에 있다면 저는 뭐라 말해야 할까? 나를 위해 희생해 주어서 고맙다고? 미안하다고? 아니면…….

수많은 말들이 그에게 닿는 대신 입 속에서 맴돌다 사라졌다.

그렇게 정신없이 얼마나 걸었을까.

"여긴…… 어디지?"

황궁 정원은 보안상의 이유로 각 궁으로 향하는 통로가 미로처럼 이어져 있다는 걸 잊고 있었다. 생각에 빠진 채 정처 없이 걷다 보니 낯선 곳으로 접어들었다는 걸 깨닫게 된 건 꽤나 오랜 시간이 흐른 후였다.

그녀의 앞에는 나무가 우거진 숲길이 펼쳐졌다.

"황궁의 뒤편인 것 같은데…… 이런 곳이 있었단 말이야?"

황궁 지도에서 본 적이 없는데.

주변을 두리번거려 봤지만, 근처를 지나다니는 사람은 아무도 보이지 않았다.

인적이 드물고 자연에 더 가까운 곳이라 네이필리나는 황궁에서 눈을 뜨고 처음으로 시원한 해방감을 느꼈다.

쏴아아. 때마침 바람이 불었다. 나뭇잎들이 흔들리며 숨겨진 궁 하나를 드러냈다.

황제궁이나 황녀궁과는 비교할 수 없이 소박한 기운이 물씬 맴돌았다. 황제궁에서도 한참 떨어져 있고 크기도 작아 숲길까지 들어오지 않았다면 무심코 지나쳤을 만한 곳이었다.

네이필리나는 저도 모르게 가만히 발을 내디뎠다.

시원하게 트인 창을 통해 들어오는 황금빛 햇빛이 그녀를 반겼다. 내부의 장식이나 가구 역시 화려함과는 거리가 멀었지만 햇살이 안쪽까지 깊게 들어와 포근한 느낌을 물씬 자아냈다.

더불어 창밖으로 보이는 푸른빛 녹음 때문일까, 이곳은 누군가의 아늑한 보금자리에 더 가까워 보였다.

'버려진 궁은 아닌 것 같은데…… 별장인 건가?'

사람 하나 보이지 않는 것치고 가구 위는 깨끗하고 바닥은 먼지 하나 없었다. 관리가 꾸준히 되고 있다는 뜻이었다.

그때 아이보리빛 벽에 걸려 있는 그림들이 네이필리나의 시선을 잡아끌었다.

헬리오스를 상징하는 화려한 금박 장식과 함께 황궁 내부에 걸리는 명화들 대신 자리를 잡고 있는 그림들은 거친 초원에서 시작하여 노을이 붉게 지는 풍경까지 이어져 있었다.

과감한 색감과 드넓은 자연을 송두리째 드러내 놓은 장관에 네이필리나가 무심코 감탄을 흘렸다.

그림의 오른쪽 끄트머리에는 초원을 달리는 기사가 그려져 있었다. 검은 갑주를 입고 검을 높게 빼어 든 채 선두를 앞서 나가는 기사는 그 누구보다 자유로워 보였다.

그 뒤를 따르는 기사들 역시 용맹스러웠고, 그들 위로 붉게 타오르는 노을은 세상을 전부 뒤덮을 것처럼 광활했다.

어쩐지 낯설지 않은 그림. 꼭 어디서 본 것처럼 익숙하게 느껴지는 이유는 왜일까.

네이필리나가 물끄러미 선두의 기사를 보고 있을 때였다.

"그 그림이 마음에 드나?"

익숙한 목소리에 네이필리나가 고개를 들었다. 햇살을 등진 채 스카가드가 궁의 문에 기대서 있었다.

"폐하, 여긴 어떻게……."

네이필리나는 멈칫했다. 어쩐지 눈물이 나올 것 같아서 눈에 힘을 주었다.

"내가 물을 말이었어. 그대가 왜 여기 있는 건지."

스카가드가 느릿느릿 걸어왔다. 평소와 다름없는 음성이었다.

해를 등지고 있는 탓에 두르고 있는 망토도, 그의 반질거리는 머리칼도 모두 황금빛에 감싼 것처럼 눈부셨다. 네이필리나가 눈을 깜빡거리자 눈이 부신 거라 생각했는지 스카가드가 손을 들어 차양 막을 만들어 주었다.

그녀는 고개를 돌리며 아무렇지 않은 척 화제를 돌렸다.

"화가가 누군지는 몰라도 그림이 훌륭해서요. 헬리오스인이 그린 게 아닌 것 같아서 더 좋아요."

걸어오던 발걸음이 멈칫했다.

"왜 그렇게 생각하지?"

"제국인이었다면 이 초원에서 거대한 전투를 벌이는 장면을 그렸겠죠. 이기든 지든 간에 적을 몰살하는 장면만 골라서. 아쉬운 말이지만 우리 헬리오스에는 자연을 벗 삼는다는 감성은 없으니까요. 부수고, 군림하는 데만 눈이 돌아가니."

그래서 나라 꼴이 이 모양 이 꼴이 됐지. 성국에게 노려지기도 하고.

자국을 비판하는 어조가 차분한 음성에도 자못 신랄했다. 전생과 현생을 통틀어 헬리오스인으로 살아왔던 자의 소회기도 했다.

"……어머니가 들으면 좋아하시겠군."

네이필리나가 놀라 고개를 들었다. 그림자에 가려지지 않은 스카가드의 입꼬리가 호선을 그리는 걸 보았다.

"헬리오스라면 치를 떨어 하셨으니 그대의 의견에 백번 동조하실 거야."

"잠깐, 그럼……."

네이필리나가 스카가드, 궁, 그리고 그림을 번갈아 쳐다보았다. 초록빛 눈동자가 움직이는 모양새가 자못 분주했다.

그녀의 눈길에 답하듯 스카가드가 고개를 끄덕였다.

"여긴 내 어머니의 궁이야. 이 그림 역시 망국을 잊지 못해서 직접 그려 내셨지."

망국.

'그래서였구나.'

그제야 이 비밀스러운 궁의 의문이 풀렸다.

주요 궁들과 동떨어진 위치. 상대적으로 소박한, 헬리오스 황족의 오만함이라곤 찾아볼 수 없는 확연히 다른 분위기.

스카가드의 모친은 로피진이었던 거다.

그게 그가 전생에서 로피진들을 이끌고 망국을 재건한 이유였다. 어머니의 민족에게 자유를 주기 위해서.

"그럼…… 스카가드 당신도 여기서 자라난 건가요?"

"전쟁에 나가기 전까진."

그가 짧게 수긍했다. 피식 소리를 내며 입꼬리를 올린 입매에는 조금 전보다는 삐뚜름한 모양새가 선명했다.

"낡은 곳이지."

"저는 마음에 들어요. 햇살이 한가득 들어오는 거부터 다른 궁들이 숲에 가려서 하나도 보이지 않는다는 것. 사람들이 잘 오가지 않는다는 것도요."

알게 된 사실과는 별개로 처음부터 그녀는 이곳에 이끌렸으니까.

"그리고 생각보다 위치가 좋은걸요. 입구는 하나고 침입자를 곧바로 파악할 수도 있고, 담이 높으니 사람들의 눈을 피해서 수련하기도 좋구요."

"지극히 그대다운 말이로군."

따뜻한 눈으로 궁을 둘러보는 그녀를 내려다보며 스카가드는 쓴웃음을 삼켰다.

숲과 가장 가까운 곳에 거처를 마련한 것은 선황의 배려였다.

나라를 멸망시켜 막무가내로 끌고 온 여자에게 건네는 허울뿐인 배려였지만 어쨌든 이곳이 적어도 사람의 손을 탄 정원보다는 훨씬 나은 선택지란 걸 부정할 수 없었다.

이 황궁에서 유일하게 완전한 자연을 찾을 수 있는 곳이었으니까.

그럼에도 제 모친은 이곳을 답답해했다.

'스카, 숨이 막히는구나. 밖으로 나가고 싶어. 드넓은 들판을, 한 번만 원 없이 달려 보았으면 좋겠어.'

나라를 잃고 분노와 증오에 전부 휩싸이기에도, 그사이 태어난 혈육에게 잃어버린 열정을 쏟기에도 인생은 지나치게 길었다.

찬란하게 타오르는 노을을 그리며 모친의 생기는 서서히 메말라 갔다. 시든 꽃처럼 하루하루 다르게.

"스카, 왜 그래요?"

다정한 목소리. 저를 걱정하듯 살피는 초록빛 눈망울. 어쩐지 물기가 어려 있는 것 같다면 제 착각일까?

저도 모르게 뻗어 나간 스카가드의 손이 네이필리나의 볼을 만졌다.

어쩌면 저는, 선황과 같은 짓을 하려는 게 아닐까.

여자의 기반을 죄다 부수고 흩뜨려 놓고서 그에 대한 대가랍시고 알량한 애정을 내미는 게 아닐까.

그래서, 결국엔, 이 여자도 모친처럼 시들어 말라 가지 않을까.

머리를 비집고 들어오는 물음을 떨쳐 낼 수 없는 건 스카가드에게 마지막 남은 양심일지도 모르겠다.

그러나 그는 가책에 휩싸여 그녀를 놓아줄 생각 따윈 없었다. 가능하리라 생각조차 않았다.

고작 제 옆에서 보내 주려고 그간의 세월을 애달프게 흘려보낸 게 아니다. 굵은 손가락이 그녀의 허리를 감싸 쥐었다.

달큼한 몸을 제 품으로 끌어당기는 순간, 스카가드는 일련의 물음들을 전부 무저갱 아래로 밀어 넣어 버렸다.

열지 않으면 볼 일 없을 불안이다. 문을 닫고 굵은 자물쇠를 채워 놓으면 아무도 모를 테다. 제가 가진 두려움 따윈.

"그대에게 보여 주고 싶은 게 있어."

네이필리나를 안아 든 그가 가뿐하게 땅을 박찼다.

어렵지 않은 몇 번의 도약으로 그녀는 궁 위에 있던 가장 큰 아름드리나무의 꼭대기에 앉아 있었다.

힐끗 아래를 내려다보니 높이가 까마득했다.

이동 스크롤도 챙기지 않았기에 네이필리나는 스카가드의 목을 감싸 쥐며 팔에 힘을 주었다.

"떨어지지 않아. 내가 안고 있으니까."

스카가드가 앞을 보라는 듯 턱짓했다. 네이필리나가 모양 좋은 선을 따라 고개를 돌리다 깜짝 놀랐다.

붉은 하늘이 조각조각 부서져 흩어지는 장관은 순간 말문을 멎게 했다.

조금 전 그림에서 봤던 바로 그 노을이었다.

"헬리오스든 로피진이든 저 하늘에 비치는 노을만큼은 똑같다더군. 난 로피진의 노을을 본 적이 없지만 어머니가 그렇다니 믿을 수밖에."

귓가를 나직하게 울리는 음성은 몹시 차분했다. 되레 냉소처럼 들릴 정도로.

"아름다워요."

"그대의 눈에 그렇게 보인다면 다행이야."

노을을 바라보는 시선의 방향도, 흔들림 없이 나무의 꼭대기에 앉아 있는 모습도 지극히 익숙해 보였다.

오래전에 묻어 둔 익숙한 기억을 회상하는 것처럼.

"혼자서 이 높은 곳까지 올라왔던 거예요?"

"처음엔 어머니가 데리고 와 줬지. 혼자 오를 수 있게 된 건, 일곱 살쯤이었나. 확실하진 않군."

스카가드가 대수롭지 않게 답했다.

열두 살, 네이필리나는 그가 처음 전쟁에 참가했던 나이를 떠올렸다. 그 말은 즉, 그의 모친이 세상을 떠난 후, 스카가드는 홀로 황궁에서 5년을 버텼다는 거다.

그마저도 선황이 죽고 난 후에는 아예 전장으로 내몰렸지만.

"가끔 여기 앉아서 생각해 봤어."

"……."

"본 적도 없는 어머니의 하늘을 내가 왜 되찾아야 하는지. 그리고 곧 깨달았지."

네이필리나는 가만히 그의 목소리를 들으며 상상했다.

검은 머리칼에 서늘한 눈동자를 한 소년이 나무 위에 앉아 어둠이 내려앉는 하늘을 바라보는 모습을.

"처음부터 내게 선택지가 있는 문제가 아니었다는 걸."

유일한 가족마저 죽고 이곳에 홀로 남겨져 있었을 아이의 마음을. 망국의 대업을 지기에는 아직 너무 어렸던 소년의 어깨를.

네이필리나의 시야가 흐릿해졌다. 저도 모르게 주르르 흘러내리는 눈물에 화들짝 볼을 닦아 냈지만, 눈물은 여전히 멈출 줄을 몰랐다.

"왜 울지?"

스카가드가 불쑥 물었다.

"……가여워서요."

"오래전 일인데? 이젠 기억조차 나지 않아."

"그러게요."

네이필리나가 고개를 끄덕였다.

"그런데 왜 이렇게 가슴이 아픈지 모르겠어요."

"어째서?"

"홀로 남은 기분이 어떤지 나는 아니까."

"……"

"모두의 사명을 나 혼자서 가지고 달려가는 게 어떤 건지 아니까."

그녀 역시 복수라는 사명을 지고 돌아왔다. 아무도 기억하지 않는 삶에서 오직 그녀만이 그 목표를 잊을 수 없었다.

회피할 수도, 지워 낼 수도 없는 오직 그녀만이 감당해야 하는 의무였기에.

그러나 네이필리나는 지난 삶의 경험과 연륜이 그녀의 보호막이자 이정표가 되어 주었으나, 스카가드에게는 그조차도 주어지지 않았다.

아무런 장치도 없이 맨몸으로 사지에 내던져졌던 소년이 자꾸 마음에 걸렸다.

이제는 알 것 같았다. 왜 그가 효율이 없는, 오히려 그에겐 더 소모적인 희생임에도 불구하고 제게 손을 내밀었는지.

스카가드는 제게서 어린 시절의 자신을 본 거다.

네이필리나는 팔에 힘을 주어 그의 목을 더욱 바짝 끌어안았다. 너른 어깨에 이마를 묻었다.

저를 한 번에 품는 이 단단한 품이 언젠가는 작고 어렸으리라 생각하니 울컥 서러워졌다.

그렇게 자라난 사람이, 황족과 헬리오스를 지긋지긋해하던 사람이 다시 이 자리로 돌아오는 게 과연 쉬운 일이었을까.

"사랑해요, 스카가드."

흠칫. 이마를 기댄 어깨가 굳는 게 느껴졌다. 처음으로 입 밖에 내는 고백이란 감상은 잊어버린 지 오래였다.

그저, 눈앞에 있는 이 남자에게 알려 주고 싶었다.

"당신이 아프지 않았으면 좋겠어요. 더 이상 외롭지도, 지치지도 않았으면 좋겠어."

"……."

"행복했으면 좋겠어, 웃었으면 좋겠어. 나랑 같이, 그냥 같이……."

네이필리나가 몸을 떼어 내고 그를 올려다봤다. 베일 것 같은 턱선을 감싸고 되뇌었다.

울음이 반쯤 섞여 볼썽사나운 음성을 내는 것도 아랑곳 않았다.

눈이 홧홧하게 뜨거워지자 그녀가 빠르게 물기를 훔쳤다. 그러나 이내 또다시 투명한 물방울이 볼을 타고 흘러내렸다.

조용히 울고 있는 그녀를 내려다보던 그가 천천히 고개를 숙여 눈가에 입을 맞추었다.

"다행이군."

스카가드가 느릿한 목소리로 대답했다.

낮은 음성이 평소와는 달리 꽤나 불안정하게 흔들리고 있다는 걸 깨닫지 못한 채로.

이 여자는 모를 것이다. 지금 그녀가 울음과 함께 내뱉은 몇 마디가 제 기억을 어떻게 송두리째 흔들어 놓는지.

"지금 내게 그대가 있어서."

홀로 버텨 냈던 세월이, 지치고 남루했던 제 과거가 지금 저를 위해 울어 주는 그녀의 눈물 하나에 그렇게까지 외롭진 않았다고, 생각보다 나쁘지 않았다 싶으니까.

"네이필리나."

손이 붙잡혔다. 스카가드는 여린 손등에 번갈아 입을 맞췄다.

굵은 손가락이 미끄러지듯 들어와 깍지를 끼었다. 틈 하나 남지 않게.

"이젠 혼자서 보지 말아요."

네이필리나의 손이 스르르 깍지를 벗어났다. 그녀가 벗어나고 싶어 한다면 억지로 붙잡아 둘 순 없기에 그가 애써 손을 말아 줄 때, 가녀린 손가락이 그의 손목을 꽉 부여잡았다.

안심하라는 듯이.

"내가 당신 옆에 있을 테니까."

스카가드는 속절없이 허물어지는 둑을 느꼈다. 네이필리나 콘체른의 앞에선 늘 이렇다. 송두리째 벗겨 내져 발간 속살이 드러나는데 그걸 어찌할 여력이 없었다.

이 여자는 늘 이렇게 한계까지 제게 휘몰아친다.

입술이 곳곳에 닿으며 화인을 찍어 내렸다. 부글부글 간지러운 기분이 곳곳에서 방울방울 터졌다.

숲속의 잊혀진 외딴 궁. 둘 말고는 누구도 없다는 걸 알지만 어쩐지 소리가 새어 나갈 것 같아 네이필리나가 입술을 말아 물었다.

방을 가득 채우는 노을빛이 그들을 감싸고 따스한 온기를 펼쳐 냈으나, 정신없이 서로를 찾는 연인에겐 닿지 못했다. 그보다 더 짙은 감각이 머리를 잠식한 지 오래였기에.

보드라운 백담 털이 네이필리나의 뺨에 닿았고 황금 실처럼 늘어뜨린 머리카락은 스카가드의 강인한 팔을 간질였다.

"아프지 않아, 다치지 않게 할게."

그가 귓가에 속삭였다. 우아한 말투와 어울리지 않는 음성은 속을 휘젓는 듯했다.

사납게 일그러진 아름다운 얼굴이 네이필리나와 눈을 마주하자 부드럽게 웃어 보였다. 네이필리나의 배 속이 부글부글 끓었다. 아득한 감각 속에서 그녀는 절박하게 고개를 저었다.

"그러니 힘을 풀어."

"못, 못 하겠어."

불가능했다. 이건 제가 감당할 수 있는 범위가 아니었다. 바르르 어깨를 떨며 그녀가 도리질했다.

"아냐, 그대는 할 수 있어. 봐. 이렇게 잘하는걸."

뺨에 입술을 붙이며 그가 아이를 어르듯이 칭찬했다. 조금씩, 조금씩 사냥감을 아껴 먹는 맹수처럼 천천히, 그러나 끝까지 멈추지 않았다.

"네이."

거칠게 바닥을 끄는 듯한 쇳소리가 귀를 울렸다.

가쁜 숨을 몰아 내쉬면서도 우스우리만큼 안도의 숨을 내쉰 네이필리나가 팔을 뻗어 그의 목을 감쌌다.

이어지는 온도가 기꺼웠다. 어쩌면 정신없이 울음을 터뜨릴 정도로.

오래된 궁에 어둠이 어스름하게 내려앉은 즈음에, 어느새 두 사람을 감싸던 로브는 사라진 지 오래였다.

* * *

"천천히. 한 모금씩."

미지근한 물이 타는 듯한 갈증을 조금씩 해갈시켰다. 네이필리나는 그의 품에 안겨 그가 주는 물을 꼴깍꼴깍 받아 마셨다. 물을 다 마시자 칭찬 하듯 또 그의 입술이 부드럽게 뺨을 눌렀다.

어쩐지 정신이 멍했다. 매번 날카롭게 세워 놓았던 기감이 전부 흐물흐 물 녹아내린 것 같았다. 네이필리나가 정신을 차리지 못하고 있는 사이, 투박한 손이 꼼꼼하게 단추를 여몄다.

허리부터 하나하나 잠근 단추가 가슴께에 이르자 붉어진 얼굴의 네이 필리나가 그의 가슴을 느리게 밀었다.

"내가…… 할 수……."

사흘 동안 광장에서 떠들어 대던 사람처럼 형편없는 목소리였다. 그마 저도 제대로 나오지도 않았지만.

온몸이 두들겨 맞은 듯 욱신거렸다. 완전히 지쳐 버린 것 같았다.

"머리는 어떡하려고."

웃음기 담긴 음성에 네이필리나가 고개를 돌려 거울을 응시했다.

잔뜩 헝클어진 머리칼에 번진 화장. 달아오른 얼굴. 지난밤보다 더 강 렬한 흔적이 곳곳에 보였다.

누가 봐도 무슨 일이 있었는지 모르는 게 어려울 정도였다. 부끄러움에 달아오른 머리가 슝슝 김을 내뿜을 것 같았다.

"내 비께서는 그냥 가만히 시중을 받아 주시면 좋겠는데."

스카가드는 그녀의 관자놀이에서 입술을 떼지 않으며 잔뜩 뭉친 목덜 미와 어깨를 풀어 냈다. 하는 수 없이 네이필리나는 잠자코 헝클어진 머 리를 빗어 내리는 스카가드의 손길을 받아들였다.

잔머리까지 빠짐없이 묶어 한쪽으로 머리를 땋은 게 여간 꼼꼼한 게 아 니라 완성된 머리를 봤을 때는 웃음마저 나올 정도였다.

스카가드의 시중은 거기서 멈추지 않았다. 뭉친 종아리와 발을 제 무릎 위에 얹고 주물렀다. 정신없이 벗어 던진 신발을 가져와 먼지를 제 옷에 깨끗이 닦아 내고 신기려 하자, 네이필리나는 발을 꼼지락거리며 피하려다 큰 손아귀에 송두리째 잡혔다.

"가만."

아프지 않게 힘을 주어 발바닥을 꾹 누른 그가 조심스레 신발을 발끝에 맞추었다. 평소에도 자질구레한 치장을 반강제적으로 돕긴 했지만, 이 정도는 아니었다. 네이필리나의 머리부터 발끝까지 닿는 그의 손길에는 섬세한 정성스러움이 담겼다.

네이필리나가 조금 전 궁에 들어왔을 때와 한 치의 다름도 없는 모습으로 원상 복구가 되어서야 스카가드가 그녀를 안아 들었다.

푸른 빛이 번쩍번쩍하는가 싶더니, 그녀는 어느새 침실에 와 있었다.

"좀 더 쉬는 게 좋겠어."

"방으로 돌아가세요?"

이불을 덮어 준 뒤 몸을 일으키는 스카가드를 붙잡은 건 무슨 충동이었는지 모른다. 소매를 쥐었다가 네이필리나가 침을 삼켰다. 확고하게 눈을 마주하는 순간, 지금 그를 다시 잡는 게 어떤 의미로 읽힐지 깨달았다.

"아무……것도 아니에요."

더듬거리며 말을 삼킨 네이필리나는 일렁이는 충동을 담담한 얼굴 뒤로 숨겼다.

소매를 순간적으로 움켜쥐었던 하얀 손이 이내 시트 위로 툭 떨구어졌다.

아니, 떨어지려 했다. 스카가드가 그녀의 손을 낚아채 다시 잡아 쥐었기 때문이다. 네이필리나를 똑바로 내려다보는 그의 엄지가 손등을 짓눌렀다. 살짝 무겁게 피부가 쓸린다 싶더니 이내 뒤집혔다.

커다란 손이 그녀의 손을 뒤덮고 손가락 하나하나를 옭아맸다. 한 치의 틈도 없이. 그리고 옭아맨 네 손가락을 제외한 엄지가 손등을 부드럽게 어루만졌다.

자꾸 침이 말랐다. 내려다보는 시선, 이목구비, 흔들리지 않는 너른 어깨.

커튼 사이로 새어 들어오는 어스름한 빛 아래서 그의 거대한 그림자가 단숨에 네이필리나를 집어삼킬 것만 같았다.

설렘과 일말의 두려움.

그녀 역시도 정확하게 정의하지 못했지만 이제 적어도 저 열정의 끝이 어딘지만큼은 제대로 알고 있었다.

"그대, 방이…… 분리된 걸 다행으로 여겨."

스카가드 역시 애써 느긋한 미소를 지어 보였다.

소매를 움켜쥐는 손을 낚아채 그대로 제 몸 아래로 깔아 눕히고 싶은 충동을 애써 제어한 후였다.

"……괜찮은데."

시트에 파묻힌 채 눈만 드러낸 그녀가 조용히 웅얼대는 소리에 스카가드는 입 안의 살을 세게 씹었다.

"내가 괜찮지 않아."

부드러운 손길이 연약한 턱선을 따라 쓸었다. 스카가드가 잠시 뻗어 내던 손을 안으로 말아 쥐고 몸을 기울였다.

"오늘 밤엔 문을 잠그는 게 좋겠군."

초록빛 눈동자가 자동적으로 스카가드의 방과 연결된 문으로 향했다.

그가 칭찬하듯 그녀의 눈가에 짧게 입 맞췄다.

사실 뭘 칭찬하는지도 모르겠지만, 그냥 애정 어린 접촉이 계속 이어지는 게 기꺼워서 네이필리나는 조용히 눈을 깜빡였다.

"후아……."

그의 모습이 통로 뒤로 사라지자, 네이필리나는 그제서야 참았던 숨을 내뱉었다.

어쩐지 오늘 하루가 꿈처럼 아득했다.

달칵. 문이 닫혔다.

포근한 조명으로 밝혀진 네이필리나의 침실과는 달리, 문 하나를 사이에 두고 갈라진 스카가드의 침실은 어두웠다.

스카가드는 불을 켜는 대신, 마른 얼굴을 쓸었다.

빨라진 심장 박동과 올라간 체온. 목구멍이 타들어 가는 듯한 갈증이 일었다. 조금만 더 있었다면 결국 참지 못하고 다시 네이필리나에게 손을 뻗었을 것이다.

'너무 일렀어. 식까지는 기다렸어야 했는데.'

이제야 말하지만 맹세코 그는 이렇게 급하게 일을 치를 생각이 없었다. 결혼과 관련한 모든 과정들에 있어 제대로 절차를 밟아 나가겠다고 결심하지 않았나.

그녀를 황궁에서 나가지도 못하게 해 놓고 모순적이라 할지도 모르지만 적어도 이건 그가 그어 놓은 마지노선이었다.

문제는,

'사랑해요, 스카가드.'

제가 그어 놓은 그 선이 단 여덟 글자에 소리 없이 소멸했다는 거다.

어딘가 거하게 한 대 맞은 듯 정신이 나가 버렸으니까. 네이필리나 콘체른이 사랑을 입에 담은 건 처음이다.

초조했고, 기뻤고, 서러웠고, 따스했고, 제 안에 존재했는지도 모를 갖가지 감정이 휘몰아쳤고, 그는 속수무책으로 휩쓸렸다. 저를 올려다보는 초록빛 눈동자에 지금껏 내리눌러 놓았던 인내의 줄을 놓아 버리고 말았다.

하지만 아무리 그렇다곤 해도…….

아름다운 얼굴을 쓸어내리는 손길이 더 거칠어졌다.

'한심하긴, 자제력은 개나 줘야겠군.'

이렇게 열여덟 살 먹은 어린 애새끼처럼 굴어선 안 됐다. 스카가드는 신음을 삼키고 문을 걸어 잠갔다.

서로 이게 잠깐의 눈속임 정도밖에 되지 않으리라는 걸 알았다. 그에게 이런 두툼한 철문 따위 검 한번 휘두르면 쩌억 하고 갈라져 나갈 하찮은 장애물에 불과했으니까.

하지만 적어도 오늘, 그의 이성을 붙잡아 줄 마지막 보루 정도는 될 것이다. 열화에 미쳐서 네이필리나의 침실로 뛰어가지 않도록.

그는 붙잡고 있던 문고리에서 애써 손을 뗐다. 이 문 뒤에 네이필리나가 있다.

사랑한다고 했다. 그러니까 곁에 있을 거다. 그녀는 떠나지 않을 테고, 저는 더 이상 불안해할 필요가 없다. 그러니까…….

* * *

"네이."

속삭이는 소리에 네이필리나가 퍼뜩 눈을 떴다. 아직 어스름한 새벽이었다.

촘촘히 돋아나려던 그녀의 경계가 눈꺼풀 사이로 곧 그를 발견하고 느릿하게 풀어지는 게 스카가드에게 저열한 만족감을 선사했다.

누구보다 선 안과 밖이 명확한 네이필리나 콘체른에게, 이제는 완전히 제가 그녀의 사람으로 인식되고 있다는 뜻이었으니까.

이렇게 하나씩, 하나씩 그녀의 일상에 이제 제가 자리 잡게 될 것이다.

소리 없이 스며들어 언젠가 정신을 차릴 즈음이면 떼어 낼 생각조차 못할 정도로.

그러면 이 여자는 저를 떠나지 않을, 아니, 못 할 테지.

"스카? 으음, 이 시간에 왜……."

몽롱한 목소리가 그를 일깨웠다.

뽀얗고 멍한 얼굴로 침구에 파묻힌 그녀가 고개를 들어 그를 올려다보는 순간, 머릿속을 차지하던 모든 심연이 물밀듯이 밀려났다.

그냥, 그냥 기꺼웠다. 이 순간이, 이 공기가, 모든 게 사랑스러우리만큼 상냥하게 느껴졌다.

이 세상이 스카가드 앙헬, 제게 결코 그럴 리 없다는 걸 몸으로 겪어 알고 있으면서도. 머리는 더 생각을 거부했다.

그저, 어젯밤을 벌건 뜬눈으로 꼬박 새운 대가로 보는 네이필리나의 모습이 심히 만족스러울 뿐이었다.

네이필리나가 자다 일어나 몽롱한 눈을 깜빡였다.

아직 침대에 파묻혀 있는 그녀와 달리 스카가드는 나갈 채비를 전부 마친 모양새라는 걸 알아차렸기 때문이다.

"벌써 아침인가요? 내가 늦잠을 잔 거예요?"

그녀를 보는 푸른 눈동자가 웃음기를 그렸다. 부드러운 손이 뺨을 간지럽혔다.

덩달아 가슴에서 깃털이 간질거리는 듯한 감각이 느껴졌다.

전장에서 어린 병사들이 새끼 짐승을 데려와 애지중지하던 게 생각났다.

불면 날아갈까, 쥐면 죽어 버릴까, 전전긍긍하던 놈들을 보고 어지간히 정신이 나갔구나 싶었는데.

제 목숨을 목전에 두고 정을 쏟던 이유를 이제 조금은 이해할 수 있을 것 같았다.

귀엽고 사랑스러워서, 도저히 손을 뻗지 않고는 견딜 수 없는 충동이었다.

"아니, 아직. 미안해, 잠을 깨워서. 나가기 전에 그대의 얼굴을 보고 싶어서."

"……."

"할 말도 있고."

영락없는 사랑에 빠진 평범한 사내가 되어 버린 스카가드에겐 더할 나위 없이 중요한 사무였으나 네이필리나에겐 그렇지 못했다.

'그게 뭔데? 그걸 꼭 이 시간에 해야 하나? 평소처럼 저녁에 와서 하면 안 되는 건가?'

어젯밤 내내 문을 바라보면서 뒤척이다 겨우 잠든 네이필리나는 불퉁함을 숨기며 고개를 끄덕였다.

"결혼식을 앞당겨야겠어. 다음 주면 어떨까?"

"네?"

갑자기 잠이 확 깼다. 그녀의 초록빛 눈동자가 어스름한 어둠 속에서 퍼뜩 모습을 드러냈다.

"지금 뭐라고……?"

"그대만 괜찮다면 사실 나는 이번 주라도 괜찮아."

"폐하, 미쳤, 아니, 미치셨어요?"

네이필리나는 상대가 황제라는 걸 잊고 불경한 물음을 던졌다. 스카가드는 신경도 쓰지 않는 것 같았다. 사실 벌써 이미 그녀의 앞에서 무릎을 꿇고 있는 모양새라 이제 와서 권위를 찾는 게 더 우스웠다.

"지극히도 정상이야. 그래서 그대, 다음 주라면?"

"말도 안 되는…… 걸 들고 오면……. 불가능해요. 일단 라울 경부터 결사반대할 텐데……."

황실의 행사였다.

기간을 앞당기는 건 그만큼의 더해진 업무를 뜻했고, 가뜩이나 제국 안팎의 일을 처리하느라 혹사당하는 라울이 이를 반길 리 없었다.

물론 수하의 고뇌는 스카가드에게 전혀 고려의 대상이 되지 못했다.

"그대의 허락만 있으면 돼. 싫어?"

나긋한 음성이 유혹하듯 네이필리나의 귓가를 맴돌았다. 끈덕진 물음에서 네이필리나는 기저에 깔린 불안을 읽었다.

겹겹이 깔린 다정과 평정 사이로 잘 숨겼다 생각하지만 그녀 역시 이제 그를 잘 알고 있었다.

옆에 있겠다고 했는데, 역시 한 번의 고백으론 부족했던 걸까.

네이필리나는 결혼식을 당기면 안 되는 여러 이유들을 떠올렸지만 이내 형태를 갖추지 못하고 허물어졌다.

하얀 손이 뻗어 와 스카가드의 손등 위를 덮었다. 닿은 피부의 따뜻한 온도 아래로 그가 가진 초조함이 가시길 바랐다.

네이필리나는 그의 목을 감싸 안고 속삭였다.

"사랑해요."

커다란 몸이 목줄이 매인 짐승처럼 우뚝 굳어 버리는 게 느껴졌다.

늘 바늘 하나 들어갈 틈도 찾기 힘들었던 완벽한 남자도 이런 때가 다 있구나 싶어서 네이필리나는 웃음을 삼켰다.

스카가드 앙헬, 모두의 두려움을 자아내는 사내가 제가 감싸 안은 목 아래선 옴짝달싹하지 못한다는 게 묘한 승리감과 동시에 안쓰러움을 느끼게 만들었다.

"믿지 못하겠다면 계속 물어봐요. 몇 번이고 말해 줄게요. 나는 당신을 사랑해요."

"……."

"떠나지 않을 거예요. 불안해하지 말아요. 만약 언젠가 내가 이 황궁을 떠나게 된다면……."

가능성을 입에 올리는 것만으로도 그가 굳는다. 네이필리나는 그를 좀 더 힘 있게 안으며 속삭였다.

"혼자선 절대 안 가. 당신까지 데리고 같이 가겠어."

"……."

그는 목이 잡혀 네이필리나에게 안긴 어정쩡한 모양새로 한참을 아무 말도 하지 못했다. 남성다운 목이 뭔가를 삼킨 것처럼 울컥거리곤 간신히 한마디를 내뱉었다.

"……그 말, 무르기 없는 거야, 그대."

"네."

쪽. 입술이 맞붙었다. 기꺼운 접촉에도 스카가드는 그보다 대답을 듣는 게 더 중요한 것 같았다.

"잊으면 안 돼. 또 나만 기억하게, 기다리게 하면, 이번엔 정말로……."

"알았다니까. 이제 좀 믿어요."

모양 좋은 입술에 화인을 찍은 네이필리나가 단호히 눈을 보고 답했다.

그제야, 스카가드가 팔을 뻗어 그녀의 어깨를 감쌌다. 커다란 손의 떨림이 등을 타고 전해졌다.

"스카."

"응."

"사랑해요."

"……."

"또 듣고 싶어 하는 것 같아서."

떨림이 그가 고개를 파묻고 있는 목까지 전해졌다. 네이필리나는 팔을 뻗어 그의 볼을 감쌌다. 함께라서 더 완전해진 그들의 뒤로 찬란한 태양이 다시 솟아올랐다.

새로운 아침의 시작이었다.

외전 3. 알렉시안

때늦은 오후, 황녀궁 곳곳에선 비명에 가까운 외침이 울려 퍼졌다.

"알렉시안 황녀님!"

"황녀님! 어디 계세요?!"

유모의 부름은 이제 거의 울음에 가까웠다.

"내가 미쳐. 또 이번엔 어디 가신 거야?"

"아니, 숨기는 또 왜 이렇게 잘 숨으시는 거지?"

알렉시안. 올해로 일곱 살이 되는, 스카가드와 네이필리나의 첫아이이자 헬리오스의 후계자였다.

세 살에 마나를 처음 각성하고 마도학 수식을 접목해 기초 마법을 성공시켜 아카데미의 마도학 교수들의 편지가 줄줄이 황궁에 도착하게 만들었던 이야기의 주인공이기도 했다.

명석하고 재능이 흘러넘쳐 차기 황제의 싹이 보인다는 평이 끊임없었다. 거기다 어미를 닮아 대중을 휘어잡는 사교성이 흘러넘치고 아비를 닮아 그저 가만히 있어도 아름다운 인형 같아 보였다.

그런데 문제는 똑똑하고 건강하고 사랑스럽기까지 한 이 황녀가 몹시도 짓궂다는 거였다.

아비를 닮아 새파란 눈동자. 어미를 닮아 꿀처럼 달콤한 금발. 더할 나위 없이 사랑스러운 외모를 가졌으면서 하는 행동은 악마나 다름없었다.

그녀를 담당하다 나가떨어진 선생만 해도 어언 스무 명이 넘는다. 작은 파충류를 책 속에 숨겨 들어와 심약한 선생들을 놀라게 한 적도 있었고, 책에 풀을 붙여 딱 붙여 버리거나, 기사들의 장갑 안에 지렁이를 넣어 두기도 했다.

무엇보다 가장 빈번한 건 싫어하는 수업 시간에 이렇게 꽁꽁 숨어 버리는 장난이었다.

"황녀님, 어디 계세요! 큰일이야, 호위도 따돌리고 가셨네. 혹 무슨 일이라도 생기면 어쩌시려고……."

다른 이도 아닌 이 나라의 유일한 황녀다. 한 궁인이 심각한 얼굴을 하자 다른 궁인이 위로랍시고 덧붙였다.

"하지만 알렉시안 황녀님, 그럼 저희들이 혼나는 걸 아시니까 너무 멀리 가시진 않잖습니까. 분명 이 근처에 숨어서 킬킬거리면서 저흴 지켜보고 계실 겁니다."

"하아…… 이 나이 먹고 눈물의 숨바꼭질이라니! 생각해 주실 거면 제 낡은 관절도 신경 써 달란 말이야."

"알렉스가 또 숨어 버렸어?"

"폐하!"

뒤에서 들려온 목소리에 궁인들이 아연실색했다. 네이필리나가 시녀들을 이끌고 서 있었다.

부드러운 초록빛 눈동자와 옅은 연두색 드레스.

변함없이 싱그러운 모습은 그녀를 황후보다는 숲속의 요정에 더 가까워 보이게 만들었다.

"아닙니다! 황녀님께선 잠깐 머리를 식히고 오신다고……. 제가 곧바로 모셔 오겠습니다!"

특히 유모의 얼굴은 거의 사색이 되어 있었다. 네이필리나가 손을 내저었다.

"내가 찾아오지."

"황후 폐하께서요?"

어떻게? 휘둥그레진 눈이 그리 말하고 있었다. 네이필리나가 싱긋 웃었다.

황궁을 제 놀이터처럼 쓰는 알렉시안에겐 여긴 숨바꼭질의 천국이었을 터. 한 걸음 걷고 다시 한 걸음마다 조그만 몸을 숨기기에 충분한 장소들을 찾을 수 있다.

그러나 4지구에서도 골목 구석구석을 누비던 네이필리나에겐 상대가 되지 못했다. 그녀는 정원을 산책하듯 천천히 걸음을 옮기다가 정원의 담장 앞에 섰다.

천사 조각상 뒤, 담장에 우거진 담쟁이넝쿨 사이로 앙증맞은 딸기 모양이 보였다. 딸기가 가득 수놓인 드레스는 릴리엔이 만든 손녀의 일곱 살 생일 선물로, 알렉시안이 제일 좋아하는 드레스였다.

"알렉스."

"……."

대답 대신 담쟁이넝쿨의 이파리만 살풋 흔들렸다.

"지금 나오지 않으면 오늘은 간식이 없을 거야."

"이익! 어떻게 아셨어요?"

넝쿨 사이로 핑크 드레스를 입은 소녀가 데구르르 굴러 나오자 궁인들이 실색했다.

아니, 숨어도 여기를……! 이 개구멍은 어떻게 찾으신 거야! 심지어 이중 위장까지 하셨어! 기가 막히다, 숨는 재능이 기가 막혀!

"엄마가 알기엔 지금 우리 딸은 수업 중이어야 할 텐데, 어떻게 된 일일까?"

목소리를 높이기는커녕 담담하고 다정한 물음에 알렉시안이 시무룩하게 어깨를 늘어뜨렸다.

"공부하기 싫어요, 어머니이."

"싫어? 그럴 수 있지. 그런데 왜 싫은진 알고 싶구나."

"시트레인 선생님은 다 아는 걸 자꾸 물어본다구요. 유모는 내가 하려는 건 다 안 된다고만 해요. 시트레인 선생님 모자에 개구리를 넣는 것두, 마법서를 뜯어서 먹는 것두, 팔다리를 꼬아서 물구나무서기로 화장실을 가는 것도요!"

꽤나 쌓였던 게 많았던 모양이다. 알렉시안의 통통한 입술이 댓 발 나왔다.

"그럼, 가서 엄마랑 차나 마실까?"

"차는 따분한걸요."

"엄마는 차를 마시고 넌 말을 타면 어때?"

"정말요?"

아이의 눈이 반짝반짝 빛났다.

"각설탕이랑 놀아도 돼요?"

'각설탕'은 얼마 전 알렉시안이 일곱 살 생일을 맞아 콘체른 백작이 선물한 하얀 조랑말이었다.

로피진의 혈통은 기마에 능하다더니, 알렉시안 역시 주위의 우려와는 다르게 조랑말을 선물 받은 그날, 말 위에 올라타길 성공했다.

그리고 얼마 지나지 않아 요즘은 각설탕과 장애물 연습을 하는 데 여념이 없었다.

"그럼. 그럼 일단 티 테이블까지 엄마를 데려다줄 수 있겠니, 우리 꼬마 숙녀님?"

"물론이죠!"

알렉시안이 씩씩하게 네이필리나의 옆으로 달려가 에스코트하듯 손을 내밀었다. 그 와중에 세련된 신사처럼 허리를 숙이는 예법이 자못 진지해서 네이필리나는 웃음을 참았다.

손을 잡고 걷다가 알렉시안은 제 모친을 올려다보았다. 부드러운 미소 아래, 그녀의 배는 도드라지게 나와 있었다.

"언제 나와요?"

네이필리나의 검지를 감싸 쥐며 아이가 물었다.

"내년 봄쯤?"

"내년? 그럼 얼마나 남았지? 하나, 두울⋯⋯."

아이가 작고 통통한 손가락을 하나하나 접었다.

네이필리나는 아이를 안고 볼에 키스를 해 주며 속삭였다.

"네 달."

"와아아! 빨리 볼 수 있겠다!"

아기랑 만나면 잘 챙겨 줄 거예요. 장난감도 나눠 줄 거고, 마서 읽는 법도 알려 줄 거고, 딸기 케이크도 나눠 줄 수 있어요.

알렉시안이 의기양양하게 되뇌었다.

"착하기도 하지, 우리 아기."

"이익, 아기 아니에요! 알렉스라구요!"

네이필리나는 참지 못하고 허리를 숙였다. 아이의 통통한 볼에 마구 키스를 하자 아이가 웃으며 버둥거렸다.

"자, 이제 갈까?"

"네에!"

사랑스러운 모녀의 걸음 뒤로 따스한 태양이 살금살금 따라붙었다.

* * *

"이랴! 이랴!"

고삐를 흔들고 달려가는 알렉시안의 앞에 작은 울타리가 놓여 있었다.

대략 허리 정도까지 오는 높이. 그리 높지도 않지만 낮다고도 말하긴 어려운 난이도였다.

"이크……!"

"에구머니나! 저러다 떨어지면!"

궁인들이 눈을 질끈 감았다.

그러나 네이필리나는 익숙한 듯 차분하게 차를 들이켤 뿐이었다.

"짜잔! 놀랐지이!"

성공적으로 울타리를 뛰어넘은 알렉시안의 웃음소리가 창공으로 울려 퍼졌다.

"황녀님! 전 심장이 떨어지는 줄 알았다구요!"

"이것 봐, 내가 할 수 있다 했잖아! 각설탕과 나는 완전 대단하다구!"

알렉시안이 의기양양하게 팔을 허리에 얹고는 등을 쭉 폈다.

"봐 봐! 또오!"

"아이, 황녀니임! 지인짜아!"

울 것 같은 목소리와 깔깔대는 웃음소리는 하늘 높이 울려 퍼져 활짝 열려 있는 황제의 집무실까지 들려왔다.

그 순간, 한껏 찌푸려져 있던 스카가드의 이마가 꿈틀했다. 주군의 살벌한 분위기를 살피고 있던 라울이 물었다.

"폐하, 창문을 닫을까요."

"됐어."

그나마 소리가 들릴 때 상태가 덜했다.

"아직도 속이 안 좋으십니까."

"……."

대답 대신 스카가드의 얼굴이 한층 더 미세하게 일그러졌다. 평소에도 시린 분위기였지만 지금은 얼굴과 온몸에서 '건드리면 병 된다'는 분위기가 뿜어져 나왔다.

살기를 숨길 생각도 없는 것 같았다.

무엇이 그를 이토록 불쾌하게 했냐면은…….

"입덧이 그렇게 혹독한 건지, 폐하를 보기 전까진 미처 몰랐습니다."

라울이 혀를 내둘렀다.

"알렉시안 황녀님 때도 그러시더니, 어쩜 두 번째에도……."

"닥쳐."

메슥거리니까.

스카가드는 입술을 거의 움직이지 않은 채 명확한 발음을 내뱉는 기예를 선보였다. 단어마다 새어 나오는, 얼음을 씹어 먹는 듯한 한기는 덤이었다.

"향수를 뿌렸나?"

보좌를 노려보는 푸른 눈은 거의 희번덕거릴 정도였다.

요즘 냄새에 몹시도 민감해진 탓에 거의 짐승에 가까운 후각으로 여기저기를 쑤셔 대고 다니는 황제 때문에 집무실에 아무도 들어오려 하질 않았다.

"아니, 진짜 딱 한 번 뿌린 건데……."

라울이 억울하게 중얼거렸다.

저는 한창때의 미혼이다. 주군이야 이미 일생일대의 반려를 만났다지만, 저는……!

일에 찌들리고 피에 찌들린 노총각이 냄새까지 나쁘면, 누가 봐 준단 말인가.

"왜 서류에서 냄새가 나지?"

"냄새요?"

아무것도 안 나는데? 라울이 두꺼운 서류 뭉치를 집어 들고 킁킁거렸다.

평소와 다를 것 없는 그냥 평범한 서류였다.

"맨날 저희가 파묻혀 있던 종이 나부랭이들인데요. 정 걸리시면 다른 안건부터 들여오라 할까요?"

나름 대안을 제시해 봤지만 황제는 불만을 해소할 생각이 없는 것 같았다.

"공기가 기분이 나빠."

"공……기요? 그, 그럼 환기를 시킬까요?"

라울이 얼른 창문을 활짝 열었다.

상쾌한 바람이 들어왔지만 황제의 기분을 나아지게 하진 못했다. 그의 뒤로 푸른 오라가 신경질적으로 삐죽삐죽 솟았다.

라울은 아무 때나 뽑혀 나와 혹사당하는 주군의 오라를 동정 어린 눈으로 바라보았다.

"그 눈깔도. 젠장, 다 거슬리는군. 형체가 없으니 죄다 베어 버릴 수도 없고."

아, 어쩌란 말씀이십니까?

라울은 몹시도 억울했다. 임신은 황후께서 하셨는데, 히스테리는 황제가 다 부리고 있었다.

이게 처음이 아니라는 게 더 환장할 노릇이었다.

"햇살이 환하고 청명한 바람이 부는 이 공기가, 기분이 나쁘시다고요? 폐하, 정말 어디 단단히 삐뚤어지신 게 아닐지 이제 진지하게 걱정이 되는걸요. 폐하의 심상이라거나 인성이라거나……."

"닥쳐."

"뭐라도 드셔야 절 그만 노려보실 것 같으니……. 간단한 요깃거리를 내오라 하겠습니다."

"됐어."

닥쳐. 됐어.

라울은 최근 들숨에 '닥쳐', 날숨에 '됐어'라는 말밖에 하지 않는 듯한 주군의 상태에 진지하게 이직을 고민하는 중이었다.

"그래도 요즘 거의 아무것도 드시지 못하고 계시잖습니까. 상태가 이렇게 안 좋으시면 황후 폐하께도 조금은 말씀을 드리는 게……."

입덧을 이렇게 심하게 하는 아빠는 처음 봤다고요.

그가 덧붙였다. 발에 가시 박힌 곰처럼 예민하고, 앞발 한번 휘두르면 사람 머리가 뜯겨 나가듯 가진 힘은 또 어찌나 위험한지.

저 히스테리를 지켜봐야 하는 이쪽도 내내 좌불안석이었다.

"연애 상대도 없는 놈이."

그래, 간혹 '닥쳐'와 '됐어' 외의 말을 하는 건 신랄하게 쏘아붙일 때밖에 없었다. 오늘은 평소보다 더 까칠하신데? 왜지?

바닥을 탁탁 치고 있는 발끝과 힐끔힐끔 10초에 한 번씩 창밖으로 던지는 시선.

"아아……. 그래서였군요."

갸웃거리던 라울이 이내 알 만하다는 듯 입꼬리를 올렸다.

주군의 신경이 저 밖에 있는 그의 가족에게 이미 죄다 쏠려 있다는 걸 어렵지 않게 짐작할 수 있었다.

"와아아! 황녀님께서 또 장애물을 넘었어! 황후 폐하! 보셨습니까!"

정원에서 들려오는 탄성에 또 흠칫.

라울은 한숨을 내쉬었다.

"어머니이! 보셨어요?"

낭랑한 음성에 스카가드의 굳은 입꼬리가 씰룩였다. 그는 언제 그랬냐는 듯 황급히 다시 입매를 잡아 내렸지만, 라울의 눈에 포착된 후였다.

"아버지한테도 보여 주고 싶은데! 알렉스가 또 성공했어요!"

"잠시…… 바람을 쐬어야겠군."

공기가 기분 나빠서 말이야, 하고 스카가드가 덧붙였다.

"하, 공기 타령이 입에 붙으셨네요. 아까 거슬린다 하셨던 거 전부 습관 성으로 하시는 말 아닙니까?"

"닥쳐."

"아버지이!"

스카가드를 부르는 것이 분명한 외침에 입꼬리가 다시 씰룩였다. 실랑 이할 의욕을 잃은 라울이 한숨을 내쉬었다.

"그냥 가시지요."

"중한 사안이지 않나?"

그걸 알면서 지금……?

"제가…… 오늘 야근하겠습니다. 그러니……."

'저 좀 그만 잡고 그냥 내려가시라고요.'

라울이 소리 없이 울먹였다.

스카가드가 자리에서 일어나 휘적휘적 사라졌다.

한 걸음 한 걸음 아내와 딸과의 거리가 가까워질 때마다 주군의 너른 등 한가득 서려 있던 불쾌감과 짜증이 한 움큼씩 줄어드는 걸 라울은 목 격할 수 있었다.

"……이씨. 내가 봉이지."

바로 옆에서 사람 염장을 질러 대니 일에 파묻혀 낡아 가는 늙은 청년 은 도무지 버틸 여력이 없다.

"올해 안에는 기필코 무슨 일이 있어도 내가 결혼하고 만다."

눈꼴셔서 도저히 못 참겠다.

* * *

스카가드가 모녀가 있는 정원으로 내려왔을 때, 그를 발견한 알렉시안 이 양팔을 벌리고 쪼르르 달려왔다. 통통한 볼이 상기된 아이는 햇살을 담뿍 받아 어린 새끼 사자처럼 보였다.

"아버지이! 보셨어요? 알렉스가 장애물 넘는 거?"

스카가드는 아이를 가뿐하게 안아 들었다.

아이는 그의 목을 숨 막히게 감싸고 뽀뽀를 몇 번 하더니 이내 내려 달라 버둥거렸다. 그리고 각설탕에게 줄 각설탕을 테이블에서 한 주먹 야무지게 쥐고는 쏜살같이 다시 튀어 나갔다.

"스카, 당신 지금 나와도 되는 거예요? 라울 우는소리가 여기까지 들리는 것 같은데?"

차를 마시던 네이필리나는 남편을 보고 눈썹을 들어 올렸다. 한창 서류에 파묻혀야 할 이가 파릇파릇한 정원으로 나와 있기 때문이다.

"그놈보다 내가 더 울 것 같아서. 좀 봐줘, 여보."

스카가드는 까칠해진 얼굴을 네이필리나의 어깨에 묻었다.

아내에게선 향긋한 차 냄새가 났다. 욱신거리던 속이 조금씩 잦아들었다.

"딴 놈 말고 나를 좀 봐 달라고."

그녀를 안고 어깨에 얼굴을 묻은 채 들리지 않게 조용히 내뱉는 혼잣말엔 심술과 섭섭함이 더러 묻어났다.

네이필리나는 웃음을 삼켰다. 누가 이 사람을 그 악명 높던 앙헬 대공과 같은 이라고 생각할까.

결혼 전 느긋한 여유를 두른 채 살기를 흩뿌리던 살벌한 남자를 이렇게 속수무책으로 만드는 걸 보면 입덧의 위력을 새삼 실감했다.

"또 아무것도 못 먹었죠? 가여워라. 차라도 마실래요?"

손가락이 흐트러진 검은 머리칼 사이를 가볍게 쓰다듬었다. 네이필리나는 눈앞에 놓인 쿠키라도 먹겠냐며 집어 그의 입가에 가져다주었지만 그는 고개를 젓고는 그냥 그녀의 손등에 입술을 대고 있었다.

지친 짐승을 달래듯 안정적인 손길과 네이필리나에게서 풍겨 나는 은은한 차향이 한껏 예민해진 기감을 누그러뜨렸다.

"이번엔 알렉스 때보다 더 심한 것 같은데."

스카가드가 입덧을 대신한 덕분일까, 첫아이도 그렇고 이번에도 네이필리나는 비교적 편안한 식생활을 영유하고 있었다.

"아버지, 어머니이!"

저 멀리서 방방 뛰며 힘껏 팔을 흔드는 알렉시안의 모습이 보였다.

네이필리나는 웃으며 손을 마주 흔들어 주었고, 스카가드의 입에도 숨길 수 없는 웃음이 번졌다.

"어?"

한편 저 멀리 부모님을 향해 힘차게 손을 흔들던 알렉시안은 각설탕이 매인 울타리를 뚫어지게 바라보더니 쪼르르 달려갔다.

"황녀님, 어디로 가시는 거예요? 거긴 조경수뿐인데?"

"아저씨, 여기서 뭐 해?"

콕콕. 알렉시안이 검지로 잘 관리된 나무를 찔렀다.

쿡. 쿡. 반응이 오지 않자, 이번엔 옆에 있던 나뭇가지를 집어 들어 쿡 찌르기도 했다.

"아하, 황녀님. 그렇게 찌르면 나무가 아야 해요. 우리 다시 각설탕 타러 갈까요?"

"아닌데, 아저씨 나무 아닌데……."

아이의 장난이라 생각한 시녀가 알렉시안을 데리고 나갈 때였다. 시녀의 손에 이끌려 가면서도 미련을 버리지 못한 알렉시안이 나뭇가지를 허공으로 휘둘렀다.

알렉시안이 들고 있던 나뭇가지의 끝에서 순간 푸른 전기가 채찍처럼 길게 피어올랐다.

"저건 오라……!"

"제길, 헬리오스의 사악한 피여! 엘 리체를 위해서 죽어라!"

일곱 살의 황녀가 뽑아낸 푸른 오라에 경악하기도 전, 커튼을 열 듯 조경수가 있던 자리가 와르르 우그러지는가 싶더니 시꺼먼 사내가 허공에서 튀어나왔다.

성국 엘 리체의 잔존 세력을 추종하는 사이비 신자이자 살수였다.

'제기랄, 왜 지금 들켜서……!'

살수의 얼굴은 귀신처럼 일그러져 있었다. 삼엄한 감시와 추적을 피하고 겨우 황궁으로 숨어들었는데! 그가 처리해야 할 주적, 헬리오스의 황제가 바로 저 테이블 앞에 앉아 있는데!

그러나 위장을 풀지 않았다면 저 꼬마 황녀가 뽑아낸 오라에 몸이 반쪽으로 갈렸을 것이다. 살수는 알렉시안을 노려보았다.

'죽여야겠다.'

살기가 번득일 즈음이었다. 그는 꼬마 황녀의 목숨을 취하든지 최소 그녀를 인질로 잡아 상황을 모면하려 했다.

그때. 알렉시안이 고개를 숙여 살수의 손아귀를 피했다. 찌이익. 작고 오동통한 손가락이 야무지게 스크롤을 찢었다.

동시에 펑! 하는 검은 연기가 퍼졌다. 살수의 머리 위에서 타닥타닥 불꽃이 번득임과 동시에,

"도대체 어딜 간 거……!"

꼬마는 허공에서 사라져 버렸다. 손을 붙잡고 있던 시녀까지 함께.

살수는 더 이상 말을 잇지 못했다. 그리고 멈칫 굳어 있는 찰나의 순간을 놓치지 않고 로피진 기사들이 달려들었다.

그가 꿈꾸던 황실 습격은 그렇게 한순간의 꿈으로 끝나 버렸다.

"어머니이!"

알렉시안이 네이필리나에게 포르르 달려왔다. 앙증맞은 손에는 반쯤 찢

긴 스크롤이 팔랑였다.

"보세요! 잘했죠?"

"그럼. 우리 알렉스가 최고구나. 흠잡을 데가 하나 없었어."

황후와 황녀의 대화를 들은 궁인들이 눈을 휘둥그레 떴다.

"저, 저렇게 어린데 벌써 습격에 응할 줄 아신다는 건가?"

"황후 폐하께선 이런 일이 벌어질 줄 이미 아시고……! 그래서 놀라지 않으신 거였어. 도대체 어디까지 보고 계신 거지!"

"아까 황녀님이 오라를 뽑은 건 어떻고? 스크롤을 찢어 내는 반응 속도는 봤나?"

헬리오스 제국을 이끌어 갈 빛나는 별 같은 젊은 인재 중 가장 으뜸이 황제의 딸이리라는 소문이 거짓이 아니었다.

"스크롤은 언제부터 넣어 준 거야?"

"세 살쯤인가? 꽤 됐어요."

"물론 독침도 있겠지?"

"나이가 어려서 수면 침으로 대체했죠. 그나저나 저 간자를 여기서 잡아 버리면……. 음, 좀 더 놔두고 들어오는 루트를 대조하려 했는데."

하지만 제 딸의 활약한 결과라면 어쩌리오. 네이필리나가 아쉽다는 듯, 로피진 기사들에게 꽁꽁 묶여 끌려가는 간자를 힐끔 바라보았다.

담담한 표정으로 보건대 이미 간자의 출처가 어딘지, 어떻게 들어왔는지도 전부 파악이 끝난 듯했다.

스카가드는 웃음을 감추지 못했다. 황실에 있어도 네이필리나는 네이필리나였다. 그녀의 총기도, 기민함도, 포석을 깔고 적을 사지로 몰아세우는 인내심도 여전했다. 제가 함께 있음에도 변함없는 예전 그대로의 네이필리나를 확인할 때마다 얼마나 커다란 힘을 얻는지, 그의 아내는 상상할 수 없을 테다.

그건 그녀가 저를 떠나지 않으리라는 확신이기도 했으니까.

"스카? 왜 그래요?"

스카가드는 팔을 뻗어 네이필리나를 안고 여린 목덜미에 얼굴을 묻었다.

이 여자가 없다면 저는 어찌해야 할까. 안도가 자리 잡은 볼썽사나운 표정을 들키고 싶지 않았다.

"내가 사랑한다고 말했던가?"

그래서 괜히 물었다.

"글쎄요. 오늘 아침에 들었던 것 같은데."

네이필리나가 어깨를 으쓱하며 고개 숙인 그의 머리에 입술을 댔다.

"당신 이럴 때마다 꽤 귀여운 거 알죠."

"아버지, 나도, 나도요!"

알렉시안이 스카가드의 무릎 위로 올라가려고 버둥거렸다. 스카가드는 네이필리나를 끌어안지 않은 한 팔로 아이를 안아 올렸다.

"알렉스, 세상에서 제일 소중한 우리 공주님."

"나도 엄마 아빠가 세상에서 제일 좋아!"

통통한 양팔이 네이필리나와 스카가드의 목을 껴안고 제 볼을 비비고 떨어져 나갔다. 아이의 금발이 햇살을 받아 더욱 찬란하게 빛났다.

"아, 맞다!"

알렉시안이 주머니를 뒤적거렸다. 앙증맞은 포켓이 뭘 넣었는지 불룩해져 있었다.

"아버지이, 각설탕이 주는 선물이에요!"

아이의 작은 손 위에 얹혀 있는 납작한 말똥을 발견한 스카가드가 우뚝 굳었다.

아까부터 눈에 걸렸던 사랑스러운 딸의 얼굴과 강렬한 향기를 뿜어내는 존재를 번갈아 보던 그의 악문 잇새로 결국 참지 못한 소리가 터져 나왔다.

"우욱."

"아버지이!"

"스카! 당신 괜찮아요?"

세 식구의 위로 청명한 하늘이 반짝였다. 어느 행복한 하루의 오후는 그렇게 저물어 갔다.